与最聪明的人共同进化

HERE COMES EVERYBODY

斯布 CHEERS

解读

乔伊斯的
艺术

[美]
约瑟夫·坎贝尔
Joseph Campbell
著
杨娅雯 等
译

Mythic
Worlds,
Modern Words

Joseph Campbell on the Art of James Joyce

华龄出版社
HUALING PRESS

JOSEPH CAMPBELL
FOUNDATION

测一测

关于坎贝尔对乔伊斯的研究，你了解多少？

扫码加入书架
领取阅读激励

扫码获取全部测试题及答案
一起了解乔伊斯的精神世界

- 坎贝尔更倾向于认为乔伊斯是一位：（　　）

  A. 先知

  B. 解释生命本质的人

- 坎贝尔一直致力于对乔伊斯的作品进行全面阐释，这一切都源自《尤利西斯》中最初那段令他困惑的文字，这是真的吗？（　　）

  A. 真

  B. 假

- 《尤利西斯》致力于再现现象世界中孤立的灵魂，对坎贝尔来说，它相当于：（　　）

  A. 但丁的《地狱》

  B. 塞万提斯的《唐·吉诃德》

  C. 薄伽丘的《十日谈》

  D. 莎士比亚的《哈姆雷特》

扫描左侧二维码查看本书更多测试题

约瑟夫·坎贝尔

20世纪伟大的神话学大师

Joseph Campbell

● 让远古神话与现代人再度对话的思想大师

● 拯救人类心灵的哲学家与心理学家

● 西方流行文化的一代宗师

约瑟夫·坎贝尔传奇的一生有如其著作中的探险英雄,在经历了启程—启蒙—考验—归来这样一种仪式性的四个阶段之后,完成了一种向上的循环,画出了一个首尾相贯的圆。

01 启程
（DEPARTURE）

神话的召唤

约瑟夫·坎贝尔1904年生于美国纽约一个天主教家庭,在这个距神话时代极为遥远的现代化繁华大都市中,却造就了美国当代最著名的神话学家。孩提时代,坎贝尔跟随父亲去参观自然历史博物馆,他在那里看到了林林总总的原始图腾,这使他开始对印第安人的生活与文化产生兴趣。五六岁时,父亲带坎贝尔和他的弟弟去看当时非常流行的"野牛比尔"西部秀,尽管牛仔是演出的主角,但坎贝尔后来在书中写到,他完全"被印第安人的形象迷住了"。10岁时,坎贝尔读完了当地图书馆儿童区所有关于印第安人的书,并被特许进入成人区阅读。直觉告诉他,了解神话是通往人类心灵奥秘最直接的道路,而这也许是坎贝尔日后对民族学、人类学产生兴趣与进行研究的基础。

02 启蒙
（INITIATION）

来自灵性大师的第一次启蒙

19岁的坎贝尔跟家人一起游历欧洲时,在甲板上看到三个深棕肤色的人,其中之一就是印度传奇哲学家克里希那穆提。在一位年轻女士的引荐下,坎贝尔认识了这位伟大的东方哲学家。这次经历让坎贝尔醍醐灌顶,并成为他认识印度和亚洲世界的开始。

大文豪乔伊斯为他引路

1927年,在哥伦比亚大学获得中世纪文学硕士学位后,坎贝尔来到巴黎继续深造。在这里他深受欧洲当代艺术的影响。一次偶然的机会,坎贝尔发现巴黎所有的书店里都有詹姆斯·乔伊斯的著作《尤利西斯》,而这本书在美国是禁书,无处可寻。坎贝尔对乔伊斯的作品非常着迷，甚至在他新婚期间，乔伊斯都和他的妻子具有同样的分量。坎贝尔经常一手挽着妻子，一手拿着乔伊斯的作品《芬尼根的守灵夜》。乔伊斯的出现，引导坎贝尔走向了"大发现"的世界，而在这之前，他一直走在一条狭窄笔直的学术道路上。

与荣格等心理学大师共事

坎贝尔结束在巴黎的学习后，前往慕尼黑大学重拾对中世纪文学的研究。在这段时间里，他结识了众多现代主义大师，这些人都是当时他在美国闻所未闻的大人物：心理学家弗洛伊德、荣格，著名画家毕加索和亨利·马蒂斯，以及德国大文豪、诺贝尔文学奖得主托马斯·曼。这深深地影响了坎贝尔的理论，让他认识到所有的神话和史诗都互相联系在整个人类的精神世界中。

03 考验 (TRIALS)

历经考验铸就《千面英雄》

1929 年，坎贝尔从欧洲返回纽约后，立刻向他的导师和朋友们分享了神话的潜能和魅力，但没有人能够真正理解他，这让他放弃了博士项目。之后的几年，他涉猎了大量美国现代文学、哲学和心理学作品，也搜集了各种文化下的神话传说。

1934 年，坎贝尔被莎拉·劳伦斯学院（Sarah Lawrence College）聘为教授，他的课程因为引入了自己的神话学研究而大受欢迎。在 20 世纪 40—50 年代，他帮助尼基兰南达上师翻译了《奥义书》和《罗摩克里希纳福音书》。他还编辑了德国学者海因里希·齐默关于印度艺术、神话和哲学的著作。

1944 年，坎贝尔与亨利·莫顿·罗宾逊共同出版了《解读<芬尼根的守灵夜>》。之后，坎贝尔耗时 5 年，写下了奠定自己神话学权威地位的巨著《千面英雄》。这本书于 1949 年一经出版，便广受读者追捧，销量一路领先。

在对"英雄神话"的研究中，坎贝尔断言，所有文化中的英雄神话都符合一种单一的模式——英雄之旅。他说："每个人都拥有自己的蕴藏强大能量的梦中万神殿。英雄必须一次又一次地通过艰难的障碍。"

坎贝尔在莎拉·劳伦斯学院执教了38 年，当时，该学院还只招收女性学生。执教生涯里，坎贝尔一直向学生们讲授神话。同时，他也告诉学生，关于神话，他讲授的一切都是男性所说和所经历的，女性应当从自己的角度告诉世界，女性未来的可能性是什么。坎贝尔十分有先见之明地说："世界尚未真正认识到女性的力量，这种力量一定会呈现出来，我们只需拭目以待。"

04 归来
(RETURN)

乔治·卢卡斯终生追随的精神导师

好莱坞导演乔治·卢卡斯读到坎贝尔的《千面英雄》后大为震惊，也因此迷上了对神话历程的分析。后来，《千面英雄》成为《星球大战》的重要灵感来源。卢卡斯称坎贝尔是"一位了不起的学者，一个了不起的人"，并将坎贝尔视为自己终生追随的精神导师。坎贝尔的作品亦是无数好莱坞大片成功的基础，被好莱坞众多导演、编剧列为必读书目。

影响奥巴马、乔布斯的当代神话学巨擘

20世纪60年代，坎贝尔成为嬉皮士创作灵感的重要源泉，"苹果教父"史蒂夫·乔布斯也深受其影响。除了乔布斯，美国前总统奥巴马及其母亲都是坎贝尔的忠实粉丝，"哈利·波特"系列图书的作者J.K.罗琳也多次提到坎贝尔及其作品，坦陈自己的小说创作深受坎贝尔的影响。1988年，坎贝尔与比尔·莫耶斯的一系列电视访谈被编撰为《神话的力量》，这档曾影响了百万观众的电视节目，至今仍以书的形式震撼着一代又一代的读者。

结 语

20世纪80年代，"坎贝尔热"席卷全美，"感恩而死"摇滚乐队不断从中发现音乐创作的灵感，更有无数艺术家，甚至游戏编程人员对他顶礼膜拜。1985年，坎贝尔被授予美国国家艺术协会文学创作荣誉金奖。在颁奖典礼上，知名心理学家、荣格学派代表人物詹姆斯·希尔曼说："在这个世纪里，没有人能像坎贝尔一样，将世界及神话人物角色的深邃意义，带回到我们的意识中。"约瑟夫·坎贝尔在1987年因癌症去世。《新闻周刊》悼曰："英雄已去，信念长存。"

他就是约瑟夫·坎贝尔，是当代神话学巨擘，才华横溢的心理学家，思维独特的哲学家和作家，极具启发性的心灵导师、演说家和思想家，是影响西方流行文化的一代宗师。

坎贝尔神话系列作品

《千面英雄》
▶ 神话学大师坎贝尔享誉世界的代表作
▶ 现代人寻求内在觉醒的经典

《千面女神》
▶ 坎贝尔致敬女性之作
▶ 女性如何孕育整个人类的精神家园

《指引生命的神话》
▶ 坎贝尔自选集,献给迷茫时代的答案之书
▶ 用永恒的神话智慧应对当下和未来

《追随直觉之路》
▶ 献给每一位生命旅者的灵性觉醒之书
▶ 书写属于你自己的神话,追随喜悦、发现
  自我、完善人格

《生命的狂喜》
▶ 坎贝尔遗世之作,献给舞蹈家妻子的一封
  情书
▶ 将生活当作一场舞蹈,调动内心潜藏的力量

《梦境的象征》
▶ 坎贝尔辉映《梦的解析》之作
▶ 揭示神话意象与梦境的关系

《解读乔伊斯的艺术》
▶ 坎贝尔关于乔伊斯文学研究的毕生成果
  结集
▶ 全景式解读乔伊斯的创作理念与脉络,揭
  示关于人类普遍经验的寓言

《英雄之旅》
▶ 坎贝尔亲述他的生活与工作
▶ 与世界各领域精英的灵魂对话

《神话的力量》
▶ 坎贝尔写给大众的心灵启蒙之作
▶ 在诸神与英雄的世界中发现自我

《坎贝尔生活美学》
▶ 神话学大师坎贝尔箴言录
▶ 用超世俗的精神指引现世生活

《众神的面具》系列(共 4 卷)
▶ 坎贝尔传世巨作,十年磨一剑的宏篇巨著
▶ 人类古今神话的全面考察与阐述,理解了
  面具,就理解了神话

《心灵的宇宙》
▶ 坎贝尔哲思精华之作
▶ 参透天人合一的"心学",在神话中探索自
  我心灵的深邃与浩瀚

《光之世界》
▶ 坎贝尔本人挚爱之作,献给东方的一份礼物
▶ 探寻东方神话中的智慧与奥义

《解读〈芬尼根的守灵夜〉》
▶ 坎贝尔锋芒初露的处女作
▶ 一把解读天书的钥匙,用神话攀登后现代
  文学的极峰

约瑟夫·坎贝尔于 1987 年与世长辞，留下了一批意义重大的著作。这些著作主要讲述普遍性的神话与象征，坎贝尔称之为"关于人类的一个伟大的故事"，其中凝结了他毕生探索的热情。除此之外，坎贝尔还留下了大量的未发表作品，包括文章、笔记、信件及日记，还有一些以音频和视频形式发表的演讲。

约瑟夫·坎贝尔基金会成立于 1990 年，旨在保存、保护和延续坎贝尔的作品。该基金会正致力于将坎贝尔的论文和音像资料转为数字化档案，并出版《约瑟夫·坎贝尔文集》。

《约瑟夫·坎贝尔文集》

执行编辑：罗伯特·沃尔特（Robert Walter）

总编辑：戴维·库德勒（David Kudler）

作为乔学家的约瑟夫·坎贝尔

戴从容

南京大学全球人文研究院长聘教授

上海市曙光学者

作为神话学家的约瑟夫·坎贝尔在中国已经广为人知，作为乔学家的约瑟夫·坎贝尔在国际乔伊斯研究者中其实有着同样的知名度。不仅因为他第一个对爱尔兰作家詹姆斯·乔伊斯真正天书级别的作品《芬尼根的守灵夜》做了从头至尾的解读，而且也因为他一生对乔伊斯作品所做的神话哲学研究，使乔伊斯笔下20世纪初的都柏林现实社会，呈现出整个人类文化的普遍规律，为乔伊斯的爱好者们打开了一扇通往终极意义的大门。

坎贝尔在乔伊斯研究史上的观点和贡献主要体现在两部书中：一本是他与亨利·莫顿·罗宾逊合著的《解读〈芬尼根的守灵夜〉》，这本书第一个给出了《芬尼根的守灵夜》的整体框架；另一本是由他40多年的乔伊斯研究论述编辑而成的《解读乔伊斯的艺术》，这本书由埃德蒙·L. 爱泼斯坦博士按照主题模式做了整理，从而既具有了专著的系统性和整体性，又打破了专著的时间局限，包含了坎贝尔随着对乔伊斯和对神话学的认识日益深入，而获得的最新领悟。

坎贝尔虽然出生在纽约，但他的祖父是从爱尔兰梅奥郡移民来的地地道道的爱尔兰天主教徒，因此虽然生活在美国，坎贝尔成长中的爱尔兰天主教环境却让他对乔伊斯描绘的天主教都柏林社会有感同身受的理解。这或许也是为什么 23 岁到巴黎学习中世纪语言学、古法语和普罗旺斯语时，坎贝尔会被乔伊斯的《尤利西斯》和《芬尼根的守灵夜》（部分章节）深深吸引，最终改变了自己的职业生涯。不过，坎贝尔不是停留在乔伊斯笔下的 20 世纪初的都柏林现实世界，他敏锐地注意到了乔伊斯高密度的语言里包含的神话内容，以及这些神话叙述所揭示的当下当地行为中潜含的从古至今人类共有的行为模式。从这一点说，乔伊斯与坎贝尔可以说是互相成就的。

一方面，可以说是乔伊斯启发了坎贝尔的神话学基本思想。坎贝尔在代表作《千面英雄》中用 monomyth（单一神话）来指称书中描写的英雄从出发到归来的冒险之旅，而这个词正取自乔伊斯的《芬尼根的守灵夜》，即第三卷第四章中的"还有他的单一神话"，乔伊斯这里的单一神话指的就是主人公 HCE 从被审判、死亡到复活的英雄循环之旅。此外，《千面英雄》的第二部分把研究的对象从英雄人物的命运转向了"宇宙演化周期"，而这也正是《芬尼根的守灵夜》在叙述上的与众不同之处；到了《芬尼根的守灵夜》，乔伊斯突破了传统文学对个人命运的关注和书写，从更开阔的视角将人类的遭遇与宇宙的循环结合在一起。这些相似之处表明，很可能是坎贝尔在《千面英雄》出版五年前对《芬尼根的守灵夜》的详细解读，影响了他的神话学思想。

另一方面，坎贝尔的解读同样推动了对乔伊斯的理解。虽然今天一些研究者认为坎贝尔和罗宾逊的解读牺牲了乔伊斯在书中放入的更加丰富的含义和具有后现代特征的叙述风格，而且也有误读，但是在《芬尼根的守灵夜》刚刚出版的几年，那时读者虽然凭着直觉，觉得"某个闻所未闻、不同寻常的事情正在乔伊斯的新小说中进入语言、历史、时间、空间和因果关系",但是却无法读懂,更别说理解这部天书了,用当年一个评论者的话说,"有些时候,这些新词表明是把两个或更多含义用更聪明经济的方式融合。而在大多数时间,它们始终无法理解,作者的意图完全无法捉摸"。在一片哀鸿中,坎贝尔却只用了 5 年,就不仅勾勒出了全书的主要轮廓,而且对其中一些文化的尤其是神话的用典做出了深入的解读,从而一下就把对《芬尼根的守灵夜》的理解推进到了神话哲学的高度。要知道,对该书词语的其他系统破译要等到 20 世纪 60 年代才开始,《〈芬尼根的守灵夜〉注释》要一直等到 1982 年才问世。

当然,作为神话学家,坎贝尔最擅长也最具启示的是他对乔伊斯作品所做的神话原型批评,而且这层解读对于理解乔伊斯至关重要。乔伊斯笔下年轻的主人公代达勒斯与古希腊天才工匠代达勒斯的对应,《尤利西斯》与荷马史诗《奥德赛》的对应,都是乔伊斯作品中最明显的神话内容。《尤利西斯》出版不久,英国诗人艾略特就以诗人的敏锐看到了乔伊斯作品中存在的这种"双层面"(two plane),称"乔伊斯先生对《奥德赛》的平行使用具有巨大的重要性。它所具有的是科学发现的重要性。之前没有其他人把一部小说建立在这样的基础之上……在使用神话,使当下与古代之间达成持续的并行方面,乔伊斯先生探索着一种其他人必须在后面奋起直追的方法"。如果说艾略特指出了乔伊斯作品中神话内容的重要性,那么正是坎贝尔用细致的文本分析和渊博的神话知识,指出了乔伊斯三部长篇中在什么地方放入了什么样的神话,以及这些神话思想具有的心理学和文化学的内涵和深度。

因此,约瑟夫·坎贝尔的《解读乔伊斯的艺术》和《解读〈芬尼根的守灵夜〉》的中译本同时出版,对无论神话学的爱好者还是乔伊斯的爱好者来说,都是一次知识的飨宴。乔伊斯和托马斯·曼被坎贝尔视为承载着当代神话学的两大重要作家,而神话学是打开乔伊斯思想宝库的一把不可或缺的钥匙。坎贝尔在书中既深入浅出,又娓娓道来的语言,使得这一丰盛的知识飨宴变得如拾地芥而又回味无穷。

从千面英雄到单一神话

——坎贝尔神话观述评

叶舒宪

上海交通大学文科资深教授

中国社会科学院研究员

中国比较文学学会会长

学者的探索生涯往往有两种不同的展开形式：或是跳跃性的转换，研究者被兴趣和灵感所左右，出人意料地改变着对象和方向；或是循序渐进的螺旋发展，研究者在一个领域中锲而不舍。皮亚杰的研究兴趣从蜗牛的习性跳到发生认识论，神奇般地在一个新领域获得始料未及的果实；而约瑟夫·坎贝尔则终生盯准一个问题作数十年如一日的思索，最后以同一主题的等身著述确立起自己在这一领域中理所当然的权威。

那个谜一般诱人的问题是：世界各地的神话是不是一样的，为什么？

这既是探索者的起点，又是他的归宿。

为了求解这个极简单又极复杂的难题，坎贝尔一生研究历程有如他著作中的探险英雄，在经历了启程—启蒙—回归这样一种仪式性的三阶段之后，完成一种向上的循环，画出一个首尾相贯的圆。

英雄启程：《千面英雄》

约瑟夫·坎贝尔，1904 年 3 月 26 日出生于美国纽约。这个距神话时代最为遥远的现代文明最繁华的大都市却造就了美国当代最著名的神话学家。这不禁使人想起约翰·怀特《现代小说中的神话》一书引用的马克思的问话："成为希腊人的幻想基础，从而成为希腊神话基础的那种对自然的观点和对社会关系的观点，能够同自动纺机、铁道、机车和电报并存吗？在罗伯茨公司面前，武尔坎又在哪里？在避雷针面前，丘比特又在哪里？"马克思的提问方式意在表明神话的衰亡与技术的发达恰成反比的历史事实。那是 19 世纪 50 年代。马克思的老师黑格尔也曾郑重预言，以神话和象征为起点的艺术将不可避免地走向衰落。

一个世纪之后，神话的全面复兴使人们倾向于一种相反的看法：神话与艺术都是对抗技术异化的秘宝。神话思维与神话经验应该同电子计算机、原子弹和太空船并存。神话不仅是认识所需，而且成了"生存之需"。坎贝尔的《指引生命的神话》这样的书名便足以说明问题了。正是这种激进态度，使他被世人看作当今世界最虔诚的神话捍卫者。

坎贝尔对神话的兴趣始于少年时期。他最喜爱的书是美洲印第安人神话。后来在攻读英国文学硕士课程时，发现亚瑟王传说中某些重要内容与印第安神话的基本母题十分相似。任教于纽约州的莎拉·劳伦斯学院文学系以后，坎贝尔开始探讨神话原型问题。如果不算与亨利·莫顿·罗宾逊合写的《解读〈芬尼根的守灵夜〉》（1944），那么 1949 年问世的《千面英雄》是坎贝尔独立完成的第一部著作。当时他绝没有料到，作为他神话学研究的启程之作，这本篇幅不大的书成了他一生著述中最有影响的一本，是它奠定了他在神话学与文学批评两个领域中的声誉。

坎贝尔写《千面英雄》时抱有双重目的：一是证明世界各地的英雄神话都是类似的；二是确立研究神话的心理学解释方法。

在归纳英雄故事的普遍模式方面，坎贝尔并不是首倡者。在 19 世纪，比较语言学与比较神话学借助于梵文和《吠陀经》神话重构被文明史遗忘已久的原始印欧（雅利安）文化时，就有一位叫约翰·乔治·范汉的学者以 14 个故事为例，证明所有的印欧英雄都遵循着一个传记模式。20 世纪初，又有奥托·兰克用心理分析法加以解释的英雄模式和洛德·拉格仑用仪式加以解释的英雄模式。坎贝尔则主要从荣格的原型心理学出发，综合前人的观点构成更具普遍性的模式。

> 英雄的神话冒险的标准道路乃是过渡仪式中所表现的三段公式的
> 扩大化：启程—启蒙—回归……英雄离开日常生活的世界进入一个超
> 自然的奇特境地，在那里遇到惊人的敌对力量，获得决定性的胜利。
> 英雄从这神秘的探险中回归，为他的人民带回恩赐。

坎贝尔认为，正如解剖学必然忽略种族差异而专注于人体的普遍结构，英雄神话的研究也将着眼于相似性而不是差异性。模式的普遍性表明有某种出自人类普遍心理的意义潜伏在各种英雄神话和传说背后。与此相比，差异性就显得微不足道了。

英雄之所以成为英雄有两个因素：一是他做了别人不愿或不能做的事；二

是他是为自己也是为一切人而做的。普罗米修斯盗天火，伊阿宋取金羊毛，埃涅阿斯下阴间会见亡父似乎都是如此。神话中的英雄或是王子，或为武士，或是圣徒或神；他所寻求的珍宝或是财富、美人（新娘），或是能力与智慧；他或是为自己的人民或是为全人类而寻宝。所有这些外在差异都无关紧要，因为那只是象征的表面。从心理意义上看，字面上叙述的英雄发现了一个奇特的外在世界，实际上象征着他发现了一个奇特的内心世界。字面上的英雄发现新世界比物质世界更丰富，象征着他发现他的意识之外有更多的东西。字面上的英雄发现了那个世界的终极性质，象征着他发现了自己的终极性质：他发现了自己究竟是谁。

这样，坎贝尔第一个把英雄神话的意义解释为"自我的发现"。英雄一方面找到了他和他的同胞以前未意识到的无意识真实，另一方面这也意味着神话的创作者、讲述者乃至听众也都相应地发现了无意识的意义，他们才是神话的真正英雄。借用耶稣的话："上帝之国就在你们心中。"

与荣格相比，坎贝尔可谓青出于蓝而胜于蓝。荣格认为所有的英雄神话是类似的，坎贝尔现在发现，英雄神话不是彼此相似，而是彼此相同。正如《吠陀经》所言：真理只有一个，圣人用许多名称去讲述它。

英雄启蒙：《众神的面具》

对英雄神话的研究作为坎贝尔的启程之处，预示了他日后的漫游方向和探求对象。《千面英雄》不仅确定了坎贝尔要进一步深究的那个问题，而且奠定了今后著述的方法论基础：他反对单个主义的方法，即个别而非普遍地看待神话。因为千差万别的神话对他来说只是共同的人类心灵的表现窗口。在 10 年之后开始陆续推出的 4 卷本大著《众神的面具》中，研究对象从英雄神话扩展到一切神话，而研究的结论也似乎只是原有结论的扩大化。如《千面英雄》那样，《众神的面具》的书名也是意味深长的：正像在数以千计的面孔之下其实只存在一个英雄，戴着多种多样"面具"的其实只是一个单一的神。

然而，要说坎贝尔在落笔之前已经得出这样的结论是不符合实情的。他是在漫游了原始神话、东方神话、西方神话和创造神话（文学神话）的广阔天地之后，才不断修正自己的见解，最终趋于"面具"之后的一神的。这种延续20多年的探索经历，就好比英雄发现自身的漫游和启蒙过程。

《众神的面具》的第1卷《原始神话的诞生》探讨的是前文字阶段的原始民族的神话。坎贝尔按照人类学家列奥·弗罗贝纽斯的划分，把所有的原始民族区分为两类：狩猎者和种植者。坎贝尔认为这种经济上的差别取决于地理和气候的条件，这种差别又派生出由神话所表现的社会的与思想的差别。狩猎与种植之间的差别乃是以杀生为食和以培育为食的差别，前者打断自然的循环，后者信守自然的循环。猎人不懂得自然的死亡，要么是杀生，要么是被杀。农人则从作物的生与再生中看到不死的象征。从社会意义上看，猎人是个人主义的，他们为自己狩猎。耕作则是集体性的，参与者必须放弃个人性。猎人在他们高兴的时间和地点捕猎，而农人则被时间和空间所束缚。

除了差异，狩猎者与种植者还有相似处，那便是比差异更为重要的三种信念：不死、自我牺牲（猎物或作物）和神秘的同一性（猎人与猎物，农人与作物）。这三个共同点消解了他区别出的差异性，狩猎者被视为改装了的耕种者。反之亦然。这样一来，神话群所显示的差别就成了"面具"上的差别。

第2卷《东方神话的启示》与第3卷《西方神话的创变》分别问世于1961年和1964年。从时间上看，它们都是"原始神话"发展的产物；从空间上看，东方神话包括印度、东南亚、中国、日本，美索不达米亚、埃及、前哥伦布时期的美洲和秘鲁；西方神话包括近东或"黎凡特"地区，或者说是犹太教、基督教、伊斯兰教和琐罗亚斯德教，还有整个欧洲。这里把闪米特人划入西方是与众不同的。

在《原始神话的诞生》中，坎贝尔曾将狩猎者的社会视为父权制，耕种者为母权制。现在他又认为东方神话源自原始农民，反映着以女神为主的母权社会；西方神话则主要反映着以男神为主的父权社会。从这一基本差异着眼，坎贝尔归纳出了东西方神话的六大差异特征：

1. 西方神话强调男神对女神的统治和神对人的统治；东方神话强调众神平等和人神平等。

2. 西方强调男神女神之别和神人之别；东方强调男女神和神与人神秘的"混一"。

3. 西方强调人的必死性；东方强调人的不死性。

4. 西方神话表现雄心与攻击欲；东方神话表现被动性与和平。

5. 西方追求英雄主义，东方则不，尤其当英雄主义体现为野心和斗争时。

6. 西方神话中的欲望在于建立强大、独立的自我；东方神话中的欲望在于消解自我，回归纯粹的无意识。

坎贝尔的这种比较观点在神话学领域引发了持久的争论，神话研究本身也成了文化寻根的一种有效方式。神话与民族性的问题实际上也就是人类学中的文化与人格问题。所不同的是，人类学家侧重于实地考察和田野作业，从案例分析中引出结论；坎贝尔则坐在他的书斋中漫游东西方，俯视寰宇，他所得出的论断难免带有传统的偏见和个人局限。比如他确认的第 4 点和第 5 点差异，在我看来不过是西方传统观点的翻版，因为亚里士多德《政治学》就已判定：西方人性格强悍好进取，东方人性格卑弱易臣服。相对而言，坎贝尔在解析具体神话时倒是表现出更多的独创性，例如关于西方神话中父权制对母权制的取代过程。

赫西俄德《神谱》①中描述了男神的胜利：以宙斯为首的神战胜与母权文化相联系的提坦诸神，不过地母神及其后继者赫拉依然拥有强大的实力。在巴比伦史诗《吉尔伽美什》中，男性英雄所获不死草被蛇所窃，这表明被战胜的母权文化以收回不死性的方式惩罚与父权文化相认同的人类。《圣经》中的伊甸园神话也是失势的母权文化继续挑战的表现：夏娃怂恿亚当违背上帝诫命，乃是对父权至上权威的反叛。而亚当夏娃被造时所用的尘土，乃是大地母神的非人格化形式，犯罪的人祖死后归土意味着回归母体：那里没有性别之差，夏娃亚当复原为一体，就像被取下肋骨造夏娃以前的亚当。坎贝尔的这种译解与女权主义标示双性同体为至高理想的做法不谋而合，不过他把亚当和普罗米修斯这样一些男性英雄解说为母权文化的英雄，倒是打破了女权论者们的纯性别偏见。在这一意义上，他成了20世纪的"巴霍芬"②。

《众神的面具》第4卷《创造性神话的繁荣》实指12世纪中叶以降西方的神话文学，这是他继《解读〈芬尼根的守灵夜〉》之后又一部文学批评著作。"创造性神话"与以往神话不同，它的兴起是与西方人信仰的失落相同步的。信仰的失落也就是传统的神话及其价值观的失落，代之而起的个性主义价值观是使"创造性神话"有别于原始神话、东方神话和早期西方神话的思想内核。个性主义产生出新的英雄主义精神，把人从对神的屈从和对群体的盲从中解放出来。坎贝尔将两部中古传奇——《特里斯丹和绮瑟》与《波西佛》视为新的英雄主义的初期范本，将托马斯·曼和乔伊斯奉为现代的典范。至此，坎贝尔似乎暗示他即将结束在神话世界中所做的纵横游览，回归到启程时所关注的英雄问题。

---

① 赫西俄德的《神谱》描写的是宇宙和神的诞生，讲述从地神盖亚诞生一直到奥林匹亚诸神统治世界这段时间的历史。——编者注
② 巴霍芬是瑞士人类学家和法学家，名著是《母权论：根据古代世界的宗教和法权本质对古代世界的妇女统治的研究》（1861）。

回归：《梦境的象征》

坎贝尔的晚期著作《梦境的象征》（1974）及《世界神话历史地图集》第1卷（1983）可以视为其毕生著述的总结。不论从方法上还是从观点上看，都表现出回归《千面英雄》的倾向。

首先，他不再像《众神的面具》中那样探讨神话的差异性——狩猎神话与耕作神话、母权神话与父权神话、东方神话与西方神话，而是专注于神话的同一性，在更大规模上重申《千面英雄》的结论：所有的神话在本质上都是一样的。其次，在《众神的面具》对神话的形而上阐释之外，又恢复了更大分量的心理学阐释。他不仅突出神话意象与梦幻意象的比较，而且像荣格一样，干脆把神话等同于集体的梦。

与前期著作相比，《梦境的象征》的另一特征是图文并茂。作者认为神话与梦属于另一世界，解释则属于醒觉世界，两者本不相同。理解神话离不开对具体意象的直观体验。据粗略统计，仅第2章"宇宙秩序的观念"120多页篇幅中就用了图片110多幅，近乎页页可观"意象"了。为了表明世界神话中"宇宙山"的意象，作者列举出自公元前3000年的苏美尔坛台、埃及金字塔和巴比伦祭坛到9世纪的玛雅神庙、15世纪的北京天坛等时空跨度极大的多种图像，让读者按照"眼见为实"的逻辑，心悦诚服地接受"只有一种神话"的见解。

坎贝尔在《千面英雄》中曾引用乔伊斯小说人物的话"单一神话"（monomyth）来概括所有的英雄神话。现在，批评家们据此创造了一个新术语"单一神话论"（monomythicism，或译"单一神话主义"）来概括坎贝尔的学说，认为它对当今流行的那种用单一模式解读作品的批评倾向产生了决定性影响。像美国批评家吉维特（R. Jewett）所提出的"美国单一神话"论，更是坎贝尔学说的继承与发扬。

单一神话论尽管有简单化之嫌，但它所倡导的那种开阔的世界性视野对于局限在某一国别或地区之内的坐井观天式的研究，无疑是一大震撼。它要求从象征意义上而非字面意义上去理解神话，这同心理分析派和结构主义派的观点汇同一体，已经成为今日神话研究的主流。对神话象征蕴涵的发掘又反过来为现代作家和艺术家们提供了新的灵感之源。

神话捍卫者坎贝尔一生的著述反复告诉人们一个道理：神话的终极意义总是同样的。从心理学上看，那是自我与无意识的统一；从哲学意义上看，那是自我与宇宙的合一。

编者前言

一般认为，当约瑟夫·坎贝尔踏入詹姆斯·乔伊斯的迷宫时，他怀揣着一个谜：

1927 年，我去巴黎学习中世纪语言学、古法语和普罗旺斯语。那时《尤利西斯》风靡巴黎，所以我买了一本带回家，当我读到第三章时，我发现它的开头是这么写的：

"可见现象的无可避免的形态：这是最低限度，即使没有其他。通过眼睛进行的思维。我在这里辨认的，是一切事物的标志……" ①

这本书由莎士比亚书店创办人西尔维亚·毕奇（Sylvia Beach）负责出版。这家书店位于巴黎奥德翁街 12 号，我怀着对学术较真的愤懑去了那里，问："你觉得这写的是什么意思？"我当时并不认识西尔维亚·毕奇，但她接待了我，向我推销了一些有助于我了解乔伊斯的书。我把这些书带回我的小屋，从此，我对中世纪语言学就兴趣寥寥了。

西尔维亚·毕奇不但给了我关于如何阅读《尤利西斯》的线索，她还卖给我一本名为《迁徙》（Transition）的杂志，这本杂志由尤金·乔

---

① 书中涉及《尤利西斯》原文的部分，如无特殊说明均采用金隄译本，人民文学出版社 1996 年版。——译者注

拉斯（Eugène Jolas）负责发行，里面刊载了《芬尼根的守灵夜》头几个章节的草稿，冠以"正在进行中的作品"的标题。你看，起初我了解的就是这些。有意思的是，这些东西改变了我的职业生涯。[1]

接下来的六十年里，坎贝尔一直在乔伊斯创作的迷宫中穿梭，直到 1987 年去世。他运用精神分析学、比较宗教学、人类学和艺术史的方法深挖文本，获得不少发现，这些发现也是他在比较神话学和宗教学方面工作成果的一部分。坎贝尔本人也成为乔伊斯研究领域最杰出的学者之一，他与亨利·莫顿·罗宾逊（Henry Morton Robinson）合著的《解读〈芬尼根的守灵夜〉》（*A Skeleton Key to Finnegans Wake*）[①] 一书，自 1944 年出版以来，一直是乔伊斯批评中研究《芬尼根的守灵夜》的基础文献之一。一直以来，他都致力于对乔伊斯的作品进行全面阐释，这一切都源自《尤利西斯》中最初那段令他困惑的文字。

那段文字位于《尤利西斯》中《普洛透斯》（Proteus）[②] 一章的开头。在这一章中，斯蒂芬·代达勒斯行走在沙丘的海滩上，试着让自己的人生无限延长。斯蒂芬很像哈姆雷特，他们认为整个世界，包括外部世界和他们的内心世界都是动荡不安的。跟哈姆雷特一样，斯蒂芬也觉得自己的国家被篡位者统治着，他对自己说，作为诗人，他才应该成为爱尔兰的"统治者"。然而，我们在《尤利西斯》第一章中可以看到，爱尔兰崇尚的是科学，以人物马利根为代表；同样，海因斯则代表了英国。非要说的话，斯蒂芬的内心生活甚至比他的外在生活更混乱，他的内心一直萦绕着因拒绝在母亲床前祈祷而产生的愧疚感，事实上，他所谓的反抗胜利，不仅妨碍了他的诗歌才华，也使他的所有牺牲变得毫无价值。[③]

---

① 《解读〈芬尼根的守灵夜〉》由湛庐引进，即将出版。——编者注
② 《尤利西斯》采用与古希腊史诗《奥德赛》相平行的结构，在创作过程中，为了突出三部十八章的主题，作者还把荷马这部史诗的人名、地名或情节分别作为各章节的标题。但发表时，并未使用这些章节名。——编者注
③ 斯蒂芬的母亲去世前希望斯蒂芬为她祈祷，但他出于对宗教的反感拒绝这么做。他反抗胜利后，一直处于悔恨和愧疚之中。——译者注

和哈姆雷特一样，斯蒂芬试图通过哲学冥想来塑造他的内心和外在生活。在乔伊斯笔下，《普洛透斯》一章中的长篇独白与哈姆雷特那段"生存还是毁灭"的独白异曲同工，正如后者一样，斯蒂芬对呈现在感官上的世界的沉思，含有一种日益增长的绝望。当斯蒂芬闭上眼睛往前走，以试验自己的视觉感知时，他说："会不会一切已经消失？如果我睁开，发现自己已经永远地陷入那黑色之中了呢。"和哈姆雷特的独白一样，我们可以从中觉察到一种对毁灭的渴望。

"可见现象的无可避免的形态：这是最低限度，即使没有其他。通过眼睛进行的思维。"这是最低限度，即使没有其他——绝望的情绪显而易见。斯蒂芬试图在现象世界中找到某种从他的道德世界中消失的东西，那就是灵魂的核心。叔本华在坎贝尔的分析中扮演着重要角色，按照他的说法，投身现象世界即意味着放弃道德洞察的可能性，放弃对他人的同情。坎贝尔解释道：

> 分离的概念只是我们的感官在时空中体验自我的一种功能，由于空间的缘故，房间中的我们得以互相区分；由于时间的缘故，我们得以与昨晚在这个房间中的那群人相区分。时间和空间都是分离的因素，尼采称之为个体化原理（principium individuationis），即个体化的因素。叔本华认为，这些因素都是次要的，你和他者的概念也是次要的，而且时不时地会有另一种认识出现……这就是同情将你从自我定向①中释放出来的过程。[2]

沉浸在感官知觉和现象世界中，只会突出人的个性，这种个性与无菌隔离没什么区别。共情、同情②和爱，这些只存在于本体世界中。诗人绝不应拒斥道德同情的世界，但绝望痛苦的斯蒂芬在尝试"通过眼睛进行的思维"时，正打算这么做。

---

① 自我定向（ego orientation），心理学名词，强调横向地将自己与他人相比、注重社会参照、以超过他人为目标的心理定向。——译者注
② 原文特别提到，叔本华对此使用的德文术语为 Mitleid，意为"同情"。——译者注

坎贝尔正是从这一点出发，来描述乔伊斯的主要作品。还是在《普洛透斯》一章中，斯蒂芬想到一个几天前淹死在都柏林湾的人，当时人们正要打捞他的尸体。对坎贝尔来说，此人淹死的这片海正是现象之海。斯蒂芬问自己，如果办得到的话，他是否会救这样一个人，然后他回答自己说：

> 我倒是想的。我游泳不太行。水冷而软。在克朗高士，我把脸伸进脸盆里，泡在水里。看不见了！我后面是谁？快出去，快！看见了吗，潮水从四面八方涨上来了，涨得很快，沙滩低洼处很快就淹没了，椰子壳的颜色。脚下踩到实地就好了。我希望他的命还是归他，我的命归我。

"我希望他的命还是归他，我的命归我。"在这句话中，斯蒂芬承认了现象世界中个体的孤立性。

《尤利西斯》致力于再现现象世界中孤立的灵魂，对坎贝尔来说，它相当于但丁的《地狱》，后者同样描述了一种绝望的境地，那里的所有运动都是在原地打转，而非上升。此外，坎贝尔注意到，《尤利西斯》那停滞的世界里还隐藏着一个炼狱般的过程：孤独的斯蒂芬通过同情另一个受难者，得以从无尽的内疚之沼中脱身。坎贝尔认为这一突破表现在《喀耳刻》一章中，夜市区的妓女们不知为何觉得利奥波尔德·布卢姆戴了绿帽子，于是开始嘲笑他。在《太阳神牛》一章中，当斯蒂芬被雷声吓到时，布卢姆曾试图安慰他。如今，斯蒂芬有感于布卢姆的窘境，试图声东击西，开始喋喋不休地谈论巴黎的性风俗，这一招成功将妓女们的注意力从布卢姆身上转移。

如果说《尤利西斯》相当于《地狱》，那么"但丁宇宙"的其他部分在哪里？坎贝尔正是沿着这一思路，完成了对乔伊斯所有主要作品的解读：《一个青年艺术家的画像》相当于《新生》，《尤利西斯》相当于《地狱》，《芬尼根的守灵夜》则是爬上"《炼狱》之山"，前往人间天堂的过程。坎贝尔认为，《尤利西斯》中的意象是由佛教研究中的"觉醒意识"（waking consciousness）所感知的，它代表了"肉身之物"（gross objects）；与之相比，《芬尼根的守灵夜》则代表了佛教的"梦境意识"（dream consciousness），其对象是"细微之物"（subtle matter），散发着完整而清晰的审美理解的光彩。

之所以说《芬尼根的守灵夜》是《炼狱》，是因为读者如果不在书的最后一页结束阅读，就无法从书中的循环中解脱出来。全书最后一句"一条道路一种孤独一个最后一份所爱一次漫长的这条"和全书的第一个词"河水奔流"（riverrun）之间的联系正说明了这一点。那么，《天堂》在哪？坎贝尔认为，属于乔伊斯的《天堂》，就是他在去世前尚未完成的那本书。坎贝尔假设，在这本书中，乔伊斯完成了从《尤利西斯》开始的但丁式的旅程，并且乔伊斯将描述不可描述的事物，即涅槃或解脱，还将用大海来象征从轮回中获得解脱的这一状态。

……印度教对于世界之梦贡献的宏大意象之一，就是毗湿奴[①]梦见宇宙，我们都是毗湿奴梦中的一部分。我几乎可以肯定，乔伊斯想向我们展现的正是毗湿奴漂浮在海上时做的梦。印度教往世书（Purāna）之一的《摩根德耶往世书》中记载[②]，一位圣人在世界毁灭中幸存，他看见毗湿奴坐在一条名叫阿南塔（Ananta，意为"无极限"）的巨蟒身上，漂浮在宇宙之海上，而这海是所有能量的来源。在这个意象中，既包含海洋界，也包含毗湿奴躺卧其上的巨蟒所指代的动物界。我们看到，在印度教的想象中，世界之梦来源于毗湿奴，以从他肚脐中生出莲花的形式呈现。这朵莲花在历史中绽放。乔伊斯曾说：

"现下的一天，缓慢的一天，从微光到神圣的白昼。莲花，更明

---

① 毗湿奴（Vishnu）是印度教三大主神之一。——译者注
② 往世书（Purāna）是一类古印度文献的统称，通常为诗歌体，以问答的形式写成，内容通常包括宇宙论、神谱、帝王世系和宗教活动。古印度传统将十八部大往世书按照所敬奉神灵（毗湿奴、梵天、湿婆）的不同，分为三类，《摩根德耶往世书》属于敬奉梵天的忧往世书。——译者注

亮更甜美，这朵钟鸣之花提醒着，我们起床的时间到了。挠挠，挠挠。莲花舒展。直到下一个。今天。"

莲花舒展（"让我们祈祷"）①：莲花绽放的历史。在世界的尽头，莲花闭合，回到毗湿奴的体内，然后重新出现。[3]

1927 年，坎贝尔在巴黎第一次接触到乔伊斯的作品，此后便一直对乔伊斯情有独钟。他曾多次发表有关乔伊斯的演讲，经常拜读乔伊斯的著作，还发表了很多与之相关的文章。本书整合了坎贝尔的文章和代表性的演讲，从 1941 年乔伊斯去世时坎贝尔写的讣告，到坎贝尔去世前几年所做的演讲，并对坎贝尔的乔伊斯研究做了综述介绍。此外，第 6 章《对话》收录了坎贝尔在他的一些讲座上对听众所提问题的回答。听众的提问似乎让坎贝尔倍感兴奋，双方的交流为演讲正文中的材料提供了更深入的探讨。本书既包含了基本的研究材料，也有对乔伊斯作品的深入分析，因此，它不仅介绍了乔伊斯的主要作品，也对乔伊斯批评有着重要贡献。读者也可以借此机会，对作为乔伊斯批评家的约瑟夫·坎贝尔有所了解。

从最初怀揣的一个谜，发展出一套将乔伊斯所有主要作品包含在内的理论模型，这无疑是一项令人无法忽视的智慧成果。无论人们是否赞成坎贝尔得出的所有结论（在注释部分，我对此提出了一些保留意见），都应意识到这一成果的重要性。这是坎贝尔对詹姆斯·乔伊斯作品深入探索的毕生结晶。

为了避免内容重复，本书中的材料经过编辑与调整，按照《一个青年艺术家的画像》《尤利西斯》《芬尼根的守灵夜》的顺序，处理为一系列有序的评论。为了保证行文流畅，部分材料的顺序有所调换，部分演讲材料删去了语气迟疑、不够完整以及和内容无关的部分。注释部分的编者注均以方括号的形式标出，以此区别于坎贝尔的原注释。原版的演讲手稿和文章文本均保存在位于

---

① Lotus spray（莲花舒展）和 let us pray（让我们祈祷）发音近似，这是乔伊斯设置的一个谐音双关。——译者注

加州卡平特里亚太平洋研究生院（Pacifica Graduate Institute）的约瑟夫·坎贝尔档案与图书馆（Joseph Campbell Archive & Library），供对原始材料文本感兴趣的读者前往查阅。

詹姆斯·乔伊斯的作品底本

在本书中，坎贝尔引用了乔伊斯许多作品中的原文，其中部分所用底本如今已不易寻到，如莎士比亚书店版本的《尤利西斯》。为了方便读者阅读，本书的引文均参考乔伊斯作品的现代标准版本，并按这些版本核对了坎贝尔的引文，以确保不同版本的选用不会对坎贝尔的观点造成影响。

1.《一个青年艺术家的画像》所使用的版本为经过伽斯特·G. 安德森（Chester G. Anderson）根据都柏林的手稿图片订正、理查德·艾尔曼（Richard Ellmann）编辑的权威版本，由维京出版社于 1964 年出版。

2.《尤利西斯》的版本选定较难，因为每一版本的《尤利西斯》都有瑕疵。经过激烈辩论，本书决定使用美国最常见的版本，即兰登书屋 1986 年版，是由汉斯·沃特·加布勒（Hans Walter Gabler）、伍法德·斯特普（Wolfhard Steppe）和克劳斯·梅尔基奥（Claus Melchior）所编辑的修订本。在我看来，这一版本仍有谬误，因此在注释部分，我对加布勒版的原文有所调整。不同版本的选用并未对坎贝尔的文本造成任何实质性影响。

3.《芬尼根的守灵夜》目前基本只有一个版本，即维京出版社 1958 年版，其中包含了乔伊斯对初版作品的修订。这一版本中或许也存在一定谬误，但需要修改的地方较少，在注释中也会一并说明，确保不会影响坎贝尔的观点表述。

埃德蒙·L. 爱泼斯坦博士（Edmund L. Epstein, Ph.D.）

MYTHIC WORLDS, MODERN WORDS

詹姆斯·乔伊斯（1882—1941）：一则讣闻[1]

詹姆斯·乔伊斯在苏黎世溘然长逝了。在第二次世界大战期间，他在苏黎世全身心地投入《尤利西斯》的创作中。这本书问世后，德国、意大利和法国，以及北欧一些国家的读者争相阅读，许多人都得偿所愿了。然而，在美国和不列颠群岛，此书却因涉嫌淫秽而被焚毁查禁。十一年后，一位美国法官真正研读了《尤利西斯》，才发现它根本谈不上淫秽。自此，《尤利西斯》才得以在美国合法发行，并被视为真正的艺术。这本书目前在现代图书馆依然有售，全书 768 页，售价 1.25 美元。

在德国占领巴黎八个月后，乔伊斯因为腹部手术失败死亡，他曾在两次世界大战期间居于巴黎，并在那里苦心创作了《尤利西斯》的续集，即《芬尼根的守灵夜》。这本书耗费了他十七年的心力，完稿后即在美国和不列颠群岛出版。该书出版后的第二天早上，便有人在报纸上撰文称这本书的语言晦涩难懂，内容难以理解；买书的人本来以为它读起来的感觉会类似于《飘》和《愤怒的葡萄》，却也发现它的语言难以理解；大学教授们同样抱怨它晦涩难懂。这本书被弃置一旁，交由明智的时间来判断它究竟会是永存的艺术，还是仅仅是一些迷宫和诡计。此后第二场世界大战爆发了，许多有趣的关于希特勒主义和讨论民主意义的书籍得以出版。

詹姆斯·乔伊斯于 1941 年 1 月 13 日在苏黎世去世，享年 58 岁。他在整个 "二战" 时期都待在苏黎世，在那里完成了将他的文学创作推向高潮的著作，即《芬尼根的守灵夜》。当时他的书还未经时间考验，因此人们很难在身后给他下定论。《纽约时报》一位博学的编辑试探性地宣称，这部作品要表达的东西模棱两可，内容故作神秘，迂腐不堪，晦涩异常，古怪恶搞，令人厌倦，并说："明智的时间将决定，它究竟是会永存的艺术，还是仅仅是一些迷宫和诡计。" 詹姆斯·乔伊斯的确内心古怪，他既是自然主义者，又是象征主义者，还是个幻想家。此外，他的语言还晦涩难懂。

不久前的某一天，西方世界失去了为数不多的伟人之一。他被埋葬在一堆废报纸下。

年轻时，詹姆斯·乔伊斯英勇地离开故乡都柏林，并在他心灵的作坊里铸造出他的民族的还没有被创造出来的良心 ①。此后，他辛勤耕耘三十七年，对现代生活的整体景象进行了既神圣又滑稽的改造。他的双臂之神（God with Two Arms），不仅存在于彼得教堂的岩石上，也存在于街上的每块砖石中；不仅存在于祭坛上，也存在于人、兽、禽、鱼发出的每种声音里，从天神的乐声到下水道里的水花声或棍子破裂的 "噼啪" 声，总之，存在于每一种声音里。詹姆斯·乔伊斯，这个在连续的现在时态中慢慢揭开所有循环历史的人，与世长辞了。

上天，你给我们带来苦难，也让我们的艺术与笑声缠绕在一起。²

---

① 这句话引自乔伊斯的《一个青年艺术家的画像》，原句是主人公斯蒂芬对自己的人生抱负的描述。书中涉及《一个青年艺术家的画像》原文的部分，均采用黄雨石译本，外国文学出版社 1983 年版。——译者注

第二部分　怀尔德事件

05　九死谁生？ / 319

第三部分　对话

06　对话 / 337

MYTHIC WORLDS, MODERN WORDS

第一部分

詹姆斯·乔伊斯的小说

MYTHIC
WORLDS,
MODERN
WORDS

01

导 读[1]

情感形象

　　最近，我阅读了约翰·韦尔·佩里（John Weir Perry）博士的一系列关于精神分裂症的现象学研究的文章。我相当震惊，因为我发现他观察到的意象就是我在《千面英雄》^①中写到的。佩里将神话形象称作"情感形象"（affect images），指那些能够顷刻间唤起观察者的同等情绪和情感冲动的形象，这对我来说是一个很重要的概念，因为我对一个有效的神话符号的定义正是"一种释放能量和指引方向的符号"。根据我的理解，佩里观察到在精神分裂状态下，情感形象开始分裂，也就是情感和形象之间产生了分离。换句话说，精神分裂症患者的情感生活失去了形象的支撑，而通过形象，他不仅可以与他人交流，也可以与自己的意识交流。当然，在我们的传统中，神话形象也已经失去了与情感的联结，它要么被解释为人类失智的表现，要么按照希伯来语和基督教传统，被解释为可能发生过或杜撰的历史事件。无论在哪种情况下，神话形象如今对人们的心理都无关紧要了。

　　在接下来的讨论中，我希望做的一件事，就是把我从佩里那里学到的关于

---

① 《千面英雄》是约瑟夫·坎贝尔的神话学著作，于1949年首次出版。此书中文简体字版已由湛庐引进，2016年2月由浙江人民出版社出版。——编者注

精神分裂症的意象和乔伊斯富有远见的写作中的意象联系起来。从佩里的研究成果来看詹姆斯·乔伊斯的作品,我意识到,自从 1927 年第一次与《尤利西斯》和《一个青年艺术家的画像》在巴黎相遇,乔伊斯一直是我解读神话材料的向导。乔伊斯不仅为我,可能也为其他人做了的一件大事,就是把人类从多种来源和派别的思想中获得的大量神话形象遗产与人类自己的情感系统联系起来。我认为这就是乔伊斯所产生的影响,他的作品是一部将个人的情感体验与人类情感形象的共同遗产结合在一起的作品。因此,我将在这里尝试指出,乔伊斯是如何建构起这些形象的。

我认为,我们的意象在形成过程中已经被剥夺了情感的部分。因为我们在解释形象时有强烈的理性倾向,而且宗教传统将符号变得具体化,所以意象不再像过去那样指代某些象征性的主题,而是指历史事件。举个例子,当我们把基督的复活解释为一个历史事件,而不是把其看作心理层面上的一个危急关头,这便是意象失去了它的影响力。如果你在牧师的职位上,只是机械重复神学院所教的内容,而不是像在艺术世界里那样呈现个人的经验,那说明你可能有一群不懂教学的老师,他们没有教导我们,如何将我们的个人经验与意象联系起来。

我是这样区分传统神话和创造性神话的:传统神话呈现出了一个人应该对其有一定反应的形象系统,一个人要么会有这些反应,要么不会有这些反应;而创造性神话恰恰相反,创造性的艺术家则首先是拥有一段经历,然后寻找用来渲染这段经历的形象。神父是传统形象的传播者。除非他是一位出色的教育家,否则他不会观察他在传播形象时所面对的人是否已经准备好接受这一形象。没有什么比在个人体验之前就过早地获取一些重要的经验意象更让人乏味的了。这就好比,当你翩然而至,体验之花却已枯萎。

从佩里对精神分裂症问题的讨论中,我了解到有多种不同类型的经历可以让个人与环境分离,所有这些经历都将在《一个青年艺术家的画像》中被找到。第一种经历是由于某种原因成为局外人的经历。在《一个青年艺术家的画像》中，小男孩在一所侧重体育运动的学校就读，但他并不擅长体育运动，所以他摔倒了，他感到发冷，他感到焦虑。佩里说，为了抵消这次户外遭遇的负面感受，人物的内心会产生幻想，幻想将个人置于归属感的中心。在精神分裂的情况下，一个主要形象的产生，也可以说是意象成像的倾向，需要寻觅一个中心。在这个过程中有一个精神上的转变，精神转移到一个未知的地方，那里将成为中心，而与这个中心相关的意象在人的思维中是非常重要的。人画了一个十字，于是他有了一个中心。

佩里认为第二种经历是自我形象受损。当父母不断地责骂孩子或告诉孩子他做错了事，而不是感谢和称赞他小小的成就时，个人与环境分离的情况就会发生。抑或是当某个人进入一个他的性格不被欣赏的环境中，在这个环境中，他的文化传统或他原生的社会环境不被尊重，比如他的种族不被尊重，那么他的自我形象就会被破坏。佩里认为，为了弥补受损的自我形象，人们会产生对力量的渴望，由此让他们感觉有能力让自己的心理场 [①] 变得井然有序。这一点非常强烈地体现在斯蒂芬身上。他的自我形象受损有很多原因，但我们在他身上看到了他通过这种力量将秩序注入他的生活。这就是为什么他有着强烈的唯美主义倾向：他有一种审美的冲动，他想要规划某个领域，首先是艺术作品的领域，随后是他的整个生活。

第三种经历涉及具有负面影响的恋母情结，它使人陷入一种相当低级且不合理的家庭关系中。这样一来孩子就无法脱离幼稚成长起来，于是，母亲就成为一种具有威胁性的人物，一些强势管教自己孩子的母亲也许就扮演了这类角色。为了补偿这一点，人们会有一种冲动，想去寻找伟大的父亲形象，并与之建立联系。这种冲动在《尤利西斯》中贯穿始终，并构成《尤利西斯》本身。斯蒂芬的家庭相当混乱，经济状况也每况愈下。他的父亲是一个爱尔兰浪

---

① 心理场（psychological field）是心理学家勒温提出的拓扑心理学中的一个重要概念。——译者注

荡子，经常和朋友们一起嬉闹玩笑。年轻的斯蒂芬感到和他逐渐疏远，于是开始寻找"伟大的父亲"。他寻找伟大的父亲，而不是与他母亲结婚的父亲，这是最大的主题。斯蒂芬不仅想要绕过与母亲婚配的父亲，还想绕过他母亲的上帝。这里的上帝指的是母亲在他童年时期灌输给他的上帝的观念，是那些神父所代表的上帝。斯蒂芬想完全越这一切，彻底地去追求另一种父亲形象。

　　第四种导致精神分裂症的情况，是一种对生活的体验，认为生活是一种被严格控制的东西，而不是可以轻松享受的东西。毫无疑问我们在《一个青年艺术家的画像》中能感受到这一点，那是由耶稣会士和他们极其严格的纪律带来的。爱尔兰的耶稣会士在这方面是非常可怕的，我自己年轻时就体验过。他们不能容忍任何废话，如果你不守规矩，等待你的就是一根皮带。这里不允许青少年犯罪，斯蒂芬非常直观地感受到爱尔兰天主教的这种强烈的僵化。为了补偿这一点，现在我们来到这个过程的核心，斯蒂芬的心理走向了对爱欲原则（eros）的追求，而不是对死欲原则（thanatos）的追求。即通过情欲和爱这种愉悦的方式来表达意志，而不是以激烈训导的方式。

　　经历以上这几种情况，人往往会丧失自我形象。而丧失自我形象的通常结果，就是自我形象的分裂，这正是精神分裂症的开始。这个人把自己想象成被抛弃的人、小丑或傻瓜；同时，在另一个更隐蔽的层面上，他把自己想象成众望所归的英雄，一个不仅要纠正自己的生活，而且要纠正整个世界的人。在这种情况下，精神分裂症患者在脑海中最突出的是世界王权的形象，也就是他既是这个世界中心的神圣国王，又是救世主的形象。他是国王，但他要带来的世界是新世界。这些都是精神分裂症患者脑海中的形象，但他们并没有能力协调出现在他们自我身上的形象的流动。

　　佩里分析了导致精神分裂危机的意象，发现了十个主题，所有这些主题都曾出现在我多年前描述的英雄旅程[2]中。英雄的旅程和精神分裂症患者的困境，这两者之间的区别在于精神分裂症患者仅仅是遭受了这些形象杂乱无章的冲击，而英雄作为一个有能力掌控局面的人，却能有序地接受这些形象。

在佩里的十个主题中，第一个主题是试图找到一个新的世界中心的倾向。世界的中心会从一个人所处的世界，转移到他期冀建立的世界。我们将在斯蒂芬·代达勒斯身上看到这个过程。在《一个青年艺术家的画像》的前几章中，斯蒂芬对所处的世界感到越来越幻灭，当他经历了溪中女孩的幻象时，他自己的新的中心启动了。在《新生》中，但丁因为看到了比阿特丽斯而开启了新的中心，这一幻象的显现让世界变得黯然失色。然而，在斯蒂芬的故事中，是世界先变得黯然，然后他才找到了自己的中心。

佩里的第二个主题是我们在整个《尤利西斯》中看到的死亡或牺牲，以及英雄的破碎和瓦解。在本书第三章关于《尤利西斯》的讨论中，我将强调乔伊斯在哪些地方提出过这个主题。

从这个主题直接延伸到了第三个主题，即回归起点的主题：从光明世界下降到深渊的意象。在《尤利西斯》中，妓院中的"瓦尔普吉斯之夜"有一个场景将这一主题推向高潮：一切东西都分裂成碎片，分崩离析。这无疑是一种精神分裂的情况，一堆杂乱、互不相连的意象蜂拥而至、向前涌动。作为艺术家的乔伊斯通过暗示从一个到另一个意象之间的关系，轻松地把它们连接起来，而小说的主人公却没有被连接。

前面三个主题还关联着后续两个主题。第四个主题是宇宙间的冲突，即光明与黑暗、善与恶、上帝与魔鬼之间的冲突。乔伊斯在《尤利西斯》中用黑色弥撒的形式来演绎这一点。整部《尤利西斯》就是一团黑色物质，这在《喀耳刻》（Circe）一章的"瓦尔普吉斯之夜"场景中得到了实现，黑色物质被等同于白色物质，就像你拿起一面镜子，认为所有被翻转的东西看上去都是正向的。因此，当天使呼唤"哈利路亚！"（赞美主！赞美上帝！）时，"上帝"就变成了"狗"这个词的翻转①：上帝显灵在狗身上。此外，阿多奈的呼唤"Dooooooooooog！"也唤起了《尤利西斯》中关于"狗"的重要主题，它

---

① 英文单词 Dog（狗），该词倒过来是 God（上帝）。——译者注

是"兽性的"死亡的象征。例如，在《尤利西斯》第三章，一只狗在海滩上停下来，去嗅探一只溺水狗的尸体，这个场景让斯蒂芬再次联想到死亡的主题。

第五个主题是对异性的恐惧，以及对变成异性的恐惧。布卢姆没有这种恐惧。他说"哦，我多么想当母亲呀"。[3] 随后，他生下了八个可爱的孩子，个个都有英俊的贵金属面孔，他们立即受到任命，担任若干国家公共事业的高级职位 ①。但是从《尤利西斯》一开始，斯蒂芬面临的问题就是女性的法则正在追赶着、威胁要吞噬他。在"瓦尔普吉斯之夜"中，他丧失了理智，因为他死去的母亲出现了，浑身是血，正在被一只螃蟹（癌症）② 啃噬。

以上五个主题充满负面的、令人心悸的形象。现在让我们讲五个具有正面形象的主题，有两个是由佩里命名的。其中一个主题是神化，意味着英雄想象自己最终成为宇宙之王或救世主，或者想象自己荣登宇宙之王或救世主的宝座。后面我们将会看到斯蒂芬正是如此。另一个主题是神圣的婚姻，男性英雄与神圣的女神联姻，如果是女性英雄，她则会与神圣的祖先联姻并诞下将来会成为英雄的儿子。

第八、第九、第十个主题都是圆满的形象，分别是新生的形象、一个理想化社会的形象、四分法的世界的形象。其中，四分法的世界的形象指伊甸园里的河流流经罗盘的四个点 ③。在乔伊斯的四本书中，《芬尼根的守灵夜》在空间和时间周期（金、银、青铜和铁的时代）的角度上都是一个"四分法的世界"。

精神分裂症患者的处境和真正的英雄的不同之处在于，英雄有勇气和精力去整合所有的形象。当英雄过着脱离本性和中心的生活时，他的生活中就会出现一种完整性，引导他穿透这些形象。但如果他无法吸收整合这些形象，他就会解体。

---

① 故事情节参见《尤利西斯》第二部第十五章。——译者注
② 英语中表示"癌、恶性肿瘤"的单词是 cancer，它来自拉丁语，本意是"螃蟹"，如巨蟹座就是 Cancer。首字母小写的单词 cancer 则表示"癌症"。——译者注
③ 起源于伊甸园的河流分为四支，分别是比逊河（Pishon）、基训河（Gihon）、底格里斯河（Tigris）、幼发拉底河（Euphrates）。——译者注

艺术之翼

　　当你翻开乔伊斯的《一个青年艺术家的画像》，一句拉丁语映入你的眼帘，"et ignotas animum dimitit in artes"，意思是"他全心全意投入晦涩无名的艺术中"。这句箴言出自奥维德的《变形记》，它指的是希腊神话中在克里特岛建造迷宫的伟大工匠代达罗斯（Daedalus）。迷宫的奥义就是他的作品，在古典传统中他被视为艺术的保护神。传说中，克里特岛的暴君米诺斯国王试图让代达罗斯成为农奴，但代达罗斯决意带着儿子伊卡洛斯（Icarcu）一起从克里特岛逃走。为此，代达罗斯将他的注意力"投入晦涩无名的艺术中"，制作了两对蜡质翅膀，让他们真的飞了起来。因此，开篇的箴言是指乔伊斯决定制造艺术之翼。此后，这个关于飞行和艺术之鸟的主题成了贯穿乔伊斯作品的一个重要主题，它甚至出现在《芬尼根的守灵夜》的结尾——乔伊斯是在《一个青年艺术家的画像》这段文字写下很多年以后才写的《芬尼根的守灵夜》。我不知道为什么，人们在谈论艺术家的飞行时总是提伊卡洛斯而不是代达罗斯。伊卡洛斯飞得太高，离太阳太近，翅膀上的蜡融化了，于是掉进了海里。大多数人对此的看法似乎是艺术家是做不到的。可是，代达罗斯做到了。乔伊斯是一个乐观主义者，他认为一个有能力的艺术家拥有实现自由飞翔的能力。

那么这句箴言的意义是什么呢？我脑海中浮现的第一个寓言是代达罗斯从克里特岛逃到了大陆，乔伊斯从爱尔兰的地方文化逃到了它伟大的大陆源头。但是，乔伊斯还在进行另一次逃亡，从罗马天主教会的象征主义逃到了共相^①（也就是荣格所说的"原型"），基督教意象是其中的一个转折。可以说他逃脱了自己精神上的地方主义进入了完全的人性，这是我们内心深处共同的遗产。

作为一名天主教徒，乔伊斯从小就被荣格原型的天主教色彩所包围。当你走进一个天主教家庭时，你会看到什么挂画？你会看到圣母玛利亚，会看到十字架，你还会看到利奥波尔德·布卢姆所说的"基督喜怒形于色"。天主教的孩子是在这些神话形象面前长大的，是原型形象方面的专家。例如，他们知道母亲和父亲只不过是圣母和父神这些伟大原型的地方性变化。然而，这个天主教青年在成长过程中，却一直纠结于如何将现实世界与他所接受的形象联系起来，而这些形象某种程度上却显得格格不入。乔伊斯所做的首先是从他身后的那些形象和外面的世界出发，然后他把意象伸展开来，伴着随处可见的联想的变化，最后把意象交还回去。

以我为例，我也是在罗马天主教的环境中长大的，在阅读乔伊斯之前，我已经对这些形象的力量失去了所有信念。而通过乔伊斯，我了解了一个人如何能够将局部的象征打开，拓展为更大的象征，以及这个过程中心理层面会发生什么变化。我认为乔伊斯的作品对其他人来说也有这样的影响，它不仅适用于基督教的意象，也适用于拥有其他神话遗产的任何一个人。

关于乔伊斯小说的艺术，这里还有另外一点需要说明。詹姆斯·乔伊斯继承了十九世纪后期自然主义小说的传统，而《一个青年艺术家的画像》开篇的箴言"他全心全意投入晦涩无名的艺术中"，暗示着他的飞行不仅是从爱尔兰到大陆、从罗马天主教到伟大的神话原型，而且还是从自然主义小说到神话的

---

① 共相（universal），哲学名词，表示普遍和一般，但是不同的哲学家会有不同的理解和阐释。西方哲学中共相问题的讨论源于柏拉图和亚里士多德。——译者注

原型。只有生活的细节被送上舞台呈现出来，我们才能感受到原型在它们幕后的演奏。

乔伊斯并不是当时唯一一个以这种方式创作的人。我发现了二十世纪上半叶文学界最有趣的一件事，那就是许多作者从自然主义传统出发，逐步进入神话思想的领域。在这方面，我能想到与詹姆斯·乔伊斯最近似的人是托马斯·曼（Thomas Mann）：乔伊斯是一个抛弃了天主教的天主教徒，托马斯·曼是一个抛弃了新教传统的新教徒，他们的第一部作品在几年内相继问世。两人的第一部作品都是自然主义的，但都带有一种美学上的呼应，开始将情感指向超越自然主义的层面。

第一次世界大战后，两人虽然彼此不知道对方在做什么，但都推出了一部重要的作品，表面上是自然主义的形式，但却进入了神话的领域。托马斯·曼的《魔山》于1924年出版，乔伊斯的《尤利西斯》于1922年出版，在这两部作品中都有对神话的刻意呼唤，有意并直接引用了英雄进入黑暗世界、坠入深渊后归来的神话故事。当我们谈到《尤利西斯》时，我将展示乔伊斯是如何处理这个神话旅程的。他们的最后一部作品，1939年乔伊斯的《芬尼根的守灵夜》和托马斯·曼的"约瑟夫"系列（1934—1944）都放弃了人间，彻底投身神话世界。乔伊斯本打算再写一部作品，可以说，这部作品本来可以结束他的神话旅程，但他在这样做之前就去世了。

同体变形

乔伊斯从奥维德的《变形记》中获取了他的开篇箴言，《变形记》也给我们提供了另一条线索。在《变形记》第十五卷中有一个精彩的场景，奥维德正在与毕达哥拉斯交谈[①]，这个与世隔绝的圣人给出了这本书的主题：一种活力澎湃的力量正在从一种形式转化为另一种形式，显灵在动物世界、植物世界、人类世界、神圣世界。生命长存，永不死亡。灵魂以各种形式出现，变形就发生了。此外，奥维德将他的神话分门别类。例如，他列举了许多戏剧中关于神、仙女的故事，以及儿子寻找父亲的故事，因此，我们再次看到这些伟大的主题出现在许多变形之中。

同体，是一个神学概念，是贯穿乔伊斯作品的一个主题，是《尤利西斯》的核心。圣父上帝、圣子上帝和圣灵上帝据说是同体的，三个不同的人格在一个神圣的物质中。这种物质是什么？它在心理学领域的作用是什么？父亲和儿子是同体的吗？整部小说中，斯蒂芬的脑海一直萦绕着诸如此类的问题。所以从某种意义上说，奥维德不仅赋予了乔伊斯从爱尔兰到大陆的起点，也给了乔

---

① 毕达哥拉斯（Pythagoras，约公元前 580 年—约前 500/490 年），古希腊数学家、哲学家。——译者注

伊斯同体这个主题，一个贯穿万物的形式。

此外，任何一个优质版本的奥维德《变形记》，都是帮助你了解关于古典神话传统的最好的手册。只需在索引中查找自己感兴趣的内容，你就能发现它。而你一打开奥维德的作品就会注意到，故事的主线与《圣经》相重合，所以你可以从古典传统跳到闪米特传统①。当然，这两者的前身都是苏美尔－古巴比伦传统，希腊语和希伯来语都来自于此。因此，我们又回到了源头，从古典和《圣经》的狭隘世界转向它们所起源的早期世界。我们由此发现，所有这些神话中都存在一个普遍的人类传统。

大家也许记得，奥维德的时代是希腊化时代，是东方和西方的神话素材融合在一起的时代。乔伊斯将这一点坚持到底。在《尤利西斯》早期，他进入了东方领域，谈论《奥义书》②，以及当时在都柏林和伦敦的神智学运动，他在所有的叙事高潮中都使用了印度神话中的形象，如湿婆、萨克蒂③等。他采取的不是折中主义④，而是将这些神话复合在一起，形成一个符合逻辑的融合，指出它们都是一个基本材料的变形。当乔伊斯写《芬尼根的守灵夜》时，两位主角大放异彩，就像一个充满活力的神灵，像上帝之光，照耀着万物。他们的名字在一个接一个的变化中不断响亮，汉弗利·钱普顿·壹耳微蚵（Humphrey Chimpden Earwicker）是神话中的英雄，他姓名的首字母 HCE 代表"每个人都来了"（here comes everybody），还有他的配偶安娜·利维娅·普鲁拉贝尔（Anna Livia Plurabelle），她姓名的首字母拼成了 ALP，是德语中引发梦魇的恶魔⁴的意思，但她是她配偶的"萨克蒂"。他们形成一体，照耀着一切。

---

① 伊斯兰教的《古兰经》与基督教的《圣经·旧约》都是以闪米特族语系的语言写成的。——译者注

② 《奥义书》（Upanishads），印度最经典的古老哲学著作，已知的《奥义书》有一百多种，用散文或韵文阐发印度教最古老的吠陀文献的思辨著作，记载印度教历代导师和圣人的观点。——译者注

③ 萨克蒂（Shakti），印度神话与宗教人物，是湿婆（Shiva）的妻子。——译者注

④ 折中主义（eclecticism），指没有自己独立的见解和固定的立场，只把各种不同的思潮、理论，无原则地、机械地拼凑在一起的思维方式，属于形而上学思维方式的一种表现形式。——译者注

乔伊斯和荣格的无意识

　　当乔伊斯和托马斯·曼的创作在同一时期进入神话领域的时候，弗雷泽（Frazer）在人类学领域进行了同样的探索，弗洛伊德和荣格在心理学领域进行了探索，他们都在用心理学的术语解释神话。

　　在神话阐释上，弗雷泽早于弗洛伊德使用了理性的、联想的方法，当他试图找到这些象征形式的终极解释时，他感到很沮丧。他以一种 19 世纪末的解释方式将它们解释为"差错"。例如，他用他所谓的"交感系统"（sympathetic system）来解释魔法：因为人的头脑中的想法是相互关联的，所以这个人会认为这些想法在现实中也紧密相关。例如，你摇着拨浪鼓，发出下雨一样的声音，并认为它会带来降雨。这是一个模仿联想的例子，弗雷泽称之为"相似定律"（Law of Similarity）。再比如，当趾甲刺穿了你的脚，为了治愈你的脚，你需要清洁并打理趾甲。这是一个"接近联想"（association of contiguity）[①]的例子，将接触过的物体相互联系，弗雷泽称之为"触染定律"（Law of

---

[①] 坎贝尔在此处提及的接近联想（association of contiguity）最早可以追溯到亚里士多德，指当一个人同时或先后经历两件事（某种刺激或感觉），所经历的这两件事情会在人的思想里互相联系、结合。——译者注

Contagion)[①]。然而，弗雷泽没有意识到，在无意识层面上存在着不易被理性解释的联想。

弗雷泽是弗洛伊德式的人类学家。从弗雷泽开始，弗洛伊德简单地遵循同样的路线，但他陷入了无意识的维度。弗洛伊德所说的无意识是一个人被压抑住的婴幼时期的记忆。对弗洛伊德来说，无意识的内容曾经都是有意识的，可以通过分析使其再次有意识，这就是治愈方法。换句话说，无意识源于经历和回忆，源于你的个人生活。在《图腾与禁忌》（*Totem and Taboo*）一书中，他用现有的记忆和被压抑的历史事件来解读图腾和禁忌系统中伟大的神话主题。所以弗洛伊德的无意识在本质上是一种传记和历史秩序下的无意识。就好像你曾在记事本上写了一些糟糕的东西，回过神时，你记不起你写下的是什么。更令人讨厌的是你知道它代表了一些东西，但你却不知道它是什么。然后，也许你会突然回想起来，"哦，我记起来了！"这时，你才能读懂你写的东西。

荣格接受了弗洛伊德的无意识，这里的无意识包含一些来自个人经验的形象，荣格称其为"个人无意识"。荣格向前进了一步。当有人带着做过的梦来找他解释时，为了从此人的生平经历中发现他的联想，荣格会问："这个让你想到了什么？那个让你想到了什么？"然而，每隔一段时间，病人的梦中就会冒出一个他从未经历过的形象，一个神话般的形象。这种情况说明，这个人已脱离了个人回忆的领域，进入了另一个领域。

因此，荣格提出一个理论，即无意识的内容不仅是个人经验的残余物，而且是个体并没有发觉的一种人类机体运作的功能。对于荣格来说，无意识是第一位的，是最根本的。意识是从无意识中产生的东西。在生物学上这是事实，无论是从种族的历史还是从个人的历史来看，皆如此。婴儿的身体，以及这个身体所产生的所有功能和意识，都是在母亲的子宫里形成的。仅从婴儿本身无法合理

①　弗雷泽认为魔法得以建立的原则之一是接触过的物体在彼此分离后，它们之间的污染作用并未因为距离变远而停止。基于触染定律的魔法就是通过一些与人接触过的物体来影响人，这些物体可以是指甲等身体的一部分，也可以是其他外物。——译者注

化这一问题，因为它与生俱来就伴随着许多它无法决定的冲动。当这些冲动被推回、打击或越界时，混乱就会发生，随后必须对混乱加以纠正。如何纠正？还是来自身体的冲动。因此荣格假定存在他所谓的"集体无意识"，而他也不是在通过询问病人"这让你想起了什么"来解释病人梦中的神话意象，而是在调查寻找某个象征在神话中的永恒意义，他把这种方式称为"通过比较神话研究进行放大"。

荣格认为无意识是对意识的补充，无意识具有积极的、纠正性的价值。对弗洛伊德来说，无意识的意象是试图掩饰那些禁忌的欲望。对荣格来说，无意识的意象并不是在试图掩饰什么，而是在试图告诉你如何纠正你的意识态度，但你无法读懂它，因为你已经忘记了它们的语言。荣格说："这就像你还没有破译的手稿中的一段文字，现在，让我们来破译它。"一个人如何破译一份手稿？他采取了他所说的"文献学的态度"（philogical attitude）。想象你收到一封朋友的来信，他的字迹不是很清楚，导致你看不懂信上的某个单词。这时你就看第一个字母，看看在信中你能读懂的其他单词中是否有另一个类似的，"哦，原来是这样，她在今年的来信里把 A 写成了这个样子。"然后是下一个字母，以此类推，这样你就把这个单词拼凑出来了。梦也是如此。当有一个你无法解释的时刻，你就去看它在无意识的其他表现中是如何被解释的。

乔伊斯采取了荣格对无意识的观点。将乔伊斯的小说与我们对荣格的了解联系起来阅读是很有趣的，在小说中可以看到荣格已经阐述过的那些主题。当我们从《一个青年艺术家的画像》到《尤利西斯》再到《芬尼根的守灵夜》时，我们发现同样的主题出现了，同样的主题被放大了。然而在《一个青年艺术家的画像》中，我们面对的是个人传记，是觉醒的生活。在《尤利西斯》中，我们正在穿越传记式的无意识的梦境，开始听到原型的回声。而当我们到达《芬尼根的守灵夜》时，大约是我们"年轻且易受挫"（yung and easily freudened）[1]的时候，原型的力量立即占据了上风，角色也正好相互融合了。

---

[1]　乔伊斯在他的《芬尼根的守灵夜》中的自造词。评论姑娘们"yung"且容易被"freudened"。"yung"是"young（年轻的）"和"Jung（荣格）"两个词的拼合；"freudened"是"frightened（吓坏的）"和"Freud（弗洛伊德）"两个词的拼合。——译者注

乔伊斯的但丁模型

让我们继续下一个观点，乔伊斯心中的大师和楷模是但丁。公正地说，我认为但丁在他精彩的《新生》和《神曲》中，将中世纪哥特式教义的含义带到了体验式的陈述中，因此他呈现的主题不是教义，而是经验丰富的情感。但丁的第一部作品《新生》是他年轻时写的一本带评注的诗集，歌颂一个名叫比阿特丽斯·波提纳里的女孩。在《新生》的结尾处，但丁说："我现在停下笔，准备写一本关于她的书，写下人们在描述任何一位女性时都从未讲过的话。"他写的这本书，讲述了比阿特丽斯的外貌如何唤醒了他的心灵之目，并最终将他带上了上帝的宝座，这本书就是《神曲》，由《地狱》《炼狱》和《天堂》三部分组成。乔伊斯模仿了但丁，他的第一部作品《一个青年艺术家的画像》相当于《新生》，乔伊斯模仿了它所有的基本主题。然后乔伊斯继续创作他自己的《神曲》，这部剧也将分为三个部分：相当于《地狱》的《尤利西斯》，相当于《炼狱》的《芬尼根的守灵夜》，以及相当于《天堂》的书，乔伊斯还未动笔就去世了。

为什么说《尤利西斯》相当于《地狱》？地狱是什么？地狱是一种灵魂的

状态，绝对依赖于它的俗世经验，但在某种程度上受制于时空层面，因而灵魂无法通过这些俗世经验认识到神性维度的光辉。简单地说，地狱是你经验层面的局限性，你是如此效忠于它，以至于它无法被打破。没有人能向你展示超越你经验的生命的神圣维度。《尤利西斯》中人物的状态就是这样的，他们被锁缚在自我系统的坚硬之环中，贬低着神秘主义的维度①。当但丁和维吉尔在地狱里徘徊，看着灵魂被束缚在他们的小圈子里时，斯蒂芬和布卢姆也在都柏林游荡。但丁把我们带进地狱，向我们展示那里的佛罗伦萨人。如果没有注释告诉你这些不同的人物是谁，他们的生活是什么样的，以及他们为什么在那里，你就不可能理解但丁。但丁把佛罗伦萨描绘成地狱；乔伊斯反其道而行之，他把地狱描绘成都柏林。但丁把我们带出这个世界，进入神话的维度；乔伊斯却将神话的维度引入世界，并通过现实世界向我们展示了神话的维度。

为什么说《芬尼根的守灵夜》相当于《炼狱》？炼狱就像进修学校，虽然灵魂已经很好地学习了人生的课程，但它们还没有好到足以毕业、踏进天堂，所以就进了炼狱。他们的精神在某种程度上已经被打开，但还没有达到能够领悟至福②的程度。因此，他们的遮罪③，即所谓的可宽恕的罪④，这些可被清除的罪必须在炼狱中被清除，以便他们的双目能睁开，看到幸福的愿景。这相当于东方体系中的轮回主题：从一个生命到另一个生命，你会被清洗掉你的遮罪，直到最后你被完全释放。乔伊斯将炼狱和轮回的主题做了一个完整的类比。正在转世的不仅是个人，还有整个宇宙。它一圈又一圈地转，这就是佛陀在摆出教导姿势时举起的圆圈所代表的主题：一圈一圈又一圈。你如何走出？《芬尼

---

① 部分与哲学体系相关的神秘主义学说，把人生的最高目的解释为，人类应当渴求精神与心灵的自由，摆脱一切奴役与束缚。——译者注
② 至福（beatific vision）又称荣福直观、至福异象，指完全被净化但仍保有理性的灵魂直接面见三位一体的天主。——译者注
③ 遮罪（occluding commitments），"遮"是防止、防范的意思，可见本身没有罪，只是防范造罪业，若是犯了这一类的戒条教诲，都叫"遮罪"。与之相对的是"性罪"，但"遮罪"比"性罪"轻。——译者注
④ 中世纪的宗教神学把人在洗礼之后犯下的罪分成两类：一类是"可宽恕的罪"（venial sins）；另一类是"导致灵魂死亡的罪"（mortal sins）。"可宽恕的罪"是轻微的罪，教徒可以自行向上帝忏悔，不必向教会坦白自己的罪过。——译者注

根的守灵夜》是用一个有缺口的圆圈写成的，缺口就是它的出口，就是炼狱，是轮回。但如果一个人避开了重生的循环，他就会走进虚无，这原本将是乔伊斯的《天堂》，也就是那本天堂之书的设定。[5]

在这部分的叙述中，我还有一点需要补充。乔伊斯在他的艺术理论中将写作分为三类：抒情的、史诗的、戏剧的。抒情模式呈现了与主题直接相关的陈述："哦，我感觉棒极了！天哪，我感觉太棒了！"。戏剧模式呈现了与写作直接相关的对象。也就是说，当你观看一场舞台表演时，无论什么情况下，作者都不会从舞台侧面探出头来说："她是不是很棒？现在眼睛看这里，对，就是这样。"戏剧模式中，对象只是被简单地呈现，并且它们的所有含义都必须源于它们自身。史诗模式介于抒情模式和戏剧模式之间，这种模式中的对象被呈现时，作者的评论也随之出现。显然，乔伊斯决定使用戏剧模式，他以笔下人物的风格来渲染他的素材。例如，《一个青年艺术家的画像》从一个小男孩开启故事，开头他还是只一个小不点儿，全书以这样一段话开场：

> 以前有一个时候，而且那时正赶上好年月，有一头哞哞奶牛沿着大路走过来，这头沿着大路走过来的哞哞奶牛遇见了一个漂亮的孩子，他的名字叫馋嘴娃娃……

21 岁的乔伊斯可不是这么说话的。这就是那个小男孩在说话，这种语言风格伴随着他的成长而变化。到了第 12 页，就像是海明威在他的第一次写作中所使用的风格。当斯蒂芬成为一名大学生，忍受着大学生的所有关于宗教痛苦时，小说风格就变成了红衣主教纽曼[①]的风格。后来，在《尤利西斯》中，每一章的风格都是一种纯粹的发明，他的发明是为了通过其形式来呈现一天中的时间的影响和场景的意图。而当乔伊斯进入了《芬尼根的守灵夜》的梦境世界，乔伊斯用梦中的语言写出了心理学层面的内部世界，其中的原型汹涌澎湃，光芒四射，因此，字里行间承载着多重含义：

[①] 约翰·享利·纽曼（John Henry Newman, 1801—1890），英国国教会牛津运动领导人之一，提倡恢复严谨纪律，维护教会礼仪等。——译者注

特里斯特拉姆爵士，爱的提琴手，越过爱尔兰海，还没有从北阿莫里凯，重来小欧洲那参差不齐的地峡，再打他的半岛战争。奥康尼河边上风锯木工的宝贝还未把自己吹成劳伦斯郡的伟哥，他们的数量一直在翻倍。一个声音也没有在火中叫喊着我我，接受圣帕特里克的施洗。山羊皮诡计尚未被用来欺骗又老又瞎的以撒，尽管很快就会如此。孪生姐妹也还未怒对两位一体的纳丹和约瑟，尽管瓦内萨十全十美。（《芬尼根的守灵夜》）

语言真的完全不一样了。乔伊斯未写的第四本书的天堂式语言是什么，我们不得而知。但据说，乔伊斯曾描述它将是清晰、简单和明确的。正是天堂应该有的样子。

通过这些小小的前奏，我们就有了情感形象的概念，它在精神分裂的情境和英雄的旅程中都产生了作用。我们一开始就有古典的奥维德站在身后，有乔伊斯的代达罗斯飞行的形象，以及所有的神话都是一个单一的神话系统的形式的变形，为我们提示出的同体性的主题。我们了解了乔伊斯所信奉的荣格的无意识概念。我们有但丁作为向导，看到乔伊斯对主题进行哥特式的转述。他将阅读整个现代生活，让所有在但丁的时代几乎不存在的、现代世界的所有用具，将在这个神话主题的酝酿中被重新审视，甚至可以说，重新烹调。

接下来我打算这样做：首先，穿过《一个青年艺术家的画像》；然后，探索《尤利西斯》；最后，以一种"让我们都玩得开心"的心态去阅读并评论《芬尼根的守灵夜》的部分章节，我会非常乐在其中。但我们自始至终要解决的真正问题是，你如何将自己的生活意象与伟大的原型联系起来。也就是说，如何将情感和形象重新结合起来，我认为乔伊斯已经做到了，通过这种结合，你就会在自己的情感方面体验到不止属于你自己生命的意象，还有整个人类文化遗产的意象。

MYTHIC
WORLDS,
MODERN
WORDS

02

一个青年艺术家的画像

审美停滞

由于但丁是乔伊斯的楷模，请允许我以《新生》为序，开始我们对《一个青年艺术家的画像》的研究。但丁很小的时候就看到了比阿特丽斯。当时她年方 9 岁，他也是。当他下一次见到她时，他们都是 18 岁。18 是两个 9 相加，同时数字 1 和 8 相加也是 9，因此，在根源上有一个人类的幽灵，并且它有一个神秘的维度可以通往上帝。但丁的整部作品都将沿着这条线一直走到根源。当但丁看到比阿特丽斯时，他经历了我们所说的"审美停滞"，这是一个永恒的时刻。他说："此时此刻，我的心灵之主意识到，我已找到了我的主人；我的感官之主意识到，我已找到了我的幸福；我的肉体之主意识到，我已找到了我的痛苦。"他看到的不只是一个可爱的女孩，而是一道永恒的光芒。这束光打开了他的第三只眼睛，他的心灵之目。世界倒退了一个维度。此时他心荡神迷，驰魂夺魄。他把这段经历写成了一首诗，并对这首诗进行了分析，还告诉了我们围绕这首诗发生的所有情况。然后，就在这本书的中间部分，比阿特丽斯死了，他的情感被进一步引向世界之外，引向那个维度的另一个层次。最后，他承诺为她写一本从未写过的书。《一个青年艺术家的画像》也遵循了同样的原理。

审美停滞是一个奇迹。传统里的吟游诗人在他们的讨论中达成对爱的定义，而但丁走出了吟游诗人的传统。现在，当人们谈论爱的时候，特别是在教会圈子里，他们会把博爱与情爱进行对比，就好像只有这两种可能性。博爱（agape，精神上的爱，基督教之爱）和情爱（eros，纯粹的生理之爱，肉体之爱）都是不选择特定对象的爱。博爱，"爱邻如己"意味着无论你的邻居是谁，你都爱那个人，这当然是一种很好的情感；至于情爱，它实际上是器官对器官的诱惑和吸引，指在黑暗中人可以对任何其他人产生情欲。在早期的酒神崇拜①中，人们的惯常做法是恣意的去爱，一个人不需要众里寻他千百度，就能遇到这类爱。然而，吟游诗人所定义的爱是不同的。12世纪普罗旺斯最伟大的诗人之一古义劳特·德·勃涅（Guiraut de Borneilh）认为爱情是从眼睛和心灵中诞生的，这也正是但丁所说的。德·勃涅说道：

> ……
> 眼，是心的侦察兵
> 它四处侦查
> 心，因拥有什么而愉悦[1]

当眼睛发现一个令他们着迷的物体，它们就会把这个东西推荐给心。如果它是一颗"温柔的心"，也就是一颗不单单产生欲望，而且能够酿造爱的心，那么这颗心就被唤醒了，爱就诞生了。这是特有的，这就是爱摩尔②。它并不适合所有人，它属于温柔的心，而它的侦察兵是眼睛。

但丁还认为，这段历程及这种个人唤醒的开端，是通过明显的个人爱的体验形成的，并非通过无差别的体验形成。我把这种个人之爱的体验称为"审美停滞"。

---

① 古希腊人和罗马人对酒神的一种崇拜仪式，包括跳狂欢放荡的舞蹈及亢奋地砍杀献祭的牲畜。——译者注
② 爱摩尔（Amor），即爱情，特指吟游诗人称赞的"个人之爱"，与厄洛斯（Eros，情欲之爱）和Agape（灵性之爱）相区别。——译者注

但丁在《新生》中以一种复杂的方式阐述了他的美学理论，乔伊斯在《一个青年艺术家的画像》中则直截了当地阐述了他的美学理论。这一理论被他阐述得尤为清晰，是一个经典的、完全被人理解和实现了的美学理论。人们在学习美学时，一会儿阅读这位作者的作品，一会儿又读那位作者的作品，这一切都显得很复杂。而乔伊斯用他的刀穿透所有的复杂情况，在他作品的每个方面都得出了一个非常清晰、精确的定义。

乔伊斯区分了恰当的艺术和不恰当的艺术。为艺术应有的功能服务的，是恰当的艺术；为其他事物服务的艺术，是不恰当的艺术。同时，乔伊斯认为恰当的艺术是静态的，不恰当的艺术是动态的。静态艺术产生审美停滞。那么，静态艺术的对立面是什么？乔伊斯所谓的动态艺术又是什么意思？他告诉我们：

> 欲望是促使我们走向某种事物的感觉，厌恶是促使我们离开某种事物的感觉，无论是通过喜剧还是悲剧，旨在激发我们这些情感的艺术都是不恰当的。[2]

色情艺术是激发欲望的艺术，它不是恰当的艺术。例如，如果你看到一张可爱的老太太的照片，你会想："多么可爱的老灵魂啊！我真想和她一起喝杯茶。"这就是色情描写。与对象建立关系的欲望让你感到兴奋。或者你翻开一本杂志，看到一张冰箱的照片，一个漂亮的女孩站在冰箱旁嫣然一笑，你会想"我很想拥有这样的冰箱"，乔伊斯认为这不是艺术，而是色情。再或者，你走进那些爱好在冬天滑雪的人家里，看到阿尔卑斯山峰和美妙的滑雪场的照片，这些也都是色情品。它激发了我们对所描绘对象的欲望，它不是对艺术品本身的反应。

另一种不恰当的艺术是批判社会、为社会学服务的艺术。这种艺术会引起人们的厌恶，乔伊斯称之为"说教艺术"。我把那些生产这种艺术的人称为"说教式色情作家"。自左拉时代以来，几乎所有的小说都是"说教式色情作品"。

这个公式是由左拉建立的，一直延续到我们这个时代，这就像你讲了一堂精彩的道德课，然而在任何地方都有人正在脱掉衣服。审美体验与生物学或社会学没有关系，它与但丁所说的"觉醒"有关。

现在，乔伊斯是如何描述但丁的觉醒的呢？既然没有激起欲望和厌恶，那么什么会被激发呢？乔伊斯随后转向研究阿奎那（Aquin），寻求下一组定义。阿奎那说，简而言之，美是令人愉悦的[3]。这句话没有什么意义，但随后他用三个拉丁语单词定义了审美体验的关键方面：integritas、consonantia、claritas。斯蒂芬把它们翻译成"完整"（wholeness）、"和谐"（harmony）和"光彩"（radiance）。

完整：所呈现的东西被看作是与世界上其他一切事物相分离的一个物体。例如，我们可以在这个架子的某一部分画一个框架，这个框架里的元素有两支蜡烛、一段书架、一张照片的一小部分、一个瓶子的一小部分，它们是一个对象。架子的其余部分则被视为另外一个物体。我们将只专注于那个框架内的东西，它们将被视为一个物体。

和谐：当你将框架内的任何事物看作是一个物体时，形式的安排和事物彼此之间的关系就变得很重要。部分与部分，每个部分与整体，以及整体与每个部分。这种有节奏的组织，就是乔伊斯所说的"美的节奏"，是一种神奇的东西。这些部分包括颜色、颜色的关系、形式、光的强度。

艺术的工具是节奏。在写作中，无论体裁是散文还是诗歌，皆是如此。如果你的写作只是为了传达信息，你所关心的只是句子的长度不要太长，以及结构的清晰度，也就是在每一段中，你说的仅仅是你想说的话，然后呈现出一个干净整洁的陈述。然而，如果你要达到审美效果，那么散文的节奏也很重要，还有选择精确的词语，确定辅音彼此跟随的方式等，所有这些都举足轻重。诗人也对词语的声音感兴趣，这就是为什么诗歌会有韵律和节奏。这就是艺术。

光彩：事物被幸运地呈现，艺术品被精心地造就，这些都令人着迷。能充分呈现事物本身，本就让人心满意足了，这就是光彩。如果它是一种不会让你不知所措的光彩，我们就把它称之为美。但如果光彩削弱了你的自我，甚至使你几乎处于一种超然的狂喜之中，这就是崇高。通常巨大的空间或巨大的力量会被用来表达崇高。很少有艺术处理崇高的问题，至少我举不出一个例子。然而，人们可以体验崇高。例如，佛教纪念碑和日本花园的设计意图之一就是让你向上、向上、再向上，这样你看到的空间就会变得越来越广阔。庞大空间被豁然呈现在眼前是一种独特的体验，随着自我意识的削弱，你会得到一种释放的感觉，你的内在空间也会随之打开。我曾与那些在美国和英国饱和轰炸[1]期间身处欧洲中部城市的人交谈过，那是一件可怕的事情。他们说，他们被巨大的力量所震撼，在那种情况下可以体验到狂喜。

现在，光彩是一个神秘的心理学问题，为什么一种安排能使人高兴，而另一种安排却不能？乔伊斯说，艺术作品的全部功能就是让你遵守这种节奏的安排，然后你看到的就是它原本的样子，而非其他东西。你不会因欲望、恐惧或厌恶而动摇，你只是在审美上被这种美丽的和谐（也就是乔伊斯所说的"美的节奏""心灵的魅力"）所吸引。这是一种突破，意味着你已经透过客体，感受到了通过它表现出的超越性，你自己就是这种超越性的一种表现。纯粹的客体把你变成了纯粹的主体。你只是一双眼睛，是世界的眼睛，也是超越欲望和厌恶的眼睛，就像上帝在第七天[2]开眼看世界一样。不需要做什么，这就是光彩。

这给我们带来了一个深刻的神秘主义的认识，即世界没有"意义"。在绝对意义上，宇宙和宇宙万物是没有意义的。意义是对思想体系和关系的理性联想。我们一听到这话，就想起被称为"如来"（Tathāgata，因此而来）的佛陀，佛性意识（Buddha consciousness）就是对实相的"识"。"实相"：伦理、道德、生物学，等等，它们都紧密相关。当一个人认识到，在审美冲击中，是这一光

---

① 第二次世界大战中以英美为首的盟国空军对德国本土及其占领区实施了历时五年的战略轰炸。——译者注
② 此处指上帝的七日创世说，第七天万物已经造齐。——译者注

辉体在起作用，而不是其他东西时，他就超越了意义的领域，被抛进了自己的存在。面对着那个光辉体，他感到成为自己。这是一个伟大的时刻，也恰恰是佛陀所获得的启示。你可能会想起菩提树下佛陀的故事，打坐处、审美的停滞、静止。当名为色欲与死亡的生命之主来到他面前时①，佛陀只是触摸了大地。你可以说是大自然让他深深地扎根于三位一体。佛陀驱逐了贪嗔主，他自己坐在中间的位置。有一点极其重要，在我们的世界里，世俗艺术是通向无限空间的大门，只要世俗艺术是恰当的艺术，而不是为这个、那个或其他原因的欲望服务。

当你的作品中描写了令人向往或厌恶的人，或者当你描绘生活中那些激起恐惧、欲望或厌恶的经历时，会发生什么？乔伊斯一开始就说"由艺术作品唤起的"恰当的情感是悲剧性或喜剧性的。在《一个青年艺术家的画像》中，斯蒂芬说亚里士多德给悲剧性的情感起了名字，叫怜悯和恐惧。这个傲慢的年轻人斯蒂芬，他狂妄地说："亚里士多德没有给怜悯和恐惧下定义，我却有。"他是这样下定义的，这是一个伟大的发现：

> 恐惧是使人的头脑停留于任何一种人所遭受的严肃而经常的痛苦之中，并使它和某种难于理解的原因相连的感情。

这段话的每一个字都很重要。"恐惧是使人的头脑停留于任何一种人所遭受的严肃而经常的痛苦之中，并使它和某种难于理解的原因相连的感情。"

> 怜悯是使人的头脑停留于任何一种人所遭受的严肃而经常的痛苦之中，并使它和受苦的人相联系的一种感情。

"难于理解的原因"是什么意思？什么叫"严肃而经常"？如果 A 先生开枪打死了 B 先生，B 先生的死因是什么？显然是中弹。也可能 A 先生和 B 先生之间存在政治分歧，但这些都是表层的原因。B 先生死亡的秘密原因是什

---

① 佛陀未成道时，在菩提树下打坐，魔王波旬得知后，带了八十亿魔君前来扰乱却始终不能近身。——译者注

么？什么是"严肃而经常"的？

如果在描述这一事件时，你强调 A 先生是黑人而 B 先生是白人（反之亦然），那么你就是在谈论一些不严肃和不经常的事情。在 B 先生之死中，严肃而经常的是死亡，是时间的流逝，是所有人都必须面临死亡的事实。如果你强调一个法西斯分子开枪打死某人，你并不是在告诉我们死亡降临的方式。这当中真正的严肃而经常的事件让你汗毛直竖，让你知道这是一个人类的受难者。受难者成为英雄，因为他没有任何恐惧或欲望地朝着他的命运前进，这不可避免地带来了他的死亡。如果我们说："哦，这不应该发生！"那我们就不是身处于一部艺术作品中。如果我们说："这应该发生！我也应该这样死去。"然后你就身处一个悲剧性的艺术作品中，因为你在谈论死亡，谈论它重大的、普遍的、秘密的原因。我们终将死去，如何死亡是无关紧要的，我们谈论的是死亡的奥秘。

在"令人畏惧之神秘"[①]面前，恐惧是一种积极面对神秘敬畏的体验；怜悯是对人类受难者的积极的同情体验，而不是对这个、那个或其他物种的受难者的同情。而当你把这两者都当作积极而非消极的东西来体验，你就有了一个悲剧。从这个角度你再看《推销员之死》（The Death of a Salesman），看看它是不是一个悲剧，事实上它并不是。当你感觉到这些悲剧性的情感从静态的景象中流露出来时，你并不想出去烧毁小镇，或者说不想做任何事，你在那一刻意识到了深层的维度。在这里，你拥有艺术作为一种启示。

乔伊斯说，另一种恰当的情感是喜剧性的。乔伊斯在《一个青年艺术家的画像》这本书的一些笔记里而不是正文中告诉我们，喜剧性的情感[4]是快乐，但快乐不是欲望，快乐是占有。你站在那儿，不渴望幸福，但喜剧的乐趣已经给了你幸福。在乔伊斯的作品中，我们得到的是悲喜剧。也就是说，悲剧和喜

---

① "可怖而迷人的神秘"是鲁道夫·奥托的概念，他将神秘经验中的原初感受分为"令人畏惧之神秘"（mysterium tremendum）和"令人向往之神秘"（mysterium fascinans）。——译者注

剧并存。我们在某些东方作品中也发现了同样的组合，所有的活动描写看似风平浪静，实则暗流涌动。乔伊斯的作品也是如此，他甚至在描绘某些悲剧性的故事和悲伤的心酸感受时，也让你进入到一种快乐的领悟中。

最后，让我们回到佛陀坐在菩提树下的故事的画面。这棵树就是伊甸园中的那棵树，它往往被描绘成两棵，因为它实际上呈现出两种面貌。那棵树位于一分为二的中间点。在那里，神圣的明点①，即绝对⁵，用一种永恒之力作用于时间，分为了一对对立面。在埃利芬塔的寺庙洞穴中，有一尊湿婆的美妙图像。湿婆这一伟大的主，它有一个巨型的头。头部右侧是男性轮廓，左侧是女性轮廓；一个看起来咄咄逼人，另一个平静如梦幻；一个显示力量，一个显示情欲；一个阳刚，一个阴柔。中间的那张脸是永恒的面容，这两个面孔都由它产生。还有一个例子是在阿旃陀山洞②中的观世音菩萨像，是一个美丽、高贵、优雅的年轻人手里拿着一朵莲花，右边的耳环是男性化的，左边是女性化的，这也是一个表现对立面的形象。所以，伊甸园里的那棵树就是明点，那棵树的果实被亚当和夏娃吞进了肚子。他们对时间的游戏一无所知，因为那时候没有时间、没有死亡、没有新生，在神话时代根本没有那种东西。于是，他们吃了"分辨善恶树"上的果子。如果他们当时吃的是另一棵"不朽生命树"上的果子，这棵树能把人再次带回到救世主面前，这样他们就会化人成神。但在他们吃完"分辨善恶树"的果子后，圣父说："我们把这两个人赶走吧，免得他们吃了另一棵树上的果子而成为神。"他把他们驱逐出伊甸园，派两个基路伯③驻守在门口，两者中间有一把燃烧着的剑，将他们阻挡在外面。

太平洋战争期间，我在纽约的一份报纸上看到了一张非常古怪的照片。上面是奈良的两个身材魁梧、外表凶猛的守门人之一。照片下有这样一个说明

---

① 梵文 Bindu，译为明点，简称"点"，气之凝聚为明点，是印度教瑜伽及佛教无上瑜伽所说人体内在生命能量的凝聚点。——译者注
② 阿旃陀洞穴，印度马哈拉施特拉邦 (Maharashtra) 奥兰加巴德县 (Aurangabad) 阿旃陀村附近的佛教庙宇，以壁画著称。——译者注
③ 基路伯，在旧约中被描述为有翅膀的、服从上帝的天物。在普遍的基督教传中，"基路伯"与"天使"这两个名词已被认定为意思相同了。一译者注

"日本人是这样敬拜神灵的"。好吧，其实我知道这个图像想要传达的并不是让人停下来敬拜这些神像，而是要让人在它们之间行走。等你到了日本的东大寺，那里有坐在永生树下的大日佛[①]，他的手仿佛在说"不要害怕"。随后我更仔细地观察这两个守门人，想更多地了解他们的信息。我发现这就是人们放大神话形象的方式。

在中世纪，基督被誉为英雄，他像普罗米修斯一样从邪神那里偷走了他为自己囤积的美好，一个是火，另一个是永生。所以，十字架就是那棵树，而十字架上的基督就是那棵树的果实，他指引我们走向它。他不正是那棵树下的佛陀吗？基督悬挂在树上，佛陀坐在树下。死亡和欲望之主接近佛陀，佛陀不动声色，通过触摸大地将他驱散。大地之神对死亡和情欲之主说："这是我心爱的儿子，他在多生多世中如此奉献自己，这里没有人像他一样。离开吧，你这个坏家伙！"佛光显现。

触摸大地的佛陀，在这种语境下就等同于被钉在十字架上的基督。通过这种行为，佛陀将自然冲动钉在，或者说"切断"在十字架上。基督将他的身体与本性冲动相结合，并通过十字架的中心点。同样，佛陀也去往某处，但他去往的是永恒的意识。如今，整个神话不是被解释为一个育儿故事，而是在心理学层面被阐释，这正是乔伊斯对所有这些主题所做的。他采用了基督教的符号学，并用诺斯替派原则，也就是心理学的原则而非教育学的原则，来重新解读神话，这样整个故事就会被赋予新的生命。

那么，我希望能够通过乔伊斯，展示出的不仅仅是他做了什么，还有当一个人以这种方式接近这些符号时，这些符号会发生什么。每个值得思考的符号学都在乔伊斯身上出现，我不知道他是如何做到的。他的视力很糟糕，所以几乎无法阅读，但他好像读过所有的书，这一切都体现在他的艺术中。

---

① 作者指的是东大寺的卢舍那大佛像，"卢舍那"的意思就是智慧广大，光明普照。——译者注

一幅画像

从一开始，乔伊斯就展示了情感形象。我们的小男孩与形象相遇时，总是能认识到他自己的情感价值。正如我之前提到的，乔伊斯以他所写的人物自身的风格来写作。当男孩是个婴儿时，写作风格就是婴儿式的。随着男孩的成长，写作风格也在成长。

> 从前有一个时候，而且那时正赶上好年月，有一头哞哞奶牛沿着大路走过来，这头沿着大路走过来的哞哞奶牛遇见了一个漂亮的孩子，他的名字叫馋嘴娃娃……

> 他的父亲跟他讲过这个故事：他父亲从一面镜子里看着他：他的脸上到处都是汗毛。

在这里，镜面主题与父亲有关。婴儿通过镜面感受到父亲。"他的脸上到处都是汗毛"[6]，这一描写瞬间把父亲与母亲区分开来。

> 他那会儿就是馋嘴娃娃。那头哞哞奶牛就是从贝蒂·伯恩住的那条路上走过来的：贝蒂·伯恩家出卖柠檬木盘子。

然后是一段小诗：

> 哦，在一片小巧的绿园中，
> 野玫瑰花正不停地开放。

至此，我们已经有了神话般的形象：小绿园和盛开的野玫瑰。玫瑰是曼陀罗，是我们要走向的中心的象征，它已经在年轻的主人公的脑海中与小绿园相连，是一小块土地，但也是爱尔兰。通过将这个爱尔兰的形象置于宇宙形象的中心，乔伊斯解决了我之前谈到的难题：从区域性地对宗教、种族和信仰的狭隘且有限的经验过渡到一个更大的对于原型的理解。

乔伊斯已经引见了两组形象，父亲和路边卖柠檬木盘子的女人，以及小绿园和野玫瑰。现在又出现了另一组形象，即贯穿整个《芬尼根的守灵夜》的关于冷暖的主题。

> 你要是尿炕了，你先觉得热乎乎的，后来又觉得有些凉。

现在母亲进来了，她在照顾他，很温柔，很亲切。

> 他的妈妈给他铺上一块油布。那东西有一种很奇怪的味道。

气味，欺骗性的感觉，当气味被识别时总是会联想到一些东西，现在的气味正与父母及孩子早年生活中的小插曲有关。

> 他妈妈身上的味道比爸爸的好闻多了。她在钢琴上演奏水手号角
> 歌，他就跟着跳舞。

这里把音乐主题与母亲联系在了一起。旋律将以这种方式持续下去，所以最终在《芬尼根的守灵夜》中，安娜·利维亚·普鲁拉贝尔是这个流动的世界的节奏。斯蒂芬会一路起舞，一路摇摆。每当他心情愉快时，就会有舞蹈出现。有人告诉我，乔伊斯喜欢跳一种疯狂的、僵硬的吉格舞[7]。乔伊斯也会弹

钢琴，他看重自己的歌手身份，他最大的不满是他不能，或者别人说他不能像约翰·麦科马克 ① 那样唱歌。

> 他这样跳着。

> 特拉拉拉，拉拉，
> 特拉拉拉，特拉拉拉底，
> 特拉拉拉，拉拉，
> 特拉拉拉，拉拉。

他后来在《尤利西斯》中说："节奏开始了，你看。"正如我所说，节奏是基本的审美原则。现在，我们来看下一个主题。

> 查尔斯大叔和丹特都鼓掌了。

"丹特"是孩子们对"姑妈"的称呼，但丹特这个名字出现在第一页上。

> 他们都比他父亲和母亲年岁大，而查尔斯大叔又比丹特大。

斯蒂芬正在弄清楚年龄，以及年龄与人的关系。

> 丹特的衣柜里有两把刷子。那把绛紫色绒背的刷子是给迈克尔·达维特预备的。那把绿绒背的刷子却是给帕内尔预备的。

这里提到了乔伊斯的一个极其重要的主题，帕内尔（Parnell）的故事。帕内尔是爱尔兰议会党在威斯敏斯特的领导人，他一直深受爱戴，直到他与凯蒂·奥谢（Kitty O'Shea）陷入通奸丑闻，导致教会背叛了他。小斯蒂芬的父亲支持帕内尔，而丹特后来站在了教会这一边，因此，在父亲和以宗教为导向的姑妈之间的冲突中，我们马上想起教会和国家之间的冲突。迈克尔·达维特（Michael Davitt）是另一位爱尔兰族长，他是土地联盟的创始人，他也反对帕

---

① 约翰·麦科马克（John Mecormack，1884—1945），爱尔兰籍美国男高音歌唱家，以演唱莫扎特和威尔第的歌剧而闻名。——译者注

内尔。因此，通过绛紫色绒背的刷子和绿绒背的刷子，我们得到了两个传统之间的冲突这一主题。

　　万斯家住在七号。他们也有他们自己的爸爸和妈妈。他们是艾琳的爸爸和妈妈。

艾琳是这本书中的第一个女孩形象。之后还会有很多女孩形象。这就是比阿特丽斯的主题。但丁在 9 岁时第一次见到比阿特丽斯。

　　等长大以后，他就要和艾琳结婚。他躲在桌子底下……

男孩和女孩的关系立刻带来了一种内疚和羞耻感：他躲在桌子底下。发生了什么？

　　他母亲说

　　——哦，斯蒂芬一定会道歉的。

　　丹特说

　　——哦，不然，那些山鹰会飞过来啄掉他的眼睛。

在这里，我们看到了一个激烈的形象。随后来了一首小诗，解决了这场可怕的冲突。

　　啄掉他的眼睛，
　　快道歉，
　　快道歉，
　　啄掉他的眼睛。
　　快道歉，
　　啄掉他的眼睛，
　　啄掉他的眼睛，
　　快道歉。

斯蒂芬开始将这些情感与形象捆绑在一起。

然后斯蒂芬去了学校，在那里他面临着新的形象评估。诸如，他在操场上的经历，他被其他一些男孩粗暴地对待，例如，一个叫韦尔斯的家伙把他推到了茅厕的水坑里。

这之后，斯蒂芬回家过节，他的父亲和姑姑因为一场关于帕内尔和神父的争吵，搞砸了圣诞晚餐。这是多次糟糕的家庭聚餐的其中一次，每个人都发了脾气，一切变得支离破碎。斯蒂芬的家在他眼前分崩离析。

当斯蒂芬回到学校时，一件可怕的事情发生了，严格纪律的主题再次出现。斯蒂芬摔倒了，还摔坏了眼镜，虽然老师阿诺尔神父免除了他的作业，但是当教导主任进来看到这个小男孩没有学习时，阿诺尔神父告诉教导主任："他摔坏了眼镜，我免除了他的作业。"[8] "这是一个老油条学生的老花招了……马上把你的手伸出来！"教导主任用戒尺打了他几下，这让小男孩的内心和肉体都受到了极大的伤害。因此，残酷的事情发生了，他尊重神父，却发现他们并不可靠，也不值得他尊重。尽管有些男孩很好，但大多数男孩让人讨厌。他的学校的形象也瓦解了。在这里，形象开始与情感联系在一起，但这些情感不是小男孩能承受的，所以他不停地拒绝、拒绝、再拒绝。

紧接着是一个家庭财富迅速散尽的时期。在其他事件中，斯蒂芬的父亲见到了斯蒂芬曾向其抱怨过的学校校长。之后，父亲告诉斯蒂芬，他和校长是如何以开玩笑的方式谈论所发生的事情，还说斯蒂芬是一个多么勇敢的孩子，而这些话残酷地贬低了他儿子面对不公正时的勇敢反抗。

过了一段时间，斯蒂芬和他的父亲一起去了科克，看到父亲和他的老朋友们在一起说笑。此时，斯蒂芬感到与他父亲的关系相当疏远。他开始知道一些事情。他在成长、在学习。他正在研究英国文学、古典文学、《圣经》文学的珍贵遗产。他开始把这些形象打包在一起，并把它们与自己的经历联系起来。

于是出现了一个非常强烈的神话形象。男人在喝酒，男孩在看着。

> 斯蒂芬看着三个酒杯被从柜台上举起来，看到他父亲和他的两位密友为他们的过去干杯。一个财产造成的鸿沟或者是性格上的差异使他和他们分开了。他的思想似乎比他们的更为古板：它像月光观望着年轻的大地一样冷冷地凌驾于他们的斗争、欢乐和悲伤之上。

在这里，我们有一系列的基本形象。主要的是月亮主题，它是一个世界性的神话形象。月亮每个月都会死亡并复活，它本身就带有自己的影子，这与太阳形成鲜明对比。太阳是明亮而闪耀的，它将事物照射出阴影。因此，阴影和太阳，黑暗和太阳，彼此是相互分离的。月亮英雄是悲剧性的英雄，在月亮身上黑暗得到了安息，月亮带着自己的死亡，然后就像蛇蜕皮一样蜕去了死亡。因此，月亮与大蛇联系在一起，蜕皮重生的大蛇是地球能量的主宰。重生的大蛇，重生的月亮。

现在，扑向蛇的生物是高空飞翔的鹰，鸟蛇之争是一个基本的神话母题。在某些神话中，它们以互为敌人的身份存在。例如，在《圣经》神话中，大蛇被长着翅膀、来自上层大气的力量所诅咒。鸟从地球上被释放出来，代表了自由飞翔的精神，也就是代达罗斯的飞行主题。而蛇则代表了被束缚在地球上的精神。后来，斯蒂芬感到他会坠落，他会经历深渊，这种认识是对大蛇力量的感知。

> 这世界上的各种陷阱就是它的犯罪的道路。他一定会堕落的。他现在还没有堕落，但是到了某一个时刻他一定会一声不响地堕落下去。要永远不堕落实在太难了，太困难了。他现在已经感到，他的灵魂正不声不响地向下滑去，正像将来某一个时候一定会发生的情况一样，往下滑，往下滑，但是还没有堕落，现在还没有堕落，可是已经快要堕落了。

在某些神话中，鸟和蛇的符号被综合起来，你会看到龙的形象是一条长着翅膀的蛇。有翼的蜥蜴是两者的综合体。你既可以使两者相互攻击和分离，也可以对其进行合成。但要完成合成，就必须先经历分离。乔伊斯也致力于研究这种象征主义，一种实际上是炼金术的象征主义。斯蒂芬本人将蛇的形象与鸟的形象相结合，经历兴衰沉浮，当他将海滩上的女孩视为一只鸽子时，她的眼睛对他发出召唤："生活下去，错误下去，堕落下去，为胜利而欢呼，从生命中重新创造生命！"

现在再回到我们的故事，月亮的形象伴随着斯蒂芬与他父亲、父亲密友们之间产生的分离感。斯蒂芬成了一颗死亡的卫星，一个荒原主题正在启动。

> 他的思想似乎比他们的更为古板：它像月光观望着年轻的大地一样冷冷地凌驾于他们的斗争、欢乐和悲伤之上。曾经使他们激动的生命和青春的热情似乎都跟他毫无关系。他既不知道什么叫作和别人交往的欢乐，也从来不懂得什么是粗犷的男性的健康的活力，更不知道什么父子之道。

他没有经历过童年和青年时期应有的正常情感。当你没有经历过正常的情感时，你会怎么做？你能继续接受这个靠正常情感维持的世界吗？他已经在流亡了。请记住，此时的斯蒂芬还只是一个在上学的小男孩。

> 在他的心灵中，除了冷漠、残酷，毫无感情的情欲之外，再没有任何使他激动的东西。他的童年已经死去，或者已经消失，和它一起消失的是他的能够欣赏天真的欢乐的心灵，他一直只是像不毛的月球一样在人生的海洋上漂荡。

> 你所以那样苍白，是否因为
> 整天在天空爬行，注视大地，
> 这孤独的生活已使你无比烦腻？

他重复背诵着这几行雪莱的诗的片段。这无比广大的不属于人类的循环活动和人类的无能为力的悲惨境遇的交替使他不寒而栗，完全忘掉了他自己作为一个人的、然而毫无意义的悲伤。

这是一种令人不寒而栗的体验。两页后，他就被情绪淹没了：

他那些理想该是多么愚蠢啊！他曾经想筑起一道严谨而典雅的堤坝，借以拦截他身外的肮脏生活的潮流，同时依靠正当行为、实际利益和新的父子关系的准则，借以挡住不时从他内心发出的强大的潮流的冲击。一切全都无用。

这里是洪水的主题。自我系统的湮灭。他的意识程序正在崩溃，他被自己本性的涌动所淹没，而这种涌动并不是在他强烈的纪律性社会所指定的轨道中运行的。

内心和外界的水流同样都很快漫过了他所建立的堤坝。两股潮流开始又一次在那被冲垮的堤岸上猛烈地互相搏斗。

他的堤坝已经被冲破。

他也很清楚地看到自己和外界隔绝的生活毫无意义。他既未能向他梦寐以求的生活跨近一步，也完全未能消除使他和母亲、弟弟、妹妹离心的那种令人不安的羞辱和怨恨。

这种没有同体性、没有一致性的感觉在他身上非常强烈。这就是地狱，一种分离的状态，每个灵魂都在自己的小铁盒世界里与其他灵魂分离。

他感到他和他们似乎并不属于同一个血统，他和他们的关系只是一种神秘的寄养关系，寄养的孩子和寄养的弟兄。

在《英雄诞生的神话》（*The Myth of the Birth of the Hero*）中，奥托·兰克

（Otto Rank）讨论了儿童的感觉，他认为如果儿童感到自己比父母优越或与父母不同，那么他一定是被收养的，他真正的父母在其他某个地方。当然，这正是摩西的主题：摩西是一个被埃及家族收养的犹太人，他一生都致力于找回他的本源，弗洛伊德也谈到了这一点。有无数的故事讲述了被遗弃的人的故事，比如，俄狄浦斯在西塔伦山被遗弃，然后被一个牧羊人带走，之后被波吕波斯（Polybus）国王收养。在许多传统故事中还出现了英雄被动物收养的情况，如罗慕路斯和雷穆斯的故事[1]。因此，这种被收养的感觉是孩子们自然而然产生的想法，但这一想法却直接引发了大型神话故事。

正如我之前所说，乔伊斯这本书的模型是但丁的《新生》。什么是"新生"？新生是指人一生中区别于经济、政治和社会轨迹，他的精神轨迹的开启或目标和动力的觉醒。这种精神生命的诞生，体现在人类身上，就是所谓的处女分娩[2]。我们与动物享有某些共通的生之热情，一样地坚强生存以孕育未来的生命，一样地为收获和胜利而奋斗。但人类还有一个生命目标是觉醒。

但丁第一次见到比阿特丽斯时，她和他才 9 岁。她穿着一件猩红色的连衣裙。在中世纪，猩红色是基督的颜色。但丁说："比阿特丽斯是 9 岁，因为她的根在三位一体中。"她清澈透明，超凡脱俗。他看着她，不是用充满情欲的眼睛和带着欲望的目光，而是用敬畏的眼光看着她的美，她是上帝对世界投之以爱产生的光辉的体现。但丁坚持了这种敬畏，并将其保留在整个生命的冥想中，于是他被带到了上帝的宝座上。这就是但丁的冥想。

在《一个青年艺术家的画像》中出现了几个女性，而女性在斯蒂芬觉醒的精神生活中起着决定性的作用，就像女性在但丁的精神生活中所扮演的角色一样。一开始，当斯蒂芬还是个小男孩时就有一个小女伴。他是一个非常早熟的男孩，随着年龄的增长，他开始遵循密宗瑜伽中所谓的左道[3]。

---

[1]　罗慕路斯和雷穆斯是一对孪生兄弟，传说是由母狼哺育和抚养长大。——编者注
[2]　处女分娩（virgin birth）或圣女生子，指圣母玛利亚圣灵感孕，降生耶稣，这是一种没有生父的生育方式。——译者注
[3]　左道（the left-hand path）通常被认为是指黑色或"邪恶"的做法。密宗瑜伽受到印度"左道"的影响，强调男欢女爱的体验。——译者注

他极力想安抚一下随时存在于他的心中、使世上的一切都显得毫无意义和无足轻重的那种强烈的思慕。他并不害怕自己会犯下不可饶恕的罪孽，即使他的生活变成一连串毫无意义的逃避和虚妄，他也全不在乎。面对着他心中无时不存在的那种甘愿沉溺于罪孽深重的野性的欲望，世上似已不复有任何神圣的东西可言。

那个时候，都柏林有一个很大的妓院区，你可以说当斯蒂芬还是一个读预科的男孩时，他就已经在那里发现了生活阴暗面中的女性。

在《新生》的中间部分，有一个从尘世到超然领域的根本转变，那就是比阿特丽斯死了，因为但丁不再因她的肉体存在而感到喜悦，他的冥想被转化成无形。而在乔伊斯的每一本书中间，都有一个类似的危机，其中的视角发生了转变。你几乎可以在他每本书中找到这个危机。你只需要翻到每本书的最后一页，记下页码，把页码除以 2，再翻到那一页就能找到。这个危机既发生在《尤利西斯》和《芬尼根的守灵夜》中，也发生在《一个青年艺术家的画像》第二节的结尾处。

新生是指觉醒了的生命，这个生命通过形而下的世界及沉浸其中的体验，在精神的、诗学的（而非实际的）层面，获得一种与世界的联系。这就是斯蒂芬的新生，即《一个青年艺术家的画像》中的危机。如果你打开书的正中间，在第三部分的开头，你会发现，斯蒂芬这个让自己陷入这种可怕境地的男孩，正在听一位名叫阿诺尔神父的地狱布道。

回顾一下是什么给我们带来了这场危机。乔伊斯从这个小男孩和他的家人开始写起，我们知道他母亲身上的味道比他父亲好闻，等等。然后男孩去上学。随着他的成长，他的每一次经历都被转化为其主观认知。他把一切都内化了，并且由于他接受过罗马天主教神学的训练，他的经历很快就与这种神学联系在一起。我们开始对斯蒂芬的经历有了内在的感受，基于这种理解，我们进入了对斯蒂芬经历进行神话式解释的奇妙扩展。这个动态过程贯穿整部作品。

如今天主教学校通常有一年一度的静修会，在此期间人们停止学习，只聆听和思考关于精神生活的一些事情。我记得每次静修的重头戏总是关于地狱的布道。你坐在那儿，神父进来描述地狱，然后你在接下来的两周里都会是个乖孩子。我一生中大约听过六次这样的布道。每次我们都会说："地狱布道来了。"并且有些男孩在这个过程中总是生病。下面就是斯蒂芬听到的布道：

——地狱已经无限扩大了自己的灵魂，张大了自己的嘴——这些话，我的耶稣基督面前的可爱的小兄弟们，是从《以赛亚书》第五章第十四节引来的。以圣父、圣子和圣灵的名义。阿门。

这神父从他的袈裟里面的一个口袋中掏出一块没有链条的表，他默默看了看那表的针盘，一声不响把它放在自己面前的桌上。

他开始用一种很安详的声调接着说：

——亚当和夏娃，你们知道，我亲爱的孩子们，是我们最早的祖先，你们还应该记得上帝创造他们，是为了让撒旦和他的叛乱的侍从们堕落以后，在天空留下的空缺将有人填补。我们都听说过，撒旦是一个充满光明的强有力的天使晨曦的儿子，但是他堕落了。他堕落了，同时天空中三分之一的神灵也跟着他一起堕落了：他和他的叛乱的随从都被抛进地狱里。他究竟犯了什么罪，我们也没法儿说清楚。神学家们认为他犯的是骄傲之罪，是在一瞬间产生的一种罪恶思想：我不侍奉（non serviam）。

Non Serviam，我不侍奉。这就是乔伊斯的座右铭。

这一瞬间便构成了他的毁灭。他因这一瞬间的罪恶念头冒犯了上帝的威严，于是上帝就把他从天堂抛进了地狱，直到永远。

阿诺尔神父讲述了创造亚当和夏娃的故事，他们从伊甸园中坠落，随后他描述了地狱。

　　肉体的每一个感官都将受到折磨，而同时灵魂的每一种官能也都会感受到痛苦：眼睛所见到的是一片永远穿不透的绝对的黑暗，鼻子所闻到的是一种难以忍受的臭味，耳朵里充满了呼喊、号叫和咒骂，嘴里所尝到的是一种恶臭之物、麻风病患者的腐肉，和不可名状的令人窒息的臭味，触觉所感到的是烧得火红的铁棍和铁叉，上面还不停地冒着残酷的火焰。通过各种感官所受到的这种种折磨，那不死的灵魂，以它存在的本质为基础，将永恒地在无边无际的火海中忍受着永恒的折磨，这火海正是无所不能的上帝由于他的威严受到损害而点燃起来的，这火海更由于上帝的愤怒的呼吸愈烧愈烈，而且将永不熄灭。

　　——最后还应该考虑到，这种地狱里的折磨由于无数受天谴的人挤在一起而更为增强了。

　　阿诺尔神父将地狱描述为一个所有感官都受到残酷折磨的地方。燃烧的火焰是黑暗的火，是一种骇人的火，它不会消耗它所燃烧的东西。他说"请把你的手指放在蜡烛的火焰中片刻"，然后想象这种痛苦永远笼罩你的整个身体。周围充斥着难以忍受的恶臭，"世间一切污秽，世间一切杂碎渣滓……都像是要流向一条巨大的臭气熏天的下水道……"这就像斯蒂芬被推进的茅厕的水坑，那里无法呼吸到空气，浓重的瘟疫气味使人窒息，但你不会死。你的视线被可怕的视觉形象所侵袭。更可怕的是，永久地与上帝分离。你只能在一瞬间看到上帝，就是在个人被审判的那个瞬间，他将你判入地狱并说："到永恒的死亡之火中去！"你正在经历的生活，比如你所追求的事物、你认为的美丽和快乐，等等，与你本该拥有的经历之间存在的反差，让你充满了一种可怕的失落感。

　　地狱的一面是痛苦。地狱里的人被他们的世俗利益所束缚，被困在自我系统里，对他们来说，现实世界还未变得透明。这就是地狱，为那些永恒被束缚之人所设之处。而被永恒地束缚住是非常痛苦的。声音、气味、味道，每种感官都备受折磨。黑色的火焰在燃烧，但却不消耗任何东西。

《一个青年艺术家的画像》再一次模仿了《新生》。当比阿特丽斯在但丁的书中死去时，他被死亡的经验所改变，他被自己引导的世俗生活与人类经验的全部潜力这两者之间的关系所改变。同样，在《一个青年艺术家的画像》中，斯蒂芬也发生了变化，地狱般的布道奏效了。可怜的斯蒂芬一直是个罪人，他突然意识到自己过着堕落的生活。他的生活被放大成一个地狱形象，这是教会对斯蒂芬施加的一个真正对他产生影响的形象，而且这个形象是如此强烈，以致改变了他的性格。

现在，大多数孩子都没有犯下任何真正的罪过。当他们去忏悔时他们会说："保佑我，神父，我没有做三次晨祷，我对我母亲说了一次'呸'。"好吧，即使你唯一的罪过是不做祷告和不听妈妈的话，地狱般的布道也是很可怕的，但斯蒂芬是一个在罪恶中走得很远很远的男孩。他生活在教会所谓的"弥天大罪"中，也就是说，他犯了那种会让人下地狱的罪。当阿诺尔神父的布道结束时，斯蒂芬对他一直以来的生活充满了悔恨。

> 那些事竟会是他斯蒂芬·代达勒斯干的，这可能吗？他的良心叹息着作出了回答。是的，是他干了那些事，秘密地、偷偷地、一次又一次地干下了，而他由于顽固不化，就在圣体盘的前面，在他的肉体里的灵魂已经变得腐烂不堪的时候，竟敢还摆出一副神圣的虚假的面孔。怎么可能，上帝当时竟没有立即把他击毙？

于是，斯蒂芬决定去忏悔并修复自己的人生。他偷偷摸摸地去找另一个教堂，在那里他可以向一个他不认识的神父忏悔。他确实做了充分的忏悔，虽然神父对这个年轻人忏悔这样的罪行感到震惊，但还是给了他悔过的机会。这个男孩真的下定决心不再犯这样的罪了。他开始虔诚地信奉宗教，就像精神分裂症患者内心充满了成为国王或英雄的冲动一样，他决定要成为一个圣人。他一直想在所有事情上做到极致。现在，成为圣人或先知的一个好办法就是成为耶稣会士，所以他开始观察耶稣会士。他成为一个如此虔诚和圣洁的男孩，以至于他们开始把他当作一个潜在的神父。最后，院长把斯蒂芬叫到他的办公室，问他是否感受过天职的召唤。之后，考虑到上帝只召唤少数经过挑选的人来过宗教生活，这个神父告诉他：

　　——接受这样一种召唤，斯蒂芬，那神父说，是全能的上帝所能加之于人的最大的荣誉。在这个世界上，没有一个皇帝或一位帝王具有上帝的传教士的权力。在天上，没有哪一位天使或天使长，没有哪一位圣徒，甚至连圣母自己都没有上帝的传教士所拥有的那种权力：他掌握着力量的钥匙，他有能力让人犯罪和清除人的罪孽，他有驱除邪恶的能力，他有能力从上帝创造的人的心中驱逐能用魔力控制他们的邪恶的精灵。他还有能力，有那种权力让伟大的天上的上帝来到人间的祭坛上，以面包和酒的形式在人的眼前出现。这是多么了不得的权力啊，斯蒂芬！

但是在听这个院长讲话的时候，斯蒂芬想到了那些神父，他们谴责那些自己根本没有读过的书，想到他们是如何用陈词滥调讲话。传统的形象由那些没有同等情感体验的人传达，这种形象与情感是分离的。斯蒂芬非常认真地对待他的天职誓言，所以他意识到了这种分离，意识到神父们不是他们所代表的那样，所以他不知道该走什么路。斯蒂芬不只是想找到一份工作，他还想确定他的生活将会是怎样的。

后来，在无所事事的情况下，有一天，斯蒂芬在都柏林北部的海滩上闲逛，他的几个朋友在那里游泳。在《尤利西斯》中，斯蒂芬宣称他"有恐水症"，而我认为乔伊斯也有恐水症，也就是说这两人都怕水。游着泳的男孩们朝斯蒂芬喊道："斯蒂芬诺斯·迪达洛斯！布斯·斯蒂芬努梅诺斯！布斯·斯蒂芬努梅诺斯！"他们用希腊语的词尾称呼他，在戏谑和呼唤中，斯蒂芬逐渐认为自己迷失了方向，不知道自己的生活将走向何方。正是在这一时刻，在这种情况下，他遇到了溪流中的女孩，这一经历开启了他生命的召唤。

他来到一个小小的潮汐入口，脱下运动鞋挂在肩上，开始在小溪流中涉水。然后是这个美丽的时刻，觉醒降临：

> 他独自一人待着。没有任何人注意他，满心快乐，更接近野性生命的中心。他孤独、年轻、任性和充满了野性，他孤独地待在一片荒凉的充满荒野气息的空气和黑色的水潭之中，孤独地待在无尽的贝壳和墨角藻之中，在他的四周是如笼薄纱的灰色的阳光，是许多穿着灰色衣服的半裸着的孩子和姑娘，空气中充满了孩子和小姑娘们的话语声。一个小姑娘站立在他前面的河水中，孤独而宁静地观望着远处的海洋。她仿佛曾受到某种魔法的驱使，那形象已完全变得像一只奇怪而美丽的海鸟。她的细长的光着的腿像白鹤的腿一样纤巧而洁净，除了一缕水草在她的腿弯处形成一个翠绿色的图案之外，再看不见任何斑点。她那丰满的、颜色像象牙一样的大腿几乎一直光到她的屁股边，那里一圈外露的裤衩的下口完全像由细软的绒毛组成的白鹤的羽毛。她的浅蓝色的裙子大胆地撩上来围在腰上，从后面掖住。她的胸脯也像一只海鸟的一样柔和而纤巧，纤巧而柔和得像一只长着深色羽毛的鸽子的胸脯。

仿佛她是一只鸟，是像鸽子尾巴一样的精灵。

> 可是她的淡黄色的长发却充满了女儿气：她的脸也带着小姑娘气，但点缀着令人惊异的人间的美。

> 她孤独而宁静地眺望着远处的海面。当她注意到他的存在，并发现他的眼神正对她表示出无限崇拜的时候，她对他转过脸来，以十分

宁静的神态谛视着他的凝望，既无羞怯之感，也无淫欲之念。她听任他长时间，很长时间地对她凝望着，然后一声不响转过脸去，低头看着她面前的河水，用一只脚在水里东一下、西一下，轻轻地搅动。水被搅动时发出的微弱的响声打破了沉寂，那声音低沉、微弱、像耳语一样，微弱得像是在梦中听到的铃铛声，东一下、西一下，东一下、西一下，同时一种淡淡的热情燃起的红晕掠过了她的两颊。

斯蒂芬不知道她是谁，但这不重要。他看着这个女孩，像但丁看着比阿特丽斯一样，不是带着情欲，而是带着狂喜。

　　——仁慈的上帝啊！斯蒂芬的灵魂在一阵无法抑制的人间欢乐的激动下止不住大叫着。

圣灵在她身上，以鸽子的形貌显现并对他说话。他移动了，不是在心理上，而是他的身体。

　　他忽然背着她转过身，开始向沙滩那边走去。他满脸发热，感到全身都在发烧，他的四肢也不停地颤抖着。向前，向前，向前，他向前大步走着，踏着沙滩向远处走去，狂野地对着大海歌唱，为那一直在召唤他的生活的来临发出了热情的欢呼。

她开启了他，她已经永远进入了他的灵魂，就像比阿特丽斯进入但丁的灵魂一样。

　　她的形象已永恒地进入了他的灵魂，没有一句话语打破他的神圣的狂喜的宁静。她的眼睛已经对他发出了召唤，他的灵魂在听到这一召唤时止不住欣喜若狂。生活下去，错误下去，堕落下去，为胜利而欢呼，从生命中重新创造生命！在他面前出现了一位野性的天使，人世的青春和美的天使，她是来自公正的生命的法庭的使者，他要在一阵狂喜中为他打开人世的一切错误和光荣的道路。前进，前进，前进，前进！

她是那么清澈透明、超凡脱俗，她就像一种呼唤，不是对她自己，而是对生命。

他忽然站住，静静地倾听着他自己的心声。他已经走了多远了？现在是什么时候了？

世界已经倒下。时间和空间在心的陶醉中消失殆尽。

在他四周看不见任何人影，也没有任何声音从远处的空气中传来。但海潮已经快要退去，那一天已经接近尾声了。他转过身去背向大海，朝着海滩那面奔跑，不顾脚下坚硬的鹅卵石，一直跑上了倾斜的海滩，在那里他看到在一圈长着小草的沙丘中有一个安静的沙窝，于是就在那里躺下，让黄昏的安谧和宁静来慢慢冷却他沸腾的血液。

在他的上空，他可以感觉到那巨大而冷漠的苍穹和无数静静运行着的天体，他也感觉到在他下面的大地，正是这大地给予他生命，并把他放在自己的怀抱中。

他懒懒地闭上眼睛，慢慢睡去。他的眼皮仿佛因为感觉到大地和她的观望者的巨大的环形运转而颤动起来，仿佛感觉到一个新世界的离奇的光亮而颤动起来。他的灵魂在昏厥中进入了另一个新的、离奇的、阴暗的、和下面的大海一样难于捉摸的世界，在那里一些模糊的形象和生命正来回穿行。这是一个世界，是一阵闪光，还是一朵鲜花？闪烁着又颤抖着，颤抖着并慢慢展开，像一线刚刚突破黑暗的光明，像一朵正在开放的花朵，它永无止境地自我重复着伸展开去，一片叶子接着一片叶子，一道闪光接着一道闪光，最后展现出一派通红的颜色，然后又继续展开，慢慢凋谢，变成淡淡的玫瑰色，把它柔和的红晕铺满整个天空，每一个红晕的颜色都比前一个显得更红。他醒来的时候，黄昏已经来临，他用作床褥的细沙和干草已经不再发光了。他慢慢站起身来，回味着他在睡梦中经历的狂喜，不禁发出了欢乐的叹息。

他爬到一个沙丘顶上，向四面观望。暮色已经笼罩着大地。一弯新月划破了暗淡、荒凉的天空，那新月像镶嵌在灰色沙滩上的一个银环。海潮带着喁喁低语的波浪迅速向沙滩边流过来，使远处浅水边的沙丘又变成了一个个小岛。

这里出现了一个真实的、物质的、世俗的和精神的体验，如果从神话经历的角度来理解，即他的灵魂被鸽子、圣灵所浸染，并在这个女孩身上得到了象征，她是但丁的比阿特丽斯的化身。这一美景成为乔伊斯生活和他所有女主角的灵感来源。最显而易见的一个人物是《尤利西斯》的女主人公莫莉·布卢姆，她从未下过床，但却贯穿了整本书。当我们提及《芬尼根的守灵夜》时，贯穿整本书的女主角是安娜·利维亚·普鲁拉贝尔，代表一种伟大的女性力量。溪流中女孩的美景成为斯蒂芬的灵感来源，它为他打开了种种冲突，比如，他的家庭及其处境、他的职业、与神父形象并不相符的神职人员的经历，以及他自己的困惑。这是一个意象突然说话的时刻，他认为那个女孩是一只鸽子，是圣灵在宣布化成肉身。

圣灵的召唤还有另一个方面的内容。乔伊斯读过弗洛里斯的约阿希姆[①]的预言，预言称上帝之灵在世界上有三次转变：第一个是旧约时代，即天父和律法的时代；第二个是圣子与教会的时代；第三个时代即将到来，到那时，圣灵将直接对每一个人说话，不再需要教会。约阿希姆活到了1200年，和他同时代的人将阿西西的圣弗朗西斯[②]与第三个时代的开启联系在一起，此时，教会即将解体。在约阿希姆的时代，中世纪浪漫主义的意象强烈表达了拥抱隐士生

---

① 弗洛里斯的约阿希姆（Joachim of Floris），中世纪意大利基督教神学家、《圣经》注释家、历史哲学家，神秘主义者。任柯拉佐修道院院长，后辞职到弗洛里斯专心写作。——译者注
② 阿西西的圣弗朗西斯（Saint Francis of Assisi），中世纪意大利天主教修士，神秘主义者。——译者注

活和离开教堂的想法，例如，在《寻找圣杯》（*Quest de Saint Graal*）中，这种想法起了很大的作用。因此，世俗思想将直接接受圣灵的启示，这一观点体现了女孩作为鸽子形象的意义，即召唤个人成为自己的救赎之主，完成自己的救赎。

在此，我们有必要回顾一下伯拉纠（Pelagius）的教义。伯拉纠是一个出生于4世纪的英国异教徒，他说人性本善，每个人都有自救的责任。他的门徒塞莱斯提乌斯（Celestius）否认原罪学说，原罪学说认为人们继承了亚当和夏娃的罪。伯拉纠等人认为，罪不能被继承，所以基督不是作为一个神奇的救世主，让我们通过他的恩典、参加圣礼并得以拯救，而只是作为我们的一个榜样。是我们自己的努力拯救了我们。而斯蒂芬就像代达罗斯一样"投入晦涩无名的艺术中"自由飞翔，然后他自己化身为飞行中的鸟，也就是圣灵的形象。这也是此时此刻侵袭着斯蒂芬的意象。他从教会中解脱出来，正走在自己的路上。

但丁在《新生》中的每首诗前，都描述了引起写作的情境，在每首诗后面都分析了他的诗歌结构，以及他打算通过这种结构来表达什么。乔伊斯也是这样做的。在海滩上的美景之后的部分，斯蒂芬向一位朋友描述了他的美学理论，然后我们读到了他写下一首维拉内拉诗[①]时的情况。当时有一个女孩看了他一眼，没有羞怯或肆意，也没有反感或欲望被唤起，这是一个狂喜的时刻。因此，他将他的审美转化为精确的意象。他将成为一位艺术家，成为这个形象的赞美者。他准备逃离爱尔兰，因为爱尔兰撒下了一张名为社会秩序的网：

> 当一个人的灵魂在这个国家诞生的时候，马上就有许多网在他的周围张开，防止他飞掉。你和我谈什么民族、语言、宗教。我准备要冲破那些罗网高飞远扬。

这张网是政治、社会和宗教传统之网，也是革命传统之网。

---

① 维拉内拉诗（villanelle）是一种起源于法国的诗歌形式，它由若干个三行诗节和结尾的一个四行诗节组成。——译者注

麦卡恩开始热情而滔滔不绝地讲起沙皇的诏书，讲起斯特德、普遍裁军、对国际纠纷的仲裁、时代的迹象、新的人类，和一种将使所有的社会全都负起责任来，以最小的代价求得最大多数人的最大幸福的新福音。

在这里，斯蒂芬被邀请去"改变世界"，改变的主要形象不是马克思，而是沙皇尼古拉斯二世，他是一个有着伟大进步意图和设计想法的人，现在人们不怎么听到这样的说法了[9]，但是斯蒂芬说：

> ——留着你们的那个偶像吧。如果我们必须有一个耶稣，那就让我们有一个完全合法的耶稣。

这时候，斯蒂芬的朋友们知道了他正在放弃教会，但在后来，当他的朋友克兰利询问他，"那……你不打算成为新教徒吗？"斯蒂芬给出了我认为存在于每个天主教徒心中的经典答案：

> ——我说过我已经失掉了信念，斯蒂芬回答说，但我并不是说，我失掉了对自己的尊敬。如果一个人放弃掉一种合乎逻辑的、合情合理的荒唐信念，却去抓住一个不合逻辑的和不合情理的荒唐信念，那算得上是一种什么思想上的解放呢？

当他的朋友追问斯蒂芬是否害怕审判日和永恒的地狱之火时，斯蒂芬做了一个很了不起的声明：

> 我不怕孤独，不怕为别人的事受到难堪，也不怕丢开我必须丢开的一切。我也不怕犯错误，甚至犯极大的错误，终身无法弥补，或者也许永远无法弥补的错误。

也就是说，他知道可能会因此而在地狱里燃烧。但这就是勇气，敢于面对触礁的沉船、灾难、精神分裂症、地狱，敢于面对任何境况的勇气。

　　乔伊斯家庭生活之糜烂，几乎是无法想象的。他的父亲是个没有原则的老好人，他的家人总是为房租而烦恼，他们不得不搬了九十八次家。他的母亲怀孕十五次，其中有十个孩子活过了婴儿期，母亲完全被困在家务杂事和鸡飞狗跳的生活中。对于不想参与这一切的乔伊斯来说，海滩上的女孩为他开辟了一条通往无形未知的冒险生活的道路。因此，在《一个青年艺术家的画像》的最后，斯蒂芬决心离开爱尔兰。这就是佩里所说的中心转移。

　　三月二十四日：跟我妈妈开始讨论一个问题。题目是：贞女圣玛利亚。由于我的性别和年龄差距，难以进行讨论。尽量避免拿耶稣跟爸爸的关系去和玛利亚跟她的儿子的关系相对比。说宗教不是一个产科医院。妈妈对我很宽容。说我的思想真怪，书读得太多。这话不对。读书少，了解的东西更少。接着她说我还会再回头相信上帝的，因为我的思想总也不得安宁的。那意思是说，我从罪孽的后门离开教堂，却又要从悔罪的天窗再进入教堂了。不可能悔罪。我这样明确地对她说，又问她要六个便士。只弄到三个便士。

　　你知道吗，这些可能是乔伊斯的真实日记。

　　然后上学校去。又和那个小圆脑袋的流氓眼睛格齐争吵了一番。这回争论的是关于诺拉的布鲁诺的问题……

　　诺拉的乔尔丹诺·布鲁诺①，他在1600年被判处烧死在火刑柱上，就因为他与乔伊斯在书中描写的一样宣扬了异端思想。

　　开始用的是意大利语，最后说的全是混杂的英语。他说布鲁诺是一个可怕的异教徒。我说他倒是可怕地让人给烧死了。他带着某种悲伤的情绪同意了这一点。接着他开给我一个说明，告诉我怎么做他所

---

① 诺拉的乔尔丹诺·布鲁诺（Giordano Bruno of Nola），文艺复兴时期意大利思想家、自然科学家、哲学家和文学家。由于批判经院哲学和神学，反对地心说，宣传日心说等，被宗教裁判所判为"异端"，后被烧死在鲜花广场。——译者注

说的 risotto alla bergamasca。他在念一个软音 O 的时候，把他的丰满的血红的嘴唇嘬得老长，好像他要和那个母音亲吻似的。他是这样吗？他会不会忏悔？是的，他会的：他会哭出两颗圆圆的流氓的泪珠来，一个眼睛一颗……

三月二十五日，清晨：一夜尽做些令人讨厌的梦。希望尽可能把它们都从我心中清除掉。

一条很长的弯曲的走廊。从地面升起一条条黑色的烟柱。那里尽是些镶嵌在石头上的奇奇怪怪的帝王的形象。他们看来很疲倦，都把手放在自己的膝盖上，他们的眼神非常阴暗，因为人的错误总是变成黑色的烟雾飘到他们的眼前来。

离奇的人影从一个山洞中走了出来。他们没有一般人那么高。每一个人似乎都和身边的人挨得很近。他们的脸上闪着磷光，还有一条条颜色很深的条纹。他们全望着我，看他们的眼神仿佛要问我什么问题。他们都不说话。

我们现在跳到最后的几篇日记。

四月十六日：走吧！走吧！

拥抱的胳膊和那声音的迷人的符咒：大路的白色的胳膊，它们已许诺要紧紧地拥抱，映衬着月影的高大船只的黑色的胳膊，它们带来了许多远方国家的信息。它们都高高举起，仿佛在说：我们很孤单——快来吧。而那些声音也和它们一起叫喊着：我们是你的亲人。在它们向我，它们的亲人召唤的时候，空气里充满了它们的友情，我准备走了，它们正扇动着它们得意的和可怕的青春的翅膀。

四月二十六日：妈妈为我整理我新买来的一些旧衣服。她说，她现在天天祷告，希望我能在远离家庭和朋友的时候，通过自己的生活慢慢弄清楚什么是人的心肠，它都有些什么感觉。阿门。但愿如此。欢迎，啊，生活！我准备第一百万次去接触经验的现实，并在我心灵的作坊中铸造出我的民族的还没有被创造出来的良心。

四月二十七日：老父亲，古老的巧匠，现在请尽量给我一切帮助吧。

在《新生》的结尾，但丁说："我准备写一本关于她的书，写下人们在描述任何一位女性时都从未讲过的话。"他写下了《神曲》，将来自比阿特丽斯的灵感扩大为对上帝世界的展望。斯蒂芬或者说乔伊斯也这样做了。"老父亲，古老的巧匠"正是代达罗斯，希腊的艺术大师。可以说，斯蒂芬效仿了他，从都柏林飞了出去。同时，乔伊斯承诺要写《尤利西斯》，斯蒂芬将会在书中观察：

神奇的巧匠。飞鹰般的人。你飞翔了。飞向何处？纽黑文——迪耶普，统舱乘客。巴黎往返。麦鸡。伊卡洛斯。Pater, ait. 溅落入海，随波翻滚。你是麦鸡。麦鸡的命。

而《一个青年艺术家的画像》的结尾：

都柏林 1904

的里雅斯特 1914

1904 年于都柏林开始，1914 年于的里雅斯特^①结束，这个年轻人花了他十年的光阴，写就了这本小书。

---

① 的里雅斯特（Trieste），意大利东北部边境港口城市。——译者注

MYTHIC
WORLDS,
MODERN
WORDS

03

尤利西斯

引言

《荒原》

在巴黎，斯蒂芬收到了他父亲的电报，上面说："毋病危速归父。"①于是他回到了都柏林，也正是在都柏林，1904 年 6 月 16 日，《尤利西斯》的故事拉开帷幕。他回到了死亡之地，回到了荒原。正如我曾经写过的：

> 《尤利西斯》是铸就于觉醒的意识层面上的，虽然书里的普通市民和主要角色对其他事情一无所知。在此书中，布卢姆和斯蒂芬漫游着，两个人都穿着黑色的丧服，仿佛是在穿越地狱。因为他们认为，在地狱中人们的灵魂永远与他们的罪孽相连，也就是与他们的生命无法摆脱的缺陷相连。因此，他们迷失了，在永恒的时间里，他们的罪孽被证明是无法忍受且枯燥乏味的；然而另一方面，在炼狱中，保护性的模具被打破、溶解，有过程，有变化和运动，以此清除净化掉那

---

① 乔伊斯小说原文为"Nother dying come home father"，斯蒂芬父亲写电报时把 mother（母亲）拼写成了 nother。——译者注

些在尘世中傲慢无知的状态，这种状态阻碍灵魂实现其最真实和最深层的渴望，正如我们被告知的那样，这就是对上帝的渴望。

《芬尼根的守灵夜》发酵出了一个梦幻的微宏观（micro-macrocosm）世界，在这个世界里，救世主存在于万事万物的内部。那个内在于万事万物的救世主，以二元对立的形式被感知为无处不在。然而在《尤利西斯》中，除了在互为抗衡的英雄斯蒂芬和布卢姆的脑海里，其他方面都没有这样的发酵过程。这本书中的世界，可以说是被描绘成了一个荒原，曾经肥沃，但现在已然因为终年无雨变得干旱贫瘠。牛群死于瘟疫，妇女无法生育，政府由异国人组成：英格兰的王室和红衫军，罗马的牧师和教皇的帽子。而那些自鸣得意、喋喋不休的市民们则多是一群随和的段子手，他们自我封闭、冷漠如石，他们没有内在的转变，而是在彼此之间聒噪不休，同时不管在何种情况下都保持着对他们自己那无聊平庸的无知的集体认同。[2]

T. S. 艾略特的《荒原》和《尤利西斯》于同一年问世，但是艾略特在写作《荒原》之前就已经读过了《尤利西斯》。在《荒原》中不断有《尤利西斯》中的主题和意象的回声，比如，溺水的人、雷霆之声等。

《尤利西斯》的故事主要发生在星期四，也就是索尔日、木星日、朱庇特日和雷电之日①，而在书的中间，正是一声雷鸣唤醒了斯蒂芬的心灵。[3]在梵文里，"雷电"（vajra）一词也表示"钻石"，暗含着超凡的光芒。如同闪电击碎现象的形体，也会发出超凡的光芒，就像钻石既不能被切坏也不能被损毁，任何经验现象也无法损害这光芒。因此，《尤利西斯》中间的雷电标志着斯蒂芬转变的瞬间，从其精神骄傲层面的那种僵化、贫瘠和自我保护的姿态过渡到炼狱阶段，最终这将在《芬尼根的守灵夜》中巨大的夜海上"无休止地旋转"到

---

① "星期四"的法语为 Jeudi，此词来源于拉丁语 Iovis dies，意思是朱庇特日或木星日；英语是 Thursday，来源于日耳曼的风雨雷电之神 Thor，因此坎贝尔将星期四也称为雷电之日。——译者注

达高潮，而《尤利西斯》的最后五章说的就是这个。

艾略特也将雷电之声用作觉醒主题。同样的霹雳声回响在《荒原》第五节"雷霆的话"中。艾略特引用了《广林奥义书》中的一段话，在这段话中，雷霆之声向神、人和魔鬼说出了他的终极话语，他说的是"Da"。在诗中，"da"是一个梵文词根，隐藏在三个伟大的词后面，即 damyata、datta 和 dayadhvam，意思分别是"克制""献予"和"怜悯"。这些情感让人向世界敞开心扉，并使人成为慈悲的菩萨。[4]同时，这些情感也是《尤利西斯》中斯蒂芬内心即将表达的情感。

艾略特视伦敦为荒原，就像乔伊斯视都柏林为荒原一样：两个城市充斥着这样一些人，他们正在做自己应该做的事，而不是他们内心的紧迫感驱使他们去做的事。这些行尸走肉般的灵魂都是这样或那样的装腔作势的人，他们冷酷如冰、冷漠如石、自我封闭、言辞诙谐而又懂得自我保护，总是以言辞搪塞，不让任何人走进自己的内心，而其中最糟糕的是斯蒂芬本人，"啃奇，像刀刃"，他那雄伟的朋友马利根给他起的名字。然而斯蒂芬和布卢姆都将在都柏林地狱的圆形沼泽中寻找净化之道。

《尤利西斯》与《奥德赛》

乔伊斯创作《尤利西斯》所依据的模型是《奥德赛》。这两部作品拥有相似的结构，使用了相同的神话主题，并且两者的主题都是男性进入一个非野蛮的男性独断的世界。因而一些评论家曾说，乔伊斯借用《奥德赛》只是一种让混乱变得有序的手段。而这并不正确。

《尤利西斯》分为三个部分，大致与《荷马史诗》中的三部分相对应。《奥德赛》的第一卷至第四卷叙述了奥德修斯（Odysseus）的儿子忒勒玛科斯（Telemachus）的冒险；第五卷至第十四卷叙述了奥德修斯的冒险；第十五卷至第二十四卷则叙述了忒勒玛科斯与奥德修斯共同的冒险。《尤利西斯》的主人公是斯蒂芬·代达勒斯和利奥波尔德·布卢姆。在第一部分中，三个章节全部与斯蒂芬相关；第二部分有十二个章节，尽管斯蒂芬也有一些章节，但这一部分的重心由斯蒂芬转移到了布卢姆，在这部分的后几个章节中，他们两人走到了一起；然后，第三部分也是由三个章节构成，在这几章中斯蒂芬和布卢姆是在一起出现的。

《奥德赛》的核心要务有两个，一个是关于奥德修斯的，另一个则是关于忒勒玛科斯。当奥德修斯被征召入伍前往特洛伊时，他的儿子忒勒玛科斯刚刚出生。所以忒勒玛科斯人生的前二十年是在没有父亲的情况下成长的，他的当务之急是："年轻人，去找你的父亲。"这句话意味着："找到你的榜样。找到你的人生之路。"男孩寻找父亲的情节是《奥德赛》中非常重要的一部分，也是每个男人生命中非常重要的一部分。

在《尤利西斯》的前三章中，斯蒂芬扮演了忒勒玛科斯的角色，一个没有找到他的父亲，却被召唤去寻找父亲的角色。当然，斯蒂芬拥有一个现实中的父亲，即西蒙·代达勒斯（Simon Dedalus），但是西蒙并非他精神上的父亲。在这里，我们有一个关于精神父亲的问题。在我们的文化中，儿子追随父亲的脚步，并最终寻找到自己的事业，这并不罕见。然后他必须找到他的精神父亲，或者就像我们现在所说的，他的精神导师，找到那个能够将他的人生目标和方向展现给他的人，这种展现不是通过教育指导，而是通过榜样的身体力行。所以斯蒂芬就是忒勒玛科斯，在《尤利西斯》的开头，他和另外两个年轻人住在一座马特罗塔里，其中一个人叫壮鹿马利根，他管这座塔叫作"昂发楼斯"（Omphalos），即世界之脐。这三个年轻人都是知识分子，他们被塔内厚厚的堡垒墙壁隔绝在自然和真实世界以外。只有他们三个人，圣父、圣子和圣灵，生活在那里。

《尤利西斯》的第二部分主要讲述了布卢姆在都柏林四处漫游的冒险经历。

布卢姆和这三个知识分子完全不同，他是一个成熟的人，有着许多漫无边际的知识和兴趣，他知道如何吸收知识并将他所知道的东西与生活相关联。就像奥德修斯之于饱受折磨的忒勒玛科斯，布卢姆将会成为斯蒂芬的精神之父。在这中间十二章接近尾声的地方，斯蒂芬和布卢姆在重生之地，一家妇产科医院相见了。在那里他们听到了霹雳之声，之后斯蒂芬抛弃了他的旧我，开始重生为新的"超斯蒂芬"形象（trans-Stephen character）。

接下来的三个章节，即书中第二部分的《喀耳刻》一章和第三部分的《欧迈俄斯》（Eumaeus）及《伊塔刻》（Ithaca）两章，展现了布卢姆和斯蒂芬在一起的场景。他们在妇产医院相见之后的那章发生在都柏林的红灯区夜市区，当然，这里也是带着死亡启蒙的女神喀耳刻的地盘。在这时，斯蒂芬已经喝得酩酊大醉，最后弄得一团糟。他在街上被几个英国士兵撞倒，布卢姆阻止他被逮捕并照顾了他。

然后，在《尤利西斯》的第三部分，布卢姆邀请斯蒂芬去他的家里喝杯热可可。在那里，他们在某种程度上使对方恢复了精神。然后斯蒂芬离开了，布卢姆同莫莉一起就寝，我们也来到了最后一章，即以珀涅罗珀（Penelope）为主人公的章节，这一章全是莫莉·布卢姆的独白，几乎每个人都是为了这一章买了这本书。

启蒙之《奥德赛》

奥德修斯是谁？他是一个走过很多地方的人，有着各种各样的经历。十年来，他一直在特洛伊，在一个男人的世界里打仗。在那里，男人和女人之间没有对话，女人只是战利品，就像银子一样，只是供人占有和使用的货品。希腊和小亚细亚早期的宗教传统是关于大女神的，但当父权制的印欧人进来时，女神被拉下了神坛，正如她在《圣经》中被称为"可憎之物""迦南人的女神"，等等。同时，在希腊文学中她也被贬低了。

《伊利亚特》中特洛伊战争的起源是基于男性对大女神概念的贬低。你应该还记得，特洛伊战争是由帕里斯（Paris）的评判引起的，这个慵懒的小伙子，我们年轻时常称他"花花公子"。在这场评判中，帕里斯被要求将一个金苹果授予三位伟大的希腊女神中的一位，她们分别是：阿佛洛狄忒，文学中的欲望女神，用《圣经》的术语来说，她代表着诱惑和罪恶；赫拉，宙斯之妻，她代表着作为妻子、母亲和统治者配偶的女人；雅典娜，年轻的处女神，从她父亲宙斯的额头上诞生。（有一天，宙斯头痛，便派人去找铁匠之神赫菲斯托斯，他敲开宙斯的头，全副武装的雅典娜便跳了出来，看，这就是爸爸的女儿！）三位女神所代表的这三个方面也是《尤利西斯》中女性角色代表的三个方面，并以此来引导男性角色：代表妻子赫拉的女性，是莫莉；作为诱惑者阿佛洛狄忒的女性，出现在妓院；代表女儿雅典娜的女性是布卢姆的女儿米莉（Milly），她的名字和母亲莫莉相似。总之，《奥德赛》叙述了奥德修斯如何渐趋成熟，以及他开始探索成年男性神秘世界的故事。

当特洛伊战争结束后，战士们回到家乡，我们就来到了被称作"返乡"（Nostoi）的这一章。墨涅拉俄斯带着来自斯巴达的海伦回到家中，那一定是一座幸福的宅邸；阿伽门农回到家，则被杀死在浴缸中；而奥德修斯的冒险也从他尝试带着十二艘船回家开始。他们向北航行，来到一个叫作伊斯玛洛斯的小镇，在那里，他和一群流氓上了岸，洗劫城镇，奸淫妇女。[5] 他们仍然停留在战士的模式里。他们心理驱动力的来源等同于那些剥削者、海盗，与女性没有任何关系。诸神说："这不是一个男人回家见妻子的方式。"于是诸神在海上把船吹来吹去，吹了十天，直到奥德修斯一行人不知道他们身处何处。然后，真正的故事开始了。

《奥德赛》可以被看作是一次夜间的海上旅行，一次梦幻之旅。奥德修斯和他的手下在被诸神用风吹走后，到达的第一个港口是一个叫"吃落拓花的人"（Lotus-Eater）的港口，可能是北非的一个城镇。他们吃下落拓花，一种LSD（麦角酸二乙基酰胺）致幻剂，然后置身于梦境之中，并且从这一刻起，他们不会再遇到人类。而是遇到小仙女宁芙们，还有几个怪物。

　　他们遇到的第一个怪物是吃人的独眼巨人波吕斐摩斯。波吕斐摩斯是波塞冬的儿子，而波塞冬是深海水域的主人，所以他代表着关卡守护者，守在整个旅程中启动奥德修斯力量的关键位置。每当人们进入一个冒险领域，就会有一个关卡守护者，这就是即将到来的冒险的关键位置。独眼巨人有一只眼睛，而当奥德修斯和他的手下刺穿他的眼睛时，就代表他们越过了门槛，穿过窄门，进入了梦境。

　　于是，奥德修斯和十二个手下上岸去探索这片陌生的土地。他们发现了一个山洞，走了进去，找到了一罐罐的牛奶、凝乳和黄油。他们想："好吧，我们到了一个牧羊人的家里"。但是当这个牧羊人进来的时候，他们才发现他竟然是一个食人的巨人。这个怪物问奥德修斯："你是谁？"奥德修斯则机智地回答说："无人（No-man）。"也就是说，在进入梦的领域、诸神的领域后，他已经摆脱了自己世俗的特征。大家都知道后面发生了什么，独眼巨人吃掉了六个人。奥德修斯意识到自己遇到了棘手的问题。于是，有一次在独眼巨人吃人时，奥德修斯给了他一些以前伊斯玛洛斯祭司送给自己的酒。独眼巨人喝了酒，睡着了，然后男人们用一根巨大的横梁挖出了他的眼睛。哦！他当时就大叫起来。但当其他独眼巨人问道："里面发生什么了？谁伤害你了？"他说："无人。"所以其他独眼巨人说："好吧，那你就闭嘴，别告诉别人。"

　　之后，波吕斐摩斯坐在洞外，打算趁着奥德修斯和剩下六个人出去的时候抓住他们。这里有一个非常重要的场景：他们是如何逃出洞穴的？奥德修斯把三只羊绑在一起，下面再绑上他的一个手下。当羊群涌出山洞时，瞎眼的独眼巨人摸了摸它们，以为它们只是羊，就让它们通过了。奥德修斯不断重复这个伎俩，三只羊带一个人，又三只羊带着另一个人，如此反复，将人运送出去。最后，奥德修斯把自己绑在领头公羊的身下，让它把自己带出了山洞。在当时，世界上有些地方，公羊象征着太阳的力量。因此，奥德修斯摆脱了他的世俗特征，取名为"无人"，并认同了太阳的力量。可以说，他建立了自己与太阳的同体，并且你还会发现，他最后的冒险正是在太阳岛上。

当一个人闯过关卡，藏在象征太阳的公羊身下逃离独眼巨人，穿过狭窄的洞口，从危险的守门人那里通过，做完这一切后，他可以感受到一种被称为"膨胀"的精神升华。在每一个修道院你都可以看到这种膨胀。于是奥德修斯接下来出现在膨胀之岛，那是风神埃俄罗斯（Aeolus）掌管的火山岛。他给了奥德修斯一个装满了风的囊袋，除了能送他回家的那股风，其余的逆风都被装进袋子里了。然后，当船临近家时，奥德修斯的手下以为袋子里有财宝，就打开了它，结果所有的逆风都跑了出来，把船吹离了故乡伊塔刻岛。奥德修斯和他的手下现在都"泄气"了。膨胀，泄气，再膨胀，再泄气，这是躁郁症的表现。

接下来他们来到了勒斯特里冈尼亚人（Lestry gonians）的岛屿，这些人也是食人族，他们击碎了奥德修斯十二艘船中的十一艘。因此，现在只剩下一艘船了，也是这艘船把我们带到了第二个伟大的启蒙阶段，喀耳刻的启蒙阶段，喀耳刻就是那个把奥德修斯的手下变成猪的女人。谁曾被父权制审判打倒，谁就是现在他们必须面对的人，她把这位英雄引入了另外两个伟大的启蒙：一个是进入深渊，即生物力量；另一个是到太阳岛，光亮和照明的发源地。而这二者都来自这个被否定了的女性。这也是布卢姆和斯蒂芬将在都柏林妓院经历的启蒙。

这些启蒙是由肢解母题（dismemberment motif）引入的，我们能在许多神话中发现肢解母题。十二艘船被减少到一艘，这是某种程度上的肢解，这艘幸存的船到达了喀耳刻的岛屿。被肢解的队伍上岸去看自己在哪里。他们来到一片大沼泽地，⁶沼泽的中央有一座雄伟的宫殿，而宫殿里面是梳着辫子的喀耳刻，她正在织布。大部分人都进了宫殿，然后被变成了猪，但幸运的是，奥德修斯没有跟他们一起。赫尔墨斯走过来对他说："看，你有麻烦了。这是一个不好惹的女人。我要给你一个护身符，来保护你免受她的魔法的伤害。"赫尔墨斯给了他一种叫作"莫利"的小植物。我们知道布卢姆在他的口袋里也带着一个土豆，来保护自己免受关节炎、风湿病或坐骨神经痛的影响。土豆就是布卢姆的莫利，而当这个护身符被夺走时，他就站在了一群猪中间。然后，赫尔墨斯说："你走的时候，把这个带在身上。她会试图施展魔法。但你只要拔出匕首威胁她，她就会安静下来，邀请你到她的床上去。好了，走吧。"诱惑者，引诱者，把你带入罪恶的领域并把你变成猪的人，而她就是启蒙者。正是通过女性这一面的影响，男性的认知超越了从学校和讲坛里所习得的内容。

在《喀耳刻》一章中出现了两个启蒙：一个是奥德修斯在冥界的启蒙，在那里他遇到了构筑我们身躯的原始力量；另一个是奥德修斯去了喀耳刻父亲的领地——太阳岛，在那里他获得了意识的启迪。女神喀耳刻将这两个启蒙给予了奥德修斯。首先，她把他送到了冥界，在那里奥德修斯与生物力的能量相遇。虽然他在那里遇到的大多数人都是虚幻漂浮的幽灵，但他也同一个雌雄同体人经历了一次非同小可的会面，那个人就是冥界的大人物特伊西亚斯，他代表着雌雄同体，我们每个人都是它的一部分。

特伊西亚斯的故事是这样的：有一天，他在森林里散步，遇到了一对正在交配的巨蛇，他把他的手杖放在两条蛇中间，然后他就变成了一个女人。此后，他做了七年的女人，在第八年的年初，她 / 他穿过森林时，又遇到了两条正在交配的蛇。然后，她 / 他再次把手杖放在它们中间，才变回了男人。

后来有一天，宙斯和赫拉正在讨论是男人还是女人更能从性中获得快乐。而特伊西亚斯自然是咨询这个问题的理想人选，因为他既当过男人又当过女人。于是，他们派人去找他。特伊西亚斯站在了宙斯观点的一方，即认为女人在性爱中能获得更大的快乐。结果，不知什么缘故，赫拉对此大为光火，就把特伊西亚斯打瞎了。

我记得有一次在研讨会上谈到这个问题，在会议的间隙，一个女人走过来对我说："我可以告诉你赫拉为什么生气。"向女性学习自然是件好事，所以我说："好吧，我很想听听。"她说："因为从那一刻开始，赫拉不能再对宙斯说，'我这么做是为了你，亲爱的。'"

因此，宙斯觉得自己对特伊西亚斯的处境负有一定的责任，于是赐予了他预见未来的能力。特伊西亚斯闭上了眼睛，对世间的表象视而不见，他置身其中，接触到塑造和终结生命历程的巨大的形态学力量。所以，由于既是男人又是女人，特伊西亚斯对这个谜题的两面都很了解，不仅是男人的一面，还有女人的一面。奥德修斯在冥界遇到了他，因为这位英雄最大的问题就是要去接受一种与女性的对话，在这种对话里，男性不是主导。这种对话是要和一个与他对等但却不同的实体进行互动。我们将看到，这就是斯蒂芬的问题："我能像特伊西亚斯一样，成为拥有女性力量的人吗？"同样，这也是布卢姆的问题。

喀耳刻给他的第二个启蒙是太阳岛的太阳启蒙，也就是光明之主。在这里，奥德修斯饥饿的手下杀死了献祭太阳的神牛，而宙斯承诺会消灭这些亵渎光明的杀手。奥德修斯本人因为没有吃牛而得以幸免，但他的船被宙斯的闪电击中了。在这里，他经历了完全的自我剥离，他的船和船员都被摧毁了，他被再次从珀涅罗珀的身边拉了回来。

之后，他和卡吕普索（Calypso）一起在岛上待了七年。卡吕普索是一个仙女，一个女神，是他旅程中第二个神奇的女性生物。这个女性再一次向这位英雄介绍了他未曾考虑到的生活的那一面。他在这个梦化的现实中学习，学习精神体验，也可以说是学习女性原则下的对话，之前是通过喀耳刻，现在是通过卡吕普索。

从卡吕普索的岛屿离开，奥德修斯来到了创造之岛，在那里，他从可爱年轻的瑙西卡那里学到了其他东西，也就是在这里，他向她的父母讲述了自己的故事。然后费阿克斯人把他放在船上，将他送回了故乡，在他沉睡时把他留在了岸边。因此，在这整个航程中，他一直在睡梦中被引导认识了他以前从没有注意到的心理世界里的女性力量。

　　奥德修斯再次在自己的土地上见到了他的儿子。在哪里呢？就在猪倌的棚子里，这又是猪的主题。在古代世界，猪是一种重要的祭祀动物。正是猪这种动物的血被倾倒向下进入冥界，作为深渊力量的祭品。在猪倌的棚子里，就像喀耳刻会把人变成猪一样，人们将经历巨大的冥界危机。因此，在《尤利西斯》中，父子俩的会面发生在一家妓院，而妓院的老鸨则被描绘成一个猪婆，也正是在这里，布卢姆性格的另一面全部显露了出来，他变成了一只害羞的小母猪。但你必须记住，虽然喀耳刻将奥德修斯的手下变成了猪，但奥德修斯也迫使她把手下们变回了人，并且他们比变猪之前更年轻、更白皙、更强壮了。这是我们必须要理解的深层含义。

　　这就是奥德修斯的故事，他对自我和私利的执着已然被消解，他经历了这种诱导男性踏入并与之结合的女性力量的神秘体验。在他向同情，而不是激情，敞开心扉后，他就已准备好以适当的方式迎接他的妻子了。随着向同情敞开心扉，一个男人就会向世界，也向女性力量敞开大门。

　　荷马在公元前 8 世纪创作的《奥德赛》中，提出了西方世界中女性与男性关系的三个方面。然而，这些方面在我们这个时代里依然是有效的原型，乔伊斯使用了这些原型，它们是布卢姆脑海中浮现的，也是他即将遇到的关于女性的各个方面。牢记这些女性方面的启蒙，接下来，我们将逐章详细地阅读《尤利西斯》。

忒勒玛科斯章节

忒勒玛科斯

斯蒂芬回到了都柏林，在都柏林南部的达尔基教书。他和两个同伴住在桑迪科夫的马特罗塔里，一个同伴是爱尔兰的医科学生壮鹿马利根，另一个是来爱尔兰收集民间传说的英国入侵者海因斯。英国人已经从爱尔兰拿走了所有的东西，现在他们还要攫取和出售爱尔兰的民间传说。

刚才提到的马特罗塔，是一种石造圆形堡垒，它们是在拿破仑扬言要进攻爱尔兰时建造在不列颠群岛上的，这些炮塔有大约两米厚的墙，将世界隔绝在外，仅留有那种射击用的窄缝窗口。我走进过几个这样的塔楼，诡异的冷灰色光线使房间像一个奇怪的刻意营造的空间。斯蒂芬住的塔楼位于都柏林南部的敦劳海尔附近，塔楼顶部有一个护墙，《尤利西斯》的第一章就是从这里开始的。

斯蒂芬的爱尔兰同伴马利根将扮演"父亲"的角色，但是一个假父亲[1]，他以神父的角色出场。

> 仪表堂堂、结实丰满的壮鹿马利根从楼梯口走了上来。他端着一碗肥皂水，碗上十字交叉，架着一面镜子和一把剃刀。他披一件黄色梳妆袍，没有系腰带，袍子被清晨的微风轻轻托起，在他身后飘着。他把碗捧得高高的，口中念念有词：

> ——Introibo ad altare Dei.（我将登上天主的圣坛。）

"我将登上天主的圣坛"。这是天主教神父主持弥撒的开场用语，这是一场模拟的弥撒。马利根像一个牧师，正如我们曾经见到过的牧师走进来做弥撒的样子：拿着圣杯，上面放着圣餐盘，袍子被清晨的微风轻轻托起。这就是马利根正在做的事。他把盛着肥皂水的碗放在护栏上，俯瞰都柏林湾，让人相信他就是一个正在做弥撒的牧师。

> 他站住了，低头望着幽暗的盘旋式楼梯，粗鲁地喊道：

> ——上来，啃奇！上来吧，你这个怕人的耶稣会修士！

他在叫斯蒂芬，随后他继续他的仪式。

> 他庄严地跨步向前，登上圆形的炮座，环顾四周，神色凝重地对塔楼、周围的田野和正在苏醒过来的群山做了三次祝福。这时他看见了斯蒂芬·代达勒斯[2]，便朝他弯下身去，迅速地在空中画了几个十字，同时一面摇晃着脑袋，一面在喉咙里发出嘟嘟哝哝的声音……

然后他又用布道者的腔调说：

---

[1] Father 一词既有"父亲"也有"神父"的释义，坎贝尔以此暗示马利根既是假的神父，又是假的父亲。——译者注

[2] 金隄译《尤利西斯》中为"斯蒂汾·代达勒斯"，为保证本书统一，修改为"斯蒂芬·代达勒斯"——编者注

——啊，亲爱的人们，这是地道的基督女：肉体与灵魂，血液与创伤。……稍候。白细胞略有问题。全体肃静！

杯子里是白色颗粒的剃须皂，与红色的弥撒酒完全不同。然后马利根转过身来，就像牧师在弥撒中转身一样，他开始刮胡子。我们把这种对弥撒的嘲弄叫作黑色弥撒，它贯穿了全书。《尤利西斯》不仅是但丁的《地狱》和荷马的《奥德赛》，它也是一场黑色弥撒。

弥撒结束后，马利根和斯蒂芬下楼去吃早餐。马利根从锅里扒出三个煎蛋放在盘子里。眼前的三个煎蛋代表了三位一体的奥秘。三位一体指的是圣父、圣子和圣灵这三个神圣的人格在一个神圣的实体中。好的，我们来看看锅里的三个煎蛋，这就是你所拥有的三个独立的、完美圆形的、太阳面朝上的人格，在同一个、同质的、圆形的、白色的平面上。顺便说一下，黄色和白色是罗马教会的旗帜的颜色！当马利根把鸡蛋放在盘子里时，他明确指出了它们所象征的东西：

他在盘子里把煎蛋胡乱分开，然后甩在三个碟子里，口中念诵着：

——In nomine Patris et Filii et Spiritus Sancti.（以圣父、圣子、圣灵的名义。）①

"以圣父、圣子、圣灵的名义"，这就是他们三人的身份：马利根是父亲，但却是假父亲；斯蒂芬是儿子，是基督，是化身为王的救世主；而一直梦见射杀黑豹（Panthera）的海因斯则是一个倒置的、消极的圣灵[7]。这个黑豹主题的背后隐藏着什么？大约是在乔伊斯写这本书的时期，托马斯·哈代发表了他的一首诗，叫作《潘台拉》（*Panthera*）。这首诗关于《塔木德》②或《米德拉什》③

① 此处改用萧乾译本。金隄译本将此处的"煎蛋"翻译为"煎肉"，结合后文，坎贝尔认为他们是在吃鸡蛋。——译者注
② 《塔木德》（*the Talmud*），源于公元前 2 世纪至公元 5 世纪，是有关犹太教的律法条例、传统习俗、祭祀礼仪的论著和注疏的汇集。——译者注
③ 《米德拉什》（*Midrash*），是犹太教对律法和伦理进行通俗阐述的宗教文献，为犹太法师知识的研究与犹太圣经的诠释。——译者注

中出现的对圣母玛利亚的指控，指控她不是从圣灵那里怀上的耶稣，而是从一个名叫潘台拉的罗马牧师那里，即假圣灵那里。所以海因斯是假圣灵，正如马利根是假牧师。当这些年轻人在吃鸡蛋时，一个可怜的爱尔兰老妪进来了，她带来了牛奶。

> 他看着她把奶灌进量杯，然后又从量杯倒入奶壶，浓浓的纯白的奶，不是她的。衰老干瘪的乳房。她又量了一杯，最后还添上一点饶头。神秘的老人，来自朝阳的世界，也许是一位使者。她一面灌奶，一面夸奶好。黎明时分，葱绿的牧场，她蹲在性情温和的母牛旁边，一个坐大蘑菇的女巫。她的布满皱纹的手指敏捷地挤着，母牛奶头一注一注地喷着奶。它们围着她哞哞地叫，它们熟悉她，这些闪着露珠丝光的牲口。牛中魁首，穷老太婆，都是她自古以来的名称。

牛中魁首，穷老太婆，这些都是爱尔兰人对爱尔兰的称呼。这个女人是被掠夺的爱尔兰的象征，在《荷马史诗》中对应的人物是雅典娜，女神们告诉忒勒玛科斯"去找你的父亲"。所以此时是雅典娜，是爱尔兰的母亲来到了这个男性的住所。她提醒斯蒂芬注意爱尔兰的问题，斯蒂芬的种族意识觉醒了。

> 一个四处奔波的老妪，侍候着征服她的人和寻欢作乐出卖她的人……

海因斯是征服者，邀请他进来的是背叛者马利根。

> 他们都占有她而又随意背弃她，这个来自神秘的清晨的使者。是来侍候人还是来谴责人，他说不清，但他也不屑于求她的恩惠。

> ——真好，您哪，壮鹿马利根边说边往各人杯里斟牛奶。

> ——尝一尝吧，您哪，她说。

> 他听她的话喝了一口。

"他听她的话喝了一口"，啃奇因此想起了被剥削的爱尔兰，爱尔兰精神正在被剥削和湮灭。记得斯蒂芬在《一个青年艺术家的画像》里说："我准备……在我心灵的作坊中铸造出我的民族的还没有被创造出来的良心。"斯蒂芬被老妪感染了，这一刻他发出召唤，他要在爱尔兰恢复爱尔兰精神。《尤利西斯》的前三部分将集中于他意图的启动，这一主题将在《普洛透斯》一章中达到高潮，在这一章，他走在后来乔伊斯与诺拉·巴纳克尔（Nora Barnacle）走过的同一片海滩上。与此同时，马利根以主人的身份，"有点大声"地称呼挤奶女工为主人。

——我们吃的东西要是都这么好，他略微提高一些声音对她说，咱们这国家就不会这么到处都是烂牙齿、烂肚肠了。住的是泥沼，吃的是劣等食物，街道上铺满了尘土、马粪、结核病人吐的痰。

——先生，您是学医的大学生吧？老妇人问。

——是的，您哪，壮鹿马利根答道。

——您瞧瞧，她说。

斯蒂芬以轻蔑的心情，默默地听着。老太婆俯首敬重的是大声对她说话的人，给她正骨的人，给她医药的人；对我是看不上眼的。她也敬重将来听她忏悔、给她涂油准备入土的人，涂全身而不涂妇女下身不洁部位，用男人身上的肉而不按天主形象制成的，蛇的引诱对象。她也俯首听着现在和她大声说话的人，那说话声使她闭上了嘴，睁着迷惑不解的眼睛。

——您懂得他说的话吗？斯蒂芬问她。

——先生，您讲的是法国话吗？老妇人对海因斯说。

海因斯又对她说了一段更长的话，说得蛮有把握的。

——是爱尔兰语，壮鹿马利根说。您有点盖尔血统吗？

——我就觉得是爱尔兰语，她说，听声音有点像。您是从西部来的吗，先生？

——我是英国人，海因斯回答。

——他是英国人，壮鹿马利根说，他认为我们在爱尔兰就应该说爱尔兰语。

——敢情是应该，老妇人说。我自己都不会说，可不好意思啰。听人家懂行的人说，这是一种呱呱叫的语言呢。

——岂止是呱呱叫，壮鹿马利根说。完全是妙不可言。

这就是小可怜爱尔兰所处的位置。它是一片失落的荒原，政治上由英国国王统治，精神上由意大利教皇统治，感情上由修辞学统治，社会上由酒吧统治。这个老妇人来到斯蒂芬身边，就像雅典娜来到忒勒玛科斯身边一样，她是那个说"去找你的父亲"的信使。因此，一直与英国人和爱尔兰人生活在一起的斯蒂芬开始想："我得去别的地方找我的父亲。"他现在知道，他要离开这个被侵占的塔楼，去寻找他的父亲，在他心灵的作坊里铸造出他的民族的还没有被创造出来的良心，去成为爱尔兰的救世主。

涅斯托耳

下一章《涅斯托耳》（*Nestor*）的故事发生在塔楼南边的一所学校，斯蒂芬在那里教书。他的校长兼雇主是一个叫戴汐先生的爱尔兰人，是一个亲英派，斯蒂芬对此感到厌恶。这里还有个花的主题，戴汐先生名字里的"小雏菊"①

---

① 爱尔兰人把 Deasy（戴汐）发音为 Daisy（小雏菊），此处指戴汐先生的名字 Deasy 和布卢姆的名字 Bloom 都与花朵相关。——译者注

与布卢姆名字里的"盛开"[8]。戴汐先生是旧硬币和贝壳的收藏家。贝壳是生命的结晶，在贝壳身上可以看到生命被固定，进入停滞状态并被抛在脑后。硬币是生命能量的具体化，但它们不是生命。如果一个人为钱而攒钱，就像是仅仅为了贝壳而收集贝壳，钱只不过是某种可以花掉它的方式的象征。同样，执着于一个人的自我、自我情感、自我理想和自我原则，甚至有时是执着于一个人的生命，实际上就是在让生命停止流动，成为一个空壳。戴汐先生华而不实地对斯蒂芬进行节俭方面的教育：

——这是因为你不存钱，戴汐先生伸手指着说。你还不懂得金钱的意义。钱就是权。将来你活到我这个年龄就懂了。我明白，我明白。少壮不晓事嘛。但是，莎士比亚是怎么说的来着？只消荷包里放着钱。

——伊阿古，斯蒂芬自言自语地说。

他把视线从静止不动的贝壳上，移向老人那双盯着他的眼睛。

——他懂得金钱的意义，戴汐先生说。他会赚钱。不错，是一个诗人，可也是一个英国人。你知道什么是英国人的骄傲吗？你知道你能从英国人嘴里听到的最自豪的话是什么话吗？……我来告诉你……我不该不欠……我不该不欠。我一辈子没有借过一个先令的债。你能有这样的感觉吗？无债一身轻。你能吗？

好吧，斯蒂芬从来没付过钱，而且他现在负债累累。钱不是他所理解的。钱可能是结晶的能量，但在生活中被释放出来之前，它不会成为有活力的能量。戴汐先生的生活已经不存在了，这个学者只是在和外壳打交道。斯蒂芬看到，在学校里的人就像在教堂里的人一样都是在玩空壳。啊，在哪里呢，生命在哪里呢？

另外，戴汐是反犹太人的，这让斯蒂芬感到很不舒服。因为他这一天的启示来自一个犹太人，所以这个犹太人主题出现在这里是恰当的。

　　——注意我的话，代达勒斯先生，他说，英国是落在犹太人手里了。钻进了所有的最高级的地方：金融界、新闻界。一个国家有了他们，准是衰败无疑。不论什么地方，只要犹太人成了群，他们就能把国家的元气吞掉。这些年来，我一直在注意，问题越来越严重。情况再明白不过了，犹太商人已经在下毒手了……

　　——凡是商人，斯蒂芬说，不管是不是犹太人，都要贱买贵卖，难道不是吗？

　　——他们戕害光，犯下了罪孽，戴汐先生严肃地说。

　　——谁不是这样的呢？斯蒂芬说。

　　——你是什么意思？戴汐先生问。

　　他朝前跨了一步，站在桌子旁边。他的下颌歪向一边，疑惑不定地张着嘴巴。这是老年的智慧吧？他等着听我的。

　　——历史，斯蒂芬说，是一场噩梦。我正在设法从梦里醒过来。

在户外，一些男孩正在吵闹地打着曲棍球。

　　球场上又传来孩子们的一阵叫喊声。滚动的哨子声：进球了。要是噩梦像劣马似的尥蹶子，踢你一脚呢？

　　——造物主的规律可由不得我们，戴汐先生说。人类的全部历史，都向着一个大目标走：体现上帝。

　　斯蒂芬跷起大拇指，指向窗户说：

　　——那就是上帝。

呼啦！啊哎！呜噜咴噎！

——什么？戴汐先生问。

——街上的喊叫声，斯蒂芬耸耸肩膀回答。

"街上的叫喊声"是上帝。斯蒂芬的重点转移到一个非常重要的主题，上帝不是"世外"的那个超然者，上帝是每件事、每个人身上的内在原则。上帝就在岸上走来走去的狗身上（上帝这个英文单词倒过来就是狗），上帝就在狗的心里。上帝是街头的一声呐喊，无处不在，无时不有。戴汐先生讲的是在历史中上帝存在的过程。斯蒂芬却说没有过程，上帝就在眼前。这类似于托马斯在《多马福音》中的观点："天父的国度遍及大地，人们看不见。"天父国度的启示体现了审美停滞的光辉。斯蒂芬说："历史是一场噩梦，我正在设法从梦里醒过来。"他追求的是那永恒的核心，那贯穿所有历史的万物的本质，也是我所说的变形，那种贯穿所有事物变形的唯一精神。

普洛透斯

现在我们来到第三章《普洛透斯》，这是我一直在研究的一章。作为忒勒玛科斯章节的尾章，它提出了斯蒂芬问题的关键，斯蒂芬正是在这里意识到他的问题不是逃离爱尔兰，而是逃离他的自我。这奇妙的一章内容非常紧凑，所以我先给大家做个前言提要。

这一章的开篇，斯蒂芬在都柏林湾的水域，一边沉思，一边沿着桑迪蒙特海岸漫步。他试图穿透现象波动的幻影，直观地看到隐藏在形态、时间和空间这三个可见形式背后、之上、之下和之内的物质，或者可能是虚空。他用叔本华的术语，将其命名为"彼此相续"（nacheinander）和"彼此并列"

（nebeneinander）①，即事物在时间领域上"彼此相续"和在空间领域上"彼此并列"。海浪滚滚而来，它们涌现、变换、破碎和消失，斯蒂芬认同这些"不可避免的"的形态，这些形态是"可视事物无可避免的形态"，它们不可避免且不断变化。因此，如果试图坚持任何现有的形态，甚至是坚持你自己的形态，就等同于反对生命，而生命在流逝，留下的是一个最终也必须消失的外壳。斯蒂芬听着海滩上的贝壳在他脚下发出"压碎、破裂、咔嚓、咔嚓"的声音。

在波涛汹涌的地方出现一艘船，一些人在船上等着捞起一个溺水者的尸体。斯蒂芬把这个场景与他试图领悟的虚空或实体物质联系在一起。这个溺水者的主题唤起了炼金术主题，即淹死在海里的国王要求他的儿子来救他。[9]这个主题反映了诺斯替派的思想，即灵魂下降到物质中，现在迷失在了物质中，必须由灵魂的儿子，即人类的儿子来拯救。那么，谁是海中的溺水者？海浪代表形态，而在形态的浪潮之下是溺水者之谜。还记得上一章提到的上帝"是街上的叫喊声"吗？溺水者是上帝的象征，溺死在世界中，溺死在街头喧嚣的海洋中，溺死在我们如海洋一般的生活中。神性就在那里，可以化身为上帝。所以，当我们看我们周围的形态时，我们在看什么？我们在看上帝，但我们看不见他。我们看到的只是可视世界的形式和形态。斯蒂芬想起了古老的爱尔兰海神曼纳南·麦克李尔（Mananaan MacLir），他是"海浪之下的土地"的隐秘领主，一排排卷曲的海浪是他"白鬃海马"的脖子。神本身是看不见的，即使是现在，他也可以把那个看不见的溺水者带走。斯蒂芬心想："快溺死的人。死亡的恐怖，使他的人性的眼睛对我尖声叫唤。我……和他一起下沉……"

这里揭示出了小说的叙事性问题，忒勒玛科斯是否敢于离开他那没有父亲的家去寻找尤利西斯？斯蒂芬是真正的儿子吗？他是否有勇气放下自己的外壳，与那个溺水的人联合起来……一起下沉……和那个溺水者一样，把自

---

① 斯蒂芬认为自己的术语来自莱辛。坎贝尔指出莱辛用的是 aufeinander 而不是 nacheinander，他认为斯蒂芬关于空间和时间的理论术语的来源还存在争议。——译者注

己托付给这个海浪下形态的创造者、看不见的海神曼纳南？他会为救那个人而死吗？

叔本华的论文《论道德的基础》中有一段很有启发性的话，他认为自然界的第一条法则是自我保护。他问道："通过对这一法则的颠覆，一个人有没有可能像对待自己的痛苦一样，对他人的痛苦做出反应，甚至到了忘记自身安全的地步，冒着生命危险去帮助那个人？"他回答了这个问题，在这样一个明显反常的行为中，一个人是在回应一个更深层次的本性的信号，这是对更深层次的真理的直觉，即一个人实际上超越性地与另一个人是同一个物质。他说，这种同情（德语 Mitleid，意为"共同的痛苦"）是唯一真实的道德情感。彼此相续和彼此并列是空间和时间的表象真理，在那里事物似乎是彼此分离的，自我保护才是生命的法则。而这种同情是心灵对一种超越性的真理的感知。即，你和他人作为一种物质，实际上是一体的。[10]

在理查德·艾尔曼（Richard Ellmann）的大型传记《乔伊斯传》中，有一条迷人的线索来自乔伊斯的生平，即斯蒂芬在沉思中纪念的个人危机。因为就是在《尤利西斯》创作开始的那一天，1904 年 6 月 16 日的星期四，22 岁的詹姆斯·乔伊斯第一次在晚上与他后来结婚的女孩诺拉·巴纳克尔散步，而这决定命运的冒险场景就发生在桑德蒙特海岸。与之对应的，困扰着斯蒂芬并激发着他崇高思想的现实问题和个人危机，归根结底是婚姻的威胁。这对任何一个年轻人来说都是相当痛苦的。

此外，6 月 16 日这个日期也很重要，因为它距离夏至不到一周。夏至是一年中最长的一天，太阳在这一天达到了其曲线的最高点，并在这之后逐渐进入冬季。年轻的单身汉斯蒂芬已经达到了个人人生曲线的高潮，他的人生曲线即将进入双线程。这个傲慢独立的、自闭的、有所保留的青年将经历一场巨变。他将不得不迷失自己并敞开心扉。他问自己的问题是："我这个不用承担任何责任的聪明独立的人，怎么能以这种方式默许另一个人的意志和存在？"

这个主题在这里被表现为两个方面：一方面是把自己交给妻子；另一方面是以父亲的身份将自己交给他人。所以当斯蒂芬沿着海滩走时，他脑海中隐藏的想法不仅是"我会救一个溺水的人吗"，而且是"我能否向婚姻开放自己"。我是否能对至少部分不受自己控制而由别人控制的生活的可能性持开放态度？我不再是外壳的中心了。

下面就让我们来仔仔细细地看看这一章的真正闪光处。它从这一段开始：

> 可见现象的无可避免的形态：这是最低限度，即使没有其他。通过眼睛进行的思维。我在这里辨认的，是一切事物的标志：海物、海藻、正在涨过来的潮水、那只铁锈色的靴子。鼻涕青、银灰色、铁锈色：颜色的标记。透明性的限度。但是他又加上：在物体中。那么，他对事物的认识，是先知其为物体，后知其颜色的。通过什么途径？用脑袋撞的，肯定。别忙。他是秃顶，又是一个百万富翁，这位哲人的大师。透明性在其中的限度。为什么是其中？透明性，不透明性。可以伸进你的五个指头去的是豁口，伸不进去的是门。闭上你的眼睛试一试。

"可见现象的无可避免的形态"，其中"不可避免"的意思是你无法摆脱它。"形态"（modality）是指经验的形式方面，指的是看得见的流动的形式，而不是指我们的眼睛无法穿透的实体。这个"可见现象的不可避免的形态"就是我们所看到的。

"即使没有其他"，斯蒂芬试图确定那些人们可以确定的事情，也就是可见的世界。这种形态背后的实质是什么？谁会知道呢？不可避免之处在于，可能有，也可能没有某个形而上学的问题可以来定义它。斯蒂芬对这种"可见现象的形态"的了解有：

"通过眼睛进行的思维"，思维已经通过斯蒂芬的眼睛来到了他的身边。

它们是开放的而且只看到这些形态。斯蒂芬正走在海浪边。如果你每隔五百年就在电影胶片上拍一张这个海滨的照片，持续这样做了几百万年后，再看那部电影，你会看到山脉起伏如波浪。从不同的时间角度来看，我们所处的整个世界把我们像泡沫一样抛出，又任由我们沉下去。

"我在这里辨认的，是一切事物的标志"，这句话就是雅各·波墨的"万物的标志"①。但谁标记了这些东西？谁或者什么对这一切的来源负有责任？斯蒂芬把一切都看作是由某种东西签署的生命声明，一个生命已经离开了它。海滩上的贝壳上有蜗牛、牡蛎或蛤蜊的标志。斯蒂芬来这里是为了找出是谁或什么东西写下了这些标志。他正在寻找不可避免的背后的现实。

"海物和海藻"被潮水抛起，就像我们都是从孕育万物的无限黑暗之海中被抛出的一样。那永恒的大海总是不断地抛出这种或那种形态。这个有着觉醒意识的世界是一个体验已成形态的世界。我们体内的生命脉搏总是把我们生命的下一个四分之一秒抛出来，但我晚了一秒才看到你。我们所看到的一切都是被一个我们无法触摸到的过程抛出来的"海物和海藻"。

"正在涨过来的潮水、那只铁锈色的靴子。鼻涕青、银灰色、铁锈色：颜色的标记。"这些图案属于海洋母亲。"鼻涕青"指海洋是鼻涕青的颜色，海洋的绿色与母亲联系在一起，而母亲在你体内，鼻涕就是你体内的海洋，你无法摆脱。生命物质的液体，还有海洋中的生命，这一切都在你身上，在斯蒂芬体内，并且它会出现在手帕上。我们是海洋的物质。

"透明性的限度。"一件透明长袍虽然是透明的，但你是可以看到的。透明性指的是透过它你可以看到东西，它是有一个限度的。"但他又加上：在物体中。"可见它不是外面的东西。它在里面。"那么，他对事物的认识，是先知其为物体，后知其颜色的。"[11] 这指的是洛克关于我们在颜色中体验到了什

---

① 雅各·波墨（Jakob Bohme），德国神秘主义者和神智学家，他的著作《万物的签名》中说"整个外在的可见世界及所有存在都是内在精神世界的标志或形象"。——译者注

么这一问题①。没有颜色，只有光波照射到我们的眼睛。颜色在我们的脑海中。身体似乎在外面。"通过什么途径？"我们知道外面有身体吗？"用脑袋撞的，肯定。"你看到的是一个身体，而没有看到它是一个有颜色的身体。也就是说，视觉现在移动到了触觉。

"别忙。他是秃顶，又是一个百万富翁"，这个主题关于父亲，关于奥德修斯，也关于亚里士多德 12。下一句"这位哲人的大师"是但丁对亚里士多德的描述。

"透明性在其中的限度。为什么是其中？透明性，不透明性。"斯蒂芬现在正在提升这一两极对立。不透明指的是一种我们无法进入的非透明世界，是一个超越或位于意识经验之内的世界。

"可以伸进你的五个指头去的是豁口，伸不进去的是门。"门把你关在外面，豁口又让你看穿。这就是通向超越的透明性。我们能不能把本来是门的东西变成豁口，这样我们就能透过现象的世界，进入并看到超验的维度？关于空间，就讲到这里。

"闭上你的眼睛试一试。"斯蒂芬正试图跟随他内心的眼睛。你能把这些墙变成一扇门吗？或者说，你能把它们打开，揭示出神秘的维度吗？

　　斯蒂芬闭上眼，听着自己的靴子踩在海藻和贝壳上的喀嚓喀嚓声。你这么对付着也走过去了。是的，一次跨一步。用短促的时间，跨越短小的空间，一段又一段。五、六：这就是彼此相续（Nacheinander）。

Nacheinander 是叔本华的术语 13。我们已经有了空间的难题，现在我们得到了时间的主题。康德说空间是外在感觉的形式，时间是内在感觉的形式。叔

---

① 约翰・洛克（John Locke）著名的"白板说"，假定人心是一个白板，知识来源于我们观察外界的可感对象，由于感觉的存在，我们获得颜色等各种观念。——译者注

本华追随康德，称空间为"彼此并列"，因为事物在空间中是彼此相邻的。他称时间为"彼此相续"，因为事物在时间上是相互跟随的。如果没有空间和时间，就不会有分离。所以斯蒂芬闭上了眼睛，现在他试图在自己的内心超越空间和时间，进入超越分离性的物质，这是人类的共生基础。

一点也不错，这也就是有声现象的无可避免的形态。

一个节拍、两个节拍、三个节拍、四个节拍，时间的滴答声让我们被自己的内在自我拒之门外。我们在内心体验到这一点。这就是内在的感性形式，它把我们从"自在之物"① 中拒之门外。

睁开眼吧。不，耶稣！

这个想法来自在空间和时间中的化身，牺牲者的化身是耶稣。之前我们看到的是外在世界的"父亲，秃顶的，彼此并列，空间"，现在我们看到内在世界的"儿子，时间"。

如果我从一个临空探出的山崖上摔下去，那就是无可避免地摔过 nebeneinander 去了！

斯蒂芬将自己与耶稣，与哈姆雷特，与寻找父亲的儿子联系在一起。

我现在在黑暗中进行得很顺利。佩带着我的白蜡佩剑。

他有一根总是随身携带的棍子，一根上面有树皮的桦木手杖，他把它当作击剑用的剑，即哈姆雷特的剑。斯蒂芬是一名伟大的击剑手。他总是在口头或者其他领域参与决斗，捍卫自我，抵御攻击，抵御世界。在内心，他对一切都感到害怕；在外面，他顽固且善于自我防卫。除此之外，桦木手杖也是一根魔杖，是魔术大师的标志。

---

① 自在之物 (das Ding an sich)，又译"物自身"，德国古典哲学家康德提出的哲学的一个基本概念。表示存在于认识之外，但又绝对不可认识的存在之物。——译者注

用它敲击着吧：他们的办法。

盲人会这样敲击着走路，斯蒂芬在这里是盲人，他闭着眼睛走路。"盲"象征意志的动态只存在空间里，而与睁着的眼睛无关。布卢姆后来还领了一个青年盲人过马路，盲青年的主题贯穿全书：嗒、嗒、嗒、嗒。这个"嗒、嗒"就代表时间，代表生活在时间的领域里。

我的两只脚上穿着他的靴子，靴子上面是他的裤子，nebeneinander。

他穿着马利根的鞋子和二手长裤，用马利根的话来说，"应当说是二腿货"。① 斯蒂芬认为自己和另一个人搅和在一起。[14] 如果没有空间，他可能就是壮鹿马利根。

听来是实的：是造物者（Los Demiurgos）捶打出来的。

德穆革（Demiurge）是创造神，是上帝的创造力；洛斯（Los）是布莱克心目中的造物主②，是单词 sol（阳光）的倒写。造物者（Los demiurgos），内部的恶魔原则抛出了世界的形态。现在斯蒂芬问：

我这样在沙丘的海滩上走，是否将会走入永恒？喀、嚓、喀、嚓。海上的野生钱币。戴汐夫子全认识。

贝壳，一个由生命铸就的躯体，却被掏空了生命，这就是戴汐的世界。我们中的许多人都这样。这里出现了一个非常有趣的主题。

现在睁开你的眼睛吧。行。等一下。会不会一切已经消失？
如果我睁开，发现自己已经永远地陷入那黑色的不透明之中了呢。
Basta！究竟是否看得见，马上就看见了。

---

① 在《尤利西斯》第一部第一章里，马利给了斯蒂芬一条二手裤子。——译者注
② 威廉·布莱克在《乌里森之书》《洛斯之书》《美国：一个预言》等中提到过洛斯，他也是一个创造者，和造物者一样，居住在可见世界与永恒世界的中间面。布莱克将他描绘成一个铁匠在铁砧上敲锤子。斯蒂芬关于"走进永恒"的想法可能直接受到了布莱克的启发。——译者注

"会不会一切已经消失？"一点也没有。创造世界的是上帝的眼睛，而不是你的眼睛。在卡巴拉①中，神的伟大面孔"巨面者"②以侧面的形式被展示出来，因为另一面是未知和不可知的。它的眼睛没有眼睑，因为如果神闭上眼睛，世界就会溶解。

看见了。没有你，始终照样存在：永将如此，无穷无尽。

所以，我们已经讨论过空间，讨论过时间，讨论过形态。叔本华将康德的先验美学简化为空间、时间和形态这三个术语，它们塑造并包围了我们对世界的经验。在印度它被称为摩耶③。现在有一个认识论问题：如果我闭上眼睛，一切都消失了吗？没有主体就不可能有客体。在时间和空间的领域里将没有物体，除非我们通过感觉器官把它放进去。如果周围没有人听到一棵树倒在旷野里，它发出声音了吗？空气中有声波，但声波有声音吗？好吧，我想老鼠是听得到的。总之不是你在支撑这个世界，这是上帝的工作。

有两个助产士走在海滩上。15

Frauenzimmer④：她们小心翼翼地从莱希高台街走下来了，下完台阶又挪着八字脚下坡，一脚脚地陷在带淤泥的沙中。她们和我、和阿尔杰一样，来看我们的强大的母亲来了。第一位沉甸甸地晃着她的收生婆提包，另一位用一把粗大的雨伞捅着沙滩。自由区来的，出来干她们一天的营生来了。弗洛伦丝·麦凯布太太，布莱德街深受悼念的已故派特克·麦凯布的未亡人。正是她那帮子中的一个把我拽了出来，哇哇地叫着开始了从无到有的创造。她的提包里是什么东西？流产儿，拖着脐带，闷在红色（ruddy）的毛绒里头。

---

① 卡巴拉（Kabbalah），又称"希伯来神秘哲学"，是在犹太教内部发展起来的一整套神秘主义学说。虽然它被许多教派所引用，但它本身并未形成一个宗派。——译者注
② 巨面者（Makroprosopos），是卡巴拉中的术语，意思是"长脸、扩展的面容"。——译者注
③ 摩耶（māyā），印度哲学和美学中的一个词汇，意为"幻"。印度宗教和哲学认为宇宙中存在一个无所不知、无所不包的实体"梵"，梵在世间显现的一切就是"幻"，即摩耶。——译者注
④ 意为"女人"。——编者注

流产儿的形象在因果关系方面很耐人寻味。茹迪（Rudy）是布卢姆小儿子的名字，他在十一年前去世，只活了十一天，被埋在一件羊毛夹克里，也就是红色（ruddy）毛绒。所以在这里斯蒂芬有一种将要见到布卢姆的预感。整本书中有很多这样的事情，我想，乔伊斯大概觉得只要你足够敞开你的内心，你就会得到相应的生活。不知何故，你对即将发生的事情有预感，事件以一种神秘而恰当的方式展开，符合荣格所说的同步性 ①。

　　人的脐带全都是连着上代的，天下众生一条肉缆。正是因此，才有一些神秘教派的僧侣。你愿学神仙吗？那就凝视自己的昂发楼斯（Omphalos）吧。喂！我是啃奇。请接伊甸园。甲子零零一号。

　　原人亚当的配偶和伴侣：希娃，赤裸裸的夏娃。她没有肚脐眼。

现在斯蒂芬说的是脐带。昂发楼斯是肚脐的希腊语。斯蒂芬将全人类的肚脐视为一条连接我们所有人与夏娃的长途电话线 16。夏娃没有肚脐，因为她没有母亲。这是造物主的问题：

　　凝视吧。光洁无瑕的肚皮，涨大了，像一块绷着精制皮面的圆盾。不对，是洁白成堆的粮食，光彩夺目的不朽庄稼，从永恒长到永恒。孕育罪孽的子宫。

斯蒂芬引用了 17 世纪的一本关于小麦的黄金时代的书，大自然母亲是永恒的，"从永恒长到永恒。孕育罪孽的子宫。" 17 指欢乐和不朽的夏娃，我们正是从她的子宫里堕落到罪恶的世界。所以斯蒂芬正在寻求作为原始处女的母亲背后，她的生育之谜的答案。

　　在罪孽的黑暗中孕育，我也是。是制成而不是生成的。

------

① 同步性（synchronictity），由荣格在 20 世纪初提出，他将其定义为"有意义的巧合"。——译者注

这里有双重父亲身份的概念。你有两个父亲，一个是身体的父亲，由于工具性的原因生下你；一个是圣父，由于公开或秘密的原因创造你，你是由他创造的。斯蒂芬现在要找的是创造他的父亲，而不是生养他的父亲。[18] 斯蒂芬被生养：

......

由他们俩，一个是嗓音与眼睛和我相同的男人，另一个是呼吸中带有灰烬气味的女鬼。

斯蒂芬的母亲就是那个"呼吸中带有灰烬气味的女鬼"，她在斯蒂芬眼前死去。你可能还记得，斯蒂芬是被他父亲的电报"毋（误写）病危速归父"叫回爱尔兰的，斯蒂芬回了家。他的母亲死于癌症，这是个反复出现的主题。当母亲要求斯蒂芬跪下来祈祷时，他拒绝了。如果你垂死的母亲要求你祈祷，但是你说"不！我已经拒绝了整个大众的宗教体系"，这就是你的自我意识。于是斯蒂芬的母亲就这么死了。想到儿子已经将他自己判入了永恒的地狱，对于一个信奉爱尔兰天主教的母亲来说，这是一种可怕的死亡方式。在这种毁灭之际，他救不了她，而这也一直在啮咬着他的心。马利根质疑他：你可真是太骄傲了，连你母亲的最后一个要求都不肯答应。

他们互相拥抱，一合一分，完成了主宰配对者的意愿。这主宰在人世开始之前已经有了要我存在的意愿……

……那是大主宰……

……现在不会要我不存在，永远不会。法则是永恒的……

……一条永恒的法则……

……围绕着他。那么，这就是圣父圣子一体性（consubstantial）所在的神圣实体了？

"圣父圣子一体性"是一个专门的神学术语，意思是"同一种物质"。斯蒂芬沿着海岸漫步，思考着可视事物与其来源的关系。比如，儿子与父亲的关系、哈姆雷特与莎士比亚的关系、他自己与他存在的基础的关系。他想到了儿子耶稣与父神上帝的关系，这是一个基督教的问题。如果耶稣是神，他的父亲也是神，那么两者的关系是什么？耶稣说："我与父原为一。"这句话把他带到了十字架上。苏菲派的神秘主义者哈拉智（al-Hallaj）也说过同样的话："我和我的挚爱是一体的。"他也被钉在了十字架上。这是神秘主义的认识，你是那个神圣的不朽存在中的一个粒子，神圣的不朽存在和你是一体的。这个想法的经典表述是"你就是那个"（梵文 tat tvam asi），是出自《歌者奥义书》的著名表达。"你自己就是你想知道的神圣奥秘。""我和我的父亲是一体的。"斯蒂芬现在所担心的问题是："那么，这就是圣父圣子一体性所在的神圣实体了？"他问道：

> 可怜的好阿里乌，他能到什么地方去验证他的结论呢？

阿里乌是四世纪初希腊亚历山大港牧首①，他是一位强大的、极具影响力的挑战者，他挑战了道成肉身的圣子既是真神又是真人的教条。

> 不幸的异端创导者，毕其一生都在为这个同体变体宏伟犹太人大新闻问题斗争。背时的异端创始人！他是在一个希腊厕所里断气的：无疾而终。头戴镶珠的主教冠冕，手扶主教权杖，端坐在宝座上不再动弹，一个失去了主教的主教区的原主教，主教饰带已经僵硬翻起，下身已经凝块。

"毕其一生都在为这个同体变体宏伟犹太人大新闻问题斗争。"
（Warring his life long upon the contransmagnificandjewbangtantiality.）

其中的"contransmagnificandjewbangtantiality"是乔伊斯的第一个长词，也

---

① 亚历山大港牧首（patriarch of Alexandria），基督教五大牧首之一，管制罗马帝国境内基督教的不同地区，这个概念的兴起，是由于这五个地区在政治上和教会的重要性。——译者注

是整个问题的关键。让我们来仔细研究一下它。

第一个音节"con"和最后一个音节"tantiality"呼应了"同体"的神学概念，正如我已经提到的，它指的是众所周知的正统观点，即圣父上帝和圣子耶稣是同一物质的两个人。再说到圣灵，这个三位一体中的第三位，是圣父和圣子二者之间的关系拟人化，并且这种关系最终是同一性的。纵观乔伊斯的小说，这第三种力量的运作体现在作为灵魂唤醒者的鸟的形象中。例如，在《一个青年艺术家的画像》中，斯蒂芬在海的入口处看到的那个可爱女孩，也就是唤醒他灵魂的人，她被描述为一只鸟："她仿佛曾受到某种魔法的驱使，那形象已完全变得像一只奇怪而美丽的海鸟。"

下面我们来到第二个音节"trans"，它与最后一个音节"tantiality"合在一起，表示"变体"（transubstantiality），或者更准确地叫"圣餐变体论"（transubstantiation），它指的是天主教弥撒的核心奥秘。当神父说"这是我的身体"（Hoc est enim corpus meum）时，正如教会所描述的那样，圣餐的面包和酒是发生质变了的，也就是说，根据天主教教义，这些食物质变为了字面意思上的基督之肉身和血。虽然面包和酒的现象和外观仍然存在，但它们的实质却发生了变化。圣饼和圣酒的物质向外移出，上帝的物质移入，这就是圣餐变体论。这个神秘的主题，就像同体（consubstantiality）的主题一样，在整个第三章回荡。例如，在下面的一段中，斯蒂芬正在思考两位牧师在同一个大教堂的两个小圣堂中不同时庆祝弥撒的可能性，捧起圣体，放下，屈膝下跪，起来，再屈膝下跪：

> 奥卡姆①大师想到了这一点，渊博无比的大学者。在一个典型的雾蒙蒙的英国早晨，基督圣体的完整性问题像一个精灵似的触痒了他的脑筋。他捧着圣体下跪时，听到耳堂里的第一次铃声（他在举起他的圣体）和他的第二次铃声交鸣，而在他起立的时候，他（我现在是

---

① 奥卡姆（Occam），英国中世纪后期哲学家、神学家，曾论证世界各地教堂内的许多圣体何以都能代表耶稣的身体。——译者注

在举起了）又听到他们的两个铃子（他在下跪了）在双音交鸣。

这里的问题是时间和空间领域中，永恒时刻与离散时刻（彼此相续和彼此并列）的关系；以及，既然基督的血和肉据称在作为圣体的每块圣饼中完整存在，甚至存在于每块圣饼的每个颗粒之中，这就带来了一个关于这一奇迹的形而上学的问题，即一位神在这个世界的不同祭坛上变成了多位神的奇迹。或者，用更一般的、非神学的话说，万物如何能在我们所有人中成为万物。

这使我想到了我所认为的乔伊斯的主要神学主题，它不仅出现在我们已经讲到的《尤利西斯》和《一个青年艺术家的画像》中，而且我们很快就会讲到《芬尼根的守灵夜》中也有。这个主题就是乔伊斯对《圣经》有关神性的描述的回答，他把神性视为"外在"某处的某种人格，绝对超越自然世界，因此在任何意义上都不存在于万物的内部。因为，在正统的观点中，神与人、造物主与被造物，甚至神与自然之间，存在本体论上的区别。上帝是创造者，而创造者和他的被造物，有人提出，不可能是同一个，因为 A 不是非 A。仿佛因果关系和多元性的逻辑范畴可以扩展到、并适用于超越空间和时间领域的形而上学问题！根据这种正统的观点，除了耶稣之外，没有人能假装自己有与上帝同一性的经历。

另一方面，在东方，正如乔伊斯和叔本华都知道的那样，宗教生活的目的是认识到一个人在本质上确实与众生的内在存在相同，即三位一体性，虽然超越了所有逻辑思维和时间经验的范畴，却仍然是万物栖息和支撑之地："你就是那个"（梵文 tat tvam asi）。然而，这个准则中的"你"（tvam）并不是人们通常认同的那个你，这个"你"与他人分离，是一个形状，一个外壳，在空间和时间上是独特的，但终有一天会衰弱和消失。相反，作为"那个"（tat）的"你"，与众生的存在是三位一体的，并且超越了时间性，超越了逻辑、二元性和关系。艺术的功能，或者至少说是乔伊斯的艺术的功能，正如他在《一个青年艺术家的画像》中告诉我们的那样，是使现象具象化，以便一切都被视为对"真如"（thatness）[1]的顿悟，闪耀着它自己的实质（quidditas）或翻译成"所是"（whatness）。我们通常认为在基督教术语中"道成肉身"是独一无二的。没有人能够彻底地对耶稣说："我与父原为一。"在其他方面，我们必须仅仅是通过道成肉身的恩典与圣父建立关系。我，通过我的人性，与耶稣的人性相联系；他，通过他的神性，将我与上帝联系起来。但我相信，这不是乔伊斯在其艺术中的态度。

我的论点是，乔伊斯在《尤利西斯》和《芬尼根的守灵夜》中都将"道成肉身"的意象翻译成了东方术语，或者更准确地说，翻译成了《多马福音》中那些非正统的术语，在《多马福音》中基督本人对他的门徒宣称："劈开一块木头，我就在那里；举起这块石头，你会在那里找到我。"在西方基督教里，这种神秘主义传统实际上有很大的影响。通常人们认为这种神秘主义传统是东方的，只是西方普遍压制了它。另一方面，这种神秘主义传统时不时地以强大的力量重新出现，例如在文艺复兴时期，在皮科·德拉·米兰多拉（Pico della Mirandola）的著作中，斯蒂芬在海边冥想中曾把自己比作这位哲学家。同样，在《芬尼根的守灵夜》中出现的一个重要人物乔尔丹诺·布鲁诺的作品也很明显，这个名字在《一个青年艺术家的画像》中出现过。9 世纪的爱尔兰人斯科特·埃里金纳（Scotus Erigena）就是这类哲学家。千年后，从康德和歌德一直到尼采的一些伟大德国人也是如此。

然而，在这些德国人中，叔本华是第一个在印度《奥义书》中认识到康德先验主义的东方对应物的：印度体系中的术语摩耶既对应于康德的"先验的感性形式"（空间和时间），也对应于他的"思想范畴"（数量、质量、关系和形态）；术语梵（brahman）、阿特曼[2]、梵我合一（brahman-ātman），与康德术语"物自体"（Thing in itself）一样，指向同一个神秘的"大地"。在印度人看

---

① 真如，佛教术语。永恒存在的实体、实性，亦即宇宙万有的本体。与实相、法界等同义。——译者注
② 阿特曼（ātman），印度哲学最基本概念之一，一般具有"我""自我""纯我""命我""神我""灵魂"及"意识"等意义。根据《奥义书》，作为外在的、宇宙终极原因的"梵"与作为内在的、人的本质的"阿特曼"在本体上是统一的。——译者注

来，这是因为摩耶（时间和空间的先验形式及思想的范畴），我们在梵这个绝对的、超越性的范畴里，被切断了领悟我们的同一性的机会。我们在空间上彼此分离，在时间上彼此分开。但是，如果人们将空间和时间简单地视为"感性的形式"，那么整个世界在分离方面的经验就将被认为是次要的和虚幻的。更深层次、主要的真理是由"同情"所揭示出的"同体"。

　　此外，就在此时此地，在今天这个世界上，在世界广泛展示的每一个细节中，整个奥秘都是早已存在的。一百年后、一千年后或未来的任何时候都不会有什么变化。乔伊斯艺术的这一基本原则刚在前面阐述过，在第二章中，当斯蒂芬与他的校长雇主交谈时，他宣称："历史是一场噩梦，我正在设法从梦里醒过来。"顺便说一句，这是乔伊斯第一次陈述《芬尼根的守灵夜》的主题。而戴汐先生回答："人类的全部历史，都向着一个大目标走：体现上帝。"这个回答把有意义的一天放在了未来，就好像现在的时刻只是通往另一个更好的时刻的手段，一个令人满足的时刻将在时间的尽头到来，这就像是一种世界末日般的"上帝之日"。你可能还记得，当斯蒂芬和校长聊天的时候，窗外传来了球场上的声音，那是裁判的哨声和男生大喊："进球！万岁！"当斯蒂芬说"那是上帝"时，他指的就是这个声音，"ContransmagnificandjewBANGtantiality"[①]中的"BANG"，上帝是街上的噪声！

　　但是，正如我们后面会看到的，通过与利奥波尔德·布卢姆的会面，斯蒂芬将在这一天体验他自己对上帝存在（the Presence）的认识，将揭示同情（compassion）和圣餐变体论。正如乔伊斯所说，斯蒂芬和布卢姆"截然不同"。斯蒂芬，一个内向的、善于自我防御的雅利安人；布卢姆，一个外向的、心胸宽广的犹太人，"ContransmagnificandJEWbangtantiality!"超凡脱俗的犹太人！此外，救世主基督以爱背起十字架，并将其作为爱的展示以唤起我们的爱，就

---

① contransmagnificandjewbangtantiality，乔伊斯的自造词，是 consubstantial、transubstantiation、gorgeous、magnify、Magnificat、Jew、bang 和 -ity 的混合体。坎贝尔在本书《普洛透斯》章节中有详细讲解。此处该单词突出显示"bang"，即指噪声。下文突出显示"jew"，即指犹太人。——译者注

像布卢姆要把自己交给斯蒂芬一样。

最后，长单词里的"magnificand"指的是"圣母玛利亚赞美歌"（Magnificat），这是一篇天主教祈祷文，赞美圣母玛利亚对她的表妹伊丽莎白所说的话"我心尊主为大"（《路加福音》），意思是"上帝在我心中"，这不仅是指两千年前犹太地区的圣母的情况，而且还指此时此地，指我们每一个人。ContransMAGNIFICANDjewbangtantiality！

"contransmagnificandjewbangtantiality"是一个很好的词。乔伊斯用这个词概括了《尤利西斯》的全部问题。现在，要想了解这个伟大的词与斯蒂芬身上即将发生的圣餐变体论的相关性，就让我们回到那个青年身边，他一直在桑迪蒙特海岸漫步，听着他脚下贝壳的噼啪声，看着渔夫在海上打捞一个溺水者的尸体，沉思于水的流动。

> 风在他四周欢跳，凉丝丝、活泼泼地扑在身上。来了，海浪。大群大群抖着白色鬃毛的海马，嚼着亮晶晶的风驭马勒，曼纳南的战马群。

我如今住在海滩边，当我向外看到海浪翻滚而来，我经常会想起《尤利西斯》里的这个画面，泡沫像四匹海马的鬃毛一样飘动着，海马在拉着爱尔兰海王曼纳南·麦克李尔的战车。曼纳南·麦克李尔是一个好客的主人，拥有一座宏伟的海底宫殿，在宫殿里招待在他水域中溺水的死者。

而现在，斯蒂芬一直认为生命是流动的，死亡亦是如此。海水涨潮，他往后撤退，以哈姆雷特式的姿势面向大海坐在一块岩石上。他满怀忧郁的思绪，对自己的生命意义感到茫然。

> 一具肿胀的狗尸，四肢奔拉着卧在泡叶藻上。它前头是一艘陷入沙中的船的舷边。Un coche ensablé，路易·菲约对高基埃散文的评语。这些沉重的沙子，就是被潮汐和风滞积在这里的语言。而这一

些呢，死去的建设者所垒的石堆，成了鼬鼠繁殖的场地。可以埋藏金银。试一试吧。你不是有一些吗。沙子和石头。沉积着岁月的重量。拙蛮公的玩物。你小心点儿，砸在脑瓜子上可受不了。我是实打实的大巨人，滚来这些实打实的大顽石，垫高了我好走。非否分，我闻到爱伊兰人的血腥。

　　远处一个黑点，逐渐看得清了，是一条活狗，从沙滩那边跑过来了。主啊，是不是要来咬我？尊重它的自由。你不能主宰别人，也不能当别人的奴隶。我有手杖。坐好……

　　狗吠声冲着他过来了，停住了，又跑回去了。敌人的狗。我只能站住，脸色苍白，默不作声地守着。Terribilia meditans. 浅黄色的坎肩，时运的宠儿，看着我的恐惧发笑。你渴望的是什么，是他们犬吠般的喝彩声吗？骗子们：自有其过程。

当斯蒂芬坐在那里，看着那条狗时，他的脑海里浮现出一个巨大的问题：他有勇气潜下水去救那个溺水的人吗？斯蒂芬对自己说：

　　真心话咳出来吧。我倒是想的。我愿意试试。我游泳不太行。水冷而软。在克朗高士，我把脸伸进脸盆里，泡在水里。看不见了！我后面是谁？快出去，快！看见了吗，潮水从四面八方涨上来了，涨得很快，沙滩低洼处很快就淹没了，椰子壳的颜色。脚下踩到实地就好了。我希望他的命还是归他，我的命归我。

这是对叔本华关于一个人冒着生命危险去拯救另一个人的问题的微妙回应。

　　快溺死的人。死亡的恐怖，使他的人性的眼睛对我尖声叫唤。我……和他一起下沉……我没能救她。

他的母亲。①

　　　水：痛苦的死亡：完了。

　　现在，约翰·韦尔·佩里指出，在精神分裂症的情况下，解决问题的过程必然唤起和培育一种爱的情感、爱欲的情感，这与一个人的自我保护、自我控制、自我防御的情感形成冲突。这是斯蒂芬的大问题，当他与这个难题搏斗时，他看着"活狗"在海滩上游荡。他在这只狗变化无常的情绪中看到了许多其他野兽的形态。这一连串的情节将贯穿全书的动物性和"挺了狗腿儿"（beastly death）的主题结合起来。这条狗属于一个男人和一个女人：

　　　　他们的狗绕着一个逐渐缩小的沙堆缓步小跑，东嗅西嗅的。是在寻找什么前世丢失的东西。突然，像一只善于蹦跳的野兔似的，它放倒耳朵疾驰而去，原来是追逐一只低空掠过的海鸥的影子。那男人吹一声尖锐的口哨，传到它那低垂的耳朵里，它立刻转身往回蹦，蹦到近处，才又闪动着四条小腿颠跑。橘黄底子上一头壮鹿，走态，天然色，无角。它跑到花边似的潮水边缘站住，两只前蹄固定不动，耳朵指向海面。它抬起嘴鼻，对着哗哗的浪潮汪汪大叫。成群结队的海象，冲着狗脚蜿蜒而来，旋转着，绽出许多冠顶，九个中有一个，冠顶又哗哗地裂开，四散洒下，从远而近，从更远处，波浪推波浪。

　　　　拾乌蛤的。他们往海水里走几步，弯腰浸一浸他们的口袋，又提起口袋走回海滩。狗呜呜地叫着奔向他们，抬起前脚站直，用脚掌拍拍主人，又四脚落地，又抬起前脚站直，做出哑巴狗熊献媚的姿态。他们不理睬它，一直往沙干的地方走，它就跟在他们身边，嘴里伸出一条狼舌头，红红的喘着气。它的花斑点的身子慢慢地走在他们前面，然后又小牛犊似的蹦蹦跳跳地跑了开去。死狗躺在它跑的路上。它站住了，嗅着，小心翼翼地绕了一圈，兄弟，凑近些又嗅一嗅，又绕一

————————

① 这一句是坎贝尔在提示我们，观照斯蒂芬母亲之死与眼前溺水者之死带给斯蒂芬的同样感受。——译者注

圈，又用迅速的狗动作把死狗全身又湿又脏的皮子嗅了一遍。狗头颅，狗气味，两眼低垂，走向一个大目标。啊，可怜的小狗子的身子。

"小狗子的身子"说的是斯蒂芬。斯蒂芬穿着二手衣服，牙齿已经腐烂，他接受了马利根的侮辱，并一直这样称呼自己。

——叫花子！滚开，狗杂种！

狗听到这喊声，垂头丧气地回到主人身边，主人抬起没穿靴子的脚，狠狠地踢了他一脚，把它踢得翻到了沙埂的另一边，倒是没有受伤，垂头丧气地跑了。接着它又绕了回来。没有看见我。它没精打采地顺着堤边溜了一回，晃荡了一回，凑近一块石头闻一闻，对着它抬起一只后脚撒了一泡尿。接着它向前小跑一段，又对另一块石头跷起一条后腿，没有闻，就迅速、短促地滋了一泡。穷人的简单乐趣。然后它先用两只后脚扒开沙子，又用前脚拨弄着，挖着。找它埋在那儿的什么吧，它的奶奶吧。它在沙子里生了根，拨弄一阵，挖一阵，又停下来对着空中听一阵，然后又用爪子急急忙忙刨一阵，可是很快又停止了，一只豹，一只黑豹，野合的产物，掠食死物的。

这只狗像一只"善于蹦跳的野兔似的"，转身往回跑"以闪烁的小腿……一条壮鹿"。它抬起前脚站直，"嘴里伸出一条狼舌头，红红的喘着气""小牛犊似的"疾驰而去，它停在路上的一只狗的尸体前，闻了闻，绕着它走，用鼻子凑近些，"用迅速的狗动作把死狗全身又湿又脏的皮子嗅了一遍……它在沙子里生了根"（像一头猪），然后，"又停下来对着空中听一阵，然后又用爪子急急忙忙刨一阵，可是很快又停止了，一只豹，一只黑豹。"

这种动物性主题的还有更多的例子。与斯蒂芬住一起的两个朋友都与野兽有关。马利根与"雄鹿""马"和"狗"相关联；而那个梦见黑豹的英国人海因斯，与一只黑豹相关联，黑豹是希腊语中的"神兽"[①]（all-beast）的意思。

此外，值得注意的是，在后来《喀耳刻》一章地狱般的噩梦场景中，"狗"这个词将被颠倒过来，成为"上帝"。此后不久，斯蒂芬将被英国大兵"英国狗"打倒。之后，斯蒂芬蜷缩在水沟里，自尊心彻底被粉碎，他将被慈父般的好心人利奥波尔德·布卢姆拯救。而利奥波尔德这个名字来自中古高地德语liutbald，意思是"为人民（luit）而勇敢（bold，原单词中的bald意为'秃头'）"。建议将拉丁语的狮子（Leo）添加到英语的秃头（polled）或有头（headed）上，即狮头人（Lion-head）。

镜子的把戏都是一样的。上帝在上，狗在下。从下面看，十字架被视为死亡；从高处看，它是永恒的生命。在心灵的镜子里，同一个身体可以是狗身、人身、神身。如果所有镜子都消失了，那会是什么样子呢？

在《普洛透斯》一章的结尾，斯蒂芬的矛盾再次出现在一个段落中，这个段落提供了斯蒂芬整个"困境"的钥匙。他在水边，最终将在那里淹死。在书的结尾，他消失在黑暗中。他凝视着大海，想起了爱丽儿在《暴风雨》（The Tempest）中的歌：

五寻的水深处躺着你的父亲

他的骨骼已化成珊瑚

他眼睛是耀眼的名著

他消失的全身没有一处不曾

收到海水神奇的变幻

化成瑰宝，富丽而珍怪

海的女神时时摇起他的丧钟

叮！咚！

① 在古希腊，"黑豹"是一种神兽，是以多种颜色出现的大猫形象。"黑豹"被认为是由希腊酒神狄俄尼索斯（作为马）骑乘的。——译者注

听！我现在听到了叮咚的丧钟[19]

这首歌中的"父亲"和岸边的溺水者向忧郁的斯蒂芬暗示了海洋之父的奥秘，这个生命之父，这个在存在之海的波涛之外或之内寻找和发现的形式之父。[20]

那外边就是五英寻①。你父亲卧在足有五英寻的深处。一点钟的时候，他说的。发现时已淹死。都柏林沙洲，高潮时分。潮前头推过来散散的一溜杂物、扇形的鱼群、无聊的贝壳。一具盐白色的尸体从裂流中浮起，一步一冒头，一步一冒头，海豚似的向陆地泅来。在那儿呐。快钩住。拉。尽管他已经沉到了水面底下。钩住了。现在好办了。

斯蒂芬在此刻想象着自己正在往下走，往下沉，坠入水中的深渊，在那里，溺水者正在解体变成其他东西。

一袋死尸气，泡在腐臭的盐水中。从他那扣着的裤门襟缝隙里，飞快地钻出一串吃饱了海绵状珍馐的小鱼。天主变人变鱼变北极黑雁变羽床山。我活着，呼吸的是死的气体，踩的是死的尘埃，吞食的是从一切死物取来的带尿味的下水。他被僵直地拽上船来的时候，在舷边仰天呼出他从绿色坟墓中带来的秽气，麻风鼻孔对着太阳哼哼。

这是海中蜕变，棕色的眼睛成了盐绿。海死，这是人所知道的死亡方式中最温和的一种。海洋老爹。Prix de Paris：谨防假冒。一试便知。我等亲身经历，惬意万分。

我们在这里看到了生命与死亡的斗争。你可能还记得，这一天（1904 年 6 月 16 日，星期四）是乔伊斯第一次与他的未婚妻一同走在海滩上的日子。那是乔伊斯从自我封闭和防御走向婚姻的时刻，在婚姻中两人合二为一。同样，

---

① 1 英寻≈1.8 米。——编者注

斯蒂芬今天正处于他生命的正午，也面临着同样的危机，所以在这最后一幕中，我们也看到了男性与女性的斗争。这是这个精神分裂情况下的另一种情况，即害怕被女性原则的力量所控制，或者从女性角度来说是害怕男性。斯蒂芬不得不屈服和付出自己，成为一个已婚男人。这是他做这件事的时刻。

行了。我渴了。起云了。没有什么乌云吧，有吗？雷暴。他周身通明地降落下来，骄傲的智力闪电，Lucifer, dico, qui nescit occasum.没有。我的蛤蜊帽、我的拐杖，还有我的他草鞋。向何方？走向黄昏的国土。黄昏自有其下落。

他抓住白蜡手杖的把儿，顺手戏耍着轻轻地抡了两下。是的，黄昏自会在我身上找到自己的下落，没有我也行。所有的日子都有一个头。对了，下星期哪一天星期二吧是最长的一天。在新的欢乐的一年中呀，妈妈，仑—吞—铁得尔地—吞。丁尼生老爷，绅士风度十足的诗人。Già.给黄牙老婆子的。还有德流蒙先生，绅士风度的记者。Già.我的牙很糟。不知道为什么。摸一摸。那一颗也快掉了。空壳。我想这笔钱是不是该用来找个牙医生？那一颗。没牙的啃奇，超人。不知道是什么原因，也许有什么意义吧？

我的手帕。他扔给我了。我记得。我拾起来了吗？

他伸手在口袋里掏了一阵找不到。没有，我没有拾。买一条吧。

他把自己从鼻孔里抠出来的鼻涕干，小心翼翼地放在一个石棱儿上。就这样，谁愿意看就看吧。

后边。也许有人。

他转过脸，回首后顾状。一艘三桅船的桅杆桁架正在半空通过，帆都是卷在横木上的，返航溯流而上，无声地移动着，一艘无声的船舶。

三桅船"逆流归巢"，象征着父亲奥德修斯回归他的家园和找回他的权力。并且在《奥德赛》中，父亲需要儿子忒勒玛科斯的帮助。这正是上面这段话的主题。父亲坐着三桅船回到儿子身边，在这里，儿子也回到了家。在浪子回头的主题中，儿子回到了父亲身边。但我们都是浪子。我们要怎么回来呢？一直在与我们打交道的斯蒂芬，那个在地狱里的人，是一个没有勇气冒着生命危险去拯救他人的人。

因此，《普洛透斯》一章以斯蒂芬想象自己下到水中结束，我们跟随着他下水，看到他终于带着一种听天由命的心情想道："是的，黄昏自会在我身上找到自己的下落，没有我也行。"我们翻到这一章的最后一页，在下一章的开头，我们将见到利奥波尔德·布卢姆先生，他是尤利西斯，是父亲，但也是婚姻生活中的溺水者，他的妻子莫莉是海中的女神，时时刻刻都在敲响他的丧钟。这一天，斯蒂芬会有勇气带着同情向这个"截然不同"的男人敞开心扉，向这个他召唤而来的生命敞开心扉吗？这是《尤利西斯》的首要问题。答案是，他会。可以说，终有一个时刻，布卢姆会溺水而死，那时斯蒂芬就会有所突破。他的自我消除了，他将采取行动拯救布卢姆，通过这一行动，他将改变自己。而这两个人，父亲和儿子，从他们的传统中自我放逐，在都柏林的地狱中寻找彼此，终将相聚。事实上，斯蒂芬已经准备好了他的心，用刚才引用的那句话里的"是的"来回应。在海中女神这里，"是的"的回声将在夜深人静的时候被听到，它出现在《尤利西斯》的结尾，在莫莉·布卢姆的"是"的交响曲中。

《普洛透斯》一章有都柏林经历的所有主题。它们中的每一个主题都融入了一个神话主题，而这些神话主题正是斯蒂芬即将进入的精神分裂状态的主题。在《尤利西斯》的结尾，斯蒂芬消失在黑夜中，但乔伊斯会继续存在。

奥德修斯章节

引言

在《尤利西斯》中，全书十二个章节并不是按照史诗《奥德赛》的顺序呈现的。在开始这部分的分析之前，我将分析一下利奥波尔德·布卢姆这个角色，他像奥德修斯一样始终在漫游、漫游、漫游。但与奥德修斯不同的是，布卢姆没有攻击性，他以招揽广告为生，是一个温和的人。

布卢姆的人生过得并不太成功。他是个中产阶级，总体来说也没有什么出众的地方。然而，他的与众不同之处在于他的慷慨和同情心，这些品质恰恰是斯蒂芬没有的。事实上，他和斯蒂芬完全不同，但他们在被排斥方面是相似的。布卢姆是一个犹太人，嗯，严格说来，他并不是犹太人，虽然他的父亲是犹太人，但他的母亲是爱尔兰人。[21] 然而，在都柏林，他被认为是犹太人，所以在某种程度上他被他身处的社会所排斥。至于斯蒂芬，则是主动将自己排除在社会之外。所以，他们都面临着被排斥的问题：一个是自我驱逐，另一个则是被他人排斥。

当布卢姆四处游荡时，他不断地给人们提供线索，以某种方式启迪他们，但可以说，布卢姆并不知道自己在做这件事。我们很快就会在《吃落拓花的人》一章中看到这样一个例子。现在，布卢姆在不知道自己有智识的情况下施展恩惠，这是中世纪人们关于流浪的犹太人的想法，他们的口袋里有照明之书，但自己却没有被照亮。在中世纪的观念中，由于他们的传统，流浪的犹太人天然就带有救赎性，而他们对此视而不见。

布卢姆与莫莉结婚了，她是一个身材丰满的歌手，据书中描述，她一直待在床上。今天，布卢姆知道莫莉要和她的演出经纪人偷情，值得注意的是，这个经理的名字是布莱泽斯·鲍伊岚（Blazes Boylan）。经纪人将拜访布卢姆和莫莉位于埃克尔斯街 7 号的家，而莫莉将在床上花一天的时间来招待他。就像所有的求婚者都出现在奥德修斯家里一样，布卢姆家里也有了求婚者，当他外出游荡时，他尽量不去想家里会发生的事情。

现在布卢姆的困扰并不完全是由莫莉造成的。她就像是珀涅罗珀，奥德修斯的妻子，丈夫已经离开她二十年了。布卢姆和莫莉曾经有一个叫茹迪的小儿子，但这个小男孩已经去世了。茹迪死后，他们的整个情欲生活就好像被切断了。从那时起，性爱在他们的婚姻中便几乎不存在了。他们还有一个女儿，叫米莉，刚满 15 岁。这在传统文化中是结婚的适当年龄，因为在神话思维中，仙女在月圆之日就可以结婚了。米莉，这个年幼的月亮女孩，就像是曾经吸引布卢姆时的莫莉。这个米莉－莫莉（Milly-Molly）的主题贯穿全书。

此外，在他们的卧室里，布卢姆挂了一幅画。

床头墙上挂着《仙女出浴图》。复活节那一期的《摄影集锦》附送的赠品……

一种廉价的报纸。

……精彩的彩色艺术杰作……有一点像她……

莫莉。

> ……散着头发的样子：苗条一些。我花三先令六配的框子。她说挂在床头好看。裸体的仙女……

所以，可以说在与妻子莫莉的关系中，布卢姆的要求有点太高了。莫莉的需求没有这么高，也比那画上的仙女更有肉欲得多，但布卢姆并没有满足她。事实上，没有人可以真正满足她，这也是本书最后一章的重点。与此同时，布卢姆的目光转向了床头的小仙女。布卢姆的名字 Bloom 有 flower（花）的含义，他化名为亨利·弗劳尔（Henry Flower）在报纸上刊登广告，以此寻找任何希望与亨利·弗劳尔通信的人，此后他一直在与一个年轻女孩进行秘密的笔友通信。所以，布卢姆把心思放在了这个漂亮的女孩身上。这里有海报女郎主题：床头的仙女。当布卢姆在游荡时，他在窥视都柏林的每一个俊俏的女性。在此期间，布卢姆，这个流浪的、住在郊外的犹太人，可以说，也在拯救灵魂。他将要拯救斯蒂芬。

卡吕普索

在《尤利西斯》以"奥德修斯"为主人公的部分中，第一个章节是《卡吕普索》，你可能会说，在这一章中布卢姆的心思更多地放在漂亮女孩而非莫莉身上，所以莫莉在这里扮演着中年女神卡吕普索的角色，在《奥德赛》中奥德修斯与卡吕普索共同生活了多年才开始理解女性原则。这一章的开篇是布卢姆在他家的厨房里为莫莉准备早餐：

> 利奥波尔德·布卢姆先生吃牲畜和禽类的内脏津津有味。他喜欢浓浓的鸡杂汤、有嚼头的肫儿、镶菜烤心、油炸面包肝、油炸鳕鱼卵。他最喜爱的是炙羊腰，吃到嘴里有一种特殊的微带尿意的味道。[22]
>
> 这时他正轻手轻脚地在厨房里活动，一面在隆背托盘上整理她的

早餐用品，一面就想到了腰子。厨房里的光线和空气都是冷冰冰的，但是室外已经处处是温煦的夏晨。使他感到想吃东西。

煤块发红了。

再加一片黄油面包：三、四；行了。她不喜欢盘子太满。行了。他转过身去，从壁炉架上取下水壶，煨在炉火边。水壶傻乎乎地蹲在那儿，向外伸着嘴。一会儿就可以喝一杯茶了。很好。口干了。

猫翘着尾巴，僵硬地绕着一只桌子腿打转。

——嗯嗷！

——噢，你在这儿呐，布卢姆先生从炉火前转过身来说。

他给猫倒了些牛奶，在猫喝牛奶的时候，他想着他的早餐要吃什么。

他听着它咂咂咂咂舔食的声音。火腿鸡蛋，不。天这么干旱，鸡蛋好不了。需要洁净的清水。星期四：也不是巴克利有好羊腰的日子。用黄油一煎，洒上一点胡椒。还是到德鲁咖兹买一只猪腰吧。趁着壶里煮水的工夫。它舐得慢些了，最后把碟子舔干净了。它们的舌面为什么这样糙？布满孔眼，便于舐食。没有什么它能吃的东西吗？他四面望了一望。没有。

现在，请记住：马特罗塔里的男孩们，即圣父、圣子和圣灵，正在吃鸡蛋。他们完全置身于男性的世界，与自然母亲的节奏没有联系。而另一方面，不吃鸡蛋的布卢姆则与大自然的节奏相连。他要吃些别的东西。虽然他是一个犹太人，但他决定早餐吃猪腰子。[①] 从这一点看，他作为犹太人并不比斯蒂芬

① 严格意义上的犹太教信徒，不可食用猪肉。在《摩西五经》中，上帝告诫犹太人，凡地上的走兽，都可以吃，但不能吃猪肉和骆驼肉，食用猪肉便成为犹太教的一种禁忌。——译者注

作为天主教徒好多少。

所以，为了买猪腰子，布卢姆出门了。当他刚出门时，他意识到门的钥匙在他的另一条裤子里，因为他今天为帕迪·迪格纳姆的葬礼换上了黑色的衣服，于是他就把门关到正好使它看起来像是锁着的样子。布卢姆为参加葬礼穿上了黑衣服，斯蒂芬因为母亲去世穿上了黑衣服，这两个穿黑衣服的人将在都柏林这个多彩的世界里穿梭。

布卢姆前往一个卖猪肉的犹太屠夫那里，屠夫名叫德鲁咖兹。天哪，宗教系统在这个镇上起作用了！德鲁咖兹有一大堆犹太复国主义项目的广告，广告上写着移民垦殖公司①。布卢姆拿起一张读了起来，让我们再次看到了流亡的主题，布卢姆想到了巴勒斯坦，就像奥德修斯想到了伊塔刻。之后，布卢姆带着他买的腰子，快步走到隔壁女佣的身后，这可真是一个臀部硕大的女孩。然后，毫不夸张地说，他跟着这包肉回到了他的家。②

当布卢姆回到家，随之而来的场景是布卢姆舒适地待在家里，好吧，也没那么舒适。

门内地板上有两封信和一张明信片。他弯腰拾了起来。玛莉恩·布卢姆太太。他的原已加快的心跳立即放慢了。粗壮的笔迹。玛莉恩太太。

——波尔迪③！

莫莉叫他。

---

① 原文为希伯来文 Agendath Netaim，意思是"移民垦殖公司"。这是于 1905 年夏天创办的一个企业，旨在帮助犹太人在巴勒斯坦（当时属于土耳其帝国）定居。小说中把日期提前了一年。——译者注
② 在《尤利西斯》第四章中，布卢姆是在买腰子时排队等候在这个拥有硕大臀部的女佣的身后，而等他买完腰子付完钱后，那个女佣就已经消失在他的视野中了，此处概系作者笔误。——译者注
③ 布卢姆名为"利奥波尔德"（Leopold），"波尔迪"（Poldy）是莫莉对布卢姆的昵称。——译者注

他进卧室时半闭眼睛，在暖和的黄色幽光中向她那头发蓬松处走去。

——信是给谁的？

他看了看信。穆林加尔。米莉。[1]

——一封信是米莉给我的，他细心地说。另一张明信片是给你的。还有一封你的信。

他把她的明信片和信放在斜纹布床罩上靠近她腿弯处。

——你要我把窗帘拉起来吗？

他轻轻拉动窗帘，使它半卷起来，同时眼睛的余光见她对信封扫了一眼，塞在枕头底下了。

——这样行了吧？他转身问她。

这时她正支着胳膊肘看明信片。

——她收到东西了，她说。

他等着，她把明信片放在一边，又慢慢地蜷缩进被窝，舒服地叹了一口气。

——茶快点吧，她说。我渴坏了。

——水壶开了，他说。

但是他还停留了一下，清理椅子上的东西：她的条子布衬裙、穿过的内衣，他都抱了起来放在床脚头。

---

[1] 此行金隄译本缺失，系译者补译。——译者注

在他下楼梯去厨房的时候，她又叫了：

——波尔迪！

——怎么？

——把茶壶烫一烫。

在楼下，他泡了茶，开始煮猪腰子。

然后他拆开信，先对信笺末尾瞅了一眼，才从头浏览。感谢：新绒帽：科格伦先生：奥威尔湖野餐：青年学生：一把火鲍伊岚的海滨女郎。

茶沏开了…

他用叉子插进腰子，把它翻了一个个儿，然后把茶壶放在托盘上。在他端起盘子来的时候，盘子中间隆背处"嘭"的一声凹了下去。东西全了吗，黄油面包四片、糖、茶匙、她的奶油。全了。他把大拇指钩进茶壶把，端着盘子上了楼梯。

他用膝盖顶开房门，将盘子端进去放在床头的椅子上。

——你怎么这么半天，她说。

她把一只胳膊肘支在枕头上，一骨碌翻起身来，床上的铜活丁零冬隆响成一片。他镇静地俯视着她的丰满的身子，眼光落在睡衣内象母山羊奶头似的斜顶着的两团柔软的大乳房之间。她那半卧的身子上升起一股热气，在空气中和她斟茶的香味混在一起。

一个拆过的信封，从带窝儿的枕头底下露出了一点头，他在转身往外走的时候，稍停了一下拉挺床罩。

——谁来的信？他问。

粗壮的笔迹。玛莉恩。

——哎，鲍伊岚，她说。他要送节目单来。

——你唱什么？

——和 J. C. 多伊尔合唱 *Là ci darem*①，她说，还有《爱情的古老颂歌》。

现在布卢姆确信莫莉和布莱泽斯·鲍伊岚当天就会给他戴绿帽子。回到厨房，布卢姆吃着他的猪腰子早餐，读着米莉的信：

最亲爱的阿爸：

非常感谢您的可爱的生日礼物。我戴上正合适。人人都说我戴上这顶新绒帽，把谁都比下去了。妈的那盒可爱的化妆品也收到了，我也给她写。可爱得很。我现在在照相店可顺利了。科格伦先生给我和太太照了一张。洗出来就寄。昨天生意好极了。天气好，那些肉长到脚后跟的都出来了……

……脚踝粗壮的结实女人。

我们星期一要和几个朋友到奥威尔湖举行剩菜野餐。请把我的爱给妈，还要给您一个大吻和感谢。我听见他们在楼下弹钢琴了。星期六格雷维尔纹章饭店要开音乐会。有一个青年学生晚上有时来玩，姓班农的他叔伯家还是什么的是了不起的人家，他喜欢唱鲍伊岚（我差点儿写成一把火鲍伊岚）那首海滨女郎的歌。请对他说傻闺女米莉向

---

① 此处金隄注释为：意大利语歌词，全句为 Là ci darem la mano（咱们那时将携手同行），为莫扎特歌剧《唐·乔瓦尼》中一段二人对唱。"携手同行"等句为唐·乔凡尼勾引村姑时的唱词。——译者注

他致敬。现在我必须结束了。给你最真心的爱。

你的真心女儿

米莉

因此，布卢姆又一次想起了莫莉与布莱泽斯·鲍伊岚的私情，这次是由他自己的女儿提醒的。顺便说一句，鲍伊岚的歌是：

带酒窝的脸蛋儿，
头发都是一卷卷儿，
你的脑袋直打旋儿。
那些女郎们，女郎们，
那些可爱的海滨女郎们。

这可不是什么好歌。[23]

在最后一章，斯蒂芬在更深的层面上意识到6月16日来了。太阳将在一周内达到它的最高点并开始下降，向着冬天进发，而他光芒四射、青春洋溢的独奏生涯将很快结束。在《尤利西斯》后面的章节中，斯蒂芬想到婚姻时，他眼中已婚男人的模范是布卢姆，而布卢姆是个被戴绿帽子的男人。莎士比亚结过婚，戴过绿帽子。布卢姆也结了婚并也被戴了绿帽子。到处都是低劣的生活状况。

布卢姆吃完早餐后离开了家。他将花一天的时间在都柏林闲逛。当他这样做时，他会试着把注意力从家里正在发生的事情上移开，去想些别的事，所以他一整天都可以说是在努力让自己胡思乱想。因此，他将一路漫游，一路历险。

吃落拓花的人

在关于奥德修斯的故事的第二章《吃落拓花的人》中，布卢姆与他素未谋面的女孩，你也可以说是那个床头的仙女，发生了一段幻想中的外遇。他去邮局，拿起这个年轻女孩写给亨利·弗劳尔（布卢姆的化名）的信，放进口袋里，然后去找一个不会被发现的隐蔽的地方读信。当他离开邮局时，他遇到了一个朋友。

麦考伊。快点摆脱。耽误我的事。这时候不愿有人。

他们谈到帕迪·迪格纳姆的葬礼，谈论了他们二人的妻子。而布卢姆在想其他女人。然后布卢姆继续前进。

他把信从口袋里抽出，卷进手中拿着的报纸里面。这儿说不定会正好遇上她的。小巷子安全些……

他拐进坎伯兰路，走了几步之后在车站墙边背风处站住了……没有人……打开吧……他翻开了报纸里的信。

一朵花。我想是。一朵压扁了花瓣的黄花。这么说是没有生气啰？她说什么？

这真的是一封非常有趣的信，很好笑。

亲爱的亨利：

我收到了你上一封信，多谢你。你不喜欢我上一封信，我很抱歉。你为什么还装一些邮票在内？我非常生你的气。我真希望罚一罚你。我把你叫作淘气孩子，是因为我不喜欢另外那个词。请你告诉我，那个词究竟是什么意思？……

我不知道他用了什么词。

　　你这个可怜的小淘气，你在家里是不快乐吗？我真希望能帮助你。请你告诉我，你觉得可怜的我怎么样？我常常想到你的可爱的姓名。亲爱的亨利，咱们什么时候才能见面呢？你不知道我多想你。我还从来没有对一个男人产生过对你的这种感情。我觉得很别扭的。请你写给我一封长信，多说一些。记着，你不写我会罚你的。好了，你现在知道了，你这个小淘气，你不写我会怎么你的了。啊，我是多么渴望见到你呀。亨利亲爱的，不要拒绝我的请求，别让我等急了。那时我会把一切告诉你。再见，淘气的宝贝。我今天脑袋疼得很，请立即回信给你的渴望着的

玛莎

　　又，请告诉我你妻子用什么香水。我想知道。

这是一个重要的声明。[24] 然后是亲吻：

× × × ×

　　他严肃地把花从别针上拉下，闻一闻它的几乎没有的香味，放进胸口口袋里。花的语言。她们喜欢它，是因为别人听不见。要不，用一束毒花把他打倒。

好吧，这不会有什么结果，我已经看得很清楚了。这种事永远不会有结果。所以就这样了。布卢姆继续前进。

　　他的手仍在口袋里，用手指摸着信，拔下了别针。大头针吧？他把它扔在路上了。从她衣服上的什么地方取下来的：都是用别针别

的。真怪，她们老有那么多别针。玫瑰花，没有不带刺儿的……

他走到铁路拱桥底下时取出信封，迅速地撕成碎条，撒在路上。那些碎条飘飘摇摇地散开了，然后在湿润的空气中沉了下去：一阵白片飞扬，归于一派沉沦。

然后，布卢姆把信放在口袋里，经过一座天主教堂：

神圣的石头发出冷森森的气味，召唤着他。他踏上已经磨损的台阶，推开弹簧门，轻手轻脚地进了后堂。

正在进行着什么活动，什么团体吧。很空，可惜。挨着什么女郎坐着，倒是挺优雅的地方。谁是我的邻人呢？整小时地挤在一起听悠缓的音乐。午夜弥撒上那个女人。七重天。妇女们脖子上套着紫色的领圈，低头跪在长椅座前。有一拨人跪在圣坛栏杆前。牧师在她们前头走过，口中念念有词，手中拿着那东西。他在每个人面前都停一下，取出一份圣餐，摔掉一两滴什么（是浸在水里的吗？）之后，熟练地放进她的嘴里。她的帽子和脑袋沉了下去。然后又下一个：一位小老太太。牧师弯腰放进她嘴里，自己口中仍不断念念有词。拉丁文。又下一个。闭上你的眼，张开你的嘴。是什么？Corpus。身体。尸首。用拉丁文是个好办法。先把人们镇住。垂死收容所。她们仿佛并不嚼：吞下去了。真是特别：分吃一具尸体。怪不得吃人生番乐于接受。

他靠边站着，看她们的没有眼睛的假面具一张接一张地沿着通道过去，然后各找各的座位。他也走向一张长椅，在靠边处坐了下去，手里抱着帽子和报纸。

乔伊斯在这里把吃圣餐的事与《奥德赛》中吃落拓花的事联系起来。布卢姆在教堂里一直待到弥撒结束，然后继续前进。他去了药剂师那里，离开那里时，又被一个叫班塔姆·莱昂斯的熟人拦住了。在这里出现了一个布卢姆在不知不觉中施以恩惠的例子。

在他的腋窝边，出现了班塔姆·莱昂斯的手和说话声：

——哈啰，布卢姆。有什么最佳新闻？是今天的吗？给咱们看一眼……

他拿走了布卢姆的报纸。

——我想看看今天参赛的那匹法国马，班塔姆·莱昂斯说。他小舅子的，在哪儿呢？

他沙沙地翻动着双折的报纸，下巴在高耸的衣领上边不断地扭动着。须癣。领子太紧会掉毛发的。不如把报纸给他，摆脱了他。

——你拿着吧，布卢姆先生说。

——阿斯科特。金杯赛。等一下，班塔姆·莱昂斯嘟哝着说。等半会儿。顶多一秒钟。

——我正要扔了，布卢姆先生说。

班塔姆·莱昂斯突然抬起眼睛，吃力地斜睨着他。

——你说什么？他尖声说。

——我说你可以拿着，布卢姆先生回答说。我本来就正想扔了。

班塔姆·莱昂斯继续斜睨着，犹豫了一忽儿，接着把摊开的报纸塞回布卢姆先生的怀中。

——我冒个险吧，他说。拿着，谢谢。

他急急忙忙地往康韦公司那边去了。

好吧，这家伙把布卢姆的话当成了预测，理所当然的，四处流传起一匹叫"扔了"（Throwaway）的马会赢的预测。后面，我们会看到布卢姆因为这件事而陷入麻烦。

哈得斯

下一章《哈得斯》讲述的是帕迪·迪格纳姆的葬礼，本章的开头是布卢姆和几个男人一起坐在送葬马车里，其中就包括斯蒂芬的父亲西蒙·代达勒斯。

马丁·坎宁安第一个把戴着丝质大礼帽的脑袋伸进吱咯作声的马车，敏捷地登上去坐好。跟着上去的是帕尔先生，他小心翼翼地弯着高大的身躯。

——上来吧，赛门。

——您先上，布卢姆先生说。

代达勒斯先生忙戴好帽子，一面上车一面说着：

——上来了，上来了。

——都齐了吗？马丁·坎宁安问。来吧，布卢姆。

布卢姆先生登上车，坐在剩下的座位上。他随手把车门带上，又重新打开，使劲撞了两次，把门撞紧了才放手。他伸出一只胳膊，套进车侧的拉手吊带，神情严肃地从敞开的车窗里望着马路边那些挂着帘子的窗户……

都在等着……过了一会儿，从前面传来了车轮转动的声音；接着是更近的车轮声；然后是马蹄声。车身震动了一下。他们的马车开始走了，吱吱咯咯，摇摇晃晃的。后面也响起了马蹄声和车轮吱咯声。马路旁一樘樘挂着帘子的窗户过去了……

车中的人一时间都看着车窗外的行人纷纷举帽。致敬呢……布卢姆先生眺望着，看见一个体态轻盈的年轻男子，身穿黑色孝服，头带宽檐帽子。

他瞥了一眼，看见了刚从沙滩离开的斯蒂芬。

——代达勒斯，刚过去一个您的人，他说。

——谁？

——令郎，您的继承人。

——在哪儿呢？代达勒斯探过身来说。

马车这时路过一些公寓房子，房前的路面刨起了大沟，旁边是大堆大堆的土，马车在拐角处猛地倾侧了一下，又转回到电车道上行驶，车轮子又咕隆咕隆地热闹起来。代达勒斯先生缩回身子说：

——那个马利根坏小子跟他在一起吗？他的影子！

——没有，布卢姆先生说。就他自己……

——他结交的那一伙人都不是玩意儿，代达勒斯先生恶狠狠地说。那个马利根，是个坏透了的双料坏蛋，一肚子的坏水。他的名字已经臭遍了都柏林全市。总有那么一天，凭着天主和圣母的帮助，我要下决心写一封信给他那老娘还是姑妈还是什么的，不叫她傻了眼才怪呢！我要她的屁股痒，你等着瞧吧……

他住了嘴。布卢姆先生环顾车内，眼光从他的怒气冲冲的八字胡转到帕尔先生的温和的脸上，又落到马丁·坎宁安的眼睛和胡子上，看到他正在神情庄重地摇着头。任性的人，喜欢大吵大闹。一心为儿子。他也有理。传宗接代的事。小茹迪要是没有死的话。看着他长大。家里有他说话的声音。穿一套伊顿服，在莫莉身边走着。我的儿子。他眼睛里的我。会有一种异样的感觉。从我身上分出去的。

这里发生的事情表明，以"奥德修斯"为故事主人公的前三章和以"忒勒玛科斯"为主人公的前三章在故事时间上是重叠的：当斯蒂芬在做一件事的时候，布卢姆正在做另一件——正好是一一对应的。

过了一会儿，当送葬队伍穿过都柏林时，前来悼念的人们从一个头戴白色草帽的人身边经过：

——您好？马丁·坎宁安说着，举手到额前敬了一个礼。

——他没有看见咱们，帕尔先生说。不，看见了。您好？

——谁？代达勒斯先生问。

——一把火鲍伊岚，帕尔先生说。瞧，在亮他的发型呢。

就这么巧，我正想到。

代达勒斯先生俯过身去打招呼。回答他的是红岸餐厅门边一顶圆盘形草帽闪了闪白光：衣冠楚楚的身影，过去了。

布卢姆先生端详起自己的指甲来，先看左手，后看右手。不错，指甲。她们，她，是不是在他身上看到了什么别的？有吸引力。都柏林最坏的坏蛋。他就是靠这个混日子。她们有时候凭感觉能识别一个人。直觉。但是，这种类型的人。我的指甲。我正看着指甲呢：修剪得整整齐齐的。然后，独自琢磨着。身体有一点儿松软。我注意到，因为我记得原来的。什么原因造成的？估计是肉减少了，皮肤的收缩赶不上。但是体态没有变。体态仍旧一样。肩膀。臀部。丰腴的。跳舞晚会前换衣服。内衣在后面两股之间塞进去了。

他十指交叉，双手塞在两膝之间，感到一种满足，用无所用心的目光环顾他们的脸。

这样，以布卢姆为主人公的前三章，涉及他在三个领域的生活：首先是布卢姆在土地上的家的领域的生活；其次是空灵的领域，在他与那个看不见的女孩的幻象中；最后是本章的冥界的领域，他去了墓地，并参加了帕迪·迪格纳姆的葬礼。

埃俄罗斯

下一章《埃俄罗斯》的故事发生在一个报社内，布卢姆和斯蒂芬在这里第一次擦肩而过。在荷马的故事中，埃俄罗斯是风之神，而用"风之王国"来形容报社的确是一个还不错的方式。我们对这家报纸的了解是，它们所有的文章都在传达错误的信息，并且全都或多或少地偏离了中心。布卢姆来这里是为了给亚历山大·凯斯（Alexander Keyes）登广告的。

兜销员工作实况

布卢姆先生将剪报摆在南内蒂先生的办公桌上。

——对不起，参议员，他说。这条广告，您瞧。钥驰公司的，您记得吗？

南内蒂先生对剪报打量了一下，点点头。

——他要登七月份，布卢姆先生说。

工长的铅笔对着它过来了。

——可是等一下，布卢姆先生说。他要变动一下。钥驰，您明白吗？他要在上边加两把钥匙。

机器声音嘈杂得要命……

……打印机压印着……

他听不见。南南。钢铁的神经。也许他明白了我的。

工长转过头来耐心地听着，然后抬起一只胳膊，慢慢地把手伸进自己的羊驼绒上衣腋下搔起痒来。

——像这样，布卢姆先生把两根食指交叉在上端说。

让他首先把这一点弄明白了。

布卢姆先生的目光从自己的十字交叉的手指上，移到工长的灰黄色的脸上，我想他大概有一点黄疸病，又看到那边那些驯顺的大卷筒将大卷大卷的纸张往机器里送。铿里康，铿里康。放出来的纸有多少英里长。最后的结果怎么样呢？哎，包肉，裹东西：各种各样的用途，一千零一种。

他一面把他要说的话语巧妙地分段插进机器声的间隙中，一面在疤痕累累的桌面上迅速地比画着。

斯蒂芬带来了一封关于口蹄疫的信，信是戴汐先生交给他的。

身材高大的奥马登·伯克先生，穿着一身宽敞的灰色多尼戈尔粗呢料，从走廊里进来了。他后边是斯蒂芬·代达勒斯，进门的时候脱下了帽子。

——Entrez, mes enfants!^① 莱纳汉说。

——我是陪人来求情的，奥马登·伯克先生以富有音乐性的声调说。老于世故的，领着初出茅庐的，来见臭名远扬的。

——欢迎，主编伸出一只手说。进来……莱纳汉对所有人说：

——都别说话！哪一出歌剧像一条铁路？思一思，想一想，琢磨一琢磨，猜一猜。

斯蒂芬把打字信稿递了过去，还指了一下题目和署名。

——谁？主编问……

——加勒特·戴汐先生，斯蒂芬说。

——那个老痞子啊，主编说……

——你好，斯蒂芬，教授说着走到两人旁边，从他们的肩头上张望着。口蹄疫？你改行了？……

大闹大饭店

——您好，先生，斯蒂芬涨红了脸回答。不是我的信。加勒特·戴汐先生要我……

——嘿，我认识他，迈尔斯·克劳福德说，原先也认识他老婆。天底下最不讲理的蛮婆娘。耶稣哪，她可真有口蹄疫，没错儿！那天晚上在金星嘉德大饭店，她把一盆汤全泼在侍者的脸上了。啊啃啃！

---

① 法语，意为"进来吧，孩子们！"——译者注

一个女人把罪孽带到了人间。为了海伦，墨涅拉俄斯的那个跟人私奔的老婆，整整十年希腊人。布雷夫尼的王爷奥鲁厄克。

——他老婆死了吗？斯蒂芬问。

——哎，分开过了，迈尔斯·克劳福德一面说，一面浏览着打字的信稿。御用马群。哈布斯堡。还是一个爱尔兰人在维也纳的城墙上救了他的命呢，你们可别忘了！爱尔兰的特尔康内尔的伯爵马克西米利安·卡尔·奥唐奈。现在他又派王嗣来任命英王为奥地利陆军元帅。那边总有一天要出麻烦。大雁们。真的，每次都是。你们可别忘了！

——问题在于他忘不忘，杰·J. 奥莫洛伊静静地说。他在转动着一块马蹄形的镇纸。救王爷的命是会落好的活儿。

马克休教授对着他发话了。

——如果不呢？

——我告诉你们是怎么一回事吧，迈尔斯·克劳福德说。有一天，一个匈牙利人……

就这样，斯蒂芬和布卢姆，注定在这天结束时相遇的两个人，在"风之国度"第一次来到了他们人生的交叉点。他们并没有寻找对方，但却在同一时间出现在同一个地方。

勒斯特里冈尼亚人

接下来一章是《勒斯特里冈尼亚人》，在《奥德赛》中食人的巨人就是勒斯特里冈尼亚人。在本章中，布卢姆从一家餐馆逛到另一家，考虑着他要去哪家店吃午餐。这一章的写法会让你觉得全身都沾满了馅饼、油脂，还有鱼肉等数不清的食物，浑身上下，到处都是。本章的开头是这样的：

> 椰子糖、柠檬鞭、黄油球。一个棒糖似的姑娘，正在为一位公教弟兄会的修士舀着一勺勺的各色奶油。什么学校的招待会吧。对胃不好。国王陛下御用糖果蜜饯公司。上帝。保佑。我们的。高踞宝座噙枣味糖锭，把红色的糖锭都噙白了。

正是在这一章，我第一次理解了乔伊斯在凭借他的写作风格实现着什么。我突然意识到，乔伊斯的风格实际上是要让你亲身体验他正在写的事情，这是一种体验式书写。在本章的开头，他甚至给了一个我们正在做什么的线索。布卢姆正站在一座桥上。

> 他往桥下望去，只见两岸巉岩似的码头之间正盘旋着一些海鸥，扑动着强健的翅膀……

> 他对着它们中间，扔下去一团揉皱的纸球。以利亚来了每秒三十二英尺。①一点也不。纸球不受理睬，落在涌浪后边起伏了一下，沿着桥墩漂到桥下去了。不是什么大笨蛋呢……是靠机智生活的。它们扑动着翅膀，盘旋着。

> 饿急了啊，海鸥
> 展翅飞拥在桥头。

> 诗人就是这么写的，用相似的音。可是莎士比亚就不用韵：无韵诗。靠文字的节奏。思想。严肃的。

布卢姆继续前进，脑子里想着午餐，于是几乎在每一页上都能看见食物和进食的画面。

> 你喂火鸡要是尽用栗子面，火鸡肉的味道就像栗子。吃猪就像

---

① 1英尺≈30厘米。——编者注

猪。可是咸水鱼的味道怎么倒不咸呢？那是怎么一回事呢？

那位修女倒是够好看的，脸蛋儿长得真甜……我们的大日子，她说。卡尔梅勒山圣母节。名字也是甜的：卡拉梅尔糖。

记得一到家就捅开火，把羊肉条煎热，加上她爱吃的查特尼调料，让她吃夜宵。还有温热的香甜酒。

一股仿甲鱼热汤的蒸汽，掺和着新烤果酱松糕、果馅卷饼的香味，从哈里森公司里边溢出来。浓郁的中午气息，刺激着布卢姆先生的食道顶端。点心得做得地道，用黄油、上好面粉、德梅拉拉蔗糖，不然他们就着热茶尝得出来的。

他沉静地看着她……辛辣的仿甲鱼汤牛尾汤咖喱鸡汤气味。我也饿了。她的衣服垫边处有一点糕饼屑：脸颊上沾着一抹白糖似的面粉。馅料丰富的大黄酥皮饼，馅内有多种果品。

去找门顿事务所了。那双牡蛎眼睛盯着明信片端详。够教神仙们开心的。

可怜的皮尤福依太太！丈夫是卫理公会的。疯癫之中还是颇有理性的呢。在教育奶品社吃藏红花甜面包喝牛奶和苏打水的午餐。基督教青年会。吃饭看着秒表，每分钟嚼三十二下。可是他的羊排络腮胡子照样地长。

从学院街口里头，一批警察排成单列纵队出来了。雄赳赳的。脸上冒着吃饱饭的热气，头盔上冒着汗，手里拍打着警棍。腰带下面刚塞了一肚子汤肥料足的午餐。

利用你的女儿们把他们哄到家里。用酒肉把他们灌足了，塞饱了。米迦勒节大鹅。这一块肚皮带着百里香作料好，给你吧。趁着它还不太冷，再来一夸脱的鹅油吧。

查利·博尔杰那时，出来可总是骑着高头大马，戴着翘角帽，挺胸凸肚的，扑着粉，脸上刮得干干净净。瞧，他走路的这副愁眉苦脸的样子。吃了个臭鸡蛋。水煎荷包活见鬼。

他的眼光跟随着那位穿手织粗呢衣服的高个儿后影……从素食餐馆来。只吃蔬菜水果。别吃牛排。你要是吃了，那头牛的眼睛就会死死地盯着你看，永世不放松。他们说是有益健康。然而气胀水多。我试过。整天跑厕所。像得了臌胀病那么糟。整夜做梦。他们为什么把他们给我上的那盘菜叫做坚果牛排呢？坚果派。水果派。意思是让你感到吃的是牛后座。荒谬。也咸。他们煮的时候放了苏打。害得你整夜守着水管。

那女人穿着白色长袜的腿脚好粗。希望来一场雨，给她溅上一腿泥才好呢。乡下来的肉婆子。那些肉长到脚后跟的都出来了……

公爵路。到了。必须吃东西了。伯顿饭店。吃了情绪会好些……

他推开伯顿餐厅的门时，心还怦怦地跳着。一股强烈的气味，憋住了他的颤动的呼吸：刺鼻的肉汁、稀烂的蔬菜。看牲口喂食……

——烤牛肉加包心菜。

——红烧肉一份。

人的气味。斯佩顿锯末、甜兮兮热烘烘的纸烟烟雾、一大股难闻的气味，其中混合着口嚼烟草味、泼洒出来的啤酒味、啤酒似的人尿味，以及发酵过头的气味。

他感到一阵恶心。

在这里吃东西是难于下咽的。有一个家伙在磨刀擦叉，准备把面前的东西吃个精光，有一个老的在剔牙。有一点痉挛，饱了，反刍。事前和事后。饭后祷告。看看这景象，又看看那景象。用撕成小块的面包蘸着，把红烧肉的汤汁也吃掉。干脆用舌头舔盘子吧，老弟！走。

说到底，素食还是有些道理的，地里长的东西味道好当然蒜是臭的那些摇手风琴的意大利佬的气味脆的是葱头蘑菇块菌。动物也受痛苦。禽类要拔毛开膛。牛市上那些可怜巴巴的牲口，就等着斧头去劈开它们的脑袋。哞。可怜的发着抖的牛犊。咩。站都站不稳的牛崽子。冒着泡，吱吱地发着声音。屠宰桶里晃动着的牛肺。我们要钩子上挂的那块胸脯肉。啪嗒。骷髅加骸骨。剥了皮的羊倒挂着，睁着玻璃眼，羊鼻头上蒙着血纸，果酱似的鼻涕流在锯末上。该扔的、下脚往外送。别揉坏了那些肉，小伙子。

他们说治痨病要用新鲜的热血。血总是需要的。潜藏的。趁它还在冒热气就舔起来，黏稠如糖的。饿坏了的鬼魂。

呵，我饿了。

他走进了戴维·伯恩的酒店。规矩的酒店……

这回要什么？……

……想想。我要一杯勃艮第葡萄酒，还要……我想一想。

架子上放着沙丁鱼。看着它就差不多尝到它的味道了。三明治吗？火腿的后代在那儿，加上了芥末夹面包。罐头肉。家里缺了李树牌罐头肉——还像个家吗？不像家。多蠢的广告！摆在讣告底下。全上了李树。狄格南的罐装肉。吃人生番愿意要，加点柠檬就米饭。白种人传教士的肉太咸。喜欢腌猪肉。估计精华部位得归酋长享用。

还愿意要几颗青果，如果他们有的话。我喜欢意大利的。来一杯好勃艮第，可以消除那个。滑润作用。来一盘美味的拌生菜，清凉如黄瓜，汤姆·克南会调理。拌出来有劲道。纯橄榄油。米莉端给我的那盘小牛排，配着一小枝欧芹。要一头西班牙洋葱。天主造食物，魔鬼造厨师。魔鬼式螃蟹肉。

布卢姆先生吃着他那切成一条条的三明治，新鲜、干净的面包，带着辛辣难闻好吃的芥末味，还有绿干酪的脚味。他一口口地啜着他的葡萄酒，颚间感到舒畅了。

葡萄酒的柔火使他的血管发热了。正是我特别需要的。刚才真是别扭。他的眼睛悠悠然地看着架子上那一层层的罐头：沙丁鱼、颜色鲜艳的龙虾大螯。什么稀奇古怪的东西人都弄来吃。从贝壳、海螺里头用针挑出来，从树上弄，法国人从地下挖出蜗牛来吃，从海里用钩子装上饵料钓出来。笨鱼，一千年也学不乖。把不知道的东西往嘴里放是危险的。毒莓。犬蔷薇果。圆圆的，你以为是好东西。鲜艳的颜色就是警告你小心。一个传一个，都知道了。先喂狗试试。受气味或是形状吸引。使人垂涎的果实。冰棍。奶油。本能。比方说橘树林吧。需要人工灌溉。真诚街。是这样，但是牡蛎呢。样子难看，像一摊痰。脏兮兮的壳。撬开也麻烦得很。是谁发现的？垃圾、污水是它们的饲料。香槟就红岸牡蛎。对于性有效果。春……今天上午他在红岸餐厅。他会不会是桌上老牡蛎床上新鲜肉也许他不对六月没有 R 不吃牡蛎①。可是有人就是喜欢吃不太新鲜的东西。变质的野味。坛子兔肉。首先你得逮得住兔子呀。中国人吃存了五十年的鸭蛋，都变成蓝的绿的了。一顿饭三十道菜。每道菜都没有害处，吃下去却会混合起来的。用这个主意，可以设计一篇下毒疑案小说。那个利奥波尔德大公是不是不对的要不然是奥托是哈布斯堡王族？要不然是谁，常吃自己的头皮的？全城最省钱的午餐。当然，是贵族们，然后别人也都跟着学时髦。米莉也石油加面粉。生的糕点我自己也喜欢。他们捕获的牡蛎，一半都扔回海里，为了抬价。便宜了没有人买。鱼子酱。要气派。贺克白葡萄酒得用绿玻璃装。豪华的盛会。某贵夫人。扑了粉的胸脯露珍珠。名流。精华中的精华。他们要有特别的菜，摆架子。隐士吃豆子饭抵制肉的刺激。要了解我，来和我一起吃饭。皇家鲟鱼郡长，屠夫关采由大人授权处理森林鹿肉。给他送回半只母鹿。我看见过主邓官官邸楼下厨房区内摆出来的那些吃的。戴白帽子的厨师，像犹太教教士似的。火烧鸭子。波纹形包心菜 à la duchesse de Parme。②菜单上写明也好，免得你吃了什么东西都不知道。投料太多，反而会把肉羹弄坏。我就有过亲身经历。在羹里又加上了爱德华兹脱水汤料。为了他们吃好的，把鹅都填傻了。龙虾是活活煮死的。轻松地用一些松鸡吧。在高级饭店当侍者倒是蛮不错的。小费、晚礼

---

① 此处金隄注释：西谚云，在没有 R 的月份不宜吃牡蛎。六月的单词 June 中没有字母 R。——译者注
② 此处金隄注释：法文，巴尔默公爵夫人式。——译者注

服、半裸体的女士们。杜必达小姐，我是否可以引诱您再来一点儿柠檬鳎鱼片？真的，肚皮大。而她也真的肚皮大了。估计这是一个胡格诺派的姓氏。基林尼村就有一家杜必达小姐，我记得。杜 de la 法国的。她吃的鱼，可能就是穆尔街的老米盖·汉隆手掐鱼鳃掏尽鱼肠赚了大钱的鱼，连在支票上写自己的名字都不会，还以为他在描什么风景呢，歪扭着嘴巴。大米的米盖子的盖汉子的汉，大皮靴似的字认不了一筐，偏偏拥有五万镑。

玻璃窗上粘着两个苍蝇，"嗡嗡"地粘在一起。

有劲头的葡萄酒咽下，颚间留下暖意。勃艮第的葡萄，在榨酒器内挤碎。是太阳的热能。似乎触及了一个秘密的回忆告诉我。触及了他的感官，润湿了记起了。我们藏在豪斯山头的野蕨丛中，下面是沉睡的海湾：天空。静寂无声。天空。海湾在狮子头那边是紫色的。在德鲁姆莱克那边是绿色的。在萨顿的方向又泛起了青黄色。海底的田地，隐隐发褐色的田埂上长着草，湮没的城镇。她那一头头发枕着我的上衣，我的手衬在她脖子后面，被石楠丛中的蟋蟀蹭着，你会把一切都扔给我的。奇妙啊！她的抹了软膏的手，清凉而柔软的，摸着我，爱抚着我：她的眼睛望着我凝视不动。心花怒放的我伏在她身上，丰满的嘴唇满满地张开，吻在她的嘴上。美啊。柔软地，她把一口芝麻蛋糕塞进我嘴里，热烘烘的，嚼碎了的。一口略带异味的哺食，她含在嘴里嚼过的，带着唾液的甜酸味儿的。欢乐：我吃了下去：欢乐。青春的生命，她努起嘴唇给我的。柔软的、暖烘烘的、黏糊糊的胶浆嘴唇。她的两只眼睛是花朵，摘我吧，心甘情愿的眼神。落下几粒石子。她静卧不动。一头山羊。没有人。豪斯峰高处杜鹃花丛中，一头母山羊正在稳步走过，还掉着葡萄干似的粪粒儿。她藏在野蕨间，发出温暖怀抱中的欢笑声。我狂野地伏在她身上，吻着她：眼睛、她的嘴唇、她的伸长的脖子跳动着的、她那修女纱衬衫里面的丰满的女性胸脯、高耸的肥乳头。火热的我伸过舌头去。她吻我。我受吻。毫无保留地委身的她，揉弄着我的头发。她接受了吻，又吻我……

粘在一起的苍蝇"嗡嗡"地叫着。

他的低垂的眼光，顺着橡木板上那沉静的纹理移动着。美：曲线蜿蜒：曲线就是美。体态优美的女神，维纳斯、朱诺：全世界爱慕的曲线。裸体女神立在圆厅里，图书馆博物馆里，任人观赏。有助消化。她们不在乎什么样的男人看她们。谁都可以看。从不说话。我指的是对弗林这等人从不说话。设想她按照皮格马利翁和盖拉梯娅，她的第一句话说什么呢？凡夫俗子！马上叫你老实了。和仙长们会餐，畅饮玉液琼浆，金碟子，全是仙品。不像咱们吃的六便士午餐，煮羊肉、胡萝卜、白萝卜、一瓶奥尔索普啤酒。玉液琼浆，喝着电灯光想象是它吧：仙食。可爱的女人形体，雕成朱诺式的。神仙的美。而咱们呢，从一个窟窿塞进食物，从后面一个出来：食物、乳糜、血液、粪便、泥土、食物：不能不像给火车头添煤那样不断地喂。

乔伊斯语言运用之精巧令人叹为观止。他可以用词语做到任何他想做的事。本章就是一次关于食物和进食的延伸冥想，乔伊斯在这里向读者呈现出了一个消化不良的病例。

斯库拉与卡律布狄斯

下一章《斯库拉与卡律布狄斯》（*Scylla and Charybdis*）是非常有趣的一章。在乔伊斯的想法中，这一章对应了《奥德赛》中奥德修斯航行至斯库拉与卡律布狄斯深渊中，在逻辑之石与神秘主义漩涡之间进退两难的故事。这一章的故事发生在图书馆。你可能还记得布卢姆和斯蒂芬初次相遇是在报社，那是一个印刷信息（或错误信息）的地方。而现在，布卢姆和斯蒂芬再次相聚，这次是在图书馆，同样是与印刷有关，不过这次的印刷物是书籍。

斯蒂芬和他的伙伴们在图书馆里对文学进行了学术性的争论，斯蒂芬提出了一个精心设计的理论，这个理论认为莎士比亚的戏剧只是他本人生活的反映，这是一种玩笑理论，因为他声称自己也不信这个理论。斯蒂芬开始讨论《哈姆雷特》，他认为，莎士比亚扮演的国王的鬼魂同伯比奇（Burbage）扮演的王子哈姆雷特交谈，其实是莎士比亚在对着他的儿子哈姆内特（Hamnet）说话，而哈姆内特在莎士比亚写这部剧的前不久去世了。

——开戏了。一名演员在阴影中出场，披一套宫廷壮汉穿旧不要的盔甲，身材匀称而嗓音低沉。他就是鬼魂，国王，是国王而又不是国王，而演员就是莎士比亚，他一生中所有并非虚妄的年代中都在研究《哈姆雷特》，就是为了演幽灵这一角。他对隔着蜡布架站在他面前的青年演员伯比奇，喊着名字招呼他说：

哈姆雷特，我是你父亲的亡灵。

要他注意听。他是在对儿子讲话，他的灵魂的儿子，青年王子哈姆雷特，也是对他的肉体的儿子哈姆内特·莎士比亚，那儿子已在斯特拉特福去世，从而使那位与他同名的人得到永生。

演员莎士比亚本人由于外出而成鬼魂，打扮成由于死亡而成鬼魂的墓中丹麦王的模样，是否可能就是在想着亲生儿子的名字说话呢（如果哈姆内特·莎士比亚在世，他正好是哈姆雷特王子的孪生兄弟）？我想要明白，是否有可能，是否有理由相信：他并没有根据那些前提推出或是并没有预见其符合逻辑的结论：你就是被剥夺了权利的儿子；我就是被谋害了性命的父亲；你母亲就是有罪的王后安·莎士比里，原姓海瑟薇①的？

---

① 金隄译《尤利西斯》中为"哈撒韦"，为保证本书统一，修改为"海瑟薇"。——编者注

　　然后，斯蒂芬认为，莎士比亚一生的关键事件就是安·海瑟薇（Ann Hathaway）给他戴了绿帽子。

　　《安东尼和克莉奥佩特拉》的作者是一位热烈的朝圣者，你们是否认为他眼睛长在脑壳后面，所以选了全沃里克郡内最丑的妞儿和他睡觉？好：他离开了她，赢得了男人的世界。但是他的童子妇女都是一个童子的妇女。她们的生活、思想、言语都是男人给她们的。他选得不好吗？我看他是被挑选者。如果说别人有意志的话，安可是一个有主意的女人①。没有错，责任在她。是她招呼的他，甜甜的二十六。那位俯身就着少年阿都尼的灰眼睛女神，那位屈尊赐爱以期一涨的，是一个不怕羞的斯特拉特福姑娘，和一个比她小的情人在谷田里打滚……

　　贵格会友图书馆长……吱吱格格地来回踱着，踮起脚尖向天上凑近一只软木鞋底的高度，然后在嘈杂的外出声的掩盖下低声说：

　　——这么说，你的看法是她对诗人不忠？……

　　——凡是有和解的地方，斯蒂芬说，原先必然是有分裂的。

　　当斯蒂芬详细阐述他精彩复杂的观点时，乔伊斯描绘了图书馆馆长像某种朱鹭一样四处踱步，这些描写都指向一位埃及神灵，即写作之神（图书馆之神）托特（Thoth）。

　　我周围尽是装进了棺材的思想，罩着木乃伊匣子，用文字的香料浸泡着。托特，图书馆之神，鸟神，月形冠冕。我听到了埃及那位大祭司说话的声音。在装满泥板书的彩色厅堂内。

　　然后，斯蒂芬指出他的即兴理论是有证据的：莎士比亚愤恨地在遗嘱中将他第二好的床留给了安。

---

① 安（Ann）的姓是海瑟薇（Hathaway），此词拆开拼写具有"有主意"（hath a way）的意思。——译者注

——他是一位阔绰的乡绅，斯蒂芬说。他有一套纹章，在斯特拉特福有地产，在爱尔兰大院有一所房子，他还是一名拥有股票的资本家、法案推动者、什一税承包人。如果他希望她此后余生的夜晚都能安然鼾睡，他为什么不把他最好的床留给她呢？

当斯蒂芬继续他的言论时，带着污言秽语的壮鹿马利根进来了，布卢姆也进来找东西。现在他们三个都汇聚在图书馆里了。然后，斯蒂芬展开了父与子的主题，有关莎士比亚在写作《哈姆雷特》时，如何使得自身、父亲及儿子被死亡的帷幕隔开，以及这样莎士比亚就可以成为"他自己的祖父"。[25]（当然，在谈论莎士比亚时，斯蒂芬说的是他自己和他的心事。）最终，斯蒂芬得出了他的结论。

遭人驱逐，被逐出家园，感情上被抛弃，这股弦音从《洛维那二绅士》之后，始终没有间断过，直到普洛斯彼罗折断法杖埋入地下若干寻，将书沉入海底为止……然而蒙蔽其理解力、削弱其意志、使之具有强烈的邪恶倾向的乃是原罪。这些是梅努斯的主教大人们的原话。是原罪，并且正因为是原罪，虽是别人的罪他也有份。它，藏在他最后写下的字里行间，镌刻在他那不容她的尸骨埋入的墓前石碑上。年岁虽久，它却并未衰退。美与安宁并未把它挤走。它以无穷的变化，出现在他所创造的那个世界的每一个角落里：在《无事生非》中，两次在《皆大欢喜》中，在《暴风雨》中，在《哈姆雷特》中，在《一报还一报》中——以及所有我尚未读过的其他剧本中。

他哈哈一笑，借以使自己的心情摆脱心情的束缚。

法官埃格林顿做了总结。

——真理在中间，他肯定道。他是阴魂，又是王子。他是一切的一切。

——是这样，斯蒂芬说。第一幕的少年，就是第五幕的成熟汉子。一切的一切。在《辛白林》中，在《奥瑟罗》中，他既是拉皮条的，又是戴绿帽的。他行动，又接受人家的行动。他追求着一个理想或是一个怪僻，像何赛那样杀死了真正的卡门。他的不饶人的才智就是那妒忌得发疯的伊阿古，一心只愿自己身上的摩尔人受罪。

——咕咕！咕咕！咕咕的马利根淫荡地发出咕咕声。多让人心惊胆战的声音呀！……

——男人引不起他的兴趣，女人也引不起他的兴趣，斯蒂芬说。他在外面过了一辈子，又回到他生于斯长于斯的地点，他曾在这里做一个沉默的观察者，而在他走完生命的历程之后，又在这块地上种下他的一棵桑树。然后死去。运动结束了。掘墓人埋葬了大哈姆雷特，小哈姆雷特。一位国王和一位王子终于死亡，在配乐声中。尽管是被谋杀了，被出卖了，还是承受到一些心肠温柔而脆弱的人的眼泪，因为，丹麦人也好，都柏林人也好，悼念死者的悲伤是她们唯一拒绝离异的丈夫……扣人心弦的收场白。他发现，那些有可能在他那内部世界中出现的现象，外部世界中已经实际存在了。梅特林克曾说：如果苏格拉底今天离家，他会发现哲人就坐在他门前的台阶上。如果犹大今晚出去，他的脚步也会走向犹大。每一个生命，都是许多日子组成的，一日又一日。我们通过自身往前走，一路遇到强盗、鬼魂、巨人、老人、年轻人、媳妇、寡妇、慈爱兄弟，但永远都会遇到的是我们自己。那位编写这个世界的大剧的作家，那位马马虎虎的戏剧家（他先给我们光，两天以后才给太阳）……无疑就是我们所有人的一切的一切，既是马夫又是屠夫，甚至可以既拉皮条又戴绿帽子，只是按照哈姆雷特所预言的节省天力办法，婚姻已不复存在，光荣的男人是一个阴阳体的天使，自己任自己的妻子。

——Eureka！^①壮鹿马利根大叫，Eureka！

……

——你令人失望，约翰·埃格林顿直言不讳地对斯蒂芬说。你带我们绕了半天，结果就是让我们看一个法国式的三角关系。你相信你自己的理论吗？

——不相信，斯蒂芬毫不犹豫地说。

然后，片刻之后，马利根和斯蒂芬离开图书馆：

正要通过门道时，他感到后面有人，闪在一边站住了。

分手。现在是时候。然后去什么地方？如果苏格拉底今天离家，如果犹大今晚出去。为什么？那是空间中的一个点，我在时间中的一个点会到达的，无可避免地。

我的心愿：他的心愿与我相对。天南海北。一个人在他们两人之间走了出去，还鞠躬打着招呼。

——再祝你好，壮鹿马利根说。

门廊。

我曾在这里观察鸟的征兆。爱鸟的昂格斯。鸟儿飞去又飞来。昨夜我飞了。飞得轻快。人们惊讶。然后是娼妓街。他拿一个奶油水果香瓜凑过来。进。你来看。

——漂泊的犹太人，壮鹿马利根做出小丑的惊悚状态，悄悄地说。你注意他的眼神了吗？他望你的样子是居心不正的。我怕你，老

---

① 此处金隄注释为：原希腊语"发现了！"据传阿基米德入澡盆时忽然想到可利用各种金属不同比重检测金子纯度而发此惊叹。——译者注

水手。咱奇啊，你危险了。快找个屁股护垫吧……

　　一个黝黑的背影走在他们前面，豹步，下去了，走出了吊闸倒钩下的大门门道。

　　因此，斯蒂芬是在布卢姆不知情的情况下跟随他的。在布卢姆的引导下，斯蒂芬把马利根落在了后面。从现在开始，斯蒂芬将跟随这位黑暗的父亲继续前行。

游动山崖

　　下一章《游动山崖》（*The Wandering Rocks*）由一系列简短的配角场景组成，这些场景加在一起就是都柏林。每一个场景都是对其他章节出现过的主题的一个简短的重新呈现。这一章给很多小说的写作带来了启发，比如在多斯·帕索斯（Dos Passos）的《曼哈顿中转站》（*Manhattan Transfer*）中，城市成为主角。这一章中有十九个不同的场景，它们共同组成了一幅现代大都会的巨型画像。[26] 此处举一个场景为例：

　　壮鹿马利根正和海因斯在厚厚的地毯上走着，突然用巴拿马草帽遮挡着对他耳语：

　　——帕内尔的兄弟。那儿，角落里。

　　他们挑选了一张靠近窗口的小桌子，对面是一个长脸的人，他的大胡子和凝视的目光都盯着一方棋盘。

　　——是他吗？海因斯在座位上扭过身去问。

　　——是，马利根说。名字叫约翰·霍华德，他的兄弟，是我们的市政典礼官。

约翰·霍华德·帕内尔静悄悄地移动了一只白主教，灰爪子又伸上去托住了前额。过了一会儿，他的眼睛闪着鬼火似的光芒，在手指的遮掩下迅速地向对手瞥了一眼，然后又全神贯注地去琢磨一个交战的角落了。

——我要奶油什锦水果，海因斯对女招待说。

——两份奶油什锦水果，壮鹿马利根说。另外，给我们拿点儿甜面包、黄油，还要点儿蛋糕。

女招待走后，他笑着说：

——我们把这地方叫作堵糕店，因为他们的蛋糕糟得堵心。嘿，可惜你没有听到代达勒斯谈《哈姆雷特》。

海因斯打开了自己新买的书。

——对不起，他说。莎士比亚是一个狩猎场，所有头脑失去平衡的人都乐于来此试一试身手。

独腿水手冲着纳尔逊街十四号前的小天井吼叫：

——英国指望……

壮鹿马利根快乐地抖动着淡黄色坎肩笑起来。

——你应该看一看他的身体失掉平衡的样子，他说。我把他叫作漂泊的昂葛斯。

——我认为他脑子里肯定有一种idée fixe[①]，海因斯说着，若有所思地用大拇指和食指捏着下巴。现在我在揣摩它究竟是什么内容。这

———————————

[①]　此处金隄注释为："法文心理学词语，摆脱不掉的意念。"——译者注

种类型的人总是有这类东西的。

壮鹿马利根严肃地在桌子上俯身过去。

——他们大讲地狱的恐怖景象，把他的神经都吓歪了，他说。他永远也捕捉不到雅典的情调的。斯温伯恩的情调，所有诗人的情调，白森森的死和红通通的生。这是他的悲剧。他永远也成不了诗人。创造的欢乐……

——永恒的惩罚，海因斯傲慢地点点头说。我明白了。今天早晨我曾经试探他对信仰的看法。他有心事，我看得出的。这是一个相当有意思的现象，因为维也纳的波科尔尼教授在这个问题上提出了一个很有意思的看法。

壮鹿马利根眼快，看到女招待已经来了。他帮她把托盘上的东西取了下来。

——他在爱尔兰古代神话中找不到地狱的痕迹，海因斯在欢快的杯盘间说。似乎缺乏道义观念，缺乏命运感，因果报应思想。如果他恰恰是对此念念不忘，事情就有一点儿离奇。他给你们的运动写点东西吗？

在起泡沫的奶油中，他熟练地侧着放下两块方糖。壮鹿马利根把一个热气腾腾的甜面包切成两片，在冒热气的面包心儿上抹上厚厚的黄油，狼吞虎咽地咬了一大口。

——十年，他一面嚼，一面笑着说。他准备十年以后写出点东西来。

——似乎很遥远，海因斯说着，沉吟地举起调羹。然而，我倒觉得他未始没有可能。

他从怀中圆锥形的奶油中舀了一勺尝尝味道。

——这是真正的爱尔兰奶油,我认为,他以宽容的态度说。我是不要冒牌货的。

先知以利亚小舟,那片轻飘飘的揉皱了的传单,一直在向东航行,过了新瓦平街,过了本森渡口,穿过了海洋船舶群和拖网渔轮群之间的软木塞群岛,又飘过从布里奇沃特运砖来的罗斯维恩号三桅纵帆船。

作为一场从头到尾都技艺精湛的表演,《游动山崖》这一章节正是《芬尼根的守灵夜》宏观宇宙的一种微观缩影。

塞壬

现在,我们来看看我所认为的《尤利西斯》中最脍炙人口的三个章节。其中一个就是《塞壬》(Sirens),这一章展现了布卢姆在知晓鲍伊岚和莫莉在一起时的情形。请记住,他为了逃避这个事实一整天都在四处游荡,现在他在奥蒙德酒店的餐吧里吃下午茶,而塞壬正出现在餐吧里。隔壁房间有歌声传来,其中唱歌的人里就有斯蒂芬的父亲,西蒙·代达勒斯,他是一个很棒的男高音歌唱家。

前奏曲的竖琴乐调已结束。一股长长的有所期待的弦音,引出了一腔歌声:

……当我初初见到那令人心爱的身影……

里奇转过身去。

——是赛·代达勒斯在唱,他说。

脑受触动，脸染火光，他们倾听着，感受到那一股令人心爱的音流流在皮肤上、四肢上、心上、灵魂上、脊椎骨上。布卢姆给派特做了一个手势，秃头派特是一个重听的侍者，要他把酒吧间的门开一点缝。酒吧间的门。就这样。行了。派特，侍者，侍候着，也等候着要听，因为他重听，在门边听。

……忧愁仿佛一扫而空。

通过静谧的空气，歌声向他们传来，轻轻地，不是雨声，不是树叶的窃窃私语，不似弦音或是簧音或是那种叫什么的扬琴音，有唱词触及他们的耳朵，静止的心脏，他们各自记忆中的经历。舒心啊，听着舒心，当他们初初听到，忧愁似乎从他们每人心上一扫而空。当他们，完了的里奇·波尔迪，当他们初初见到那仁慈的美，初初听到一个始料未及的人，她初次说出那一个仁慈的、温存的、深爱的字眼。

爱情在歌唱：爱情的古老颂歌。布卢姆缓缓地松开了他那一扎东西上的弹性羊肠线圈。爱情的古老颂歌 sonnez la[①] 金色。布卢姆将一股羊肠线圈，套在叉开的四个指头上，绷紧、放松，然后将它双股、四股、八股地缠在他的烦恼上，把它们缠绑紧了。

充满着希望，满心欢喜……

男高音歌手们能赢得成群的妇女。流得更畅。将花掷在他脚前。咱们何时相会？我的脑袋简直。锵锵锵谁都喜欢。他在正式场合唱不了。你的脑袋直打旋儿。为他擦的香水。你妻子用什么香水？我想知道。锵。停。敲。她去应门前总要对镜子看上最后一眼。门厅。谁？你好？我很好。那儿吗？怎么样？要不？她的小袋里，一小瓶口香片，亲吻糖。要吗？手伸过去摸那丰满的。

---

① 法语，意为"敲响"。——译者注

可叹呀歌声提高了，叹息了，转调了：响亮、饱满、辉煌、骄傲。

但是可叹呀，全只是一场春梦……

他的嗓音还是很出色的。科克的空气比较柔和，还有他们的方言口音也有关系。愚蠢的人！本来是可以挣大把钱的。唱错了词儿。把他的老婆折磨死了，现在倒唱起来了。不过也难说。只有他们两人自己。如果他不垮下去。上了林荫道，还能跑出个样子来。他的手脚也会唱歌。喝酒。神经负荷过重。要唱歌，就得节制饮食。珍妮·林德汤：原汁、西米、生鸡蛋、半品脱的奶油。这才黏黏糊糊，梦幻似的。

脉脉温情随之而起：缓缓地，上涨了。它涨起了，搏动着。正是那话儿。嘿，给！接受！搏动着，搏动，一个脉动着的傲然挺立物。

歌词？音调？不，重要的是背后的东西。

布卢姆缠上又松开，结上又解开。

布卢姆。音乐之流，一条心惊胆战舔起来严守秘密的热流，流向欲望的暗流，接触入侵的暗流。碰她摸她揉她搂她。交媾。毛孔张开扩大。交媾。欢乐、感觉、暖烘烘。交媾。开闸放流，涌流喷射。激流、喷射、交流、欢涌、媾动。此刻！爱情的语言。

……一线的希望……

眉开眼笑的。莉迪亚正为利德威尔吱吱尖声，贵妇派头十足，几乎听不见不尖声的缪斯歌唱一线的希望。

是《玛莎》。巧合。正要写。莱昂内尔的歌。你的名字很可爱。不能写。请接受我的菲礼。触动她的心弦，也触动钱包。她是一个。我把你叫作淘气孩子。可是名字终究是玛莎。好奇怪！今天。

莱昂内尔的歌声又来了，弱了一些，但并不疲惫。歌声又传至里奇、波尔迪、莉迪亚、利德威尔，也传向派特，张着嘴巴耳朵等候着伺候。他如何初初见到那令人心爱的身影，忧愁如何仿佛一扫而空，一个神态、一个形象、一句话如何地使他古尔·利德威尔陶醉，赢得派特·布卢姆的心。

要是能看到他的脸更好。更加真切。在德拉戈理发的时候，我对着镜子里理发师的脸说话，他却总要直接看我。可是，这里虽然比酒吧间远些，听起来却更好。

每一个优美的神态……

第一天晚上，我在特伦纽儿初初见到她，在马特·狄龙家。她穿的是黄黑两色的网眼料子。音乐椅。我们两人是最后的。缘分。跟在她后面。缘分。转了又转，缓慢的。转快了。我们俩。人们全看着。停。她坐下了。所有被淘汰的全在看着。哈哈笑的嘴唇。黄色的膝盖。

使我陶醉……

歌声。她唱的是《等待》。我为她翻乐谱。圆润嗓音芬芳什么香水你的丁香树。……

整个章节都沉浸在这种音乐的风格中。这是一个非常有趣的、用音乐谱写的章节。

库克罗普斯

接下来是伟大的《库克罗普斯》（Cyclops）一章，故事发生在巴尼·基尔南酒吧里。这一章的叙述者没有名字，他只是一个普通的爱尔兰硬汉。故事是这样开始的：

> 俺正和首都警署的老特洛伊在凉亭山街角那儿寒暄呢，该死的，冷不丁儿的来了一名扫烟囱的背时家伙，他那长玩意儿差点儿戳进了俺那眼睛里头去。俺转回脑袋，正打算狠狠地训他一顿，没承想一眼看见石头斜墙街那儿溜过来一个人，道是谁呢，原来是约·哈因斯。

> ——啰，约，俺说。你怎么样？那个扫烟囱的背时家伙，用他的长把儿刷子差点儿把俺的眼睛捅掉，你看见了吗？

> ——煤烟到，运气好，约说。你刚才说话的那个老小子是谁？

> ——老特洛伊呗，俺说。

这就是这一章讲述故事的方式，使用了发生在酒吧里的真实叙事的语言。而且，整章插入了大量不同风格的叹词。其中一个例子是在描述独眼巨人的庞大时，独眼巨人指的是一位被称为"公民"的民族主义政治家，是酒吧里的爱尔兰大恶棍。对于乔伊斯来说，政治家是只有一只眼睛的人，因为他们只看到问题的一面。需要另一个人才能看到整个问题，而布卢姆在这里提供了另一只眼睛以达到平衡。乔伊斯把这位"公民"描述的就像爱尔兰史诗中的一位老英雄，一般这种史诗都会通过堆积各种形容词来塑造每一个人物：

> 坐在圆塔前大石墩上的是一条好汉……

只有这个巨人坐着，但不是在巨石上，而是在酒吧里。

> ……肩膀宽阔、胸膛厚实、四肢强壮、眼光坦率、头发发红、雀斑斑斓、胡子蓬松、嘴巴宽大、鼻子高耸、脑袋长长、嗓音深沉、膝盖裸露、两手粗壮、两腿多毛、脸色红润、双臂多腱。他两肩之间宽达数厄尔，双膝嶙峋如山岩，膝上和身体其余外露部分相同，都长着厚厚的一层黄褐色刺毛，颜色和硬度都像山荆豆（Ulex Europeus）。

两个鼻孔中伸出同样黄褐色的硬毛，鼻孔之大，可容草地鹨在其洞穴深处筑巢。两只眼睛的尺寸和大头的菜花相仿，眼内常有一滴泪水和一丝微笑在争夺地盘。从他的口中深处，不时有一股发热的强气流冒出，而他那巨大心脏的搏动，发出响亮有力的节奏，引起强大的共鸣而形成隆隆雷声，将地面、高耸的塔顶和比塔更高的洞壁都震得摇晃颤动不已。

酒吧里有一只名叫加里欧文的狗。当所有人都在喝酒的时候，这只毛茸茸的大狗躺在地板上朗诵了一首诗。[27]

凡是对人类文化在低级动物中的传播情况有兴趣的人（其数目是巨大的），都应该注意，万勿错过一场奇妙无比的犬人表演，表演者是一头著名爱尔兰塞特型红色老狼狗，过去名叫加里欧文，新近已由其为数众多的朋友熟人改名为欧文·加里……我们在这里附录一首（犬类诗歌）作为例子……犬语原文的韵律体系要复杂得多，有一点像威尔士的安格林体诗中错综复杂的头韵和等音节规律，但是我们相信，读者将会同意原诗的精神是抓住了的。也许应该加上一句，诵读欧文的诗要缓慢一些，模糊一些，用一种暗示怨恨在心的语调，效果可以大大加强。

我的诅咒中的诅咒

每天都有七天

七个干渴的星期四

诅咒你，巴尼·基尔南，

没有一顿水餐

浇一浇我的火气

还有那吃了劳里的肺

烧得乱吼的肠子。

我敢打赌，许多狗都在这么想，当你玩得很开心，而它却躺在地上的时候。这时，独眼巨人这个巨大的新芬党①爱国者正夸夸其谈，发出很大的噪声。同时，布卢姆也在这家酒吧里：

布卢姆正在对约翰·怀士喋喋不休，他那褐黄褐黄灰不溜秋泥土颜色的脸上，样子激动得很，那一对李子眼睛转来转去的。

——迫害，他说。整部的世界历史，都充满了迫害。要民族之间永远保持民族仇恨。

——可是你知道什么叫民族吗？约翰·怀士说。

——知道，布卢姆说。

——是什么呢？约翰·怀士说。

——民族吗？布卢姆说。民族就是生活在同一个地方的同一群人。

——天主哪，内德笑着说。要是那样的话，我就是一个民族了，因为我已经在同一地方生活了五年了。

这么的，当然人人都笑布卢姆了，而他呢，还在一个劲儿地瞎蒙，他说：

——要不，生活在不同地方的也行。

——那我就可以算了，约说。

——你算是什么民族的呢，我可以问一问吗？公民说。

——爱尔兰，布卢姆说。我是在这儿出生的。爱尔兰。

---

① 新芬党（Sinn Fein），北爱尔兰社会主义政党，主张北爱尔兰和爱尔兰共和国统一。——译者注

公民还没说话，先清了清嗓子，把喉咙里的痰吐了出来，老天，他往屋角里吐了一只红岸牡蛎……

——同时，布卢姆说，我也属于一个受人仇视、被人迫害的民族。现在也仍是如此。就在当前。就在此时此刻。

老天，他那根老雪茄屁股差点儿烧了他的指头。

——遭抢劫，他说。遭掠夺。受侮辱。受迫害。把理应属于我们的东西抢走。就在此时此刻，他举起拳头说。被人在摩洛哥当作奴隶或是牲口拍卖。

——你是在谈新耶路撒冷吗？公民说。

——我谈的是不公，布卢姆说。

——对，约翰·怀士说。那就挺身而出，像男子汉样的用武力反抗吧……

——可是，没有用处的，他说。武力、仇恨、历史，一切等等。侮辱与仇恨，那不是人应该过的生活，男人和女人。谁都知道，那是和真正的生活完全相反的。

——什么呢？阿尔夫说。

——爱，布卢姆说。我的意思是说，仇恨的反面。我现在得走了，他对约翰·怀士说。到法院那边去转一下，看看马丁在不在那儿。假如他到这里来，你就说我一忽儿就回来。一下子工夫。

之后布卢姆离开了。当天早些时候，布卢姆把他的报纸给了班塔姆·莱昂斯并且说："我本来就正想扔了。"① 于是，故事就这么发生了：

----

① 布卢姆去药房为莫莉配美容剂，在药房外遇到班塔姆·莱昂斯，莱昂斯拿过布卢姆的报纸并在上面查找赛马的新闻，他决定去赌马。——译者注

——我知道他到哪里去了，莱纳汉把指头捏得格格发响地说。

——谁？俺说。

——布卢姆，他说。法院是障眼法。他押了扔扔几个先令，现在去收他的谢克尔去了。

——那个一辈子都没有发脾气赌过马的白眼卡非尔人吗？公民说。

——那才是他去的地方，莱纳汉说。我刚才遇见班塔姆·莱昂斯，他正想去押那匹马，是我劝阻了他的，他告诉我是布卢姆给他的消息。我和你们赌什么都行，他准是下了五先令，现在赢了一百。都柏林全市就他一人赢了。一匹黑马。

——他本身就是一匹背时黑马，约说。

——嗳，约，俺说，给俺们指一指出去的入口。

——在那儿呢，特里说。

再见吧爱尔兰，俺可去高特了。这么的俺转到后院去放水老天在上（五先令赢一百）俺一边儿放（扔扔一比二十）放出俺那憋得慌的老天俺自己寻思俺看他那模样就知道他（喝了约的两品脱还有斯莱特里酒馆谁的一品脱）心里惦着什么只想拔脚就跑（一百先令就是五镑）那阵子他们在那家（黑马）尿伯克告诉俺的牌局假装孩子病了（老天，恐怕有一加仑了）那个大屁股老婆从管道里传下话来说她好一些了或是她现在（啊哟！）都是计谋好的这么的他若是赢了一大把可以站起来就走要不然（耶稣，俺可真灌足了）无照经营（啊哟！）爱尔兰就是我的民族他说（喔唷！夫索喔！）这些背时的（总算完了）耶路撒冷杜鹃（啊！）谁也比不了他们。

　　不管怎么的，俺回到里面，他们正在大扯特扯。约翰·怀士说，是布卢姆给格里菲斯出了主意，格里菲斯的报纸上才有那各种各样新芬办法的，捣鼓选区啦、陪审团人选上做手脚啦、欺骗政府偷税漏税啦、派代表到世界各地游说、推广爱尔兰实业啦。抢彼得还保罗。老天，有那邋遢眼老兄在那里头搅浑水，事情可就背时完蛋了。饶了俺们吧。天主保佑爱尔兰，别让这帮鬼头鬼脑的倒霉蛋糟蹋了。布卢姆先生和他那一套因此上阳此上的。还有他的老头子，早就是搞欺诈的了，玛土撒拉·老布卢姆，那个背着包裹销货的强盗，弄得全国都是他那些小摆设和一便士一颗的钻石，才自己喝氢氰酸毒死了自己。通信贷款，条件简易。款数不限，签字即支。远近皆宜，无需抵押。老天，他和兰迪·麦克墨尔的山羊一样，遇上谁都愿意陪着走一段路。

　　——反正那是事实，约翰·怀士说。好了，来了一个能原原本本告诉你们的人了，马丁·坎宁安……

　　于是马丁走了进来，问布卢姆在哪里。

　　——在哪里？莱纳汉说。骗孤儿寡母们的钱去了呗。

　　——我刚跟公民谈布卢姆和新芬的事，约翰·怀士说。是事实吧？

　　——不错，马丁说。至少人们是这么断言的。

　　——是谁的断言？阿尔夫说。

　　——我，约说。我缺粮又断盐。

　　——归根到底，约翰·怀士说，犹太人为什么不能像别人一样爱国呢？

　　——为什么吗？杰·J说。他先得弄清楚究竟是哪一个国家呀。

——他究竟是犹太人还是非犹太人，是神圣罗马帝国人还是包襁褓的，还是什么别的乱七八糟的玩意儿？内德说。或是说，他究竟是谁？……

——他是一个反常的犹太人，从匈牙利某地来的，马丁说。仿照匈牙利办法的计划就是他起草的。我们城堡里的人知道这情况。

——他是牙医布卢姆的本家吗？杰克·帕尔说。

——根本不是，马丁说。只是同姓而已。他原来姓费拉格，他那服毒自杀的父亲原是那个姓。是他立据改的姓，他父亲。

——这就是爱尔兰的新救世主！公民说。圣徒与贤人之岛！

——这个嘛，马丁说。他们至今还在等待着他们的救赎者呢。其实，我们也是在等待。

——是的，杰·J说。每生一个男的，他们都认为有可能就是救世主。我相信，每一个犹太人，在弄清自己究竟是公还是母之前，都是处在一种高度亢奋的精神状态中的。

——提心吊胆，只等那一刻，莱纳汉说。

——天主啊，内德说。布卢姆在他那天折的儿子出生以前，那样子才妙呢。有一天我在南市商场遇见他买一听耐夫牌婴儿食物，可是那时离他老婆的产期还有六个星期呢。

——En ventre sa mère，杰·J说。

——你们说，这还算是个男子汉吗？公民说。

——我纳闷，他是不是真进去过，约说。

——这个么，起码还生了两个孩子呢，杰克·帕尔说。

——他猜疑谁呢？公民说。

老天，戏言中常有真情。他就是那类不三不四的角色。尿伯克告诉我，在饭店住的时候每个月还会头疼躺倒一次，像小妞儿来经一样。你们知道俺说的意思吗？那样的家伙，一把抓住扔在背时的海里才是替天行道哩。有正当理由的杀人，这是。然后，五镑装进腰包就溜了，连一品脱的客也没有请，没有人味儿。给俺们多少来一点祝福呀。掉在眼睛里也挡不住光的那么一点点就行。

——与人为善吧，马丁说。可是他到哪里去了？我们可没有工夫等。

——披着羊皮的狼，公民说。那才是他的真面目。来自匈牙利的费拉格呢！我说他是阿哈雪鲁斯，遭天主诅咒的。

现在，这个大克星真的热血沸腾起来了。布卢姆也回来了。

——我刚到法院那边转了一圈找你，他说。我希望现在不是……

——没有事儿，马丁说。我们可以走了。

法院见鬼去吧，你的口袋里都装满了金银！背时的小气鬼。起码也得请我们喝一杯呀。鬼影也没有！这就是犹太佬！一心只顾天下第一。狡猾得像茅房里的耗子。一百比五。

演讲厅外传来一阵尖叫声。（坎贝尔对此打趣道：嗯，很应景。谁有勇气去救一个溺水的人？）

——谁也别告诉，公民说。

——您说什么？他说。

——走吧，伙计们，马丁看着形势不妙赶紧说。快走吧。

——谁也别告诉，公民大吼一声说。这是一个秘密。

那条背时狗也醒过来，发出了一声噪叫。

——大伙儿再见！马丁说。

他急忙把他们都弄了出去，杰克·帕尔、克罗夫顿还是什么的，他夹在他们中间，还做出一副莫名其妙的神气，上了那辆背时敞篷马车。

这里的敞篷马车是一种两轮马车，当马车行进时，人是侧坐在座位上的。

——快走，马丁对车夫说……

可是，老天在上，俺刚放下啤酒缸子，一眼瞅见公民站了起来，步履蹒跚地向门口走去，一边呼哧呼哧地喘着水肿病的气儿，一边用爱尔兰语的钟、书、蜡烛，发出克伦威尔式的诅咒，同时还呸呸啪啪地吐着口水，而约和小阿尔夫两人则像对小魔鬼似的围着他，想叫他安静下来。

——别管我，他说。

老天在上，他一直撞到门边，他们两人抓着他，他大声吼道：

——以色列好！好！好！

正如我之前指出的，严格来说，布卢姆不是犹太人，但他认同犹太人。他说：

——门德尔松是犹太人，卡尔·马克思、墨卡但丁、斯宾诺莎都是犹太人。救世主也是犹太人，他的父亲就是犹太人。你们的天主。

——他没有父亲，马丁说。够了。快驾车。

——谁的天主？公民说。

——好吧，他叔叔是犹太人。你们的天主是犹太人。基督和我一样，是犹太人……

好吧，这个独眼巨人显然丝毫不赞同这种想法。

老天，公民转回身就往店堂里面冲。

——耶稣啊，他说。这个背时犹太佬敢犯圣名，我得砸开他的脑袋。耶稣啊，我要把他钉死在十字架上，非钉不可。把那只饼干罐头递给咱们。

——打住！打住！约说……

老天，魔鬼都没法挡住他，他到底抓住了背时罐头盒子，又奔到外边，小阿尔夫仍拉着他的胳臂，他还像挨了刀子的猪似的大吼大叫，热闹得活像女王御前剧院里唱的背时戏：

——他在哪儿哪，我要宰了他！

内德和杰·J笑得直不起腰来。

——血战一场，俺说。俺要到场听最后福音。

可是刚巧这时候车夫已经把马掉过头去，驾着车走了。

——住手，公民，约说。打住了！

这个罐头盒子相当于独眼巨人向奥德修斯扔的石头，它对街道产生的影响相当于地震。

老天在上，他转身回臂，使劲一扔，掷了出去。天主慈悲，太阳光正晃着他的眼，要不他真要了他的命。老天，他差点儿把它一直掷到了朗福德郡。背时的驽马受了惊，那条杂种老狗着了魔似的追着背时马车，全城的人都在又喊又笑，那只铁皮盒子落在马路上咣当咣当直滚。

随后，叙事文体发生了变化，插入了大量的报纸文体。

这场灾祸来势惊天动地，并且立见后果。邓辛克天文台录到了共计十一次的震动，每次强度均达麦加利震级的第五级，我岛自一五三四年即绸服托玛斯叛乱之年的大地震以来，还从无如此规模的地震活动记录可查。震中位置似为首都法学会码头区和圣迈肯教区境内一方土地，面积四十一英亩①二路德零一方杆或佩契②。执法大堂附近全部豪华住宅均遭摧毁，大堂本身亦顿时化为一片废墟。灾情发生时堂内正在举行重要法律辩论，咸恐堂内人员业已全部活埋在下。据目击者报告，地震波到达时，随同出现旋风性质的剧烈大气紊乱现象。灾后搜索队发现的一顶帽子，现已查明属于深受尊敬的都柏林法院书记官乔治·福特雷尔先生，一柄金把绸伞，把上镌有姓名简写字母、家族徽记、纹章和住宅号码，证明属于博学而受人崇敬的季审法院院长、都柏林记录官弗雷德里克·福基纳爵士，发现地点都在岛国边远地区，前者在巨人堤上第三玄武岩埂上，后者埋在老金塞尔角附近霍尔喷湾沙滩的沙下，深达一英尺三英寸③。另一些目击者证实，当时他们观察到一件白炽放光的巨大物体，以骇人的速度循一道西南

---

① 1 英亩≈ 4047 平方米。——编者注
② "路德""方杆""佩契"均为英制丈量单位。——编者注
③ 1 英寸≈ 2.54 厘米。——编者注

偏西方向的轨迹飞越空中。每小时都有吊唁和慰问函电纷纷来自各大洲各地；教皇体恤民情颁发谕旨，凡属圣座教权统辖下的主教辖区，所有大教堂内一律由教区长主礼，在同一时间内举行一次特殊的 missa pro defunctis[①]，为这批猝然被召离我们而去的忠实信徒的灵魂祈祷。

现在是工作化的语言，某些不同的打捞公司来清理一切：

清理瓦砾、死人残骸等善后工作，已委托不伦瑞克大街 159 号迈克尔·梅德父子公司及北堤 77、78、79、80 号的 T 和 C 马丁公司办理，由康沃尔公爵轻步兵团官兵协助，由尊贵的海军少将、嘉德勋位爵士、圣派特里克勋位爵士、圣殿骑士、枢密院参事、巴斯高级骑士、国会议员、治安法官、医学学士、优异服务勋章获得者、服勋优、猎狐犬主、皇家爱尔兰学会院士、法学士、音乐博士、济贫会委员、都柏林三一学院院士、皇家爱尔兰大学院士、皇家爱尔兰内科医师学会会员、皇家爱尔兰外科医师学会会员赫丘利·汉尼巴尔·哈比厄斯·科颇斯·安德森爵士殿下统一领导。

然后又变成了鲁莽的叙述者的声音。

你这一辈子也没有遇到过这么一档子事儿。老天，要是这彩票砸在他的脑袋上，他可就忘不了金杯了，没错，可是老天在上，公民可得坐班房了，暴力伤人罪，约是协同犯。车夫驾车狂奔，才救了他的一条命，天主造摩西，真是那么回事。怎么样？耶稣呀，真是那么回事。他还朝着他走的方向甩过去一串的咒骂。

——我砸死了他没有？他说。没有吗？

他又对背时狗喊叫：

---

① 拉丁文：为死者举行的弥撒。——译者注

——追他，加里！追他，小子！

独眼巨人放出了大狗，这个我们刚才说过的诗人，去撕咬布卢姆。

俺们最后看到的场面，就是那辆背时马车正在拐弯，老羊脸在车上还指手画脚的，那背时的杂种狗放倒了耳朵拼着背时命追马车，要把他撕个四分五裂。一百比五！耶稣，它可把他中的彩都冲掉了，俺告诉你。

然后，在这一章的结尾，语言风格出人意料地再次发生了变化，这次变成了钦定版圣经^①的风格：

这时节，瞧吧，众人周围出现了一片耀眼的金光，人们只见他站的战车腾空而起。人们见到，战车中的他全身披金光，服装似太阳；容貌如月亮，而威仪骇人，使人们都不敢正视。这时一个声音自天而降，呼唤着：以利亚！以利亚！他的回答是一声有力的叫喊：阿爸！上主！他们见到他，正身的他，儿子布卢姆·以利亚，由大群大群的天使簇拥着升向金光圈中，以四十五度的斜角，飞越小格林街的多诺霍酒店上空，像一块用铁锹甩起来的坷垃。

我认为，这场文学叙述上的虚张声势是无与伦比的。这不就像一场秀吗？一场大秀，在这一章里，你从一个人跳跃到另一个人，并且来回摇摆。

瑙西卡（*Nausicaa*）

布卢姆在经历了这场惊吓后，就去了海滩，想凉快凉快。现在我想给你们一个惊喜，那就是我们要从刚才的叙事文体，进入一种少女杂志的文体：

---

① 钦定版圣经是《圣经》的诸多英文版之一，由英王詹姆斯一世下令翻译。为了让更多未受良好教育的普通人也能知晓上帝的旨意，该部《圣经》词汇量仅八千个，因此十分容易被阅读。——译者注

　　夏日的黄昏已经展开她的神秘的怀抱，要将世界搂在其中。在那遥远的西方，太阳已开始向天际落下，一个去得匆匆的白昼，只留下了最后的红晕，恋恋不舍地流连在海面上、在岸滩上、在那一如既往地傲然守卫湾内波涛的亲爱的老豪斯山岬上、在沙丘海滩那些野草丛生的岩石上，最后但并非最差的红光还落在那宁静的教堂上，那里时时有祈祷的声音穿过静寂的空间，投向光辉纯洁如灯塔的她，海洋之星马利亚，是她的光永远地给暴风雨中颠簸的人心指引着方向。

布卢姆看到三个女孩带着一个婴儿及几个小孩在沙滩上玩耍。

　　三位姑娘正坐在岩石上欣赏黄昏美景，享受那清新而并不太凉的空气。她们常常结伴来到这里，在这心爱的僻静去处，在泛亮闪光的波浪旁边谈点知心话，议论一些女性的事情，凯弗里妹子，伊棣·博德曼带着坐小推车的婴孩，还有凯弗里家的两个鬈发小男孩汤米和杰基，穿水手服，戴配套的帽子，两顶帽子上都印着皇家海军美岛号舰名。汤米和杰基是孪生子，还不到四岁，一对宠坏了的小家伙，有时吵闹得很，但又是令人心爱的小家伙，一对明朗高兴的脸庞，常有一些逗人喜欢的举动。他们正在沙滩上玩他们的小铲子、小桶，一忽儿建造儿童都爱造的沙中堡垒，一忽儿玩他们的彩色大球，尽情享受着长昼的快乐。伊棣·博德曼在来回摇晃那小推车，把车内那胖嘟嘟的小人儿逗得格格格笑个不停。他的年龄只有十一个月零九天，虽然只是个不大会走的小不点儿，却已经开始咿咿呀呀地说一些婴儿话。凯弗里妹子在他车前弯着腰，逗弄着他的小胖脸蛋儿和下巴上可爱的小酒窝儿。

　　——听着，娃娃，凯弗里妹子说。大、大地说：我要喝水。

　　娃娃学着她呀呀地说：

　　——娃娃哈苏。

布卢姆开始凝视其中一个年轻女孩。

　　坐在离女伴们不远处独自凝眸望着远处出神的格蒂·麦克道尔，丝毫不差是迷人的爱尔兰妙龄女郎中最美好的典型，比她更美的无处可觅。凡是认识她的人，没有不夸她是美女的……她的身段纤巧苗条，甚至有一些近于纤弱……她的脸庞白净如蜡，透出象牙般的纯洁，产生一种几乎是超越尘世的神态，然而她的玫瑰花苞般的小嘴，却又是地道的爱神之弓，是完美的希腊式嘴唇。她的纤细纹理的雪花石膏似的手，十指尖尖，用柠檬汁和油膏女王擦得白而又白……身上，有那么一种天生的高雅气质，有那么一种无精打采、高贵如女王的风采，从她那双娇小的手和高高弓起的脚背上可以明确无误地看出。如果仁慈的命运另作安排，让她出生就自有大家闺秀身份，使她能受上等教育之益，格蒂·麦克道尔轻而易举地能和国内的任何一位女士相比而毫不逊色，身穿精美衣袍，头戴珍珠宝石，脚边是显贵的求婚者争先恐后地向她献殷勤。也许，正是这种本来有可能出现的爱情，使她那眉目娇柔的脸上，有时露出一种凝重而有所压抑的表情，在那双明媚眼睛中平添了一种奇妙的有所向往的神色，见到的人很少不为之倾倒。女人的眼睛，为什么能有这样的魅力？格蒂的眼睛，是爱尔兰蓝中最蓝的颜色，配着亮晶晶的睫毛和富有表情的深色眉毛……但是格蒂最足以自傲的，是她那一头好极了的秀发。颜色深棕而有天然的波纹。因为今天是新月，她早上刚剪了剪，一簇簇地围在她那秀丽的头上显得特别浓密好看，她还修了指甲，星期四财气好。刚才……面颊上泛起了一片红晕，鲜艳如同一朵最淡雅的玫瑰花，她那天真无邪的少女羞涩真是可爱极了，完全可以肯定，在天主的爱尔兰这整片美好国土上，没有一个人能比得上她。

与此同时，海滩后面山上的一座教堂里，正在进行一场男士的静修会。

这时空中传来了歌咏声和响亮的风琴圣曲声。这是耶稣会教区传教士长可敬的约翰·休斯主持的男人节酒静思会，念玫瑰经、讲道和举行最神圣的圣体降福。他们在经受了这个令人疲倦的世界中的狂风暴雨之后，来到那波涛之畔的简朴殿堂内，不分阶级地相聚一堂（这是最能给人启迪的景象），跪在纯洁无瑕者的脚下，吟诵洛雷托圣母祷文，祈请她为他们说项，那些熟悉的老词，神圣的马利亚，神圣的童贞女中之童贞女。

因此，当布卢姆专注于海滩上的这些年轻女孩时，一支男性合唱团正在唱圣母颂歌。然后：

……杰基·凯弗里大叫起来：

——唷，看，妹子！

大家都看是不是片状闪电，可是汤米也看见了，在教堂旁边的树丛上，蓝的，然后是绿的和紫的。

——放烟火了，凯弗里妹子说。

于是她们都乱哄哄地冲下海滩，以便越过房屋和教堂看烟火，伊棣推着博德曼娃娃坐的小车，妹子拉着汤米和杰基的手，以防他们跑着摔倒。

——来吧，格蒂，妹子喊他。是义市的烟火。

但是格蒂不为所动。她没有听随她们摆布的意思。她们尽可以像不要脸的女人那么狂奔，她可坐得住，所以她说她这里看得见。那一双盯住了她不放的眼睛，使她的脉搏加快，突突地刺激着她。她看了他一眼，视线相遇时，一下子一道光射进了她的心里。那一张脸盘上，有白炽的强烈感情在燃烧，坟墓般默不作声的强烈感情，它已经使她成了他的人。现在他们终于单独相处，没有旁人来探头探脑七嘴八舌的了，她知道他是可以信赖至死不渝的，一个品格高尚、直到指尖都绝无半点含糊的人。他的双手，他的面部都在动，她也感到全身一阵震颤。她向后仰起身子去看高处的烟火，双手抱住了膝盖以免仰天摔倒，周围没有人看见，只有他和她……

当烟花绽放时，布卢姆有了一个荒谬的小遐想。他色眯眯地扫视格蒂，他的思绪也朝着这样的方向发展，最终他达到了高潮。然后格蒂离开了，向其他人那边走去。

缓缓地，头也不回地，她沿着不平坦的海滩向下走去，向妹子、伊棣、杰基和汤米·凯弗里、博德曼小娃娃那边走去。夜色更浓了，海滩上有石子木块，还有很滑的海草。她走路的姿势文静而有尊严，很符合她的性格，但是走得很小心很慢，因为——因为格蒂·麦克道尔是……

靴子太紧吗？不对。她是个瘸子！啊哟！

布卢姆先生望着她跛行而去。可怜的姑娘！怪不得别人都奔跑走了，她却留下不动。我看她的神气，就觉得有一些不对头的地方。失恋的美人。

可以看出布卢姆是一个极富同情心的人。那么，现在让我们准备迎接接下来的两章，它们是奥德修斯部分的终曲。

太阳神牛（*Oxen of the Sun*）

这洋洋洒洒而又妙笔生花的一章是本书中最难的章节之一，它以一系列与英国文学发展相呼应的文体写成。在我们谈到这场大挑战之前，让我先给大家一些线索。

　　首先，布卢姆听说一位名叫普雷弗伊夫人的好心人在分娩时遇到了困难（注意这是荒原主题），所以他去妇产医院慰问她，看看她怎么样了。在医院的探视室里，他遇到了斯蒂芬，他和他的一群医学生密友坐在一起，口无遮拦地谈论着受孕、妊娠、分娩、母性、婚姻、上帝、教会和宇宙的奥秘。

　　当这些男孩不敬地谈论女性、分娩等相关话题时，乔伊斯在不断地进行着文体上的实验。随着他们讨论胎儿发育的不同阶段，文学风格本身也在发展。正如婴儿在母亲的子宫中成长一样，英语也在英格兰的子宫中成长。这一章以古代凯尔特编年史的文体开始，再变成盎格鲁－撒克逊史诗的文体，然后向下穿越英国文学的各个时代。此外，正如有卵子和精子一样，也有凯尔特文体和盎格鲁－撒克逊文体的两极之分。

　　本章以对太阳的原始的祈祷，并将其作为生育之源开始。

　　Deshil Holles Eamus. Deshil Holles Eamus. Deshil Holles Eamus.

　　灿灿哉，明亮哉，霍霍恩，赐予胎动乎，赐予子宫果实乎。灿灿哉，明亮哉，霍霍恩，赐予胎动乎，赐予子宫果实乎。灿灿哉，明亮哉，霍霍恩，赐予胎动乎，赐予子宫果实乎。

　　啊唷唷，男的呀男的啊唷唷！啊唷唷，男的呀男的啊唷唷！啊唷唷，男的呀男的啊唷唷！

　　Deshil 是爱尔兰语，意思是"顺时针方向走"[28]。Holles 是医院所在街道的名字。Eamus 是拉丁语，意思是"让我们走吧"。所以，整个短语是一种吟唱，意思是"让我们顺时针方向去霍尔斯街"。"灿灿哉，明亮哉，霍霍恩，赐予胎动乎，赐予子宫果实乎"是祈求生育的符咒。"啊唷唷，男的呀男的啊唷唷！"是"哎呀！一个男孩！一个男孩！"的乱序句。

接下来是拉丁文本的英文翻译文体，想象一下如果你按照字面意思翻译一部古老的拉丁文编年史，你会得到什么。这一部分的第一句话可以归结为："对分娩母亲的照顾是一个体面社会的最好标志。"你可能会说，这些文字是"英语中未受精的卵子"，它在等待精子。

民族如不能传宗接代而逐代增殖则为诸恶之源，幸而有之则为万能之大自然所赐纯福，而全民对此是否日益关注，在其他情况均为一致条件下，则较一切辉煌外表更足以表明民族之兴盛，此实为所有学问最渊博因而其高深思想修养最受尊敬者一致公认而经常阐述之理，而不明此理之人，则普遍被视为缺乏见地，无法理解睿智者认为最有研究价值之任何事物矣。

现在精子来了，以盎格鲁－撒克逊头韵诗的文体出现。[29]

婴儿出生之前，即已有福。身居子宫，已受崇拜。一切与此有关之事，均从丰办理。床前有助产婆守护，食物营养丰富，襁褓极为干净舒适，仿佛分娩已在进行，一切早有预见，而且准备就绪……

就这样，我们被生下来了。接着，布卢姆来到霍恩妇产医院门口。

夜晚已来临，旅人立门畔。汉兮以色列，浪迹天一方。悲悯赤子心，独来访此院……

精心守产房，忽闻善人至，起立披头巾，将门为渠开。

护士让布卢姆进来了。

突见岛西天，闪电刺人眼。

一道道闪电在天空中闪现。

深恐人类罪，触怒上天心，神将遣洪水，毁灭全人类。

仿佛一场大洪水即将来临。

胸前画十字，基督受难像，彼女引彼男，速速进伊房。

她在胸前画了画十字，说："进来吧。"

彼男领盛情，步入霍恩院。

来者恐唐突，持帽厅中立。此人九年前，曾住妹家房，爱妻并娇女，均在屋中居；海陆九年游——

布卢姆认识这个护士，因为他和妻子曾经和她住在一起，但他已经九年没有见过她了。

港边曾邂逅，彼女一鞠躬，彼男未脱帽。

曾经某一次邂逅，他没有向她鞠躬致意。

今日渠请罪，缘由叙分明，妹颜殊年轻，瞬间未及辨。

看吧，布卢姆知道怎么推诿。

此言多恳切，深获彼女心，眼中闪光辉，双颊飞红霞。

伊眼往下垂，见其黑丧服，心中猛一惊，深恐有噩耗。

还记得吗，他穿着黑丧服是因为要参加葬礼。

噩耗非事实，伊心甚欣喜。

当他告诉她"一切安好"时，她很高兴。

客向伊探询，彼岸欧大夫，有无新消息。

欧大夫（奥黑尔医生）去世了，布卢姆本以为会在这里见到他。

> 彼女长叹息，大夫已升天。来客闻此言，悲往腹中沉。女敬天道
> 正，未愿鸣不平，但云友年轻，早死实可悲。

上帝的道路不是我们的道路[①]，这太糟糕了。

现在正如我提到的，当布卢姆到达时，斯蒂芬和医学生正在候诊室里，所以布卢姆进去加入了他们的聊天。他出于对普雷弗伊夫人的同情而加入聊天，但很快就被他们关于受孕、分娩和畸形胎儿的不虔诚的、野蛮的、掉书袋式的谈话所排斥。布卢姆想起了莫莉和他们失去的孩子。就在这些年轻人说话时，巨大的危机来了。你看，这里是这本书的中间部分，荒原主题将产生，这些主要人物的无意义的、地狱般的自我封闭将开始破裂。

因此，在斯蒂芬一直对上帝发表相当粗鲁的言论时，突然间——砰！一声惊人的雷声响起。

> 近处街上忽应声而作巨响，呜呼，其猛烈犹如爆炸。左侧掷槌者托尔突然大发雷霆。使之心悸之雷暴到矣。林奇君嘱之曰，讥嘲与耍弄才智需加小心，因天神已怒其邪魔外道之论调矣。众人均能察觉，原先高唱反调如斯气壮之人……

> ……斯蒂芬，一直非常害怕雷声……

> 竟已脸色苍白而缩成一团，如此高昂之语调竟已突然垮下，其心脏随同隆隆雷声而在胸腔之内震悚不已。

为什么斯蒂芬会如此害怕？因为他在那种声音中，在街道上的喧闹声中，听到了通过现象所揭示的警告咆哮声，声音来自正在逼近他的上帝。可以说，这是对他早晨冥想的超然内在的突破，是 contransmagnificandjew-BANG-

---

[①] 《以赛亚书》中，耶和华说："因为我的意念不是你们的意念，你们的道路也不是我的道路。"此处指上帝很少会完全按照我们的想法去做。——译者注

tantiality。

因此，在乔伊斯的设想中，雷神（Thor）极度愤怒的这一时刻与维柯（Vico）的想法相吻合。维柯认为这是人类对上帝的第一次认知，即人类必须服从的更高的权力是通过雷声传来的。维柯在一部名为《新科学》（*The New science*）的著作中，将历史情境视为在一个周期中运动，他称之为人类的四个时代：巨人的时代、父亲的时代、儿子的时代和人类的时代。一个循环之后又回到巨人时代，即混沌时代。

维柯的循环始于巨人的时代，当时人们是无神论的野蛮人，像野蛮、残暴、凶猛的动物一样为了各种物品而互相争斗。这时，雷声响起，有人听出这是上帝在威吓和惩罚人类所发出的声音，也有人不这么认为。但那些在雷声中认出上帝声音的人，意识到他们一直过着一种兽性和非人的生活方式，从而转向了体面的生活。他们变成了敬畏上帝的、实行一夫一妻制的灵魂。他们发展农业，虔诚地辛勤耕作来养家糊口。于是，下一个阶段开始了，父亲的时代，族长们听到了上帝的话语，并将文明带入了超越野蛮的阶段。维柯认为这个时代是新石器时代的开始。

于是，这些开荒者辛勤劳作，他们把精力投入农业中，积累了财产并获得了财富。于是来到了儿子的时代，那些没有听到过神的声音的贵族，继承了神对他们父亲说过的知识，正如他们继承了父亲的财产一样。与此同时，那些没有听到上帝声音的野蛮人的孩子们，在大庄园外看到里面的一切是如此繁荣昌盛，他们也想进去。后来，虽然他们被允许进入，但又必须为盘踞一方的权势卖力干活，由此变成了奴隶、农奴、仆人。

然后儿子们开始听到为他们卖力干活的人说："哦，你是谁，凭什么拥有所有的财产？为什么我们不能也有一些？"这些人提出各种理性和道德的论据来支持他们的主张。我想我们都认可这个主题。所以现在我们进入第四个时代，人类的时代，所有的财产被民主地分配，没有人听得到上帝的声音，甚至可以说没有人继承道德秩序。那么人民对什么感兴趣？只对他们的所有物，即财产感兴趣。于是他们又开始了争斗，而我们又回到了巨人的时代，那时人类第一次听到了雷声中上帝的声音。

因此，乔伊斯在《尤利西斯》的中间用惊吓斯蒂芬的雷鸣声引入了维柯的主题。当我们读到《芬尼根的守灵夜》时，我们会听到雷声在书的开头响起，我们会看到乔伊斯用维柯关于人类循环时代的故事，来作为一个系列化主题的中心。

现在，回到我们的故事，当"街上猛烈如爆炸的巨响"向他怒吼时，斯蒂芬感到非常害怕。

> 然而夸口说大话者大声宣称，一位非人老爹（Nobodaddy）酒醉而已……

Nobodaddy 是布莱克对旧约之神的称呼。

> ……实属无关紧要，渠将仿效而行，不致落后也。

"哦，我也会喝醉的。"斯蒂芬吹嘘道。

> 然而此言仅为掩饰其极端惶恐之真情，渠已畏缩在霍恩大堂之内不敢抬头矣。渠确乎浮一大白，聊以壮胆而已，因此时长雷滚滚而来，震天撼地，马登君始终胸有成竹俨然如神，闻浩劫之霹雳时竟敲击其肋部……

现在布卢姆转身安慰斯蒂芬。

> ……而布卢姆君则在夸口者之侧以好言抚慰其惊恐，宣称所闻仅为喧闹之声而已，须知此系雷暴云砧释放流质，一切均属自然现象也。

这是书中第一次暗示了同情，随着同情被唤起，布卢姆和斯蒂芬开始走到了一起。

> 然而，青年吹牛家之恐惧，因抚慰者之言而消失乎？未也，盖其胸中有一巨刺名曰怨恨，非言词所能消除者也。然则彼既非镇定如一人，复非俨然如神似另一人乎？曰，彼固愿如其中之一也，惟力不从心，未能如愿耳。

斯蒂芬为自己的那种"异教徒"行为而感到良心不安，布卢姆的话并没有让他平静下来。

> 然则彼幼时曾依圣洁之瓶而活，如今胡不设法复获此圣瓶？曰，此道不通也，天不其宠无以获瓶也。然则于此霹雳之中，所闻系上天生育者之神意，抑系抚慰者所言之自然喧闹现象而已？曰，闻乎？岂能不闻乎？除非堵塞理解之通道也（彼未堵塞）。

你看，斯蒂芬意识到了这个事件隐含的神话色彩。[30]

> 彼已自该通道获悉，彼所在为现象之域，彼终有一日将死，盖因彼与众人同为过眼云烟也。然则彼不愿随众死去而烟消云散乎？曰，断非所愿，不能不死耳，彼亦不愿再学男人与妻室所作之表演，彼等固因现象之规而按经书权威办事。

因此，随着布卢姆对斯蒂芬展示出慈父般的同情，也考虑到斯蒂芬的年龄，这个明显陷入精神困境的年轻人本可以成为布卢姆的亲生儿子，这两人的转变已经开始。从同情被表达的那一刻开始，斯蒂芬的骄傲态度逐渐瓦解，并最终为向前一跃达到相互同情开辟了道路，带领他超越已破裂的防御，去真正体验到至少有几小时与另一个人的同体的奥秘。他整天都在思考这个奥秘，尽管是用一种抽象的、神学的、中世纪的术语进行的纯脑力的表述。这就是这本书中人物身上发生的转变。有评论家说《尤利西斯》不是小说，因为它没有人物的转变。而人物的转变就在这里，同情打破了斯蒂芬和布卢姆的自我封闭。其实，也可以说这个主题，这个问题才是这部作品的主要主题和关注点。

现在我们来到另一个非常有趣的时刻。布卢姆正专注地看着一瓶巴斯啤酒（Bass Ale）。巴斯（Bass）是一种鱼的名字，这种鱼是基督早期的象征之一。巴斯啤酒的标签上有一个红色三角形，象征着一种警告，一种精神。就在布卢姆盯着这个红色三角形的时候，莱纳汉正要打扰他，但壮鹿马利根阻止了他的插话，并且说：

> 要保持德鲁伊德式的肃穆。他是灵魂出窍了。被人从梦幻中惊醒，兴许和从娘肚子出生一样痛苦哩。任何事物，只要你对它集中注视，都可以成为通向天神们的不毁伊涌之门。

我之前在审美经验方面提到过这个基本主题。任何物体都能重新揭开宇宙的神秘面纱。任何物体，一根棍子或一块石头，一条狗或一个孩子，你可以在它周围画一个圈，使它被视为与其他任何事物分开，这样去思考它神秘的一面，而存有自身（its being）的神秘的一面，也是整个存在（all being）的神秘的一面。然后，它将在那里成为一个适当的观摩对象。因此，任何物体都可以成为冥想的基本物体，因为人、自然和其他一切的全部奥秘都在你想要关注的任何物体中。这个想法是乔伊斯的书和他的艺术的灵感来源，也是我们在妇产医院的那小段时间里所得到的。

现在，在打破僵局的巨大雷声出现后不久，就传来孩子出生的消息，同样，斯蒂芬也要孕育出一个新的人了。文中还用了一段有趣的小片段描述了母亲的欣慰。现在的这种风格已经完全达到了狄更斯的水平，所以我们用狄更斯的语言来解读这种诞生：

> 却说那时，由于医生的技术与耐心，一次 accouchement[①] 已经大

---

① 生产，分娩。——编者注

功告成。对于医生和产妇，这都是疲劳而又疲劳的过程。一切外科技术中可用的办法，全都已经用上，而勇敢的妇人也临危不惧，出力配合。她确实做到了。她出力打了一场漂亮仗，现在她非常、非常快乐。那些已经走过的人，那些过来人，低头看着这动人的景象也发出快乐的微笑，都肃然起敬地望着她躺在那里，眼中放出母性的光辉，露出新生婴儿的母亲渴望摸到小手的神色（多可爱的景象呀），口中默默地向天上那一位，向那普世丈夫做着感恩的祈祷。而当她的慈爱的眼光落在婴儿身上的时候，她只希望再获得一项祝福，那就是希望她的多迪也能在她身边，和她同享她的欢乐，能将他俩的合法交欢所产生的这块上帝的小泥土送入他怀中。他现在是上了一点年纪（你我可以说这么一句悄悄话吧），脊背也稍稍弯了一点，但是，厄尔斯特银行学院草地分行的这位认真负责的副会计师，却随着岁月的转移，现出了一种庄严尊贵的神态。啊，多迪，我的亲爱的老人儿，我的忠实的人生伴侣啊，今后也许再也不会有了，那遥远的玫瑰盛开的往昔时光呀！她摇着好看而已显老态的脑袋，回忆着从前的光景。上帝啊！现在隔着年月的雾霭看去，那一切是多么美啊！但是在她的想象中，他们的孩子们，她的也就是他的孩子们都围在床边呢：查利、玛丽·艾丽斯、弗雷德里克·艾伯特（假如他活着的话）、玛米、布琪（维多利亚·弗朗茜丝）、汤姆、紫萝兰·康斯坦丝·露易莎·小宝贝鲍勃赛（这名字是仿照我们的南非战争著名英雄，沃特福德和坎大哈的勋爵鲍勃斯而取的），以及现在这一个，他俩结合的最新信物，一位名副其实的皮尤福侬，长着地道的皮尤福侬家的鼻梁。这位前途无限的新人物将取名莫蒂默·爱德华，仿照皮尤福侬先生那位在都柏林城堡中的财政部收债处任职的颇有声望的远房堂兄的名字。时间老人就是这样摇摇晃晃地走过去了，可是他老人家路过这里时的手脚是轻柔的。是的，你啊，亲爱的温柔的米娜，你并不需要长吁短叹。还有你多迪，当那灭灯的钟声为你敲响的时候（愿它还在遥远的将来），把你那使用多年而仍然心爱的欧石南根烟斗中的烟灰敲掉，把你诵读圣书所用的灯火熄灭，因为灯油也已经耗去不少，然后，带着宁静的心情上床休息吧。他老人家是知道的，到时候自会来招呼你的。你也打了一场漂亮仗，忠实地尽了你作为男人应尽的义务。先生，我向你伸出我的手。你尽到了你的责任，你是忠心耿耿的好仆人！

于是，孩子出生了。就像孩子离开了母亲的身体一样，候诊室里的人群在出生的消息宣布之后，冲出了妇产医院。就像英语冲出了英国，变成了包括美国在内的一些国家的各种土语和方言。

现在，这些年轻人在街上大喊大叫，跑来跑去，其中一些人打算去妓院。某个地方发生了火灾，我们听到一个消防装置的轰鸣声，还听到一位美国卫理公会的煽动者关于以利亚的布道声。[31]

嘿，那边那个穿雨褂的是什么鬼家伙呀？风尘仆仆的罗兹。瞧他穿的。天老爷呀！他身上还有肉吗？大庆羊肉。得要浓缩牛肉汁，詹姆斯哪。非得有那个才行呢。看见那双破袜子了吗？是里奇蒙德疯人院那个褴褛怪物吗？可不是吗！认为他的阴茎中有铅沉积。短暂性精神失常。我们管他叫巴特尔面包。先生，他原来还是一个富足户哩。破衣烂衫穿一身，娶个姑娘苦伶仃。跑了，女的。这就成了眼前这样失魂落魄了。身披雨褂走孤峡。灌足了睡大觉吧。规定时间到了。小心警察。对不起，你说什么？今天在一个葬礼上见到他啦？你的一个老朋友交账了？主发慈悲吧！可怜的小鬼头们！真是你说的那样吗，波尔德吃素的！大人朋友派德尼让人装进黑袋子拖走，也哇啦哇啦哭鼻子吗？黑人满天下，就数派特先生顶顶好。我从呱呱落地，从没有见过这么好的人。Tiens, tiens[①]，但是真是伤心，那事，实在的，真是。嘿，去你的吧，在九分之一的坡度上加速。活轴驱动没戏了。敢

---

① 此处金隄注释：法语语气词，表示惊讶、不完全同意等情绪。——译者注

赌你个二比一，杰纳齐能打他个落花流水。日本佬吗？高角度火力，是吗？击沉了，战事特讯说的。他要倒霉的，他说，跟俄国佬一样。时间到了。大伙儿。十一下了。都走吧。走吧，晕晕乎乎跌跌撞撞的！晚安了。晚安了。愿杰出者安拉今晚保护你的灵魂无限美好。

大家注意！我们没有那么醉。利斯警士试了试。利希鸡希。他吐了，防着点儿鹰犬。他的豆子不大好。呕喀。晚。莫娜，我的诚诚的爱人。呕喀。莫娜，我心上的爱人。呕喀。

听！收起你们的瞎吵吧。呼啦！呼啦！着火了。看，在那边呢，救火车！倒转航向。蒙特街方向。抄近路！呼啦！台咧嗬！你不来？跑吧，快，冲吧。呼啦啦！

林奇！怎么样？参加我这儿吧。登齐尔胡同这边。从这儿换车上窑子。我们俩，她说，要去找半开门的玛利亚所在的那档子地方。没有错儿，随时都行。Laetabuntur in cubilibus suis.① 你也来吗？说句悄悄话，这个一身黑不溜秋的家伙是什么人呀？嘘！戕害光的，现在他来用火审判世界的日子快到了。呼啦！ Ut implerentur scripturae.② 唱一支歌谣吧。随后那医科生狄克开了口哪，对他的伙伴医科生戴维呀。基督不点儿，梅里恩会堂上这个大粪黄的福音师是谁呀？先知以利亚来了！用羊羔的血洗的。来吧，你们这些葡萄酒不离口、杜松子酒不松手、辣白酒灌个够的芸芸众生！来吧，你们这些该死的公牛脖子、甲虫眉毛、猪仔嘴巴、花生脑子、鼬鼠眼睛的赌棍、骗子、赘物！来吧，你们这些三次提炼的纯粹孬种！亚历山大·约·基督·道伊，这就是我的姓名，扬名将近半个地球，从旧金山海滨直到海参崴。神可不是一毛钱一场的歌舞戏法。我告诉你们，他老人家可是实实在在的，毫不含糊的一笔好买卖。他老人家是最最了不起的货色，你们可

---

① 拉丁文：愿他们在床上高声歌唱。出自《圣经》。——编者注
② 拉丁文：以便应验经上的话。——编者注

别忘了。要想获解救，就得喊耶稣王。你，那头的罪人哪，你想糊弄全能的上帝，可得赶大早爬起床才行呐！呼啦！可没有那么便宜的事儿。他老人家在后边口袋藏着一瓶给你用的咳嗽药水呢，特别有效的，朋友。你来吧，一试便知。

在这一章结束时，斯蒂芬和这帮粗人喝得酩酊大醉。布卢姆对这个小伙子有着慈父般的关心，他不愿意看到他在这种状态下和那些家伙一起去那个地方。他想："好吧，我跟着他，看着他。"于是，布卢姆跟着斯蒂芬和他密友林奇来到了妓院。下一章将会发生启蒙，它将让斯蒂芬和布卢姆变得支离破碎，无法修复。

喀耳刻

前奏

现在我们翻到《喀耳刻》一章，来看看女人的视角。故事发生在都柏林的妓院夜市区，发生在充满诱惑的喀耳刻女神的王国里。这一章长达147页，约占全书的四分之一。

在《尤利西斯》中，到目前为止的每一章都是一首自成体系的小歌，各有各的风格和节奏。然而，乔伊斯的总体风格基本上是一种旧式写作，大致还是在属于自然体验的范畴内创作，伴随着《奥德赛》的多种变调和回响，让人感觉所发生的事情是人们在几个世纪以来曾经以这样或那样的方式经历过的事情。相比之下，《喀耳刻》一章是以戏剧形式写成的。此外，当布卢姆和斯蒂芬进入妓院世界时，他们的自我情结正在被化解，且释放出的能量下降到无意识中，激活了荣格所说的自主情结（the autonomous complexes）。另外，随着他们进一步下降到无意识的海洋，两人开始产生幻觉，于是，一种幻觉世界与肉身世界融合在一起。因此，乔伊斯在文本和意象中都是将想象的经历与真实的经历交替进行，以此让我们处在一个幻觉和客观事实交织的领域。我们正朝着我们将在《芬尼根的守灵夜》中获得的东西前进。

作为对这个极其复杂的一章的指南，现在我想提出几个观点，来引出布卢姆的经历，以及斯蒂芬与他的关系的主题。

第一点，布卢姆正在寻找一个儿子。他曾有一个儿子叫茹迪，但他去世了。如果这个小男孩还活着，他在 1904 年应该已经 11 岁了。所以布卢姆是一个被剥夺了儿子的父亲。然而，在布卢姆年轻的时候，他与一个叫布里迪·凯利的女孩有染，可能已经生过一个儿子了。[32] 因此，在布卢姆的想法中，斯蒂芬扮演了他可能的儿子的角色。

另一点，布卢姆脑子里有很多伪科学的想法，有很多信息和误传，还有一个物体下落定律（32 英尺每二次方秒）① 的主题不断地回到他的脑海中。布卢姆的儿子现在 11 岁了。《尤利西斯》中的 11 和 32 这两个数字将在《芬尼根的守灵夜》中以有趣的方式反复出现：1132、1132、1132。比如，作为一个日期、一个法律的代码、一个地址，以及许多其他方式。西 11 街 32 号，每当我经过那所房子时，我都会向它脱帽致敬。1132 是什么意思？好吧，"32 英尺每二次方秒"让我们知道曾经有过坠落，而 11 让我们知道有过某种复活。关于数字 1132 还有另一方面可以参考。有一次，我不知为何读到了圣保罗的《罗马书》，偶然看到里面的一段话，在我看来这正是《芬尼根的守灵夜》的全部内容："上帝让所有人不顺服，以便他向众人施怜悯。"给上帝一个机会，不要顺服。犯罪吧！正如路德所说，"大胆犯罪！"因为罪是唤起上帝怜悯的东西。这与我们在圣周六的天主教弥撒中读到的经文有关："O felix culpa！"（哦，有福的罪过），也就是亚当和夏娃的堕落，唤起了救世主的原罪。如果没有堕落，就不会有救世主，"哦，快乐的堕落！"因此，当我读到圣保罗书信中我认为是《芬尼根的守灵夜》的关键段落时，我写下了参考文献。猜猜它是什么？《罗马书》

---

① 原文为 "thirty-two feet per second per second"。——编者注

第 11 章 32 节。这是数字 1132 主题的另一个角度。

更深入的一点，布卢姆在都柏林游荡时脑海中的另一个主题是视差，这个概念支配着《喀耳刻》一章的构建。任何使用对焦相机的人都知道什么是视差：相机镜头在下方，但观察者在上方，因此你必须对此进行校正，而校正的角度就是视差。视差也应用于天文学。假设你想测量一颗恒星到地球中心而不是到你的望远镜所在位置的距离。你怎么找到应该有的角度？让视差到达地球中心的方法分别是从地球顶部和底部观察恒星。所以，你从你所在的地方看这个角度，然后等 12 小时，直到地球转了 180 度后，你从新的方向看。旧角度和新角度之间的关系就是你的视差。同样，在《尤利西斯》中，斯蒂芬和布卢姆提供了两个视差角，即顶部和底部的视角。当你把斯蒂芬的视点和布卢姆的视点放在一起时，你就得到了人的中心。这就是《喀耳刻》一章的呈现方式，它从两个平行的角度，一个是斯蒂芬和他的朋友林奇进入妓院的角度，另一个是布卢姆跟在他们后面的角度。

此外，如果你在一张纸上画出视差角，就会得到一个看起来像小弓的图形，即《尤利西斯》的弓，它把箭射向靶心。你可能还记得在《奥德赛》中，珀涅罗珀提出了一个测试，用来从求婚者中挑选丈夫。她要嫁给能用奥德修斯的弓箭射穿 12 把斧头的人，12 是黄道 12 宫的星座数量，12 也是布卢姆逃过一劫的章节数。最终是乔装归来的奥德修斯拉开了弓，用箭射穿斧头，然后杀死了求婚者。

这张弓的形象也暗示了乔伊斯的另一个主题：唵（梵文 OM 或 AUM 通用）的奥秘，这是在《曼都卡奥义书》（*Mandukya Upanishad*）中提到的那个伟大的梵文神秘术语。

在《奥义书》上挂上无与伦比的弓，挂上虔诚崇拜的利箭；然后全神贯注，心融于爱，拔出箭，射中目标——不朽的梵天。

　　OM 是弓，箭是个体存在，婆罗门是目标。用一颗平静的心，瞄准。在他身上迷失你自己，就像箭在目标中迷失一样。[33]

　　AUM 这个词，分析起来，它指的是灵魂的三个领域：意识、梦的意识和无梦睡眠的黑暗领域。人类心灵的这三个领域必须都结合在一起，然后才能将箭射到中心。这个观点是布卢姆在整个《尤利西斯》中冥想到的视差主题的终极意义。

夜市区

　　终于，斯蒂芬和他的同伴林奇一起踏上了名副其实的夜海之旅，进入鲸鱼的肚子，进入妓院的夜街，进入仙女喀耳刻的魔法岛和她那能把人变成猪的猪圈。乔伊斯将都柏林的妓院描述为一个非常肮脏的地方，在那里人们很可能会被变成猪。但正如我们从《奥德赛》中知道的那样，变成猪也有一定的好处，在奥德修斯设法迫使喀耳刻把他的手下重新变回男人后，他们变得比以往任何时候都更年轻、更英俊、更强壮。

　　我们进入这一章里的妓院区，就像进入了冥界，一个相当肮脏、令人不快的地方：

　　（夜市区入口之一的迈堡特街，街前有一片未铺石面的电车岔线场，上有骨骼似的轨道、红绿鬼火和危险标志。一排排满是污垢的房屋，门口黑洞洞的。偶或有几盏灯，带着模糊的扇形虹彩。一辆拉芭约蒂售冰船车停在路上，周围围着一些矮小的男女，吵吵嚷嚷的。他们抓了一些夹着珊瑚色、紫铜色冰糕的饼干，一面吮着一面缓缓地散开了，是一些儿童。天鹅冠顶般前低后高的售冰车，又在朦胧夜色之中继续前移，在受到灯塔照射时方显出白蓝颜色。口哨召唤声和回答声响了。）

召唤声

等着我，心爱的，我就来找你。

回答声

绕到马厩后面去。

（一个又聋又哑的白痴，鼓着他的金鱼眼，畸形的嘴边流着口水，身子不断地发出圣维特斯舞蹈病的抽搐，一瘸一拐地走过。儿童们手拉手围住了他。）

儿童们

左撇子！敬礼！

白痴

（举起瘫坏的左臂，含糊地）请乙！

儿童们

大亮光在哪边？

白痴

（嘎嘎如火鸡叫）奇奇奇契衣。

（斯蒂芬左手挥舞着白蜡手杖，用欢欣的音调吟诵复活节专用的进阶经。林奇陪着他，头上的赛马帽低压着脑门，脸上露出不满意的冷笑。）

斯蒂芬

Vidi aquam egredientem de templo a latere dextro. Alleluia.

（一个上了年纪的鸨母，从一个门洞里伸出饥饿的长龅牙。）

　　斯蒂芬在逾越节、复活节节庆期间，也就是纪念基督的死亡和复活的日子，进入了冥界吟诵拉丁语弥撒，他留下了肉体，在精神上走向天父。斯蒂芬走在自己的轨道上，对周围的环境漠不关心。

　　与此同时，布卢姆耐心地跟随斯蒂芬和林奇进入夜市区，来保护，也可能是拯救斯蒂芬，斯蒂芬现在已经引起了他的关注。但他跟丢了，不得不走街串巷地寻找这些年轻人。他晕头转向地走进了一家肉食店买东西吃。片刻之后，他差点儿被一辆有轨电车撞到。此处指的就是撞岩，传说中一对碰撞在一起的岩石，布卢姆正穿过这个对立面，进入光之外的世界。

　　所以现在脆弱的布卢姆身处神秘的领域里，在淫荡的暗夜之地被施了魔法。他那被激活的想象力开始从他心灵的甲板下喷涌而出，喷出了整条被荣格称为"个人无意识"的下水道，那些被压抑的、几乎被遗忘的冲动，那些关于欲望和羞耻的记忆，以及性幻想，从婴儿期开始一直在甲板下流淌，可以说，在那里积累了一个永恒的、骚动的、腥臭的底舱。当他试图在妓院区找到自己的路时，他开始想象他认识的人在那里看到他时会发生什么，他想："如果某某看到我怎么办？万一某某看到我怎么办？"

　　然后，古怪的事实与幻觉的轻微反差并列现象出现了。他死去的父亲来了，吓唬了他一阵子，然后是他死去的母亲。而当布卢姆在所有这些不同的经历中徘徊时，死人、活人和虚构的人，所有人都加入一起，作为他进入夜市区这一非法领域的内疚感的外化表现。然后他想象的警察出现了，突然他幻想自己正在受审。一群虚构的品格见证人来支持他，并解释说他正在红灯区执行一项慈善任务：他在做善事，他已经行善了，等等。然后，在布卢姆的幻想中，三位时髦的女士出现了，她们"作证"指控他。

耶尔弗顿·巴里太太

　　（身穿乳白色低胸舞会礼服，手戴长及臂肘的象牙色手套，披一件黑貂皮镶边的砖红色纳缝披风式外衣，头发中插一把钻石梳子和鹨羽头饰）逮捕他，警士。他趁我丈夫为了芒斯特巡回审判，到蒂珀雷里北区去了，用拙劣反手书法给我写了一封匿名信，署名詹姆斯·洛夫伯奇。他说，我在皇家剧院坐包厢看总督专场演出的 *La Cigale*（《蝉》），他从顶层高座看到了我的美妙无比的一对球体。我使他欲火上升，他说。他向我做了一个下流的建议，想要我在下星期四的邓辛克时间下午四点半采取不端行动。他表示要邮寄给我一本小说，保罗·德·科克写的《穿三套束胸衣的姑娘》……

尊贵的默文·滔尔博伊斯夫人

（身穿女武士服，露出朱红色的坎肩，头戴圆顶高帽，脚上是带马刺的长筒马靴，手上是火枪手用的小鹿皮防护手套，上面有编织的圆片，身后拎着长拖裙，不断地用手中的猎鞭敲打着自己的靴面沿条。）对我也是。因为那次全爱尔兰队与爱尔兰全国队对抗赛，他在凤凰公园的马球场上看见了我。我自己知道，我特别欣赏音尼斯基令斯龙骑兵击球手邓尼希上尉，看他骑着他的宝贝儿矮脚马肯陶洛斯赢那最后一局，看得我的眼睛都像神仙一般放光。这个下贱的唐璜躲在一辆出租马车后面看我，用双层信封寄给我一张淫秽照片，就是天黑之后巴黎大道上卖的那种，对任何有身份的女士都是侮辱。现在还在我手里呢。照片上是一个半裸体的 señorita[①]，纤弱而可爱，（他庄严地向我申明，那就是他的妻子，由他实地拍摄的）正在和一个肌肉发达的斗牛士私通，那显然是一名歹徒。他撺掇我也照那样子做下贱事，和驻军的军官乱搞。他还求我把他的信件弄上说不出口的脏东西，算是他完全应该接受的惩罚，要我跨在他身上，骑着他，狠狠地用鞭子抽他一顿。

---

① 小姐，女士。——编者注

贝林汉姆太太

对我也一样。

耶尔弗顿·巴里太太

对我也一样。

（若干都柏林名门闺秀举起布卢姆写给她们的下流信件。）

尊贵的默文·滔尔博伊斯夫人

（一阵暴怒蹬脚，把马刺蹬得叮咣乱响）我要，凭在上的天主的名义。我要狠狠地鞭打这条低三下四的野狗，一直打到我站不住为止。我要活剥他的皮。

布卢姆

（闭上眼睛，有所期待地缩成一团）这儿吗？（蠕动身子）又来了！（他发出狗迎主人的喘息声）我爱这危险。

尊贵的默文·滔尔博伊斯夫人

你爱得很！我给你狠狠地上。我让你跳舞，跳个几十里！

贝林汉姆太太

狠狠地抽他的屁股，这个野心勃勃的小子！给他画上星条旗！

耶尔弗顿·巴里太太

不要脸！完全没有理由可讲！还是有妇之夫哩！

布卢姆

这么多人。我的意思只是指打屁股这件事。给皮肤一点发热的刺激,不流血的。斯斯文文地用桦树条来几下,促进血液循环。

尊贵的默文·滔尔博伊斯夫人

(发出讥嘲的笑声)哈,你是这样想的吗,好小子?好吧,凭着活天主的名义,你现在就会大吃一惊的,相信我吧,你将挨一顿从来没有人求到过的痛打。你刺激了我天性中沉睡的老虎,把它激怒了。

贝林汉姆太太

(凶狠地摇晃着手筒和带柄眼镜)叫他的皮肉真吃点苦头,好翰娜。给他塞点老姜。把这个杂种揍个半死不活的。用九尾鞭。把他阉割了。活活宰了他。

布卢姆

(战栗,收缩,合起双手,一副摇尾乞怜相)冷啊!发抖啊!是因为你的仙女般的美貌啊。忘了吧,原谅吧。命啊。放了我这一回吧。(他伸上他的另一边脸颊。)

耶尔弗顿·巴里太太

(严厉地)千万别放了他,滔尔博伊斯夫人!他应当受一顿痛打才行。

尊贵的默文·滔尔博伊斯夫人

(气势汹汹地解开她防护手套的扣子)我才不呢。猪狗,而且从狗娘肚子出来就一直是猪狗!居然敢来对我求爱!我要在大街上用鞭子抽他,把他抽得青一条紫一条的。我要把我的马刺扎进他的肉里头，直扎到刺轮顶住为止。谁都知道他是一只王八。（她恶狠狠地把鞭子在空中抽得唰唰地响）马上把他的裤子剥下。过来，先生！快！准备好了吗？

布卢姆

（战战兢兢地开始照办）天气还是很暖和的。

在他笼统的关于犯罪的幻想中，布卢姆认为警察会怀疑他扔下的那包猪脚是一枚炸弹，并且他穿着黑色衣服，可以作为在夜幕的掩护下放置炸弹的伪装。

巡逻乙

（指角落）炸弹在这儿。

巡逻甲

装有定时信管的诡雷。

布卢姆

不对，不对。猪脚。我参加了一个葬礼。

巡逻甲

（抽出警棍）你撒谎！

（小猎犬抬起头来，显出派迪·狄格南那张患坏血病的灰色脸盘。他已经全啃定了。他呼出一股子吞噬尸体的腐臭。他变大，大小和形状都和人一样了。他那一身猎獾狗皮毛，变成了棕色寿衣。他的绿眼睛闪着充血的光芒。半只耳朵、整个儿鼻子和两个拇指都已经被食尸鬼吃掉。）

派迪·狄格南

（声音沉滞）是真的。是我的葬礼。我由于自然原因而一病不起，菲纽肯大夫就宣布了生命终结。

在被埋葬的派迪·狄格南支持布卢姆的主张后，布卢姆的幻想逐渐消失，他继续前进。最后，在一家妓院外，布卢姆从一扇敞开的窗户听到里面有人在钢琴上弹空五度和音。

（……布卢姆继续在污水坑中穿行。雾罅中有啧啧接吻声。有弹钢琴的声音。他站在一所有灯亮的房屋前听。树荫中飞起了许多吻，围绕着他叽叽喳喳、柔声啭鸣、咕咕啼叫。）

吻们

（柔声啭鸣）利奥！（叽叽喳喳）甜兮兮舔兮兮绵兮兮黏兮兮，给利奥！（咕咕啼叫）咕！咕咕！好吃好吃，美呀美！（柔声啭鸣）大呀，来得大呀！足尖立地旋转！利奥波尔德！（叽叽喳喳）利奥利！（柔声啭鸣）喔，利奥呀！

（她们窸窸窣窣地在他的衣服上扑动，停落下来，亮晶晶、晕乎乎的光斑，银色的闪光片。）

布卢姆

男人的指触。哀伤的音乐。教堂音乐。也许在这里。

他意识到他已经找到了斯蒂芬和他的朋友所去的地方。当布卢姆犹豫不决地站在妓院前时——

（年轻的妓女佐伊·希金斯身上穿一条宝石蓝衬裙，用三个铜搭扣住，脖子上围一条细细的黑丝绒带子，向他点点头，快步跑下台阶招呼他。）

佐伊

你是找人吧？他和一个朋友在里面呢。

布卢姆

这是麦克太太家吗？

佐伊

不是，81号。科恩太太的。你要是再往前走，可能还比不上这儿呢。趿拉鞋的老妈妈。（亲热地）今天晚上她亲自出马，接那个给他通风报信的兽医，她赌赛马赢钱全靠他的消息，还出钱供她儿子上牛津……

这条信息将在晚些时候对布卢姆有所帮助。

……超龄干活呢，不过今天她的运气已经转了。（生疑）你该不是他父亲吧？

布卢姆

我才不是呢。

佐伊

你们两人都穿黑的。小耗子今晚发痒了吗？

（他的皮肤警觉起来，感到她的指尖在凑近过来。一只手摸到他左边的大腿上来了……她把手伸进他的裤袋，摸出一个干硬发黑的皱皮马铃薯。她望着马铃薯和布卢姆哑口无言，嘴唇湿漉漉的。）

布卢姆

这是避邪的。祖传的。

佐伊

给佐伊吧？归我啦？我待人好就有好报，是吧？

（她贪婪地将马铃薯塞进一个口袋，挽住了他的胳臂，用软绵绵热烘烘的身子偎着他。他露出了一丝勉强的笑容。缓慢的东方音乐响起来了，一个音符又一个音符地奏着。他凝视着她涂了眼圈的茶褐色水晶般的眼睛。他的笑容软了下来。）

在他的想象中，他现在把她看作是一些温暖的东方幻想。而她说：

佐伊

下回你就认识我了。[34]

布卢姆

（灰心丧气）只要我喜欢了一只亲爱的羚羊，它就准会……

（一些羚羊在山上吃草，跳跳蹦蹦的。近处有湖泊，湖岸周围是一层层雪松林浓荫。这里升起了一股芳香，仿佛长出了一片茂密的松脂毛发。东方的天空燃烧了，宝石蓝的天空，被一群古铜色的飞鹰划成了两半。底下卧着女人城，赤裸裸的、雪白的、静止的、清凉的、豪华的。在大马士革蔷薇丛中，一股泉水汩汩流出。巨大的蔷薇花在悄悄议论着鲜红的葡萄酒。一种羞耻、淫欲、血液之酒缓缓流出，发出一种奇特的私语声。）

羚羊正在跳跃。在布卢姆的想象中，他认为自己正在进入某个伊斯兰教国家的后宫闺房[35]。她带他上楼。

佐伊

（随着音乐轻轻吟唱，她的妖艳的嘴唇上浓浓地涂着猪油蔷薇水油膏）Schorach ani wenowach，benoith Hierushaloim.

"我虽黑却秀美，耶路撒冷的妇女们啊。"³⁶

布卢姆

（大感兴趣）从你的口音听来，我就思想你出身的家庭是好的。

佐伊

你也知道思想有什么用吧?

（她用镶金的小牙齿轻轻地咬他的耳朵，送来一股陈腐难闻的大蒜味……）

她开始爱抚他，他的想象力变得火热起来。他肯定觉得自己处于一种奇怪的境地。就像两人进入了某座建筑，教堂钟声在午夜时分响起，仿佛在为他进入后来被称为"新布卢姆撒冷"（the new Bloomusalem）的地方而鸣钟。钟声让他觉得这次冒险是一件非常非常伟大的事情。当他和妓女佐伊走上妓院楼梯时，他想象着迎接他的是火炬手。

一选民

为我们未来的首席长官三番三次地欢呼!

（火炬游行的北极光跳动了。）

在布卢姆的幻觉中，他的性兴奋转变成了政治上的狂妄自大。他想象都柏林市长哈林顿、市政委员洛肯·舍洛克和许多其他重要人物欢呼他走上台阶，还有一场盛大的虚幻庆典：

[长时间的鼓掌。一时间彩柱、五月杆、节庆牌楼拔地而起。一条横幅悬在街道上空，上书 Cead Mile Failte（十万个欢迎）和 Mah

Ttob Melek Israel（以色列王好）两条标语。所有的窗口都挤满了观众，主要是女士们。沿路全线有皇家都柏林火枪团、国王直属苏格兰边防队、金马伦高原兵团队、威尔斯火枪团等部队立正站岗，阻止群众涌入。灯柱上、电杆木上、窗台上、檐口上、檐槽上、烟囱上、栏杆上、排水口上，到处都是中学的男生，又吹口哨又喝彩的。云柱出现了……]

庆祝活动仍在继续，到处都是旗帜和横幅，笛子和铜鼓乐队，以及各种欢呼和呐喊的人。然后：

（……太阳在西北方大放光芒。）

唐郡与康纳主教

我在此向大家介绍你们的无可置疑的皇帝总统兼国王主席，我国最崇高、最强大、最有势力的统治者。天主保佑利奥波尔德一世！

全体

天主保佑利奥波尔德一世！

布卢姆的经历相当精彩。这是一个持续了好几页的漫长故事，其中大部分都是从他白天早些时候的经历中提取的主题。随后，突然间，亢奋的浪潮开始发生转向。这个转向从法利神父开始。

法利神父

他是一个主教派、不可知论者、乱七八糟论者，想要破坏咱们的神圣的宗教事业。

赖尔登太太

（撕掉她的遗嘱）我对你失望了！你是个坏人！

　　然后，就像教会和丹丁姑妈转而反对帕内尔的情况一样，人们开始反对他。

群氓

干掉他！烧死他！他和帕内尔一样坏。福克斯先生！

（格罗根大娘将靴子向布卢姆掷去。上、下多塞特街的几个店主扔出各种很少或是没有商业价值的东西，如火腿骨、炼乳罐头、卖不掉的白菜、陈面包、羊尾巴、碎肥肉。）

布卢姆

（激动）这是仲夏夜之疯狂，又一个可怕的恶作剧。我对天起誓，我没有丝毫罪过，纯洁如未见太阳的白雪！实际上是我兄弟亨利干的。他和我是一个模子脱的。他住在海豚仓2号。诽谤如蛇蝎，硬把罪过归到了我身上。同胞们，sguel i mbarr bata ／ coisde gan capall（爱尔兰语：杆顶的故事，无马的车）……

　　在《奥德赛》中，当奥德修斯被启动女性的力量后，对女性来说，他便不再是一个欺凌者，而是一个"平等的他者"。他被送入冥界，在那里他遇到了曾经既是男人又是女人的特伊西亚斯。现在，当布卢姆即将跨入妓院的门槛时，出现的是特伊西亚斯。让我们听听布卢姆在继续他的辩护时，在他的想象中发生了什么。

　　……我请我的老朋友，性专家玛拉基·马利根大夫，为我提出医学方面的证据。

马利根大夫

（身穿紧身摩托马甲，额架绿色摩托风镜）布卢姆大夫属于两性畸形型。他是最近从尤斯塔斯大夫的私立男性神经病院逃出来的。他是床外生儿，具有遗传性癫痫，是无节制纵欲的后果。在他的祖先中，发现有象皮病的痕迹。有显著的积习性露阴癖症状。两手同利特征也有潜伏因素。他由于自我糟蹋而过早谢顶，因而形成有悖常情的理想主义，浪子回头，有金属牙。他受一件家庭纠纷的影响，现在暂时失去记忆，我认为他的受害成分大于害人成分。我已经做了一项阴道检查，对5427根肛毛、腋毛、胸毛和阴毛进行了酸性试验之后，宣布他属于virgo intacta（拉丁文，意为"完整处女"）。

（布卢姆用高级礼帽覆盖生殖器。）

然后，其他一些医生也提供了他们的意见。

狄克逊大夫

（宣读一份健康检查报告）布卢姆教授是一位新型女性男人的完整典型。他的品德本质是纯朴可爱的。许多人都感到他是一个可亲的男人，一个可亲的人。以其整体而言，他是一个相当古怪的人物，脑腆而并非医学意义上的弱智。他曾经给归正教士保护协会传教庭写过一封极为优美的信，简直是一首诗，其中澄清了一些问题。他基本上滴酒不入，我还能证明他睡的是草垫，吃的是最斯巴达式的食物，冷的干货豌豆。他冬夏都穿一件纯粹爱尔兰制造的刚毛衬衣，每星期六都自我鞭笞。据我了解，他一度曾是格伦克里感化院的一等轻罪犯。另有一份报告说他是一个长久遗腹子。我以我们的发音器官所能表达的最神圣词语的名义，呼吁对他宽大。他马上要生孩子了。

布卢姆

我多么想当母亲呀。

桑顿太太

（身穿护理服）紧紧地搂着我，亲爱的。你很快就好了。紧一些，亲爱的。

（布卢姆紧紧地拥抱她，生下了八个黄皮肤和白皮肤的男孩。他们在一座铺有红地毯、装饰着珍贵花草的楼梯上出现。这一胎八男，个个都有英俊的贵金属面孔，身材匀称，穿着讲究而举止恰当，精通五种现代语言，对各种艺术和科学都感兴趣。每个人的名字，都用明白易认的字样印在衬衫前襟上：Nasodoro, Goldfinger, Chrysostomos, Maindorée, Silversmile, Silberselber, Vifargent, Panargyros. 他们立即受到任命，担任若干不同国家的公共事业高级负责职位，如银行总经理、铁路运输处处长、有限责任公司董事长、饭店辛迪加副董事长等。）

在布卢姆要求成为母亲的那一刻，他是男性和女性双重身份的交叠，是世界的中心。[37] 尼古拉斯·库萨努斯（Nicolas Cusanus）说："上帝是一个可理解的圆，圆心到处可见，圆周无处可寻。"每个人都是中心。在大约可以追溯到 16 世纪的炼金术著作《哲人的玫瑰园》（*Rosarium Philosophorum*）中，有一段关于点金石的描写：

> 由男人和女人组成一个圆圈，从中提取出四边形物质，从四边形物质中提取三角形物质。画一个圆圈，你就有可能会得到点金石。[38]

我们将会在后面看到，这个图形实际上被绘制在了《芬尼根的守灵夜》中。荣格也讨论了点金石，他说沉睡并隐藏在物质中的神的形象就是炼金术士所说的原始混沌，或是天堂星球，或是海洋中的圆鱼，或者仅仅是圆形孔和蛋。那个圆形的东西掌握着打开紧闭的物质之门的钥匙。[39]

所以，回到布卢姆的疯狂幻觉，在他经历分娩后，他的性狂妄再次占据了主导地位，他想象自己是"布卢姆救世主"。[40]

一个人声

布卢姆，你是救世主本·约瑟夫还是本·大卫？

布卢姆

（阴沉地）你说了。

嗡嗡修士

那就像查尔斯神父那样行一个奇迹吧。

班塔姆·莱昂斯

预言一下，圣莱杰赛将由哪一匹马获胜。

〔布卢姆在网上行走，用左耳蒙住左眼，穿过几道墙壁，爬上纳尔逊纪念塔，用眼皮勾住塔顶突出部悬在塔外，吃下十二打牡蛎（带壳），治愈几名瘰疬患者，皱缩面部形成许多历史人物面貌……将两只脚同时各自转向几个不同方向，喝令潮水倒流，伸出小指头挡住太阳。〕

教皇使节出现了，正在举行一项仪式。

教皇使节布林尼

（身穿教皇亲兵制服，披挂钢制胸甲、臂甲、股甲、腿甲，脸上蓄有不符教规的大八字胡，头戴棕色纸制主教冠）Leopoldi autem generatio：摩西生诺亚，诺亚生泰监，泰监生奥海罗伦，奥海罗伦生古根海姆……

这是指利奥波尔德的几代人滑稽地模仿马太福音和路加福音中耶稣的家谱，他们世代延续，直到最后：

……费拉格生布卢姆 et vocabitur nomen eius Emmanuel。

"将给他取名为以马内亚。"

一死手

（在墙上写字）布卢姆是一条鳕鱼。

然后布卢姆年轻时犯下的所有这些手淫小罪都跳出来指控他。最后：

（都柏林救火队的迈尔斯中尉接受人们要求，点火烧着了布卢姆。哀悼声。）

于是布卢姆达到了一个自大狂的高潮，他作为救世主遭受了处决。现在，他跨过门槛进入妓院房间的伟大时刻终于到来了，布卢姆绊了一跤。

佐伊

（她的好运道的手立即救了他）啊唷！可别摔上楼呀。

布卢姆

正义的人摔七跤。（在门槛边站住）请你先走才合礼貌。

佐伊

女士在前，绅士在后。

（她跨进门槛。他迟疑不前。她转身伸出双手将他拉入。他单脚跳进。在前厅内鹿角挂衣架上，挂着一个男人的帽子和雨衣……）

这种 19 世纪的衣帽架在镜子两边都有鹿角，这个家具在后面会很重要。

布卢姆脱帽，看见这些时皱起了眉头，然后又露出心事重重的笑容……

布卢姆的反应是谨慎的，或许他认为这反映了他被戴绿帽子的处境。布卢姆走进那个俗气的客厅，那里有三个妓女。佐伊，她的名字暗示了动物学；弗洛丽，暗示植物学；基蒂，英文里有"共同凑集的一笔钱"的意思，暗示矿物世界。戴着骑士帽的林奇在里面，而斯蒂芬：

> （……站在自动钢琴边，他的帽子和白蜡手杖随便横在琴上。他用两根指头，又弹了一次连续的空五度和音。……）

接下来是关于"空五度和音"的所有问题，即空五度。[41] 五度是在不返回的情况下，能从主音中获得的最远的距离：Do re mi fa sol la ti do，然后 do 又开始关闭。在《尤利西斯》书中的这一刻，斯蒂芬知道他正处于离开主音、与父亲分离的极端。主音是父音或地音，或基音或嗡嗡声，他已经尽可能地使自己远离了。太阳将在 6 月 22 日的夏至穿过北回归线，开始向南旅行，然后落日。斯蒂芬意识到，这段插曲是他旧生活的终结，是被钉死在十字架上的时刻，是太阳到达它在天空中攀爬的最高点并开始下降的时刻。"我已经在我这种自我中心的孤身方式中走得尽可能远了，我即将踏上回家的路。"他试图向林奇解释。

斯蒂芬

还有一项可以奉告。（他皱眉）理由是，基音与第五音之间，有一个奇大无比的间隔，这间隔……

帽子

这间隔怎么样哪？说完它呀。你说不了。

斯蒂芬

（费力思索）这间隔。是奇大无比的省略。符合于。最终的回归。八度。那八度……

因此，斯蒂芬意识到他日益高涨的精神独奏之夜（do，re，mi，fa，sol）即将开始回归大地（la，ti，do）。而就在这一刻：

（外边的留声机开始大声放《圣城》。）

这是一个美好的巧合，事情发生时，一切都已准备好迎接它。斯蒂芬即将见到布卢姆。斯蒂芬继续说着，醉醺醺却又准确地说着，努力表达他对体验同体方式的新认识。

斯蒂芬

（突兀地）走遍天涯，并非通过自我，天主、太阳、莎士比亚、旅行推销员，实际上走完之后是自我变成了自我……

布卢姆已经穿越了自我。你所经历的世界是你自身潜能的投射，你所寻求的就是你自己。

等一下。等一秒钟。街上那人的喊叫声真讨厌。自我，正是本来已经准备好条件，无可避免必然要形成的自我。Ecco！

林奇

（发出一串马鸣似的讥笑声，对布卢姆和佐伊·希金斯做怪样）这演说够有学问的，是吧？

佐伊

（快嘴快舌）天主帮助你的头脑吧，他懂的比你忘的还多。

（弗洛丽·塔尔博特以胖人特有的蠢模样瞅着斯蒂芬。）

弗洛丽

人们说，世界末日今年夏天就到了。

所以我们正处于世界末日的时刻。世界末日是什么？它是你对这个世界的特殊态度的终结。在号称是第五本福音书的《多马福音》中，门徒们问："天国何时会来呢？"我们现在等待的这一刻什么时候到来？耶稣回答：

> 天国不是你们可以等来的。没有人会说"瞧，在这里"或"瞧，在那里"。相反，父的国度已经遍满大地，只是人看不见而已。[42]

这段经文是 1945 年在埃及沙漠中被挖掘出来的，它表明了乔伊斯是如何诠释教会的象征意义，乔伊斯通过将其解释成诺斯替派模式，在这种模式下，危机被理解为心理的，在你的生活中，而不是字面和历史上的。[43] 当这种情况发生时，正常的差异化世界就消失了，你将会体验到世界的统一性。更进一步地说，这种统一的体验是艺术的一种功能。此外，本章的作用是让斯蒂芬体验到与布卢姆的这种统一。在听到弗洛丽的言论后，他立即转过身来，看到了布卢姆。就在这时，留声机响起：

> 留声机
>
> 耶路撒冷！
>
> 打开你的大门歌唱吧
>
> 和散那！
>
> （一支烟火拔地而起，在空中开了火花。火花中落下一颗白星，宣布万事告终和以利亚第二次来临……）

这里是心理上的危机。斯蒂芬在布卢姆身上认识到了自己，而这事实上就是他的分离的终结。在妇产医院，他已经对布卢姆产生了片刻的同情，你可以说，这种终结的可能性就是在那里孕育的。现在分离的终结真的发生了。于是，在迷惑斯蒂芬醉醺醺的大脑的各种幻觉现象中，"带有苏格兰口音"的"世界末日"进来了，跳起舞。⁴⁴带着美国口音的以利亚来了，喊着比利·桑戴①式的关于地狱与诅咒的长篇大论，以下是高潮部分：

以利亚

> ……你是神，还是狗屎堆？如果基督复临在科尼岛，咱们准备好了吗？弗洛丽基督、斯蒂芬基督、佐伊基督、布卢姆基督、基蒂基督、林奇基督，你们能不能感受那股宇宙力，完全在你们自己。咱们是不是想到宇宙就心惊胆战？不。要站在天使们这一边。你们要做透亮的棱体。你们的内心都有那玩意儿，有更崇高的自我。你们可以和耶稣，和释迦牟尼，和英格索尔平起平坐。你们的心都能随同震颤吗？我说你们都能……

我相信，乔伊斯会说我们都在这种震颤中。道成肉身的奇迹是我们每个人的杰作，弗洛丽基督、斯蒂芬基督、佐伊基督，等等，我们都是组成基督的微粒。众所周知，乔伊斯经常在一种完全相反的语言和情境中阐明关键思想。所以他在这里传达的基本思想，也就是诺斯替主义思想，即上帝的脸就是你面前的脸，是你的朋友、一个陌生人或任何人的脸。

现在回到我们的故事。在以利亚出现后不久，醉醺醺的斯蒂芬看到了爱尔兰海神曼纳南·麦克李尔的幻影从煤桶后面升起，他卷曲的波浪是他早上在桑迪蒙特海岸冥想时的泡沫鬃毛骏马。这里我们看到了一个具有重大主题意义的愿景。曼纳南·麦克李尔的希腊语对应词是波塞冬，其拉丁语对应物是尼普顿（Neptune），深渊水域之王，不是盐水，而是甜美的孕育生命的水域。在印度，它对应的是湿婆，林伽之主，即肥沃的能量，是涌入宇宙的精液。湿婆和尼普顿的配偶是世界女神，所以在深渊中，他们都与海中溺水者的形象联系并融合在一起。这个长着大胡子的幽灵在聚光灯的圆锥体光柱中若隐若现，像一

---

① 比利·桑戴（Billy Sunday），美国福音传道者。在其布道生涯中，他进行了三百多次复兴活动。——译者注

个忧郁的吟游诗人一样坐着，下巴放在膝盖上：

> 煤桶后面，在聚光灯的圆锥体光柱中，一位眉目圣洁的奥拉夫，满脸大胡子的曼纳南·麦克李尔下巴抵在膝盖上沉思着。他缓缓立起。一阵冷海风从他的德鲁伊德嘴里吹了出来。他的头上蠕动着大大小小的鳗鱼，身上结满了海草和贝类。他的右手握着一只自行车打气筒，左手抓着一只巨大螯虾的两个钳子。

我的朋友培德莱克·科拉姆（Padraic Colum）告诉我，与乔伊斯同时代但乔伊斯并不喜欢的都柏林诗人 AE[①]，曾经以这种方式在自己创作的戏剧《迪尔德丽》（Deirdre）的特别演出中扮演了曼纳南，乔伊斯是在用这段话取笑他。但乔伊斯也将一些他在书中早期就开始发展的主题推向了高潮，即同体之父的主题，深渊、幻海奇变和圣餐变体论的主题。海神右手的自行车打气筒和左手的螯虾是他力量的象征，虽然是以讽刺的方式构思，但却准确地模仿了那些东方神灵：他们右手持有的象征了赋予生命的力量，而在他们的左手，握着的则是夺取生命的象征。

至于"自行车打气筒"，可以理解为生命的首要原则是呼吸。希腊语是pneuma、梵语是prana、拉丁语是spiritus，上帝把这些东西注入亚当体内以赋予他生命，而在这里，用的是自行车打气筒。在《尤利西斯》中，死亡的主要象征是癌症，斯蒂芬的母亲死于癌症。这里象征死亡的是曼纳南左手的螃蟹（癌症）。黄道十二宫的巨蟹座是夏至的标志，离夏至还有不到一周的时间，这个时候正在升起的太阳"为了不从自我内部穿行"将开始向冬天返回（la, ti, do），走向冬天，谦卑地走向死亡。此外，分配给巨蟹座的占星术的身体部位是乳房，即母性。的确，乔伊斯这里是在调侃，但他在《尤利西斯》中的模式是反讽的。正如诺思洛普·弗莱（Northrop Frye）在他的著作《批评的剖析》（Anatomy of Criticism）中指出的那样，反讽的技巧是"以尽量少的话包含尽可能多的意思"。

---

① 乔治·威廉·拉塞尔〔George William Russell〕，爱尔兰作家、诗人、画家，笔名 AE——编者注

　　所以我们在这位海神的右手中看到了生命，而在他的左手中看到了死亡。印度教的迦梨女神（Kali）形象就是穿着用胳膊和腿做成的打褶裙，一只手赐予恩惠或拿着一碗乳米，表示"不要害怕"，而另一只手拿着一把剑，用它来砍下人头。这位女神戴着一条由七十二个头骨组成的项链，伸出舌头舔舐她所生之人的血。这就是生命的本质，生命孕育了我们，又把我们吃掉了。乔伊斯先前把爱尔兰说成是一个小老妪，是一头吃自己小猪的母猪。那么，这个长满杂草和贝壳的曼纳南幽灵出现时，他说了些什么？

曼纳南·麦克李尔

　　（嗓音如波涛）Aum！Hek！Wal！Ak！Lub！Mor！Ma！神道们的白衣瑜伽修行者。赫耳墨斯·特利斯墨吉斯忒斯的奥秘帕曼德尔。

　　吟诵的单音节词使人想起印度密宗咒语的神秘言辞。"神道们的白衣瑜伽修行者"当然指的是印度苦行生活的典范湿婆，然而，由于女神萨克蒂的魔法，他从孤独的冥想中解脱出来，成为她的配偶。[45] 因此，他在斯蒂芬面前提供了一个完美的神话原型。

　　"帕曼德尔"是晚期希腊文集《赫耳墨斯文集》（Corpus hermeticum）中最有影响力的文本之一，一般被认为是传奇人物赫耳墨斯·特利斯墨吉斯忒斯（Hermes Trismegistus）的杰作。1463 年，马西利奥·费奇诺（Marsilio Ficino）为科西莫·德·美第奇（Cosimo de'Medici）翻译的《帕曼德尔》（Pimander），成为文艺复兴时期诗人和画家名副其实的圣经。事实上，正如弗朗西斯·叶芝（Frances Yates）在她的著作《乔达诺·布鲁诺与赫尔墨斯神秘传统》（Giordano Bruno and the Hermetic Tradition）中所说，有些人甚至认为赫尔墨斯·特利斯墨吉斯忒斯是摩西的神秘老师。在梵蒂冈城的波吉亚公寓里，有一幅平图里乔（Pinturicchio）大师创作的壁画，画的是伊西斯（Isis）坐在文艺复兴时期的宝座上，右手指示赫耳墨斯·特利斯墨吉斯忒斯，左手指示摩西。这显然得到了教皇的批准，也无疑表明了异教徒和希伯来圣贤共享的智慧最初既不是由耶和华也不是由朱庇特揭示的，而是由死去又复活的埃及救世主奥西里斯（Osiris）的配偶揭示的。与此同时还有一个同样得到教皇批准的有趣暗示，那就是这些共享的符号可以安全地用它们神秘的封闭性或得以授权的基督教意义来解释。我认为，终极智慧是，既然神性的最终奥秘超越并化解了一切矛盾，那么只要不被视为最终的，任何一种解读都可以作为指导。

滑稽的海神继续讲话：

（声如海风啸叫）Punarjanam patsypunjaub！我不容许别人戏弄我。有人说过：小心左边的萨克蒂崇拜。（发海燕预报风暴的叫声）萨克蒂·湿婆，暗处隐藏的父亲！……

Punarjanam patsypunjaub 是梵文术语 punar（再次）和 janam（出生）的夸张的描述，指的是轮回。pat（堕落）结合 pancha（五）成了"堕落为五"，这是一种描述死亡的方式，指一个人回到组成他的土、气、火、水、空五个元素。所以，从死亡中来的是重生。

"小心左边的萨克蒂崇拜"，萨克蒂是化身在女神和所有女性身上的女性力量。在湿婆联姻的传说中，这种能量强大到足以打破神的冥想。"小心左边"即"左手道"，即通过性仪式启动的方式，女性成为古鲁，成为男性的启蒙者。

"萨克蒂·湿婆，暗处隐藏的父亲！"与他的萨克蒂相连的湿婆，是那条左手道的主宰。湿婆是永生之主，当他俯卧时，双手代表生死原则的女神站在他身上。她可以说是他梦想的发源地，女人是男人的宇宙形象的发源地。他的成就表现在理解她和赋予她活力。你可以说，女性是神性的另一半。这就是神秘主义的二元结构，男女一体。在斯蒂芬的案例中，湿婆的角色将由布卢姆扮演，他的配偶莫莉是书中的萨克蒂。并且，布卢姆在他的特伊西亚斯式幻想中他成了萨克蒂－湿婆，男性和女性的结合。[46]

此外，湿婆是印度全境都崇拜的神，以一个典型的男性器官"林伽"（the

lingam）的形式出现，一般被表现为仿佛从地下钻出，穿透一个典型的女性器官"瑜尼"（yoni）。这个女性器官象征着宇宙母神，所有的生物都居住在她的子宫（或时间和空间，康德的"感性的先验形式"）里。此外，像传说中的海神波塞冬一样，湿婆携带着一个三叉戟的符号，因为从历史上看，他实际上是同一个广为人知的神的东方变形。我认为，乔伊斯有很大功劳，他不仅认识到了这些关系，还将凯尔特人的曼纳南、印度湿婆和地中海尼普顿－波塞冬等同为同一种力量，而且利用印第安词汇来暗示它们与他的 contransmagnificandjewbangtantiality 主题相关。

顺便提一下，上面这个我们已经讨论过的关键词正好有三十六个字母，3+6=9。根据卡巴拉的说法，9 是分配给上帝神秘阴茎的数字，通过它，创造了亚当和夏娃的上帝的阳性方面与他的阴性方面、他的创作物相合，"按照他自己的形象……男性和女性"（《创世记》）。[47]

回到斯蒂芬的海神，我们接着读到：

> （他用右手的打气筒猛击左手的鳌虾。在他的合作表面上闪闪发光的是黄道十二宫。他做出海洋气势的嚎叫。）Aum！ Baum！Pyjaum！我是家园之光！我是梦幻似的奶油般的白脱。

"他用右手的打气筒猛击左手的鳌虾"，也就是说，他把这些对立的一对东西凑到了一起。自行车打气筒是风的容器，击打的鳌虾是水中的生物，光出现在世界各地的黄道十二宫。而这正如我们从《创世记》中学到的："上帝的灵运行在水面，神说：'要有光'，于是就有了光。"随之，被这股上帝之风激起的湍流翻滚着，不可避免地破裂，一定响起了一些听起来类似"唵"的声音，Aum 这个神圣的印度音节，据说是宇宙内在创造力的声音。还有 Baum! 在德语中的意思是"树"，如古老北欧传说中的伊格德拉西尔（Yggdrasil），是世界之树（The World Ash），是宇宙本身的象征。

Pyjaum 显然是睡衣裤（pyjama），来自波斯语 pa（腿），加上 jamah（服装）。在这里可以理解成是对瑜尼中的林伽、莲花中的宝珠、肉体中的灵魂，或者上帝在以色列的出现，即希伯来语"耶和华的神姿"（Shekinah）等，所有这些都是对阴茎主题的滑稽模仿。

"我是家园之光！"他是在每一个壁炉里燃烧的生命之火，从煤桶的煤和肉体的温度中释放出来。"我是梦幻似的奶油般的白脱。"在印度，祭坛上被圣化和献祭的不是面包或酒，而是像天主教弥撒中那样，用的是黄油。他们在黄油中蘸一点棉花，把它放在一盏小灯上点亮，这就是祭祀，就是受难，就是奉献。在那里，奇迹不是被解释为物质的奇迹般的变化，即神性进入圣礼，而是作为普遍存在的梵、阿特曼、梵我合一的"显现"、顿悟或来自内部的特殊的"显现"，这是万物的基础和隐藏的本质。请记住："任何事物，只要你对它集中注视，都可以成为通向天神们的不毁伊涌之门。"

现在有一个伟大的场景。佐伊拿走了布卢姆的马铃薯，也就是拿走了他的莫莉，所以他不再受保护，现在他将被变成一头猪。门打开了，贝拉·科恩进来了，她是这个妓院的"院长嬷嬷"。

（门开了。人高马大的妓院老板娘贝拉·科恩进来。她穿一袭象牙色的中长裙服，沿边镶有流苏织边，学着米妮·霍克在《卡门》中的姿势，摆弄着一把黑色角质扇子给自己扇风。她的左手戴着结婚戒指和保护戒指。眼睛周围涂着浓浓的黑圈，嘴上长一层唇髭。脸发橄榄色而显得粗重，微微地冒着汗，鼻头饱满，露出橙色的鼻孔。她戴着绿松石的大耳坠子。）

贝拉

哎呀！我可是一身臭汗了。

（她环顾室内成双配对的男女，然后目光停留在布卢姆的身上，做了不容躲闪的审视。她的大扇子给自己的发热的脸颈和丰盈体态扇着风。她的鹰隼眼睛闪着光。）

扇子

（快速调情，随即缓缓而言）有太太的，我看是。

布卢姆

是的。我有一部分是错……

扇子

（半开之后收拢）女主人是当家的。裙钗政府。

布卢姆

（垂下脑袋窘笑）是这样的。

扇子

（完全合拢，靠着左耳坠子）你忘了我吗？

布卢姆

忘不忘的。

扇子

（双手叉腰）我她是你以前梦中的人吗？你是那时认识她他我们的吗？我是她他们都现在还是我吗？

（贝拉走近，以扇子轻叩。）

布卢姆

（畏缩）强大的存在。在我的眼中，可以见到女人们喜爱的睡意。

扇子

（轻叩）咱们见过。你是我的。这是命。

布卢姆

（被镇住）热情奔放的女性。我渴求你的控制。我已精疲力尽、被人抛弃、年纪已经不轻。我的样子，可以说，是拿着一封付了特种寄费而没有发出的信，站在人生的邮政总局的迟到邮筒前。门和窗开成直角，便会按照物体下落定律造成每秒三十二英尺的过堂风。我的左臀肌这下子感到了坐骨神经的刺痛。这是我们家传下来的。我那可怜的亲爱的鲸夫爸爸，就是一个典型的坐骨神经气压表。他相信动物的温暖。他冬天穿的坎肩是用斑猫皮衬里的。临到最后，他记得大卫王和书瑑人的事，就让阿索斯陪他睡觉，死后仍是忠心耿耿的。狗的唾液，你大概……（抽痛）啊呀！

在他的想象中，另一个幽灵出现了。现在贝拉离他更近了。

扇子

（轻叩）一切都有个头。归我吧。现在。

布卢姆

（犹豫不定）一切现在？我不该撒手我的驱邪宝的。雨，下露时分在海边岩石上受寒，我这样的年龄还闹这样的笑话。每一种现象都有自然的根源。

扇子

（缓缓地指向下面）你可以。

布卢姆

（眼光向下，看到她的靴带散了）人家看着我们呢。

扇子

（迅速地指向下面）你必须。

布卢姆

（既有意，又犹疑）我会打结，准保不散。我在凯利特公司学徒和干邮购业务的时候学的。熟手。每一个结子，都有段故事。我来吧。效劳。今天我已经跪过一次了。啊唷！

（贝拉微微将裙服提起一点，站稳了身子，抬起一只穿着半高统靴子的胖墩墩的蹄子，搁在一张椅子的边缘上，腿肚子上鼓鼓地蒙着丝袜。年龄不小、腿脚不灵的布卢姆弯腰就着她的蹄子，手指轻柔地将她的靴带抽出来穿进去。）

布卢姆

（疼爱地喃喃）我青年时期的爱情梦，便是在曼菲尔德鞋庄当店员给人试鞋，把小扣子一个个勾上有多舒心，缎子衬里的漂亮的小山羊皮靴子系上靴带，密密层层地交叉着，一直系到膝盖，克莱德路那些太太小姐买的，小巧而又小巧，简直叫人没法相信。连他们的蜡制模特儿雷梦德，我也天天去看，去欣赏她的蛛网长筒袜，她的大黄根似的脚趾，巴黎式样的。

蹄子

闻一闻我的发热的山羊皮吧。掂一掂我的华贵重量吧。

布卢姆

（收紧靴带）太紧吧？

蹄子

你要是笨手笨脚的话，巧手安迪，我就把你的球踢掉。

布卢姆

可别穿错了眼儿，像我在义市舞会那天晚上那样。运气不好。给她勾错了一个搭扣……你刚提到的那一位。就在那天晚上，她遇见了……好了！

（他系好靴带。贝拉把脚放在地板上。布卢姆抬头。她的粗重的脸，她的眼睛顶到他额间。他的眼神滞重起来，颜色加深，眼下出现了垂包，鼻头变粗。）

布卢姆

（含含糊糊地）敬候下一步吩咐，绅士们，在下……

贝洛

（用蛇怪似的目光狠狠盯住了他，发男中音）追逐耻辱的狗！

布卢姆

（神魂颠倒）女皇！

贝洛

（他那粗重的腮帮子往下坠着）崇拜奸妇屁股的角色！

布卢姆

（哀怨地）巨大！

贝洛

啃粪便的角色！

布卢姆

（关节肌腱半屈）大大的了不起！

贝洛

趴下！（他用扇子击她的肩膀）脚向前倾身！左脚退一步！你将倒下。你已经在倒下。双手向下趴着！

布卢姆

（她往上翻起眼睛表示爱慕，又闭眼吠叫）块菌！

（她发出一声尖锐刺耳的癫痫性叫喊，四脚着地趴了下去，喉咙里呼噜呼噜，鼻子里吭哧吭哧，在他的脚边拱着……）

所以，布卢姆想象自己变成了一只小母猪，在沙发下跑来跑去，并从边缘向外窥视。在他彻底堕落的过程中，床头图里的仙女出现在他床边，取笑布卢姆对她的欲望。然后：

仙女

（面容变硬，手在衣褶中摸索）亵渎！企图破坏我的贞操！（她的袍子上出现一大片湿迹）玷污我的清白身子！你不配碰一个纯洁女人的衣服。（她又在袍子里抓了一下）等着，撒旦，你再也唱不了情歌了。阿门。阿门。阿门。阿门。（她抽出一把匕首，身穿九骑士团精选骑士的紧身锁子甲，刺向他的生殖器官）Nekum！

布卢姆

（惊起。攥住她的手）嗨！Nebrakada！九条命的猫！要公平合理，小姐。不能用修枝刀呀。狐狸嫌葡萄酸，是吧？你有了带刺铁丝网，还缺什么呢？十字架像不够粗吗？（他一把抓住她的面纱）你是想要一个圣洁的修道院长，或是跛脚园丁布罗菲，或是运水神的无嘴雕像，或是好庵主阿方萨斯，是吧，列那？

仙女

（发一声惊呼，弃面纱而遁，她的石膏身子绷开裂子，从裂缝中放出大股臭气）警……！

当仙女的石膏身子崩裂时，她对布卢姆的想象力的控制就消失了。布卢姆被释放了，清除了喀耳刻的咒语，他的顺从的受虐心理消失了，贝洛又变成了贝拉。这里说的是布卢姆经历了一场心理危机。在布卢姆注视着贝拉的那几秒钟里，整个危机在他的脑海中发生。这些事情可能会极度隐秘地发生，而乔伊斯已将布卢姆想象中的危机背后的所有意象呈现出来。为了做到这一点，乔伊斯使用了两个时间系统，一个用于外部世界，另一个用于内部世界。当然，现在产生了一个问题，对于一个作家来说，这样写作是否合情合理。但你还能怎么做呢？内部的心理时间上的一分钟可以蕴含亿万年的意义，完全不同于外部的时钟上显示的时间。

现在贝拉要求男人们付钱，把他们的钱交出来。[48] 布卢姆插手以防她欺骗喝醉了的斯蒂芬，这使她很不高兴。布卢姆还提出要保管斯蒂芬的现款直到他没那么醉为止。但斯蒂芬说钱是"没有一点儿胡扯的屁关系"。然后，佐伊握住斯蒂芬的手。

佐伊

（细看斯蒂芬的手掌）女人的手。

斯蒂芬

（喃喃而语）说下去。编吧。拉着我。抚摸我。我从来不能辨认主的手迹，除了他在黑线鳕身上留下的罪恶的拇指纹印……

原先在海滩上，斯蒂芬认为他的目的是解释"我在这里辨认的，是一切事物的标志……"但在妓院里，他似乎对能够读懂这些标志感到绝望。现在佐伊细看他的手，也就是说，她"读到了他的标志"。

佐伊

你是星期几生的？

斯蒂芬

星期四。今天。

佐伊

星期四的孩子前途远大。（她顺着他的手纹画线）命运之线。有人撑腰。

弗洛丽

（指着）有想象力。

佐伊

月亮掌丘。你将要遇见一个……（突然细看他的双手）对你不好的事，我不告诉你。不过也许你想知道？

布卢姆

（拉开她的手指，伸出自己的手掌）坏处多，好处少。喏，看我的。

妓女们开始给布卢姆看手相。

贝拉

伸手。（她把布卢姆的手翻过来）不出所料。指关节突出，对女人好。

佐伊

（细看布卢姆的手掌）网络形。海外旅行。和有钱人结婚。

布卢姆

不对。

佐伊

（迅速地）唔，我明白了。小指短。怕老婆。不对吗？

（巨大的公鸡黑丽兹伏在一个粉笔圈内孵蛋，然后站起来伸展翅膀咯咯叫。）

黑丽兹

嘎啦。咯打。咯打。咯打。（她侧身离开她新下的蛋，摇摇摆摆地走了。）

布卢姆

（指自己的手）这个伤疤是一次事故留下的。二十二年前摔一跤摔破的。我那时十六岁。

佐伊

瞎子说看见了。谈点新鲜事吧。

妓女们开始攻击布卢姆，暗示他是一个被妻子控制的戴绿帽子的男人。这个可怜的男人怀疑自己暴露了，只能局促不安地微笑。他这些生活的标记并非不可避免地暴露在这些黑夜世界的仙女面前。而斯蒂芬现在被一种对布卢姆的同情所触动，打断了他的话。

斯蒂芬

看见了吗？都向着一个大目标。我是二十二。他在十六年前也是二十二。我十六年前翻滚二十二次。他二十二年前十六，坐旋转木马摔了下来。（他肌肉抽搐一下）手不知在什么地方碰着了。非找牙医看不可了。钱呢？

斯蒂芬意识到布卢姆身上存在某种能量，他迷信地注意到数字 22 和 16 之间的神秘对应关系，认为正是这两个数字将他们两人联系在一起。他本人今年 22 岁，在 16 年前发生了一场事故。此外，在前往神秘的父亲身份的路上，斯蒂芬正在接替布卢姆的位置并打算结婚了，而布卢姆已经结婚了。"我和父亲是一体的。"

此时，布卢姆的脑海中浮现出一个非常糟糕的画面，鲍伊岚和莫莉在他们家公寓里的画面。他想象那里发生的事情会非常丑陋，而当他有这些想法时，林奇也毫不客气地加入了这场游戏，他放声大笑说他在衣帽架镜子里看到的一个幻象，布卢姆的头后面有鹿角，说那是布卢姆戴着绿帽子的犄角。

林奇

（指着）是反映自然的镜子。（笑）呼呼呼呼呼！

（斯蒂芬和布卢姆都凝视镜子，镜中出现威廉·莎士比亚的脸，脸上没有胡子，由于面部瘫痪而麻木僵硬，头顶上是前厅鹿角帽架投入镜中的映影。）

莎士比亚

（用庄严的腹语）响亮的笑声，标志着空荡荡的头脑。（对布卢姆）你寻思着你是隐身的人。细看吧。（他发出黑色阉鸡啼叫似的笑声）伊阿古古！我的老头子掐死了他的星期四蒙嫩。[49]伊阿古古古。

斯蒂芬在脑海中做了这样一组类比，他自己和布卢姆、伯比奇和莎士比亚、儿子和父亲。当这一切发生的时候，布卢姆感到非常不舒服。

布卢姆

（怯怯地笑问三个妓女）什么时候把笑话也说给我听听呀？

佐伊

不用等你两次结婚一次丧妻。

布卢姆

缺点，人们是原谅的。甚至是伟人拿破仑，在他死后光身子量尺寸的时候……

正是在这一关键点上，我们开始拾起一个重要的主题。布卢姆的痛处和笑话，简单说来就是莫莉今天一直和鲍伊岚在一起。布卢姆一整天都在试图将他生活中的这个核心事实抛在脑后，就像尤利西斯在世界的大海上游荡，而在家里的珀涅罗珀给了她的求婚者，也就是篡位者遮风挡雨的屋檐。此外，你可能还记得斯蒂芬今天早些时候在图书馆提出了他关于莎士比亚被安·海瑟薇戴了绿帽子的理论，以及由此推论哈姆雷特王子是莎士比亚死去的儿子哈姆内特。此外，由于斯蒂芬认为自己是哈姆雷特，也就是哈姆雷特国王的儿子，而莎士比亚本人扮演国王的鬼魂角色，所以他将布卢姆视为莎士比亚，视为父亲。因此，莎士比亚的鹿角脸出现在妓院的镜子中，就像是脆弱淳朴的利奥波尔德·布卢姆的翻版。对于斯蒂芬这个一直以哈姆雷特的翻版自居的唯美主义者来说，标志着一个相当大的人类认同和同情的精神危机的出现。终于！他对布卢姆感到了同情。

斯蒂芬

Et exaltabuntur cornua iusti.[50] 王后与大壮牛睡觉。你们要记着帕西淮，为了那位王后的淫欲，我的老祖宗老爷爷制造了第一个告解亭。别忘了格里丝尔·斯蒂文斯夫人，也别忘了兰伯特家族的豕性后代。诺亚喝醉了。他的方舟是敞着的。

贝拉

这儿可不要这一套。你找错了商号。

林奇

别理他。他是从巴黎回来的。

佐伊

（跑到斯蒂芬身边，挽住他的臂膀）唷，说下去吧！给咱们来点儿法国调调吧。

一个非常疯狂的场面逐渐形成了。斯蒂芬感受到了布卢姆遭受的折磨，他冲动地站了起来，开始了狂喜的演讲和一段微醺的舞蹈，以庆祝生活中所有亲密关系中的下流言行，尤其是庆祝他即将陷入婚姻生活，他会成为父亲，与布卢姆同体。在他的"死亡之舞"中，他疯狂地跳吉格舞，其他人都兴高采烈地加入其中，但他却被他死去的母亲的骇人景象打断了。

母亲

（露出不可捉摸的笑容，使人想到死的疯狂。）我原是美貌的梅·古尔丁。现在我死了。

斯蒂芬

（大惊失色）游魂！你是谁？不对！这是什么唬人的把戏？

壮鹿马利根

（摇晃着脑袋上弯挂的小铃铛）绝大的讽刺！小狗子啃奇害死了老母狗。她挺了狗腿儿。（溶化了的黄油泪从他眼中流下，滴在面包上）我们的伟大的好母亲！ Epi oinopa ponton.

母亲

（走近一些，她那带有湿灰气味的呼吸轻轻地吹拂到他脸上）人人难逃这一关呀，斯蒂芬。世界上的女人比男人多。你也一样。这一天总要来到的。

斯蒂芬

（恐惧、悔恨、厌恶交集，语为之塞。）母亲，他们说我害死了您。他侮辱了您的亡灵。害死您的是癌症，不是我。命呵……

为什么斯蒂芬会感到懊悔、恐惧和内疚？因为在他母亲临终时，母亲让他跪下祈祷[51]，但他没有那样做。思维极其严谨的斯蒂芬还不至于崩溃到跪下祈祷的程度，所以斯蒂芬母亲临死之前认为她的儿子的灵魂已经迷失了。现在她来告诉他母亲的爱，并希望他忏悔。

母亲

（嘴边流出一股绿色胆汁）你还为我唱了那一支歌。爱的奥秘叫人心酸。

斯蒂芬

（热切地）母亲，那个字你现在知道了吧，请你告诉我。那个人人都认识的字。

母亲

你和帕迪·李在道尔盖跳上火车的那天晚上，是谁救了你的？你漂泊异乡心情忧伤的时候，是谁同情你的？祈祷是万能的。按照乌尔苏拉修女会手册为受苦受难的灵魂作的祈祷，赦罪四十天。忏悔吧，斯蒂芬。

斯蒂芬

食尸鬼！鬣狗！

母亲

我在我们阴间为你祈祷呢。你用脑多，每天晚上让迪莉给你煮那种大米吃。我的儿子呀，你是我的头胎，自从我肚子里怀着你的时候起，多少年来我一直都疼着你。

佐伊

（用壁炉上的扇形挡子扇着自己）我简直要化了！

弗洛丽

（指着斯蒂芬）瞧！他的脸色发白！

布卢姆

（走到窗前，把窗开大一些）头晕了。

母亲

（眼中冒烟）忏悔吧！想一想地狱里的火吧！

斯蒂芬

（气喘吁吁地）他的无腐蚀力的升汞！啃尸体的角色！骷髅加骸骨。

母亲

（她的脸越凑越近，发出带灰烬味的呼吸）小心！（她举起枯萎发黑的右臂，伸出一根指头，缓缓地逼近斯蒂芬的胸膛）小心天主的手！

（一只绿色的螃蟹瞪着恶狠狠的赤红眼睛，张牙舞爪地伸出两个大钳插入斯蒂芬的心脏深处。）

斯蒂芬

（气得说不出话来，面容扭曲，脸色灰白苍老）屁！

布卢姆

（在窗边）什么？

斯蒂芬

Ah non，par example！ ① 出自头脑的想象！我决不半推半就折中妥协。Non serviam！

弗洛丽

给他点凉水。等着。（她急忙走出。）

母亲

（慢慢地搓拧双手，发出苦恼绝望的呻吟）耶稣的圣心呀，请您对他大发慈悲吧！请您救救他，让他别下地狱吧，神明的圣心呀！

斯蒂芬

不！不！不！你们全都上来吧，看你们能不能压倒我的精神！我要把你们统统制服！

母亲

（发出痛苦的临终呻吟）主啊，请您看在我的面上，对斯蒂芬大发慈悲吧！我在髑髅岗断气，内心充满怜爱、忧伤和焦虑，痛苦无以名状。

斯蒂芬

Nothung！

这是齐格弗里德②的剑的名字。

（他双手高举白蜡手杖，打碎了枝形吊灯。时间的最后一道火

---

① 法语：我不信有这等事。——译者注
② 瓦格纳歌剧《尼贝龙根的指环》中的人物。——编者注

焰，惨淡无光地扑闪了一下。随之而来的是黑暗，一切空间归于毁灭，玻璃稀里哗啦地砸碎，砖瓦纷纷倒塌。)

煤气灯头

扑落!

布卢姆

住手!

林奇

(奔向前去，抓住斯蒂芬的手)行了! 稳住了，别胡闹了!

贝拉

叫警察!

(斯蒂芬扔掉手杖，向后仰着头，两条手臂也直伸在后边，噔噔噔地冲过房门边的妓女们，跑到外面去了。)

贝拉

(尖叫)追他!

(两个妓女向前厅大门追去。林奇、基蒂、佐伊都乱哄哄地一拥而出，一边走一边激动地议论纷纷。布卢姆跟出，随即又折回。)

妓女们

(挤在门口指指点点)在那边儿呢。

佐伊

(指着)那儿呢。出事儿了。

贝拉

谁赔灯钱?（她抓住布卢姆上衣的后摆）你。你跟他是一事儿的。灯破了。

布卢姆

（跑到前厅又跑回来）婆娘,什么灯?

一妓女

他的上衣撕破了。

贝拉

（眼里冒出恼怒加贪婪的冷光,指着）谁赔这个? 十先令。你亲眼看见的。

布卢姆

（拾起斯蒂芬的手杖）我? 十先令? 你在他身上还没有捞够吗? 难道他没有……

贝拉

（大声）行了,收起你的废话吧。这可不是下等窑子,这是十先令的户家。

布卢姆

（仰头看灯,拉灯链。煤气灯头发出一阵吱吱声,着了,火光下现出一个打坏了的紫红色灯罩。他举起手杖。）光打坏了灯罩。他不过是这样……

贝拉

（缩回身子尖叫起来）耶稣啊！别！

布卢姆

（虚击一下）让你看看他是怎么打的纸罩。顶多造成了六便士的损失。十先令呢！

弗洛丽

（拿着一杯水进来）他在哪儿？

贝拉

你是想要我喊警察吗？

布卢姆

哼，我知道。养着看家狗。可是他是三一学院的大学生。他们都是你这买卖的好主顾。付房租的少爷们。（他做了一个共济会的手势）明白我的意思吗？是大学副校长的侄子呢。你可别把事儿闹大了。

贝拉

（恼怒）三一学院！赛完了船到这儿瞎起哄，一个钱也不给。我这儿难道是你当家还是怎么的？他到哪儿去了？我要他付钱！我要他的好看！你等着瞧吧！（叫喊）佐伊！佐伊！

布卢姆

（急迫地）要是是你自己的那个在牛津上学的儿子呢？（警告口气）我可知道。

贝拉

（几乎说不出话）你是……隐瞒身份的！

佐伊

（在门道里）打起来了。

布卢姆

什么？在哪儿？（他往桌上扔了一个先令，拔腿就走）这是灯罩钱。在哪儿呢？我需要山上的空气。

　　布卢姆走了出去。与此同时，斯蒂芬在街上与两名士兵发生了冲突。他们中间有一个妓女，她向士兵声称斯蒂芬侮辱了她。目前还不清楚斯蒂芬做了什么，可能是撞到了她，或者是其他类似的事情，但不管怎么样，当布卢姆到达现场时，人群已经聚集起来，正观看着这场对峙。

布卢姆

（从人群中挤进去，使劲拉斯蒂芬的袖子）来吧，教授，车夫等着呢。

斯蒂芬

（转身）嗯？（摆脱他的手）我为什么不可以和他谈谈呢？不论是谁，只要是能在这个扁圆橘形球上直立走路的人类，都可以谈。（用手指着）不论和谁谈，我只要能看到他的眼睛，我就不怕。保持垂直的。（他踉跄倒退一步。）

布卢姆

（扶他）保持你自己的垂直吧。

斯蒂芬

（发出空洞的笑声）我的重心有所偏离。我已经忘了诀窍。咱们找个地方，坐下来讨论吧。为生存而斗争，这本是存在的法则，但是人类中的和平爱好者，其中著名的是沙皇和英国国王，他们却发明了仲裁。（以手轻叩前额）但是我必须在这里头把祭司和国王一齐杀死……

列兵卡尔

（对斯蒂芬）你再说一遍。

斯蒂芬

（精神紧张而态度友好，控制着自己）我理解你的观点，虽然我本人目前并没有国王。如今是成药的时代。在这地方进行讨论是不容易的，但是要点可以说一下。你为你的国家而死，这是假设。（他伸手摸列兵卡尔的衣袖）我并不希望你如此。但是我却说：让我的国家为我而死吧。这是它迄今为止的实际行动。我并不要它死。打倒死亡。生命万岁！

当斯蒂芬继续他的醉醺醺的对峙时，我们看到了庆祝黑人弥撒的高潮景象。我们以弥撒的开场白 Introibo ad altare Dei（我登上天主的圣坛）作为这本书的开头。而现在在高潮部分，在圣餐被打碎和被吃掉的地方，这句话被以一种邪恶的方式呼应。

玛拉基·奥弗林神父

Introibo ad altare diaboli.

可敬的海因斯·洛夫先生

走向使我年轻时过上快乐日子的魔鬼。

玛拉基·奥弗林神父

（从圣餐杯中取出一块滴血的圣饼，举在空中）Corpus meum.（拉丁文，意为"我的身体"）

可敬的海因斯·洛夫先生

（将祭司的衬裙从后面高高撩起，露出毛烘烘的灰色光屁股，屁股里插着一根胡萝卜）我的身体。

全体被打入地狱者的声音

切一着治统猪天的能全为因，亚路利哈！

（天上传来上主的呼唤声）

上主

猪乎乎乎乎乎乎乎乎乎乎天！

全体升入天堂者的声音

哈利路亚，因为全能的天主统治着一切！

（天上传来上主的呼唤声）

上主

天嗯嗯嗯嗯嗯嗯嗯嗯嗯主！

弥撒被认为是对基督在加尔瓦略山（Mount Calvary）十字架献祭的重演。在那里，十字架上的基督被朗基努斯（Longinus）的长矛刺穿，奄奄一息；在这里，朗基努斯的长矛刺穿了斯蒂芬。当斯蒂芬把所有这些东西放在一起思考时，他正是在渴求自己的死。他正在被消灭。列兵卡尔……

　　……伸出拳头冲向斯蒂芬，一拳打在他的脸上。斯蒂芬跟跄几
步，站立不住，倒在地上晕了过去。他脸朝天躺着，帽子滚到墙边。
布卢姆跟过去，拾起帽子。

喝得酩酊大醉的斯蒂芬太虚弱了，他倒下了。然后街上又发生了一场争
吵，警察赶到了，即将陷入真正麻烦的斯蒂芬被布卢姆救了。警察担心可能会
发生暴动，正要逮捕斯蒂芬，但布卢姆介入了，他告诉警察自己认识斯蒂芬，
这只是一些学生在闹事。警察间谍康尼·凯莱赫出现了，布卢姆让他把警察从
斯蒂芬身边打发走。于是有了一个可爱的温暖时刻。斯蒂芬躺在街上，喃喃自
语着叶芝的关于弗格森的一些诗句。最后布卢姆独自一人站在他身边，陪着他
倒戈卸甲。这就是这一章的结尾。

斯蒂芬

（喃喃吟诵）

……树林……深处

……朦胧海洋……白色酥胸。

（他伸出胳膊，又叹一口气，把身体蜷成一团，布卢姆拿着帽子
和手杖直立在一边。远处有一只狗叫了几声。布卢姆握手杖的手收紧
了一下，又放松了。他低头看着斯蒂芬的脸和身体。）

布卢姆

（与黑夜商议）脸像他那可怜的母亲。在树林的浓荫里。深处的
白色酥胸。弗格森，我听着他说的好像是。一位姑娘吧。不知哪儿的
姑娘。对他是最大的好事。（低声吟诵）……宣誓，我时时注意，永

远保密，决不泄漏，任何内容，任何活动……（低声吟诵）……在海洋的狂暴沙漠上……离岸一锚链……潮汐落……又涨……

（他陷入沉思，以秘密大师的姿势将手指按在嘴唇边，默默地警惕地守卫着。在黑黢黢的墙前，徐徐出现了一个人影。这是一个十一岁的男孩子，被神仙偷换过的孩子，身穿一套伊顿服，脚蹬一双玻璃鞋，头上戴一顶小小的青铜盔，手里拿着一本书。他从右到左地看着书，微微笑着，用听不清的声音念着，还吻着书页。）

布卢姆

（惊诧万分，用听不清的声音喊叫起来）茹迪！

茹迪

（直视布卢姆的眼睛而无所见，继续念着书，吻着书页，微笑着。他的脸呈现一种柔嫩的紫红色，衣服上的纽扣是钻石和红宝石做的。他的左手拿着一根细细的象牙棍子，上面系着一个紫色的蝴蝶结。一只白色的小羊羔从他的坎肩口袋里探出头来。）

守护着斯蒂芬的布卢姆，面前出现了死去的小儿子茹迪的形象。如果他还活着，现在应该是 11 岁，刚好是斯蒂芬年龄的一半。至此，《尤利西斯》中间十二个章节的伟大旅程宣告结束。叔本华在他众多精彩著作中最绝妙的一篇《论个人命运中的明显意图》（*On An Apparent Intention in the Fate of the Individual*）[52] 里表达了一个相关的思想。他指出虽然我们生活中的许多事件在很大程度上可能是偶然发生的，但当我们接近生命的终点并回首往事时，我们的整个生命都显示出一种秩序，就像是由一个有隐藏计划的作者编出来的小说。所有在过去看来似乎只是偶然的产物，在岁月的全景中，这些产物被认为是有序展开一个结构化的情节所必需的。所有这些杂乱无章的碎片包惊人地聚集在一起。叔本华将这种不寻常的体验与曾经流行的玩具变形镜的效果相提并论。据此，一张被打散的图片，以无法辨认的方式散布在页面上，被一面圆锥形镜子汇集在一起，以构成一幅可识别的图像。

这就是这部小说的构成方式。在它的整个篇幅中，散落着一些明显花哨、支离破碎的生活的图形，对它们来说，小说本身的标题《尤利西斯》就是神奇的构成镜。这适用于布卢姆、斯蒂芬、莫莉和其他人在这平凡的一天里发生的看似微不足道的偶然事件，这些事件被视为一种经典神话原型的反映，即英雄探索、蜕变及成就的史诗般的命运。

忒勒玛科斯、奥德修斯和珀涅罗珀章节

欧迈俄斯

接下来的两章讲述布卢姆和斯蒂芬讨论了很多事情，以及最终两人离别。然后，在最后一章，我们听到了永恒的女性莫莉的声音，她在太阳升起时结束了这本书。

在《欧迈俄斯》（*Eumaeus*）一章中，乔伊斯的写作风格反映了斯蒂芬和布卢姆在夜晚时分的状态。我不知道乔伊斯是如何做到的，它就像是你从预科学校男孩们写的文章中读到那种马虎、不精确的语言。我节选开篇段落，让你大致了解一下这种风格：

> 布卢姆先生在采取任何其他行动之前，第一步是把斯蒂芬身上的刨花大部分都拂掉，把他的帽子和白蜡手杖交给他，然后帮助他好好地振作一下精神，这是正统的助人为乐作风，正符合他的非常迫切的需要。他（斯蒂芬）的神志并不完全是一般所谓的恍惚状态，而是稍

微有一点不稳定。他表示要喝一点饮料，布卢姆先生考虑到当时的钟点，近处又没有自来水龙头，想行洗礼都不行，更不必提喝水了，临时想了一个应急的主意，在距离不及一箭之遥而靠近巴特桥处有一个人们称之为车夫茶棚的地方，他们到那里或许有希望找到牛奶掺苏打或是矿泉水之类的饮料，倒还恰当。

布卢姆建议他们去马车夫的茶棚，那是一个给马车夫们养精蓄锐的通宵摊位。接着我们看到一个奇怪而美妙的场景。

这里有一大群掉队的家伙，有很多老人，也有漂泊的人，还有在深夜被海水抛起的沉船。这是一个杂乱的夜晚，一个末日的世界。一位老水手讲了一个很长的故事，斯蒂芬和布卢姆聊了起来。开始了一次简单的、相互体谅的、平和的对话。

斯蒂芬面对那一杯称为咖啡而不堪入口的东西，耳听这一套广泛涉及各种事物的高谈阔论，只是茫然瞪眼，视而不见。当然，他能听到各式各样的词语在那里变换颜色，正如早上陵森德附近那些螃蟹，匆匆忙忙地往同一片沙滩上各种各样不同颜色的沙子中间钻下去，它们在那下面的某个地方有一个家，或是仿佛有一个家似的。然后，他抬一下眼皮，看到了那一双眼睛在说或是没有说他听那声音说的那词语，只要你劳动。

——别把我算进去，他插进去发表意见说，指的是劳动。

那双眼睛对这意见表现出惊讶的神色，因为如他也就是这双眼睛的临时主人说的，或不如讲是他的声音说的，人人都必须劳动，非劳动不可，共同的。

——当然，对方赶紧声明，我指的是意义尽可能广泛的劳动。也包括文学工作，不仅是为了其中的荣誉。为报纸写作，那是当今最方便的渠道。那也是劳动。重要的劳动。归根到底，根据我了解你的那一点情况，因为你的教育已经花了那么多钱，你有权利获得补偿，提出你要求的价格。你和农民享有完全相同的权利，可以用你的笔谋生，从事你的哲学研究。怎么样？你们都属于爱尔兰，脑力和体力。二者同样重要。

——你大概认为，斯蒂芬似笑非笑地反驳道，我之所以重要，是因为我属于这个简称爱尔兰的 faubourg Saint Patrice（圣派特里克郊区）吧。

——我还愿意更进一步呢，布卢姆先生若有所指地说。

——可是我认为，斯蒂芬打断他的话说道，爱尔兰之所以重要，是因为它属于我。

——什么属于呀，布卢姆先生以为自己听错了，弯下身子去问道。对不起。可惜后半句我没有听清。你说的是……

斯蒂芬显然心烦了，重说一遍之后，不甚礼貌地把他那缸子咖啡还是什么东西的往旁边一推，又说：

——咱们没有办法换个国家。换个话题吧。

在这个通宵的茶棚里，斯蒂芬在书中第一次开诚布公，既没有刻意给人留下深刻印象，也没有试图为自己辩护。他对布卢姆表示同情，布卢姆也对他表示同情，可以说，他们之间一直以来都存在这种同体。然后布卢姆给斯蒂芬看了一张照片。

——顺便，你看这，他仔细地挑出一张已经褪色的照片，放在桌上说。你认为这是西班牙型吗？

　　显然被问的斯蒂芬低头看照片，照片上是一位硕大的夫人，以一种开放的姿态显示着丰腴的美，因为她正在女性之花盛开的年华，身上的晚礼服胸口开得惹人注目地低，将胸脯做了毫不吝啬的展示，让人见到的不仅是乳房的形象而已，她的丰满的双唇分开，露出一些完美的牙齿，以显示庄重的姿态站在钢琴边，琴架上摆的是《古老的马德里》，一首当时非常流行的情歌，自有一种优美的情调。她的（这位夫人的）深色的大眼睛望着斯蒂芬，似乎正要微笑，仿佛看到了什么可以赞赏的东西，这美术摄影是都柏林首屈一指的摄影艺术家，威斯特摩兰街的拉斐特的手法。

　　——布卢姆太太，我的妻子，也就是 prima donna（首席女歌手）玛莉恩·忒迪夫人，布卢姆指点着说。几年前照的。九六年或是前后差不多的时间。她那时候就是这样子。

当他们坐在那里时，布卢姆正在想斯蒂芬的事：

　　他很喜欢有这年轻人在身边，他有文化，distingué（与众不同），还容易冲动，在那群人中是远远地出类拔萃的，虽然你不会认为……

　　万分可惜的是，一位像他身旁这样一位显然得天独厚头脑出众的青年，却将宝贵的时间浪费在淫荡女人身上，而这些荡妇还可能会送给他一身一辈子受用不尽的花柳病呢。作为单身可享的洪福，他有一天将会遇到意中人而娶亲成家，然而在此过渡时期，和女人的交往是一种 conditio sine qua non（不可缺少的条件），不过他极其怀疑，倒完全不是想追问斯蒂芬关于弗格森小姐的事（她很有可能就是一清早就把他引到爱尔兰镇去的引路星斗吧），而是怀疑这么两三星期一回的享受少年男女追求相悦的气氛，和名下没有一个便士的傻笑姑娘们厮混，按照传统的路子来一套预备性的恭维讨好，然后是外出散

225

步，逐渐走上卿卿我我谈情说爱送花送巧克力的阶段，他能从中获得多少满足？想想，他这样无房无家，受房东太太的压榨赛过后娘，对这样年龄的人实在是太糟了。他脱口而出的那些怪话，很吸引年龄大一点的他的注意，他比他年长几岁，可以说有点像他父亲，但是他无论如何应该吃一点实在的东西了，即使仅仅是来一杯蛋奶酒，用不掺水的母体养料调的，要不然，如果那个办不到的话，家常的白煮汉普蒂·邓普蒂也行。

——你是几点钟吃的晚饭？他问这身材修长、脸上虽无皱纹却有倦意的人。

——昨天的什么时候，斯蒂芬说。

——昨天！布卢姆惊呼道，但接着他想起了现在已是明天星期五。噢，你的意思是现在已经过了十二点！

——前天，斯蒂芬修正自己的话说。

这一情况可是实实在在地使布卢姆大吃一惊了，他沉思起来。虽然他们并非事事观点一致，可是不知怎么的似乎有一种近似关系，仿佛两人的头脑可以说是同乘一趟思想列车旅行似的。……

不论怎么的，因为时间已经快到一点，权衡一下利弊，早该上床休息了。问题的症结是带他回家可能有一点麻烦，因为事情的发展很难预料（家里那一位有时候有一点脾气），那就搅坏了一锅菜了，例如有一晚上他糊里糊涂带回家一条狗（品种不明），一只脚是瘸的（并非说两种情况一致或相反，虽然他的手也疼），那是在安大略高台街，他记得很清楚，可以说是亲身经历的吧。另一方面，要提沙丘或是沙湾又完全太远太晚，所以究竟二者之间如何取舍，他感到有一些棘手……不论怎么说，他在左右考虑之后的结论是，暂且避开那褊狭小气的先例不提，来一杯埃普斯牌可可，弄一副地铺对付一夜，垫一两条厚地毯，卷起大衣当枕头，他至少可以高枕无忧，暖暖和和像保暖架上的热吐司似的，他看不出那么办有什么大害处，当然都得以不引起任何纠纷为条件……

最后，布卢姆决定邀请斯蒂芬到他家喝杯可可。

——我建议，我们的主人公经过深思熟虑，终于一边小心地收起她的照片，一边提出了自己的设想：这里比较闷热，你就跟我一起回家细谈。我的住处就在这一带，很近。这一杯东西你没有办法喝。你喜欢可可吗？等着。我付一付账……

他的（布的）头脑里却正在忙碌，各种各样的乌托邦式的设想正在纷纷闪过：教育（货真价实的）、文学、新闻事业、获奖小品、新式广告、水疗胜地和英国海滨名胜的巡回音乐会，到处都是戏院，来钱都推掉，用发音完美自然的意大利语表演二重唱，还有好多别的，当然不必爬到屋顶上去向全世界及其妻子广播，还得有一点儿时运。只要有个机会就行。因为他不仅是猜测而已，估摸他的嗓子准像他父亲，这是可以寄托希望的基础，很明显是他的本钱，所以把谈话冲着那个具体头绪引去也不错，反正是没有害处，只不过是……

于是布卢姆制定了全套的宏伟计划，他想："斯蒂芬懂意大利语，莫莉会用意大利语唱歌，斯蒂芬也喜欢唱歌，那么或许斯蒂芬可以和我们住在一起，教莫莉意大利语，而莫莉可以培养他的歌唱能力。"然后，站不稳的斯蒂芬靠在布卢姆身上，他们离开了马车夫的茶棚。在他们前往布卢姆家的路上，斯蒂芬开始唱歌。

至于承诺的那杯可可，当他们到达布卢姆家时，将由那杯原本是布卢姆要为莫莉准备的牛奶制成。所以从某种意义上说，布卢姆现在已经战胜了莫莉，他和他的儿子现在已经自食其力了。

伊塔刻（*Ithaca*）

这一精彩的章节用了问答的形式和科学的语言，展现了布卢姆和斯蒂芬的结局。可以说他们正在被分解，并被彻底剖析。随着两人走向布卢姆的家，故事开始了：

> 布卢姆与斯蒂芬的归程，采取何种平行路线？

> 自贝里斯福德里出发，二人挽臂同行，以正常步行速度，按下列顺序，途经下加德纳街、中加德纳街、蒙乔伊广场西路；然后降低速度，二人漫不经心均向左转，沿加德纳里直走至远处的圣殿北街口，然后仍以慢速走走停停，向右拐入圣殿北街，直走至哈德威克里。抵此后二人不再挽臂，以轻松步行速度，同时取直径越过乔治教堂前圆形广场，因为任何圆圈内的弦，长度均小于其所对之弧。

他们终于到了布卢姆家。

> 他们到达目的地后，布卢姆取何行动？

> 在埃克尔斯街第四个等差单数即 7 号门前台阶上，他习惯性地将手伸至后边裤袋摸大门钥匙。

> 钥匙在袋中否？

> 在他前日所穿裤子的相同位置口袋中。

> 他为何感到双重不快？

> 为他的忘记，又因为他记得自己曾两次提醒自己不要忘记。

既然如此，则在一对事先（各自）想到而又疏忽大意以致没有钥匙的人面前，有何抉择余地？

进门，或是不进门。敲门，或是不敲门。

布卢姆如何决定？

他必须从地下室的门进去。布卢姆知道这扇门是开着的，他是掌握秘诀的大师。这扇门向世界女神，也就是莫莉敞开，但只有知道如何进入的人才能进入。所以布卢姆进来了。

用计。他双足立在矮墙上，翻过采光井栏杆，将帽子紧扣在头上，抓住栏杆与立柱下边的连接处两点，逐渐将身子往下垂去。直至将身高五英尺九英寸半全部放下，达到离采光井地面二英尺十英寸之内距离，然后两手放掉栏杆，听任身子自由通过空间，同时蜷曲身子为坠地的撞击作好准备。

这种对他们言行一丝不苟的描述一直在进行，你可以想象到，他们的谈话并不是很有趣。斯蒂芬已经放松下来了。他不再为自己辩护，也不再是书里第一部分描述的那个聪明伶俐的家伙。他只是一个饱受摧残的年轻人。他和布卢姆高谈阔论这个那个，还有其他一些事情，但这些都说明不了什么问题。在他们喝了可可后，布卢姆提出了一个建议。

梦游者米莉之父昼游者布卢姆，向夜游者斯蒂芬提何建议？

在厨房之上而与男女主人卧房毗邻的房内，设置临时卧处一方，供其在星期四（理应是）与星期五（正常日）之间数小时休息之用。

已经很晚了，为什么斯蒂芬不愿留下来过夜呢？

这一临时安排如能延长，将产生或可能产生何等不同方面的益处？

对客人：居住有定处，学习有静处。对主人：智力可恢复青春，可获替代性满足。对女主人：迷恋可分散，意语发音可纠正。

然而，斯蒂芬"莫名其妙地"地拒绝留下。两人都走到院子里小便，这是贯穿全书的狗主题的另一个呼应。[53] 狗倒着拼写是上帝。然后斯蒂芬在夜色中离开了。

正当两臂切线相合，两只（各自）作离心、向心运动的手相离之际，有何音响出现？

圣乔治教堂的编钟，敲响了鸣报夜时的一串钟声。

他们听到教堂的钟声。

二人各自听到钟声有何回音？

斯蒂芬听到的是：

Liliata rutilantium. Turma circumdet.

Iubilantium te virginum.Chorus excipiat.

（拉丁文祈祷文，天主教为人送终时用：愿光辉如百合花的圣徒们围绕着你；愿童女们的唱诗班高唱赞歌迎接你。）

布卢姆听到的是：

嘿嗬！嘿嗬！

嘿嗬！嘿嗬！

斯蒂芬消失在夜色中，这就是斯蒂芬·代达勒斯的结局。至于布卢姆：

当天，在相同钟声的召唤下，若干人物曾与布卢姆一同从南边的沙丘，去往北边的葛拉斯内文，如今均在何方？

马丁·坎宁安（在床上）、杰克·帕尔（在床上）、赛门·代达勒斯（在床上）、内德·兰伯特（在床上）、汤姆·克南（在床上）、约·哈因斯（在床上）、约翰·亨利·门顿（在床上）、伯纳德·科里根（在床上）、派齐·狄格南（在床上）、派迪·狄格南（在墓中）。

独自一人的布卢姆，耳闻何种音响？

天所生育的地上，有远去脚步声的双重回荡，在回音振荡的胡同内，有犹太人的竖琴弦音的双重颤动。

独自一人的布卢姆，这时有何感受？

星际的寒冷，冰点以下数千度，或是华氏、摄氏、列氏温标的绝对零度：即将来临的破晓给人的初步预示。

他的脑海中浮现出死者的样貌。

钟声、手触、脚步、孤寒使他忆及何事？

忆及故友多人，如今已各在不同地区以各不相同方式去世：珀西·阿普穷（摩德河阵亡）、菲利普·吉利根（杰维斯街医院痨病）、马修·F.凯恩（都柏林海湾意外事故溺死）、菲利普·莫伊塞尔（海梯斯堡街脓毒症）、迈克尔·哈特（慈母医院痨病）、派特里克·狄格南（沙丘中风）。

随后他上楼去找莫莉。当他进入房间时：

他的回程为何突然受到阻挡？

他的头颅的中空球体的右颞叶，突与一实体木角相撞，撞处在极

其短促而仍可辨明的几分之一秒之后，即由于先行感觉的传导与接纳
而产生疼痛感。

他撞到了头，因为莫莉改变了整个房间的布局。女性是能量，是推动者，
是改造者。我们注意到，罗摩克里希那①说梵天是处于静止状态的婆罗门，而
摩耶则是运动中的婆罗门。莫莉改变了房间里的所有家具布局，当布卢姆进来
的时候，原来在这里的椅子摆到了那里，办公桌也放到了别的地方，所以他撞
到了家具。[54]

然后布卢姆开始脱衣服，他脱得很仔细，差不多有二十页内容是关于他脱
衣服、分析抽屉里的东西、房子的东西，以及其他一切东西的，所以到最后我
们几乎知道了关于布卢姆的一切。接着布卢姆上了床：

> 如何进法？
>
> 谨慎地，这是进入一个住所（自己的或并非自己的）的必然状
> 态，绝无例外；小心地，因为床垫下面的蛇形螺旋弹簧已老，铜圈和
> 悬挂的蛇弓已松，受力受压就发颤；审慎地，如进兽穴，须提防淫欲
> 或蝰蛇的伏击；轻轻地，尽量避免惊醒人；虔敬地，这是受孕与生育
> 之床，是完婚与毁婚之床，是睡眠与死亡之床。
>
> 他的肢体逐渐伸开时接触何物？
>
> 新的干净的床单，另有一些气味，有一个人体，女性，她的，有
> 一个人体压痕，男性，不是他的，有一些饼渣、一些罐头肉碎片，重
> 新烧过的，他抹掉了。
>
> 他如微笑，则是为何而微笑？
>
> 想到每一人进入时，都认为自己是头一个进入者，而事实上即使

---

① 罗摩克里希那（Ramakrishna），19 世纪极富影响力的印度神秘家、瑜伽士。——译者注

他是后续系列的第一名，总只是先行系列的最末一名；每人都认为自己是头一个、末一个、唯一的、独一无二的，而实际上他既非第一，亦非最后，既非唯一，亦非独一无二，而是从无限处开始，重复至无限处的系列之中的一个。

先行系列为何？

假定马尔维为系列之首，有彭罗斯、巴特尔·达西、古德温教授、尤里乌斯·马司田斯基、约翰·亨利·门顿、伯纳德·科里根神父、皇家都柏林协会马展上一名农人、马格特·奥赖列、马修·狄龙、瓦伦丁·布莱克·狄龙（都柏林市长大人）、克里斯托弗·卡利南、莱纳汉、一名摇手风琴的意大利佬、欢乐戏院内一位陌生绅士、本杰明·多拉德、塞门·代达勒斯、安德鲁·(尿)伯克、约瑟夫·卡夫、威士敦·希利、市参议员约翰·胡珀、弗朗西斯·布雷迪大夫、阿尔格斯山的塞巴斯蒂安神父、邮政总局一名擦鞋工人、休·E（一把火）鲍伊岚，如此等等一个又一个直至并非最后的一个。

他对这一系列的末一名即最近上床者，有何思绪？

思及他的旺盛精力（闯客）、肉体大小（贴招贴的）、商业能力（招摇撞骗的）、敏感性（自吹自擂的）。

观察者为何在旺盛精力、肉体大小、商业能力之外又加上敏感性？

因为他以越来越高的频率观察到，这同一系列的前列成员中，都有相同的声色之欲，一触即发而传向对方，先是惊愕，继而领悟，继而有欲，终于疲惫，两性之间则既有理解又有猜疑，两种迹象交替呈现。

他随后而来的思绪，受到何种互不相容心情的影响？

美慕、忌妒、忍让、泰然处之。

美慕？

美慕一样肉体上和精神上的男性肌体，其设计性能特别适合采取上覆卧姿，从事强烈的人类性交活动中的强烈的活塞和汽缸动作，方能使女性肉体上和精神上那被动而并不迟钝的肌体中经常存在而并不尖锐的性欲得到完全满足。

忌妒？

因为一个成熟而其挥发性不受约束的个体，在吸引作用中是交替起主动与被动作用的。因为主动者与被动者之间的吸引作用，随着连续不停的环形扩张和经向回返动作，是不断地以反比例增长或降低的。因为对于吸引作用的起伏变化作有控制的沉思默想，如果愿意的话，是可以产生起伏变化的快感的。

忍让？

由于（甲）一九〇三年九月间在伊登码头 5 号乔治·梅夏士成衣及服装商店店堂内开始结识；（乙）已有实物款待实物享受，已作亲身报答亲身接受；（丙）相对年轻，易于一时野心冲动，一时宽宏大量，同事间的利他主义和情欲上的利己主义；（丁）异族相吸，同族相抑，超族特权；（戍）即将举行外省巡回音乐演出，共负活动开支，分享净得收益。

泰然处之？

因为这是自然想象，凡是自然的动物，都要按照他、她、他们的不同的相同天性，在自然的大自然中采取自然的行动，其性质是人所共知或不言自明的。因为它并非如像地球和一个黑太阳相撞以至造成天地毁灭那样的巨灾。因为其恶劣程度不如偷窃、路劫、虐待儿童或动物、弄虚作假骗取钱财、伪造钱币、贪污、挪用公款、假公济私、装病旷职、重伤致残、腐蚀未成年人、诽谤、敲诈勒索、蔑视法庭、纵火、叛国、其他重罪、海上哗变、非法侵入、破门盗窃、越狱、兽奸、临阵逃脱、作伪证、偷猎、放高利贷、为国王之敌提供情报、冒名顶替、刑事暴行、杀人、蓄意谋杀。因为其不正常程度，并不超过其他一切由于生存条件发生变化而产生的类似调整过程，人身机体通过这类过程方能和周围环境、食物、饮料、新获习惯、新起爱好、重大疾病等形成相互之间的平衡。因为它不仅是不可避免，不可挽回的。

为何忍让多于忌妒，而美慕少于泰然心情？

自粗暴（婚姻）至粗暴（通奸），其间唯有粗暴（性交），然而以婚姻向受暴者施暴者，并未感受以通奸向受暴者施暴者的粗暴。

有何对策可以考虑？

暗杀，绝不，因两错相加并不等于对。决斗一场，否。离婚，目前不考虑。以机械装置（自动床）或人证（隐藏见证人）揭露，暂且不用。依靠法律力量或是模拟殴打提供受伤证据（自伤造成）提出诉讼索赔，并非不可能。依靠道义力量获得缄口钱，有可能。如要积极对策，默许、引入竞争（物质方面，找一个业务发达可以匹敌的公关人；精神方面，找一个善于接近可以匹敌的私交人）、贬低、疏远、羞辱、分隔，而在分隔过程中既保护被分隔的一方不受其他一方之伤害，又保护分隔者不受被分隔两方之伤害。

他要放下了。他已经在心里杀死了所有的求婚者。就这样顺其自然吧。现在，当布卢姆上床时，莫莉被唤醒了，她问他一天过得怎么样。他说："嗯，我过得很糟糕，而这个年轻人，斯蒂芬·代达勒斯……"她说："哦，是的。"所以她知道斯蒂芬去过那里。这个时候我们看到了非常有趣的一点，布卢姆和莫莉将变成宇宙实体（cosmic entity）。

在听者与述者的无形思绪上空，有何有形活动形象？

一盏灯与其灯罩自下而上的投影，一圈圈距离无定而浓淡层次多变的光线与阴影的同心圆圈。

在他们上方的天花板上，有着来自夜灯的圆形阴影和光线。现在，在《神曲》中，当但丁终于在反射的生命之光的火焰中看到三位一体（三个男性形象）的美好景象时，他说："在那崇高的光的深邃而明亮的本质中，三个圆圈出现在我面前，它们有三种不同的颜色，但都是相同的大小……"

在《尤利西斯》中，乔伊斯为我们提供了与至福（Beatific Vision）同等的人间天堂，那就是神圣的雌雄同体的幸福奥秘，男性和女性在床上。不是像一开始的三个煎蛋的那种男性形象的三重奏，而是男性和女性。在他们之上是光的圆圈，不完美的，有阴影的，变化无常的。我们不是在真的天堂，所以这些圆圈并不完美。但在乔伊斯最终的描写中，男人和女人以这种方式在一起，我们从中找到了人类的形象，这些光与影的小圆圈告诉我们这就是乔伊斯创造的在人间的至福形象。

听者与述者卧床方向如何？

听者东南偏东；述者西北偏西；北纬五十三度，西经六度；与地球赤道成四十五度角。

莫莉朝一个方向睡，布卢姆朝另一个方向睡。

取何静态或动态?

相对于各人本身及二人彼此,均为静态。由于地球自身在永远不变的空间顺着永变不停的轨迹作永远不停的运动,二人均处于被运向西的动态,一人头向前,一人脚向前。

取何姿势?

听者向左半侧身而卧,左手垫在头下,右腿伸直在上,左腿屈曲在下,取该亚-忒路斯姿势,身子充实而躺卧,孕育着种子。述者向左侧卧,左、右腿均屈曲,右手的食指和大拇指放在鼻梁上,正是珀西·阿普琼所摄快照中描绘的姿势,疲惫的童汉,子宫内的汉童。

子宫?疲惫?

他休息了。他旅行过了。

与何人?

水手辛巴德、裁缝钦巴德、监守人简巴德、会捕鲸鱼的惠巴德、拧螺丝的宁巴德、废物蛋费巴德、秉公保释的宾巴德、拼合木桶的品巴德、天明送信的明巴德、哼唱颂歌的亨巴德、领头嘲笑的林巴德、光吃蔬菜的丁巴德、胆怯退缩的温巴德、啤酒灌饱的蔺巴德、邻苯二甲酸的柯辛巴德。

何时?

正去幽暗床上有一枚方圆水手辛巴德大鹏鸟的海雀蛋,晚上床上所有大鹏海雀鸟,白昼亮亮的黑床巴德。

何往?

利奥波尔德·布卢姆已经进入了莫莉的子宫之夜。

珀涅罗珀（*Penelope*）①

接着，是关于莫莉的伟大篇章。她的两个关键词是"嗯"（yes）和"因为"（because）②。

　　嗯　因为他从来也没那么做过　让把带两个鸡蛋的早餐送到他床头去吃　自打在市徽饭店就没这么过　那阵子他常在床上装病　嗓声腔病病囊囊　摆出一副亲王派头　好赢得那个干瘪老太婆赖尔登的欢心　他自以为老太婆会听他摆布呢　可她一个铜板也没给咱留下　全都献给了弥撒　为她自己和她的灵魂简直是天底下头一号抠门鬼

莫莉就这样不停地说。然后她开始想她的各种情人。她想起了鲍伊岚，又想起了斯蒂芬。如果斯蒂芬来和他们一起，那该多好啊。斯蒂芬比她周围的这群人要有教养得多。然后她想："哦，是的，利奥波尔德身上也有这种品质。"关于利奥波尔德，她想起了她在直布罗陀那一片繁花似锦的国度的少女时代。当她从这个意义上想到布卢姆时，她想起了第一次把自己交给他的时候是在霍斯山，那里一直延伸到都柏林湾，大片的杜鹃花长在悬崖的表面上。霍斯山上的献身让莫莉想起了她在直布罗陀的少女时代，想起了她的初恋，她把她的初恋和霍斯山上的布卢姆混淆了。

　　我真爱花儿呀恨不得让这房子整个儿都漂在玫瑰花海上　天上的造物主啊　啥也比不上大自然　蛮荒的山啦　大海啦　滚滚的波浪啦　再就是美丽的田野　一片片庄稼地里长着燕麦啦　小麦啦　各种各样的东西　一群群肥实的牛走来走去　看着心里好舒坦呀　河流湖泊鲜花　啥样形状香味颜色的都有　连沟儿里都绽出了报春花和紫罗兰　这就是大自然　至于那些人说啥天主不存在啦　瞧瞧他们一肚子

---

① 为了读者更方便理解坎贝尔的解说，经比较后，本章引用原稿部分换用萧乾、文洁若译本。——译者注

② 本章以Yes始，并以Yes终。此词是女主人公的口头禅，全章出现了不下九十次。大多译作"嗯"，然而按照中文语气习惯，并未强求一致。她还用了四十四次because（因为）。——译者注

学问　还不配我用两个指头打个榧子哪　他们为啥不自个儿跑去创造点儿啥名堂出来呢我常常问他（以下的"他"都指代布卢姆）这句话无神论者也罢　不论他们管自个儿叫啥名堂也罢　总得先把自个儿身上的污点洗净呀　等到他们快死啦　又该号啕大哭着去找神父啦　为啥呢　为啥呢　因为他们做了亏心事　生怕下地狱　啊　嗯　我把他们琢磨透啦　谁是开天辟地第一个人呢　又是谁在啥都不存在以前创造了万物呢是谁呢　哎　这他们也不晓得　我也不晓得　这不就结了吗　他们倒不如试着去挡住太阳　让它明儿个别升上来呢　他说过太阳是为你照耀的　那天我们正躺在霍斯岬角的杜鹃花丛里　他穿的是一身灰色花呢衣裤　戴着那顶草帽　就在那天　我使得他向我求婚嗯　起先我把自个儿嘴里的香籽糕往他嘴里递送了一丁点儿 那是个闰年　跟今年一样　嗯　十六年过去啦　我的天哪　那么长长的一个吻　我差点儿都没气儿啦　嗯　他说我是山里的一朵花儿　对啦我们都是花儿　女人的身子　嗯　这是他这辈子所说的一句真话　还有那句今天太阳是为你照耀的　嗯　这么一来我才喜欢上了他　因为我看出他懂得要么就是感觉到了女人是啥　而且我晓得　我啥时候都能够随便摆布他　我就尽量教他快活　就一步步地引着他　直到他要我答应他　可我呢　起先不肯答应　只是放眼望着大海和天空　我在想着那么多他所不知道的事儿　马尔维啦　斯坦厄普先生啦　赫斯特啦爹爹啦　老格罗夫斯上尉啦　水手们在玩众鸟飞啦　我说弯腰啦　要么就是他们在码头上所说的洗碟子　还有总督府前的哨兵白盔上镶着一道边儿　可怜的家伙　都快给晒得熟透啦　西班牙姑娘们披着披肩头上插着高高的梳子　正笑着　再就是早晨的拍卖　希腊人啦　犹太人啦　阿拉伯人啦　鬼知道还有旁的啥人　反正都是从欧洲所有最边远的地方来的　再加上公爵街和家禽市场　统统都在拉比沙伦外面嘎嘎乱叫　一头头可怜的驴净打瞌睡　差点儿滑跤　阴暗的台阶上　睡

着一个个裹着大氅的模模糊糊的身影　还有运公牛的车子那好大的轱
辘　还有几千年的古堡　对啦

　　还有那些漂亮的摩尔人　全都像国王那样穿着一身白　缠着头巾
请你到他们那小小店铺里去坐一坐　还有龙达客栈那一扇扇古老的窗
户　窗格后藏着一双明媚的流盼　好让她的情人亲那铁丝格子　还有
夜里半掩着门的酒店啦　响板啦　那天晚上我们在阿尔赫西拉斯误了
那班轮渡　打更的拎着灯转悠　平安无事啊　哎唷　深处那可怕的急
流　哦　大海　有时候大海是深红色的就像火似的　还有那壮丽的落
日　再就是阿拉梅达园里的无花果树　对啦　还有那一条条奇妙的小
街　一座座桃红天蓝淡黄的房子　还有玫瑰园啦茉莉花啦天竺葵啦仙
人掌啦　在直布罗陀做姑娘的时候我可是那儿的一朵山花儿　嗯　当
时我在头发上插了朵玫瑰　像安达卢西亚姑娘们常做的那样　要么我
就还是戴朵红玫瑰吧　好吧　在摩尔墙脚下　他曾咋样地亲我呀　于
是我想　喏　他也不比旁的啥人差呀　于是我递个眼色教他再向我求
一回　于是他问我愿意吗　嗯　说声嗯我的山花　于是我先伸出胳膊
搂住他　嗯　并且把他往下拽　让他紧贴着我　这样他就能感触到我
那对香气袭人的乳房啦　嗯　他那颗心啊　如醉如狂　于是我说　嗯
我愿意　嗯。

　　这就是尤利西斯的结局：嗯。

　　我永远无法理解，为什么那么多时兴的评论家长期以来都把《尤利西斯》
说成是一部悲观的消极作品。而我在这最后一段话里看到了二十多个表达肯定
的"嗯"。此外，整本书都响亮而清晰地传达了乔伊斯关于极乐[①]存在的认知。
这是事实，虽说它有许多幻影，它被打破、被繁殖、被反映在一个精神激荡的
泪水海洋中，而这海洋里是我们分裂的生命的元素，它们本来的面目是"彼此

---

① 极乐（bliss-in-being），佛教用语，梵文本意是幸福所在之处。——译者注

并列"和"彼此相续"。这就是莫莉·布卢姆，利奥波尔德的萨克蒂，乔伊斯的萨克蒂，这就是书的结尾她奏响"Yesses"交响曲的理由，因为他们回忆起了自己十六年前雷鸣般的甜蜜日子……嗯。

乔伊斯所表达的是对生命的肯定。乔伊斯的生活并不幸福，但他对自己的生活说了"是"。通过这本书中我发现，我们都曾说过"是"，并奉献了自己。布卢姆以他的方式献身，斯蒂芬以他的方式献身，莫莉以她的方式献身，我们现在正融化在那片美妙的海洋和所有的这些记忆中，莫莉甚至在想着直布罗陀的时候，也在想着杜鹃花，想着这个男人和那个男人，这一切都融化在一个巨大的主导体验中……嗯。

然而，这个"嗯"来自生活中的一个非理性的元素。在阅读《尤利西斯》的过程中，我们一直处于独立个体的领域，一直以来，没有任何人会理性地说要大力肯定什么。然后，斯蒂芬和布卢姆向"同情"敞开心扉，"同情"让他们走到了一起，随着这种敞开，我们发现所有的生命都是要被肯定的。后来两人都消失在黑暗中。他们完全不同的，分别是青春期的青年和成熟的男人，用荣格的话来说是内向的和外向的。两人都没有站在中间地带，都不足以回应生命的全部召唤，至于莫莉，可以说她是真正的未觉醒的生命，然而她确实支持这个世界，她足够好……嗯。

莫莉还没有被唤醒到她的全盛时期，因为在渴望她的男人中没有一个能达到她的要求。在印度，那里有一位长着十八只手的女神，每只手上都有一件从不同神明那里夺来的武器。这个形象可以说就是莫莉。然而，当我们来到《芬尼根的守灵夜》时，那里会有一个与她平等的男人，不是实体的男人，而是原型的男人，正如她是原型的女人。而我们在那个生命起源的领域边缘，听到了……嗯。

印度人说有两种意识模式。第一个是觉醒的意识，揭示了肉体的世界，这个世界必须从外部被照亮，它缓慢地改变形式，在那里，亚里士多德的逻辑占上风。我不是你；这个不是那个；A 不是非 A。在《尤利西斯》中，我们已经从觉醒的意识，即肉身世界，到与布卢姆和斯蒂芬一起实现"你就是那个"，你和其他人是一体的。我们正在接近"梦的意识"的境界，这是印度人的第二种意识模式，其中主体和客体虽然看起来是分开的，但实际却是一体的。我作为做梦者对我的梦感到惊讶，然而梦就是我。在梦的意识中，物体是自发光的，它们自己发光，是所谓的"精微物质"（subtle matter）。我们很快会看到《芬尼根守灵夜》就是这样的精微物质。在《尤利西斯》中，我们在处于一种中间境界，介于觉醒意识和梦境之间，介于坚硬的事实世界和二元性被超越、万物合一的天堂之间。我们正被莫莉从梦境的边缘肯定地引向下一个境界，进入《芬尼根的守灵夜》……嗯。

当你读一本普通的小说时，通常能发现一个叙事目标，即主人公试图到达某个地方或做某事，小说中的一切都是为了使其更进一步实现目标，或设置障碍让情况复杂化，以便让主人公做更多的事情。这不是乔伊斯对《尤利西斯》的设想。这本书里没有任何运动，它是绝对静态的。除非你享受散文的精美，否则一切都显得持续得太久了。事实上，这是《尤利西斯》的一个特点，也是这本书的一部分理念，那就是一切都太长。这是一件令人厌烦的事情，即使每个细节都很精确。我们需要一段时间才能意识到，事物的乐趣在于事物本身，就在此时此地。这里的每一个段落都值得你关注和欣赏。我要告诉你的是，一旦你一遍又一遍地阅读《尤利西斯》，它就会变得越来越鲜活。自始至终，你都能听到后面将要发生的事情的回声。当你进入《芬尼根的守灵夜》的世界，那个充满生机的、微妙的世界，充满了安娜·利维娅·普鲁拉贝尔和汉弗利·钱普顿·壹耳微蚵的美妙涟漪，你会看到《尤利西斯》中的所有主题都会以一种奇妙的舞蹈方式出现，然后《尤利西斯》看起来就会像是由沉重的、粗糙的物质组成，真的像它应该成为的地狱一样……嗯。

MYTHIC
WORLDS,
MODERN
WORDS

04

芬尼根的守灵夜

引言

走向守灵夜

在我们进入《芬尼根的守灵夜》的梦幻国度之前，再提一下我对约翰·韦尔·佩里关于精神分裂过程的理解，因为这些主题构成了乔伊斯主要著作的基础，而我们正是怀着这样的理解步入此次的乔伊斯之旅的。

第一个主题，个人无法将一触即发的情感与适当的形象相联系，这是斯蒂芬在《一个青年艺术家的画像》中大部分时候的情形。情感和形象是分裂的，也就是一个人有情感，但没有适当的形象与之沟通；或是有适当形象与之沟通，却无法从中接收信息。在许多领域中面对一些有争论性的原则时，这种人往往能感受到强烈的冲突感，就像黑与白的原则，而这背后的原因是对异性的恐惧，以及对被转化为异性的恐惧和与异性之间的冲突感。这些矛盾导致了一种分裂的自我形象。他会感觉自己是一个被驱逐者，一个小丑，一个一无是处的人，有着分裂的自我形象的人扮演着这些角色，但同时，在他的无意识中，他又将自己视作拯救世界的英雄。他生活在两个层面之上，觉得世界上的一切都是某种意义上的戏剧或游戏。

第二个是局外人寻求建立新中心的主题。斯蒂芬决定以艺术之翼展翅翱翔。在充满残酷管控的环境中，他寻求一种放松的体验，即以爱欲的原则去体验信任与爱情的游戏，这涉及对死亡和牺牲的意象的体验。回想一下夜市区的斯蒂芬和布卢姆，这些个体认为自己是被钉在十字架上的救赎者，体验到的意象要么是重返过去的一种回归，回到一切开始的地方，要么是坠入深渊的一种跌落，坠入万物的生发之源。

然后是解决矛盾的经验，也就是第三个主题。它被阐释为神化，即让自己成为神圣者，万物由其而出。这个形象可以是自己作为世界的救世主，如基督或佛陀，也可以是作为普世的国王、四方的主宰。伴随这一形象的是神圣婚姻的主题，即通过与异性的结合来化解对立。

最后，由这个发生在深渊之中的关于圆满的母题引出了新生的主题。那是一个新社会的黎明，以及一个四分法的世界的意象，如同伊甸园一样，河流从它的中心流向四个方向。正如我们将要看到的，《芬尼根的守灵夜》是一个四分法的世界，它被分为四卷本，其中河流的循环、一天的循环、一年的循环和永世的循环都被分为四部分。

荣格把这种四分的形象描述为完全功能性的心理机能，即感觉（sensation）、直觉（intuition）、情感（feeling）、思维（thinking），这四种心理机能是个体可以完全适用的，所以可以说，一个人基于这四部分而工作。目前大多数人和几乎所有的传统神话都倾向于将这些形象向外投射，但现代人的问题在于要将这种符号学内化，也就是认识到天堂、炼狱和地狱并不是你死后才要去的地方，而是人类体验的各个方面。它们是一个人当下直观体验的不同角度，所以所有的神、所有的天堂和地狱都在我们内部。

到目前为止，就像我所说的那样，乔伊斯已经带着我们走过了地狱的疆域，在那里，所有那些小的自我都坚守着为自己辩护。在《尤利西斯》中，当雷声响起，布卢姆敞开内心并尝试安慰受惊的斯蒂芬时，乔伊斯让我们离开控制，开始走向降临的爱。随后斯蒂芬在妓院里向布卢姆敞开了心扉，等到布卢姆带着斯蒂芬回家时，可以说，他们独立的个性已经消失了。理论上讲，他们在这个过程中湮灭了自我。所以当我们进入《芬尼根的守灵夜》一书的时候，我们将进入两人成为一体的世界。

最后，我们已经看到了乔伊斯是如何将这一系列神话融合成一个伟大的原型系统的，他把美索不达米亚神话体系（古希腊和古罗马、古希伯来及古埃及）与原始材料，以及凯尔特传统、日耳曼传统和东方传统结合在一起。现在回想一下《尤利西斯》中的《喀耳刻》一章，当斯蒂芬在幻觉中痛苦挣扎时，他看到曼纳南·麦克李尔的形象从煤桶后面升起。我注意到这位爱尔兰深渊之主恰好对应尼普顿—波塞冬，在印度则对应着湿婆。深渊之主的一个标志是三叉戟，它的意义是立于对立的两极中间。请记住，这把三叉戟是撒旦的干草叉，也是深渊的主宰，他在基督教传统中变成了一个魔鬼，认为大自然是腐败的，从而拒绝其力量与荣耀。但随着曼纳南·麦克李尔的出现，大自然从斯蒂芬的内心深处涌出，并开始再次显示它的神圣力量。这个带着自行车打气筒与鳌虾的幻影突出了这些对立的母题，而这也是《芬尼根的守灵夜》的核心主题。

对立的原型

《芬尼根的守灵夜》中的伟大的原型二人组是父亲和母亲，也就是汉弗利·钱普顿·壹耳微蚵（Humphrey Chimpden Earwicker，简称 HCE）和安娜·利维娅·普鲁拉贝尔（Anna Livia Plurabelle，简称 ALP）。

安娜·利维娅·普鲁拉贝尔，名字里的"利维娅"（Livia）暗指那条流贯都柏林并由此入海的河流利菲河（Liffey）。大海的水被太阳加热，蒸发到蓝天之中，成为漂浮在都柏林南部的山陵地带格兰达洛（Glendalough）的云彩，雨水落在这里，河流汇成小溪，逐渐形成利菲河。这条河象征着 ALP 生命的各个阶段。首先，这条潺潺的小溪像一个跳舞的女孩，先向东流动，然后向西流入可爱平静的乡村。接着，她转向北方，成了主妇，一个家庭里的母亲，一个城郊的体面人。而后她再次转向东方，变成了一个老妪，一个穿过都柏林城、带走了这座城市的所有污秽和积尘的清洁女工，带着她生活中的所有负担回到了大海，海洋之父是她那冰冷、疯癫、可怕的父亲。然后太阳，太阳能，将水汽从海洋中蒸腾而起，云朵在空中形成的模样好似宇宙母亲子宫中的孩童，这些云朵漂浮着，然后变成雨落在格兰达洛，于是整个循环再次开始。ALP 便是那一路径①，那条河流。

另外一个主人公的名字是汉弗利·钱普顿·壹耳微蚵：他名字中的"驼峰"（Hump）暗指一座山峰，也就是霍斯山，这是在安娜河②流淌之处由北伸入大海的一座山岬。"霍斯"（howth）一词有"头"的意思。在《芬尼根的守灵夜》中，伸到海里的霍斯角（Howth Head）被当作一个伟岸的沉睡巨人的头颅。如果霍斯是巨人的头，那么都柏林就是他的肚子，他的脚趾与脚掌则位于凤凰公园之中。

汉弗利·钱普顿·壹耳微蚵名字中的蠷螋（Earwing）是一种会飞入人耳并一直嗡嗡作响的小虫。它可以同埃及圣甲虫相比，后者被放在葬于石棺中的逝者的心脏之上，象征着重新醒来。Earwicker 可以被解读为"觉醒者"（Awaker），而佛陀（Buddha）这个称号的意思是"醒着的人"，也就是把沉睡者从睡梦中唤醒之人，且世界之梦与其相随。因此我们身处于梦的世界里，等待着唤醒者。然而，我们并不仅想要被唤醒，我们也希望梦境继续。尽管它是

---

① 坎贝尔将这些神话原型与印度的 Mārga 概念联系起来，Mārga 的根源与动物足迹有关，意为"路径"。——译者注

② 此处所谓的"安娜河"应该还是指利菲河，因为乔伊斯在《芬尼根的守灵夜》里提出，利菲河水中静卧三十年的女性铜像名为 Anna Livia，她是众河之母，也是利菲河的化身。所以这里的 Anna 指的应该就是 Anna Livia，所以该河也就是利菲河。为遵从原文文意，此处翻译为"安娜河"。——译者注

痛苦的、可怕的，但这是我们的幸福和我们的生活所在。

沉睡在爱尔兰大地上的巨人叫芬恩（Finn）。他是爱尔兰传说中的伟大战士，可以与印度神毗湿奴相提并论。毗湿奴沉睡在巨蛇阿南塔身上，这只巨蛇名字的寓意是"永无止境"，它以动物的形态表现了源流，也就是所有的水都来源于此。在毗湿奴沉眠之时，他梦到了这个世界，这个世界是他的梦境，并从他的肚脐处以一朵莲花的形态生长。如果你看到毗湿奴与莲的睡梦图，常常可以看见他的配偶拉克希米（Lakṣmī）在按摩他的脚。她也是那朵莲花，这是她的两个角色。在一个角色中，她按摩着他的脚，微微地刺激着他，使他不由出声："嗯，我在这儿呢，亲爱的……"另一个角色，当他想到她时，她便是那梦境，是那朵莲花。

在印度教中，动力本源（梵文：śakti）是女性能量；男性则是沉寂的，男性真正想要的是一个人待着："我只想一个人静静。"所以这个男人睡着了。正是女人经过，唤醒他，使他做出行动。所以在《芬尼根的守灵夜》中，利菲河代表女性能量，是巨人的配偶，也是巨人的妻子安娜·利维娅·普鲁拉贝尔。这一闪烁的女性形象在过去荡漾出涟漪，"用嘴唇她所有时间里向他唇语着如此如此，这般这般"。[①] 她说："过去的十亿年是怎样的一种生活啊。让我们开启下一个十亿年吧。"以及，"如果能够重启这个世界难道不是极好的吗？"而男人认为："是的，没错。"然后他便活跃起来，他们开始工作。我们将会看到这个刺激性的时刻，这条流淌的河流在沉睡的巨人身边荡起涟漪，激发着他的想象力，它贯穿了整部《芬尼根的守灵夜》。这些主题转瞬即逝，一些事情即将发生，而我们被召唤进生活之中。

[①] 本书中《芬尼根的守灵夜》（第一卷）的译文，均采用戴从容译本，上海人民出版社，2012年版。——译者注

梦境

《芬尼根的守灵夜》是在梦境的层面上写就的，其视角则是梦的意识。西班牙剧作家卡尔德隆（Calderón）写过一部名为《人生如梦》（*La Vida es Sueño*）的戏剧，而在同一时期，莎士比亚说："我们都是梦中的人物，我们的一生是在酣睡之中。"[1]① 我们是这个世界做梦者的种种面貌。当你入睡时，你会回到世界做梦者的状态，因为梦中的一切都是你自己的某一面。在《芬尼根的守灵夜》中，我们都已被融入梦境，在梦的疆域中活动，梦里所有的人物和景象都是做梦者的不同方面，外在形态以一种神秘的方式表明它们的身份，甚至通过它们的脱离与独立。

这就是父亲芬尼根的意义，他是《芬尼根的守灵夜》的核心人物，是借由我们所有人来做梦的世界做梦者。他的梦境的首要对象是他的家庭成员。妻子汉娜·丽维娅和女儿伊西，她们本质上是《尤利西斯》中的莫莉和米莉，如今通过梦的光晕被我们看到。还有两个儿子，一个是作为失败者的笔者闪，另一个是邮差肖恩，他是个成功的政界人士。你可能会说，他们是父亲诞育他们时所拥有的梦境的具象化或现实化。他们是谁？是斯蒂芬和马利根，尽管他们在《芬尼根的守灵夜》中只是影子，只是在"戏剧"的表面上表演的怪诞"人物"[2]。

一个做梦的人具备两重梦境的秩序。用荣格的话来说，一重是个人的，另一重是集体的。当你进入睡眠状态时，你会带着个人经历的残留回忆。你的梦境是个人层面的，比如，"我能通过考试吗？""我该娶苏茜还是贝蒂？"它们与你个人生活中的那些经历有关。你可以记住这类梦，它们只是个人化的事情。但是，荣格指出，在个人层面之下，你的梦境的能量是人体的能量，是生

---

① 此处译文摘自莎士比亚：《暴风雨》，朱生豪译，译林出版社，2018。——译者注

物学的能量。你的生理机能与植物、动物的生理机能相联系，它们同样与我们一起分享生命能量，这种我们可以称之为"肉体智慧"，与精神智慧相对。当你在梦境中深入，当你进入身体永恒能量的领域时，你的精神智慧逐渐消失，而肉体智慧在某种程度上增长，你随之感受到了梦的集体秩序，其中的意象与神话的意象相同。由于其中一些意象没有被允许在你的生活中发挥作用，所以你带着惊喜与它们建立起了联系。

因此，个人和集体是梦境的两个层面。个人层面是与这个人、那个人或其他某个人相关联的、独特的、始终变化的历史性的时刻；集体层面则是所有人共有的永恒原型形成的过程。人们在听印度音乐时，感觉它永远没有开始，也没有结束 ①。我们知道音乐一直在进行，而音乐家只是将意识浸入音乐中，用乐器把它"打捞"出来，然后将它再演绎一遍。这就是《芬尼根的守灵夜》的样子：同样的事情在继续，总是以同样的方式，但又总是在变化。不管何时何地。整本书都是建立在这个过程之上：事物越是改变，越是保持不变。这是轮回，是河水奔流的循环，是重生的漩涡。

我们重临之乐

那河水奔流的循环，一刻也不停地循环，正是时间之河的流动，是世界的形成和消逝。乔伊斯称这个过程为"我们重临之乐"（the Hereweareagain Gaieties）和"皇家左轮枪手"（the Royal Revolver）。一切都在以一个接着另一个的方式不停地转啊转。乔伊斯将这一循环与赫西俄德的四时代周期，也就是金、银、铜和铁的时代相较，并与维柯的人类历史四阶段相比。因此，《芬尼根的守灵夜》被分为四卷本。

---

① 印度音乐中，节奏节拍的运动总是以某种相对固定的模式反复地进行着，由于这种模式具有循环的特点，因此被人们称为节奏圈 (Rhythm circle)，即"塔拉"（北印度称 Tala 或 Tal，南印度叫 Thala）。——译者注

第一卷被分为八章，每一章都与男主人公在他人眼中的形象有关。这是维柯所描述的神的时代，先祖们在雷声中听到了上帝的声音，这是黄金时代。第二卷包含四章，是维柯笔下的英雄时代，白银时代。第三卷也包含四章，是凡人时代，青铜时代，在这一时代，所有的财产都被分配了，每个人都想要更多。于是就引出了第四卷，这一卷只有一个章节，也就是复归（ricorso），即对开端的回归，正如乔伊斯所看到的，这是我们置身其中的转变时期，因为《芬尼根的守灵夜》中的做梦者正生活在我们的时代。伴随着复归，我们重临之乐重新开始，我们回到了巨人们在整片地域混战争斗的时代，回到了黑铁时代，陷入了混乱之中。

在印度教中，这个循环在宇宙层面上由四个宇迦（Yugas）代表，宇迦也就是世界时代的单位，它们以降序的周期运行：圆满时、三分时、二分时、一分时（也称"争斗时"，梵文：Kālī），一切都烟消云散而亟待恢复。在这个传统中，当种姓制度被打破时，最终的混乱将会到来，因为种姓制度代表了社会作为一个有机体的不同系统：婆罗门种姓，祭司们，是头颅；刹帝利（k□atriya）种姓，王族与战士的统治阶级，是肩膀；吠舍（vaiśya）种姓，也就是我们所理解的中产阶级，是躯干；首陀罗（śūdra）种姓，痛苦的奴隶阶层，是大腿。这些种姓构成了统一的身体，从这个角度来看，可以将其扩展为宇宙之躯的对应物。所以当种姓制度瓦解时，就好像身体结构瓦解成一个个单一的东西，癌症发作了。这就是乔伊斯使用这一主题的原因，因为一切都被分解到深渊中，即开端，那是万物从中而来又复归其中的混沌，是阿尔法与欧米伽 ①，是那神圣的联盟。奥维德在《变形记》中将这个解体至深渊的系统描述为这样一种情况：深渊中形成对立组的二者不再相互区分，因为只有当区分产生的时候，这个世界才会形成。

所以亿万年来，一切来了又逝，来了又逝。这个伟大的周期每年都以二至

---

① 阿尔法（α）和欧米伽（Ω）是希腊字母表的第一个和最后一个字母，含有"从开始到结束；某物的最重要的部分、基本要素或本质"等寓意。——编者注

点（夏至点和冬至点）和二分点（春分和秋分）来标记。世界周而复始。每一天，伟大的循环都由黎明、正午、日落、夜晚和新一天的开始来代表。没有哪件事是之前没有发生过一百万次的。这个死亡和重生的漩涡，在佛教中被称为在宇宙和个人层面上运作的轮回（saṃsāra）。尼采在《查拉图斯特拉如是说》（*Also sprach Zarathustra*）中提出了轮回主题，事实上，这个永恒回归的概念正是这本书的灵感来源，你生活中的每一刻都将重归。它不仅会重归，而且还会不限频次地重返。一个世纪，再过一个世纪，又过一个世纪，它依旧会在这里。它是一个永恒的时刻。你正在经历的每一刻都是一个永恒的时刻，因为它将再次回来。每一刻都是你必将再度经历的时刻。这个时刻不会再引发其他事件。

有了这个认知，你的整个关注点便会发生转变。你不会再认为你正在经历的这一刻是通向其他事件的，而是意识到它就是最后的期限。它只是某一时刻，是自身的结局，它就是它自身这一时刻而不是其他任何时刻。所以当我们说"只问结果，不问手段"时，我们恰恰是在否定这个原则。因为你正在做的这件事并不是达到某种目的的手段。手段本身必须是自洽的。而这并不意味着它必须在道德上也是合理的，因为如果按照这个原则，它就不可能是合理的。

芬尼根的堕落

"1132"这串数字贯穿整本《芬尼根的守灵夜》。这是关于坠落与延续的数字：自由落体的重力加速度是32英尺每二次方秒，而11这一数字则意味着十年的更新。回想一下保罗在《罗马书》的11章32节所说的："上帝让所有人不顺服，以便他向众人施怜悯。"我们的不顺服，我们的罪孽，也就是堕落，给了上帝机会以展示和呈现他的品格，而这就是仁慈。

说到堕落，伊甸园的堕落是一切的开始。我们的整个世界，生命的世界，都基于那次堕落。倘若没有伊甸园的堕落，就不会有时间，也不会有生与死。我们是亚当的孩子，消耗着他有罪生命的实体，可以说我们生活在他的堕落之上。现在，假设这种原罪将会停止，假设我们仰赖于其睡眠的沉睡巨人醒来，那将会是世界末日。所以我们最不想看到的就是原罪的终止，因为沉睡巨人的苏醒将会带来生命的终结。乔伊斯用芬尼根这一形象来描绘这个有罪的巨人。

有一首流传于爱尔兰的美国民间歌谣叫作《芬尼根的守灵夜》，它是关于一个爱尔兰泥瓦匠的故事。[3]我不知道是否还有人了解这是什么职业。在有着令人惊叹的机械升降电梯的钢铁建筑出现之前，建筑物是由砖瓦建造的。在搭建房屋的过程中，砖块需要被抬到上面去，所以人们会使用砖斗，这是一种顶端配备着载物架的杆子，人们借助它爬上脚手架和梯子，并搬运砖块。那时候正是爱尔兰人大量涌入美国的时期，这些泥瓦匠大多是爱尔兰人，所以你会看到很多爱尔兰人扛着砖头爬上去，然后带着空砖斗下来。他们代表着循环的物质与精神：将物质带到天堂，再将"空气"（拉丁文：spiritus，也有"精神"之意）带回地面。在这里我们又见到了循环，这种绝妙的循环。

这群泥瓦匠中的一位名叫蒂姆·芬尼根（Tim Finnegan），和众多爱尔兰人一样，他最喜欢的消遣方式就是喝爱尔兰威士忌（whiskey）。Whiskey 一词是一个凯尔特词汇，意思是"生命之水"，是它激活了我们至今仍然称它为"精神"（spirits）的精神。詹姆逊威士忌①是在都柏林用利菲河水酿造的，所以你可以说，它是美味的提炼物，是安娜·利维亚的光辉，是一种令人沉醉的光芒。所以，蒂姆·芬尼根是一个充满了光辉的形象，是催生狂喜与忘形的灵魂。某天他在梯子的顶端摔倒，从梯子上跌了下来：轰！轰！轰！他跌落的声响便是上帝在维柯的循环中发出的雷鸣般的声音，那声音在说："这不是你们这群老野蛮人应有的生活方式。"他的朋友们在梯子底部发现了他，把他带回家，为他守灵。在他的守灵夜上，有人开始扔掷一瓶威士忌。酒洒到了芬尼根的身上，他跳了起来，试图加入自己守灵夜的舞蹈之中。如果这一切真的发生了，如果做梦的人醒了过来，如果有原罪的人停止了罪孽，那么整个派对就会结束。因为乔伊斯用芬尼根作为象征堕落之人，所以整个世界都基于他持续的

① 知名的爱尔兰威士忌品牌，于 1780 年在都柏林创立。——编者注

沉睡。所以所有焦急的哀悼者都压到他身上说："待在下面吧！你就待在那儿吧。"他们向他保证，在他逝去后，一切都会被照顾好："已经偶然地有了一个大个子的无赖公羊小伙儿。"也就是说，汉弗利·钱普顿·壹耳微蚵，这个家庭的父亲，就在这里。

汉弗利·钱普顿·壹耳微蚵是一位酒馆老板。他一直在位于切坡里若德（Chapelizod）的酒馆里卖酒，这里曾是都柏林城外的一个小镇，如今只是一个小郊区。切坡里若德让人想到伊索尔德教堂（the Chapel of Isolde），特里斯坦从康沃尔赶来把伊索尔德带到马克国王那里之前，伊索尔德就住在这里。后来，就像我们知道的，他们给马克国王戴了绿帽子。现在我们有了关于父亲（马克）、他的侄子或儿子（特里斯坦）、他年轻的妻子（伊索尔德）的母题，而儿子带走了她，这便是俄狄浦斯情结，不是吗！

在这个家庭中有一个女儿，她代表着年轻时的母亲，也代表着她的父亲曾经实际所娶的那个女孩，所以她既是女儿又是妻子。乔伊斯在《芬尼根的守灵夜》的第三卷中，用晦涩难懂的法律术语定义了一种绝妙的乱伦情形，这是存在于这个家庭无意识中的不可思议的罪孽之海。书中还有两个儿子，笔者闪和金发英雄男孩肖恩。正如我在前文所说，他们是《尤利西斯》中马利根和斯蒂芬的对应者，但是在这本书中他们只是影子般的存在。乔伊斯以一种戏谑的、不尊重的方式来对待总是吵架的闪和肖恩。

除了这个家庭的成员，也就是父亲和母亲，两个儿子和一个女儿之外，还有一些次要人物：一位在酒吧帮忙的老人和一位名叫污水凯特的老妇人，她就是那个被"和砖头一起放入"屋中的仆人，她永远都在那里。现在，所有这些人都住在凤凰公园边缘：这座公园的名字叫凤凰，也就是那只燃烧而死后又再度复活的鸟，这又是"我们重临之乐"的主题。所以凤凰公园当然就是伊甸园。

在我们进入《芬尼根的守灵夜》之前，我还需要指明另一件事：这位酒馆老板曾参加过一次公职竞选，但失败了。因为有谣言说他曾在凤凰公园做过某种不正当的勾当，但没人知道他做了什么。那么，亚当和夏娃又做了什么？这一直是一个有争议的问题。关于汉弗利·钱普顿·壹耳微蚵的罪行，主流观点似乎认为他是一个偷窥狂，一直在黑暗中偷看两位女仆在灌木丛中小便。但他怎么可能在深夜看清任何东西呢？三个士兵在黑暗中目睹了他的犯罪行径，但他们都喝醉了，所以整件事是一团乱麻。没人知道公园里发生了什么，也没人知道汉弗利·钱普顿·壹耳微蚵犯了什么罪。没人知道在伊甸园中出了什么问题，是什么导致了这场引发上帝慈悲的大堕落。没有人知道。

有了这些简要的介绍，我们就可以进入河水奔流的循环了。当我们在《芬尼根的守灵夜》精妙的梦幻世界中游览时，就算没有一份完整的风景指南，至少也会有一些地标来帮助我们弄清自己的所在之处。

《芬尼根的守灵夜》

第一卷

　　河水奔流，流过亚当和夏娃之家，从起伏的海岸，到凹进的港湾，又沿着宽阔回环的维柯路，将我们带回到霍斯堡和郊外。

　　"河水奔流"（riverrun），《芬尼根的守灵夜》以小写字母开头，说明这是一个句子的后半部分。如果你想知道这句话的前半部分，那么要翻到这本书的最后，在那里你可以找到这样一个短句："一条道路一种孤独一次最后一份所爱一场漫长的这条"，然后你再回到这本书的起始之处，接着读下去来补全这句话："河水奔流，流过夏娃与亚当之家……"你可以选择沿着循环再次读到最后，也可以由此退出。你并不需要再回到书中，但你可能会被引诱回来，然后你便会重新开始循环，所有的一切又会重新开始。所谓的转世便是如此。

　　或者说，你知道佛陀指向这个循环接合点的手势吗？你可以离开循环，通过涅槃（nirvāna）出去，不再回来，使自身与循环分离。离开这一循环的选择可以将我们带到乔伊斯的"天堂篇"，如果能写成的话，这将是他最后一部伟大的作品，它将描述天堂和解脱。然而，如果我们没有走出这个循环，那么我们就会回到《芬尼根的守灵夜》，回到这一相当于基督教炼狱的转世轮回中，灵魂在那里被涤净其局限和无知，然后终于觉醒，令人想到——

利菲河"河水奔流，流过夏娃与亚当之家"。时间之河作为亚当和夏娃，也就是万物父母，流到我们这里。在都柏林，利菲河还流经一座名为"亚当和夏娃之家"的小教堂。"从起伏的海岸，到凹进的港湾"：起伏的海岸指利菲河流经霍斯角进入都柏林湾的地方，就在那里，在潮汐与河水交汇的爱尔兰桥，坐落着 HCE 酒馆。

然而，乔伊斯在这里玩了一个文字游戏："起伏的海岸"（swerve of shore）令人联想到一条代表诱惑主题的美女蛇，那个唤醒你并让你跟随其后的诱人女子，你可以在该句的"s-s-s"中听到她衣裙摆动的声音。公园里的女孩们展现了这位女性吸引人的一面。然而，这个女人也是她丈夫的复原者。她有着两面性：一方面让你崩溃，另一方面又让你重新振作起来。当然，这里的第二个方面是象征上帝仁爱的女性。

另一个文字游戏是"凹进的港湾"（bend of bay），它暗指一位"大公"（bey），一位土耳其贵族，他在这里弯下腰来，正如都柏林湾的波浪涌入并在海滩上曲弯一样。那么，这位贵族便是入侵的雄性，自爱尔兰海岸闯入，冲撞、冲撞，在起伏的海岸猛烈冲撞。所以，这港湾是主人公，海岸则是女主角。海和土地，也就是咸涩的海水和沁甜的爱尔兰河水之间的这种相互作用，与《芬尼根的守灵夜》中男性角色与女性角色之间的相互作用类似。

人类的根本意象是分离出一根肋骨化为夏娃之前的亚当，这是一个雌雄同体的形象。然而一旦女性被分离出来，两性就会以一种敌对性的协作互相反抗。所以《芬尼根的守灵夜》的起始也是如此：这两者是彼此对立的，但正是这种对立为这本书中的活动提供了能量。港湾的水，冲击着海岸，在根本层面上代表着汉弗利·钱普顿·壹耳微蚵的对应物，所有人都来了，而我们的主人公在坠落。他可能会像伊甸园中的亚当一样堕落，也可能像墙上的矮胖子一样，在爱丽丝使他迷惑的时候坠落 ①，或者他还可能会像芬尼根一样，作为一个喝醉酒的泥瓦匠，从他帮忙建造的墙上摔落下来。

"又沿着宽阔回环的维柯路（Vicus）将我们带回到霍斯堡和郊外"，Vicus 指的是道路，而且在达尔克镇的确有一条维柯路（Vico Road），此处的 vicus 意为回归之路。⁴

霍斯堡（Howth Castle）是一座坐落在霍斯角上的城堡，这是那位巨人的头颅，它的双脚是位于凤凰公园里的山丘。霍斯堡是由阿尔梅里克·特里斯特拉姆爵士（Sir Almeric Tristram）建造的，他在英国占领爱尔兰时跟随亨利二世来到爱尔兰。"霍斯堡和郊外"（Howth Castle and Environs）包含了男主人公（HCE）的首字母缩写，他在霍斯堡和郊外出现，这是河水奔流带我们回到的地方。仿佛我们经历了一场旅行，而这也是书中的一个重要事件。我们由此拥有了爱尔兰的蓝皮书。随着河水奔流，我们参与了这场旅行，并及时回到霍斯堡和郊外，再一次开始循环。

现在，让我们回到开头，在知道了关于第一句话的这些阐释后，我们便可以继续阅读《芬尼根的守灵夜》第一页剩下的部分了。接下来的段落，就像全书的第一句话一样，将会告诉我们，那些发生的事情将会再次发生，但它们目前还没有发生。因为我们尚处于这本书的开头，所以每个句子都将像之前那样，被以一种含糊不清的方式表达，同时表达"是"和"否"，并且指代着不止一件事。当我们阅读下一部分的时候，要记得酒馆坐落于切坡里若德，所以特里斯坦和伊索尔德的主题将会出现在这里，侵略者对爱尔兰原住民的侵略，

---

① 矮胖子（Humpty Dumpty）的形象最早出自《鹅妈妈童谣》，原诗：Humpty Dumpty sat on a wall/Humpty Dumpty had a great fall/All the king's horses/and all the king's men/couldn't put Humpty together again.（矮胖子，坐墙头，栽了一个大跟斗。国王呀，齐兵马，破蛋重圆没办法。）在英国作家刘易斯·卡罗尔（Lewis Carroll）1871 年出版的《爱丽丝镜中奇遇记》中，坐在墙上的矮胖子与爱丽丝进行了大段的辩论。——译者注

也就是征服的主题也将会在这里出现。

> 特里斯特拉姆爵士，爱的提琴手，越过爱尔兰海，还没有从布列
> 塔尼半岛北部，重来小欧洲那参差不齐的地峡，再打他的半岛战争。
> 奥康尼河边上风锯木工的宝贝一直成倍地胀大，还未把自己吹成劳伦
> 斯郡的伟哥。一个声音也没有在火中叫喊着我我，接受圣帕特里克的
> 施洗。山羊皮诡计尚未被用来欺骗又老又瞎的以撒，虽然很快就会如
> 此。孪生姐妹也还未怒对两位一体的纳丹和约瑟，尽管瓦内萨十全十
> 美。吉姆或肖恩在弧形的光线下，把老爸的大量烂麦芽酿成酒，彩虹
> 的东端映照在水面，犹如盟约之戒。

"特里斯特拉姆爵士"（Sir Tristram）以两种意义出现：一种是史诗中的
特里斯坦（Tristan），另一种则是历史上的阿尔梅里克·特里斯特拉姆爵士
（Sir Almeric Tristram）。对于 Tristram 一词，在整本《芬尼根的守灵夜》中有
很多关于它的文字游戏。在这里，它似乎是由 triste 一词变化而成的，意思
是"悲伤"，它与表示一种交通工具的 tram 一词相拼合，也就是说，男主人
公是神启和神显的媒介，他非常悲伤。"爱的提琴手"（violer d'amores），即爱
的礼赞者，violer 是一个古老的法语词汇，指的是为歌颂爱情而演奏小提琴的
人，[5] 他跨越英格兰和爱尔兰之间的爱尔兰海（圣乔治海峡）而来（fr' over the
short sea）。"还没有……重来"（had passencore rearrived）中的 passencore，指
的是再次经过（pass-encore），现在还并未经过（pas-encore），以及在过去已
经再次经过（passe-encore）的又一次抵达。[6] "从布列塔尼半岛北部"（from
North Armorica）中的 Armorica 是布塔列尼在中世纪的名字，这个词也暗示着
美国。欧洲可以被看作从亚洲伸出来的一条地峡，而"重来小欧洲那参差不
齐的地峡"一句还暗示了小亚细亚和欧洲之间的某种联系。斯诺里·斯图鲁
松（Snorri Sturluson）在《新埃达》（*Prose Edda*）中提出，凯尔特和北欧的神
不过是来自特洛伊的历史人物。关于英国种族起源的中世纪故事也说明，英国
人最初来自特洛伊城，该城便位于小亚细亚。"再打他的半岛战争"（penisolate

war）一句中，penisolate war 可以被理解为半岛战争（Peninsular War），在这场战争中，英国军队的指挥者是后来的第一代惠灵顿公爵亚瑟·韦尔斯利（Arthur Wellesley），出生于都柏林的他击退并驱逐了拿破仑的军队。此外，这场战争的名字 penisolate 听起来像是兄弟战争的主题，因为这个词可以被读作 penisolate，指的是闪，也可以被读作 penis-olate，指的是肖恩，他们在同一个词语中互相交战。

对于"上风锯木工（topsawyer）的宝贝"一句，美国在 Armorica 一词中便出现过了，topsawyer 一词使人想起美国著名的小说主人公汤姆·索亚（Tom Sawyer）[①]，当然，我们会把他与马克·吐温，还有以特里斯坦的国王马克命名的马克二世联系在一起；此外还有哈克贝利·费恩（Huckleberry Finn）[②]，他令人想到芬尼根和伟大的爱尔兰英雄芬·麦克尔（Finn McCool），在爱尔兰的传说中，他和他伟大的勇士们，芬尼亚勇士团（the Fianna），百年来为保卫都柏林湾而活，爱尔兰"芬尼亚运动"就是以此而命名的。以上一切都是由 topsawyer 一词联想到的。

上风锯木工是什么？在伐木的日子里，每棵大树会被两个男人用一把大锯在锯坑里锯开。站在上方的那个是上风锯木工，位于下方坑内的那个是下风锯木工。在《芬尼根的守灵夜》中，上风锯木工当然是肖恩，而总是把锯屑弄到眼睛里的下风锯木工则是他的兄弟闪，这是兄弟之战中两斗士的母题。而那棵树，那树干又是谁，是特里斯坦？当然了，那指的是父亲，所以这又是父亲毁灭的主题。在我们继续往下讲之前，我们要知道 rocks 一词在俚语中可译为睾丸，同时它还指钱。爱尔兰人来到美国时身无分文，但他们赚到了钱，然后变成了像肯尼迪家族那样的富人。

---

① 汤姆·索亚是美国作家马克·吐温代表作《汤姆·索亚历险记》的主人公。这部小说的故事发生在 19 世纪上半世纪美国密西西比河畔的一个普通小镇上，主人公汤姆·索亚天真活泼、敢于探险、追求自由，幻想干一番英雄事业。——译者注

② 哈克贝利·费恩是《哈克贝利·费恩历险记》的主人公，该书是马克·吐温《汤姆·索亚历险记》的续集，首次出版于 1884 年。哈克贝利·费恩在《汤姆·索亚历险记》中已经出场，是一个聪明、善良、勇敢的白人少年。——译者注

在"奥康尼（Oconee）河边……还未把自己吹成劳伦斯郡的伟哥"一句中，可以看到一个有趣的事实是："劳伦斯"（Laurens）与"劳伦恩斯"（Lawrence）发音相近，而劳伦恩斯家族正是霍斯堡目前的拥有者。此外，在佐治亚州有一个叫劳伦斯的郡，那里有一条叫作奥康尼的河流，Oconee 可以读作"ochone"，这是一个意为"唉呀"的爱尔兰语单词，而在佐治亚州劳伦斯郡的奥康尼河岸边，正坐落着都柏林镇。美国的都柏林市坐落在奥康尼河畔，那里有着上风锯木工需要的大石块。

"上风锯木工的宝贝一直成倍地胀大"，也就是说，锯木工的数量（mumber）总是翻倍；mum 是一种德国啤酒，最初酿造于 1492 年，1492 年对于美国来说也是一个意义非凡的年份①。

"一个声音也没有在火中"，这是火的声音，由此可以想到摩西，这声音来自燃烧的灌木。"叫喊着我我（mishe mishe）"这是一种来自爱尔兰语系中女性的问候语，它令人想到在日本每次接起电话时听到的声音 moshi moshi，它的意思是"你好，你好，那是谁？""接受圣帕特里克的施洗"（tauftauf thuart-peatrick）主要参考的是圣帕特里克（St. Patrick）使爱尔兰接受基督教一事，tauftauf 令人想到德语的 taufen，也就是"洗礼"；peatrick (peat-reek) 则让人想起圣帕特里克炼狱的传奇：圣帕特里克曾在地上画了一个圈，然后地面开裂，炼狱的火焰出现。

对于"山羊皮诡计尚未被用来欺骗又老又瞎的以撒，尽管很快就会如此"一句，以撒被雅各布所欺骗，他的幼子披上山羊皮假扮了长兄②。此外，以撒·巴特（Isaac Butt）是一位爱尔兰革命者，他与帕内尔（Parnell）陷入了一场"兄弟之战"。[7]

"尽管瓦内萨十全十美"引自萨克雷的《名利场》（*Vanity Fair*）。[8] "孪

---

① 1492 年 10 月，哥伦布到达美洲。——译者注
② 在《旧约》中，雅各布戴上山羊羔皮的手套骗取了失明的父亲以撒对哥哥以扫的祝福。——译者注

生姐妹也还未怒对"（sosie sesthers wroth），这三个词合在一起指苏珊娜（Susanna）、以斯帖（Esther）和路得（Ruth），这三个女人在圣经中都与年长男性联系在一起。⁹在"两位一体的纳丹和约瑟"（nathandjoe）中，nathanjoe是 Jonathan 的变位词，出生于都柏林城的约拿旦·斯威夫特（Jonathan Swift）被他的两个年轻恋人弄得冲昏了头，她们都叫以斯帖。

"把老爸的大量烂麦芽酿成酒"，这里指的是诺亚的酒，在大洪水之后，诺亚喝醉了，赤身露体，他的三个儿子目睹了他赤裸的身体，而这本该是被禁止的。¹⁰"吉姆或肖恩"（Jhem or Shen）指的是诺亚的三个儿子，闪（Shem）、含（Ham）和雅弗（Japheth），闪是《圣经》里那个被诺亚所喜爱的儿子，另外两个儿子，含和雅弗，被合成了 Jhem。"在弧形的光线下"，也就是说在虹光之下。"彩虹的东端（rory end to the regginbrow）映照在水面，犹如盟约之戒"，这一句指的是在大洪水之后，彩虹出现在东方（the rory end），也指爱尔兰最后的共主，罗里·奥康纳（Rory O'Connor），此时人们看到征服者亨利二世的王室头颅（regginbrow）渡过爱尔兰海来到了爱尔兰。

以上这些用典都出现在第一段中，它们构成了所有将在书中展开的主题。这些核心叙述全部在这里出现。第二段则提到了芬尼根的堕落：

> 曾在困窘之墙上的老帕尔的那坠落（嘭啪嘭啪嘭啪哒啦口雷嘰隆口倾盆口汹叫涌喀啦啦口雷霆喀哈嘰嘰隆嗒咔啊啊霹雳嘰隆口隆咪呐口雷隆口隆口雷嘰隆口隆口倾泄嘣口隆口隆叮口雷嗵哪啊口傻呱口雷隆口隆嗵霆口隆口隆嗵口雷嘰隆口隆嗵口雷咯啊啊口雷嘰嘰哪哇呱啦纳口雷噼啪响嗡嗵嘰嘰隆口嗍口章噔噔嗵嗯嗯嘰嗵喀啦！）①，这事儿一大早就在床上传播，以后经所有的基督教吟游诗人代代相传。坠墙者的伟大坠落一眨眼就引发了芬尼根的跌落，说盖尔语的可靠男人，使得他自己的憨蛋山头立刻派探子一路去西方，打探他的呆蛋脚趾，它们那某地某处向上举起之矛正好

---

① 为体现乔伊斯原文的风格，此处做了造字处理。——编者注

位于公园中那个打昏过去的地方，在那里，自从都魔林开始爱上利菲河，橙果就被放在绿地上锈蚀。

"那坠落（嘭啪嘭啪嘭啪哒啦喡嗖嗵唢盆呦啪咯啦啦喡嚏喀哈嗖嗖嗵嗒咔啊啊霹霹嗖嗵嗵咪呐喡嗵嗵喡嗖嗵嗵唢泄嘣嗵嗵叮喡唓哪啊傻呱喡嗵嗵唓嗏嗵嗵唓嗵嗵嗵唓咯啊啊喡嗖嗖哪哇呱啦纳喡瓣啪响嗡唓嗖嗖嗵呦啍嗳嗵唚唚嗖唓咯啦!)"这是芬尼根坠落时的响声，同时也指那"曾在困窘之墙上的老帕尔"的堕落，此处涉及华尔街崩盘事件及芬尼根从梯子上跌落一事。此外，在十七八世纪，有一个非常年迈的人，名叫老帕尔（Old Parr），他全身长满了毛发，活了一百五十多岁。[11]

这位毛发旺盛的年迈男人前往皇宫觐见查理一世，而这个极为长寿之人的故事，"一大早就在床上传播，而后经所有的基督教吟游诗人代代相传"。"坠墙者的伟大坠落"，这是碎屑的坠落，亚当的堕落，也"一眨眼就引发了芬尼根的跌落"。让我们跟着芬尼根，他曾是一个忠诚的人，"说盖尔语的可靠男人，使得他自己的憨蛋山头（humptyhillhead）"，这里指的是矗立在都柏林东部的霍斯角（Howth Head）。"立刻派探子一路去西方，打探他的呆蛋脚趾（tumptytumtoes）"，他的脚趾，"它们那某地某处向上举起之矛正好位于公园中那个打昏过去的地方"。所以，他像矮胖子一样跌落了。另外，我在前面已经说过，他的脚趾出现在凤凰公园，那里有个地方叫作卡索诺科（Castle Knock），"在那里……橙果就被放在绿地上锈蚀（where oranges have been laid to rust upon the green）。"新教侵略者，橙带党人①，被埋葬在那片土地好安息（to rust，好锈蚀），在那里，他们会分解，或多或少化为爱尔兰的肥料，但在最终平静地化入绿色植物（the green）之前，他们承受了一些痛苦，"自从都魔林开始（devlinsfirst）爱上利菲河"以来，这种情况就一直在发生。在这句话中，devlins 暗示着恶魔，而在戈特夫里德·冯·斯特拉斯堡的著作《特里斯

---

① 橙带党（Orange lodges），又称奥伦治党，是爱尔兰新教徒组成的政治集团，旨在维护新教及其王位继承权。——译者注

坦》中 ①，Dyflin 是都柏林的中世纪名 [12]。

你对于以上这些内容感觉如何呢？这些只是这本书第一页的内容，而这部作品一共有 628 页。事实上，在《芬尼根的守灵夜》一书中，除了非常靠后的一些内容，再没有什么比最前面的这两段更难于理解的了。

下一页，在一个关于早期战争的段落之后，有一部分关于旧日英雄芬尼根的内容，他是一位生活在久远年代的泥瓦匠，那时还没有任何大型房产。易卜生话剧中的建筑大师被命名为索尔尼斯大师（Bygmester Solness），在一个年轻女孩的怂恿下，他爬上了他所建造的一座塔楼。当他到达塔顶时，女孩挥动了她的围巾，他感到头晕目眩而跌落——矮胖子跌落了，这就是那位建筑大师的结局 ②。此外，乔伊斯有一种理论认为，语言是从手势、从哑剧开始的，而小说主人公汉弗利·钱普顿·壹耳微蚵正是一位口吃患者，在这个令人愉快的段落中，这位有着哆哆嗦嗦的手的建筑大师：

> 芬尼根大师，有着哆哆嗦嗦的手，自由人的泥瓦匠，在审判者约书亚给我们《民数记》前，或者在利未人着手撰写《申命记》之前，在他那偏僻得收不到消息的灯芯草蜡烛里，过着想象得到的最开阔的生活（某个昨天，他坚定地把头撞进桶里，好洗他的脸，但是不久他又迅速地把头伸出，凭着摩西的大能，水蒸发了，所有健力士啤酒都离开了，因此应该让你看看他可真是个潘趣酒鬼！）在那些伟大古怪的岁月里，这个在狂饮村里与灰浆桶、水泥和大厦打交道的人，在利菲河岸，在某某人身边，把一幢建筑堆在又一幢建筑之上。他让小妻子安娜抱住这个小东西。抓着她的头发，把你那份儿塞进她身体。常

---

① 戈特弗里德·冯·斯特拉斯堡（Gottfried Von Strassburg），德国诗人，他创作的《特里斯坦》（Tristan）以中古德语改编了早期同名骑士史诗，描写中世纪传说人物特里斯坦和伊索尔德无视宗教法规和封建道德，毅然追求恋爱自由的故事，富有浪漫气息。——译者注

② 挪威剧作家易卜生的《建筑大师》（Bygmester Solness）创作于 1892 年，讲述了功成名就的建筑大师哈尔伐·索尔尼斯的故事。随着时光的流逝，索尔尼斯渐渐对自己的才华产生了怀疑，畏惧年轻人后来居上而极力打压青年才俊。神秘少女希尔达的突然出现改变了一切，在她的诱导下，索尔尼斯爬上刚竣工房屋的塔楼，不幸掉下来摔死了。——译者注

常想喝点儿酒，头戴主教冠，抓着大泥刀，身穿他通常喜好的乳白油布工作服，像哈伦·恰德里克·蛋生一样，把高度和密度相乘来计算，直到他借着酒精的纯光，看且看到双胞胎出生的地方……

这里出现了一幢摩天大楼式的建筑：

他那其他时日的圆头儿尖塔笔直伫立，在赤裸的砖石建筑中挺起（快乐给它权利！），绝对是一座壮观的摩天大厦，有着最令人敬畏的高度，几乎从空无中诞生，天梯直通霄汉，傲慢的大主教建筑师，建筑顶端垂下燃烧的乱草，带着工具（larrons o'toolers）的小偷爬上来，拎提桶的滚落者（tombles a'buckets）嗑朗朗摔下去。

"带着工具的小偷爬上来，拎提桶的滚落者嗑朗朗摔下去"，这里涉及历史循环，尤其参考了大英帝国建造摩天大楼的历史。当亨利二世来到爱尔兰时，都柏林主教劳伦斯·奥图尔（Lawrence O'Toole）于教廷中崛起，而在大约同一时间，托马斯·阿·贝克特（Thomas à Becket）倒台了。

在第六段中，我们看到了男主人公纹章上的标志：

他第一个拥有若干纹章和一个名字：巨人城堡的瓦西里·布斯拉夫，他那绘有图案的纹章，绿色并带附饰，颤动的坠子，银制，一只公山羊，一个纹章官，模样恐怖，头上长角……

这里是纹章用语。

他那饰有纹章的盾牌画有中线，拉弓的射手，太阳，位于第二条线上。字母H代表农夫把玩着他的锄头。嚯嚯嚯嚯，芬先生，你将变成芬尼根先生。将至之日的早晨，哦，你是葡萄！将逝之日的傍晚，噢，你成了醋！哈哈哈哈，疯先生，你会再变纯！

接下来的一段内容从那个伟大的问题开始：

在那个山羊之歌的雷鸣之日里，又是什么使者样的人带来这个城市的罪业？我们的立方房子作为他的屁雷的耳睹证人依然左摇右摆。但我们也在一个接一个的时代里听到那些朝他扔石头的无哈里发气度的穆斯林教徒们蹩脚的合诵，他们会把任何从天堂中底儿朝天扔出的白石头变成黑恶棍……

他向着圣母祈求更多的信息。[13]

因此，在我们寻找正义的时候，啊，支撑者，在我们立起的时候，在我们拿起牙签的时候，在我们一屁股坐到皮革床上之前，在晚上，在星光渐逝的时候，让我们坚挺！因为与其朝不在的人抛媚眼，不如朝邻居点头。要不我们就像先知的棺木一样在魔鬼和埃及海之间摇摆。割了耳尖的嚼吃蕨菜会决定。这样我们就知道宴会是不是飞翔的日子。她擅长现场搜索，总是漫不经心地回答帮助的人，爱幻想的宝贝儿。当心！当心！就像有人说的，这多半是块没打中的砖头，或者像其他人认为的，可能因为他身后的墙塌了。（迄今为止一千零一个故事仍延续着，都讲过了，全都一样）但是，夏娃在常春藤的神圣苹果上咬的那一口太令人痛心了（与瓦尔哈拉宫对循环权利的恐惧相伴而来的有：出租汽车、石头机车、亲吻货车、有轨电车树、扫清道路、自动机器、摇木马、街道车队、转弯的出租车、扩音器、环形广场和监视城壕、廊柱大厅、飞行宝塔、单桅小船、船载工作艇、穿制服的警察、麦克兰伯格街的妓女与他咬耳朵、梅林藏身的棚房，还有他那四个又旧又破的法庭、大道、他那十二便士一打的黑亮手杖、沿着安全第一大街滑行的公共汽车、不要告诉裁缝街角窥探的飞艇、他别墅的本地看房人、打扫房间之人和在家爬行之人的烟雾、希望和喧嚣、想象中的泥土低语着给我、给我、所有房顶的所有动荡、房顶给我，礁石给你，但是在他的桥下适合傻瓜）。一天早上菲尔喝得酩酊大醉。他的头昏昏，他的桶晃晃。（当然还有一堵高高仁立的墙）嗵！他从梯子上弹了起来。嘭！他死翘翘了。咚！男人要是结婚了他的刮刀就长又长，巨棍空墓。给全世界看。

以上内容讲出了他是如何在城市街道的喧嚣中倒下的。现在我们正为他守灵，这是一个爱尔兰的守灵夜，是一个以死亡为主题的盛大派对：

多长？我得瞧瞧！麦克尔，麦克尔，唉，你为什么死啊？死于难受的口渴之恸？人们在芬尼根的圣诞节守灵夜上叹息抽泣。全国的小混混，在他们的惊慌失措中，在他们十二个人的放生号啕中呼天抢地。这里也有管子工、马夫、治安官、市民、强盗、电影人。所有人都带着最吵闹的吵嚷加入了进来。有歌格、有玛各，还有他们周围的格洛格酒。庆祝一直持续到他和她灭绝。一些人在哀号中合唱，更多的人在歌唱中哀号。把他吵起来，让他躺下去。他僵硬，但他坚定，一流诗人！它曾是他曾是快乐工作的体面青年。磨快他的石柱，填满他的棺材！你能在世界上的任何地方再一次听到这样的喧闹吗？随着他们深深的快乐挖掘和口干舌燥的《费德里奥》。他们把他体面地沿着最后之床躺下来。在他的脚下放上一小口威士忌。在他的头边放下一推车健力士。准备所有的液体，接以醉醺醺的胡扯，哦！

那尸体就躺在那里，他所有的同伴和老友都喝得烂醉如泥，把他的遗孀吃得倾家荡产。

万岁！只有一只年轻的头来让古老的球体重新旋转，这是同一件事的同义反复……

然后一件奇怪的事情发生了：守灵夜的主题开始瓦解，而另一个主题开始出现：

是啊，他就这样直挺挺地仰面躺着，如同过长的巴别塔，让我们偷窥，看，看他，啊，看屁屁，咳他应该，大浅盘子……

芬尼根的身体化成了郊外的风景。

他！从切坡里若德到贝里灯塔，或者从灰镇到霍斯顶端，或者从切坡里若德银行到地角四周，或者从都柏林城脚到爱尔兰之眼岛，他安然地伸开躺着。从海峡到海峰的一路上（一只角！），他那峡风的双簧管似的哭泣将在荡呀荡焉荡漾中，在岩石环绕中为他恸哭（噢噢噢哇！），所有利菲河似的长夜，讲故事的安娜之夜，普鲁拉贝尔之夜，她那难以捉摸抑扬顿挫的流笛（哦，小鹅笛！哦，小鹅笛！）唤醒了他。带着她的伊苪一号、伊瑟二号，以及她的帕特杰克马丁，关于他们所有人的来龙去脉。絮叨着桶的故事，讲述着亲爱肮脏的都柏林的古事。饕餮前先感恩……

整个世界都靠他过活。在他死后，他成了他孩子的食物。他就像是一颗掉下来摔碎了的鸡蛋，他的遗孀只是把他做成炒蛋，端上来当作守灵夜的食物。[14]

感谢那些我们将相信的，那些如果我们相信就会收获的礼物。因此，看在胃的份上撕开袋子，把篮子递给我。阿门。就这样吧。鲸鱼正倒下来，但奶奶在铺餐桌……

根据描写，这位老人瘫在桌上：

菜盘之间是什么？芬一世。什么是他那烘烤的头？一条音乐餐室的肯尼迪面包。什么拴在他的尾端？一杯达尼埃尔·奥康内尔的著名老都柏林黑啤酒。但是，瞧，当你饮尽他的食品，咬过花朵般洁白身体的骨髓，因他再也无处可寻而把他看作史前巨兽。结束了！……

然后他渐渐消失：

只不过是昨日之景的命运图。几乎红润的咸鲑鱼，来自爱筵时代的古物，他是我们中间的幼鲑，愁眉苦脸，被装走。因此，那顿饭已经变质了，无法点菜、咽下、切片，扔了最好……

他的身影渐渐消失，融进那些原型，但他的轮廓依然可以从地面风貌中看出来。

然而，愿我们不要仍然看到这个雷鱼形体显出睡中的轮廓，哪怕我们自己待在捕鲑溪中莎草边的夜晚，这个捕鲑溪乃雷神所喜、电神偏爱。这里地方官睡着。小不点在自由民身旁……

整个场景渐渐融入了过去之中，他化成了都柏林，作为那个躺在那里的巨人被铭记，而我们所有人都生活在这个巨人的肚子里，以他为食。

在随后的几页之中不仅有着值得细观的风景，而且还写到了人类历史上一些典型的时期：现代史、中世纪史、史前史；此外，还有一些民间传说的碎片，一首滑稽的杂耍歌曲，以及我们自己后院的垃圾堆。当读者的眼睛望向其中每一处时，它便会稍稍破裂，露出里面那个怪诞的芬尼根的一两个明显特征。[15]

然后我们又回到了守灵夜中，那么现在威士忌被洒到了芬尼根身上，他动了动，用他的母语大喊：

你们这些地狱里的猪！你们认为我死透透了吗？

"无赖的灵魂！你们以为我死了吗？"他动了动，想要站起来，但是没人想让他站起来，这是必然的，因为他是梦着我们生命的伟大做梦者。我们都是他的梦，如果他醒来，我们所有人都会消失。所以那些哀悼者们试图说服他再次躺下：

现在放松，好先生芬尼莫，先生。像领养老金的神一样享受闲暇，不要去国外。

他们告诉他："你就待在那儿吧。这世界已经变了，总之你不会想起来的。"

你肯定只会在太阳城里迷路，你在迦毗罗卫的路如今只是条在骷髅地后面蜿蜒曲折的路，北翁布里亚街、五辆推车街、蹒跚袭击街，还有大道街，还有国外的雾露可能弄湿你的脚。遇到某个既老且病的破产者，或者克特里克的驴子，上面挂着他的鞋子，神之坐骑，或者一个荡妇，带着肮脏的婴儿在长凳上打鼾。这会让你厌恶生活，会这样的。天气也这么差。

他们继续尝试说服他留在原地。他们告诉他，他们会为他扫墓，为他带来玫瑰：

我们也会来这里，玩奥博尔牌的人，耙平你的坟墓，给你带来礼物，不是吗，芬尼亚们？我们要对你省着用的不是我们的唾沫吗，不是吗，德鲁伊们？这不是那类你在殉夫店里买的廉价小石像、一便士的便宜货，以及那些不要让我看到的东西。而是田野的贡品。千滴眼泪，是法赫蒂医生，那个巫医，教你强身的。罂粟浆的外销证。蜂蜜从来都是最神圣的东西，蜂房、蜂巢、蜂蜡，荣耀者的食物，（留心拿好罐子，否则你的琼浆杯会倒出太多！）一点儿山羊奶，先生，就像女佣常给你拿来的那种。

"你就待在那儿别动。我们会给你带去鲜花、蜂蜜和羊奶。你是伟大的。"

自从芬丹·拉罗把你的事迹吹奏过国境，你的名声像松脂软膏一样传扬，波的尼亚湾另一边住着整个家族，他们用你的名字命名……

"你是伟大的，我们将会这样说。"

这里的人总是提起你在鲑鱼屋里，在神圣栋梁下，坐在猪颊骨上无所事事，对着记忆之盆，用祝酒来耕耘残渣，盆的每个孔里都装着一位圣徒……

"我们将永远为你高唱赞歌。你就在那儿待一会儿，让我们过过我们的日子。再说了，你那原始异教徒的旧日时光已经结束了。它们成了过去。"回想一下，如果没有亚当的堕落，那么我们就没有时间，没有出生，没有死亡，我们就会处在孩童的天堂里，在伊甸园之中。看看这个世界由于亚当的堕落而变得多么令人兴奋！我们不想让芬尼根醒来。所以：

你现在安息吧！不再是芬！

因为，作为神圣鲑鱼的同名替身兄弟，已经随便有了一个大个子的无赖公羊小伙儿，前提是他逛了上百个妓院，这是我听到的。

现在店里出现了一个崭新的、有力的角色。

非法店铺像市长大人或小公狮狮一样兴旺，让枯树枝下落到（一根松了的！）背风处，但是在有风处（为了炫耀！）举起一码长的弯树枝（常青藤！），啤酒厂的烟囱那样高，下面像菲尼斯·巴努姆那样宽；哼的一声，他的方肩膀在他身上垂下，他是一位多么伟大的坠落者，有一个备用的麻子老婆，她是一只萤火虫，还有三个不错的小孩儿、两只双胞胎臭虫、一个侏儒少女。

新出现的这个有着一个妻子、一个女儿和两个儿子的男人现在开始将主导全书。老芬恩，那位我们生活在其罪孽之上的老亚当，已经被抛在身后，我们有了一个新的历史角色：汉弗利·钱普顿·壹耳微蚵（HCE）。但是，在整本书中，我们将会不时听到那位旧日芬尼根的回响。他和HCE是梦的两个方面：

分别是传统的和生物学的，以及个体的和历史学的。

乔伊斯告诉我们，他的文本蕴含着许多含义："在我们看来（真正的我们），我们似乎正读着第六封印章黑夜出行中我们的阿门地。"阅读这本书的时候，我们仿佛是在读着我们自己死亡和复活的故事，读着我们自己生命的奥秘。乔伊斯不断地尝试帮助我们阅读他的文本，帮助我们像考古学家挖掘历史的贝丘一般深入《芬尼根的守灵夜》的世界。因此，我们的考古探险队一直在向着过去挖掘，把井深深挖进梦的那些方面，这个梦起源于很早以前老芬恩的那个时代。

在第一章中，正如我们所看到的那样，描述了芬尼根和他的坠落。那么，在第二章中，我们将开始更多地了解 HCE 和他的罪孽：

> 他们讲了这个故事（一种混合物，像钙氯化物和恐水海绵那样具有吸引力）如何在一个无忧无虑的 4 月 13 日清晨（周年纪念，就如人们发现的，一年前他第一次接受了人类的混乱以及附带的裸体和权利）在所谓的不法行为之后很多很多年，当这个经受住考验的一切造物之友，以虎皮木的行路拐杖为支撑，戴着橡胶帽，扎着大腰带，背着麻袋里的皮革，穿着蓝狐粗棉布，脚穿铁里长筒靴，扎着袋子宽的绑腿，披着涂了橡胶的护肩斗篷，汹涌走过我们最大公园的广阔区域，他遇到一个拿着烟斗的恶棍。

那么，故事是这样的，HCE 在凤凰公园散步时，一个恶棍，也就是最年轻的那个儿子，那个幼子，走到他面前，说自己的表停了，问他："现在几点了？"那个老家伙似乎并没有回答这个问题，而是紧张地为自己的行为没完没了地辩护。他说："我没干过这事儿。没有，我发誓我没有。"如此种种。当那个恶棍得到这样的回答时，他挠着头离开了：

> 就像理所当然的那样（只要有勇气就可以搜出他，因为掉落的头

皮和头皮屑小山标出了他的踪迹）……

于是，在身后留下了一条头皮屑的痕迹之后，这个恶棍回到家里将这件事告诉了他的妻子。她随后前去忏悔，并告诉牧师说发生了一些事情。而后牧师去了赛马场，在那里他的话被旁人听到了：

> 极轻地对弯曲肋骨之忏悔的小小变体，（玛丽·路易斯仅仅为了约瑟芬才说那些话！）手手相交，誓守忠诚（我最好的爱人！我的妻子！）面对《她的出生秘闻》的压力，嘘声刺入一个菲利·桑顿的红色耳朵，这是一位教农业科学和标准语音学的外行教师，有着近乎强壮的体格，四十五岁左右，当时僧侣们正在微风习习的波多利赛马场为安全和理智的打赌坐立不安……

一个声名狼藉的人无意中听到了牧师的话，将这个故事到处散播，当然，它传遍了全城，最终在街头歌手霍斯蒂（Hosty）所写的一首下流民谣中出现。这首歌的第一节是这样唱的：

> 你可曾听过一个憨蛋呆蛋
> 滚下来，轱辘辘，蜷成团，
> 蜷得像驼背奥拉夫王
> 就在军火墙根儿边……

接下来的歌节详细描述了主人公的许多罪过和不端行为。有段歌词还描述了由于有着他这么一个丈夫，他的妻子和孩子所面临的困境：

> 他那无辜不幸的孩子们真可怜
> 但是要仔细留意他的合法妻子！
> 那位夫人控制老壹耳微蚵的时候
> 草地上不再会有蠼蝮吗？

在这首长长的歌曲之后，第二章就此结束。

第三章描述了对 HCE 的审判和监禁。这里的核心问题在于：他犯了什么罪？他在公园里干了什么？看起来他似乎是因为在性行为方面犯了什么过错而被当场抓获，或者是现已被抓获。无论如何，关于性丑闻的谣言一直在流传，这种丑闻可以以任何形式出现。要知道，在 20 世纪 20 年代，发生过一件非常有趣的丑闻：老爹勃朗宁案（the Daddy Browning affair）[①]。一个叫作老爹勃朗宁的老头迷上了一个年轻靓妹，一个叫桃子的女孩，这个故事中还有一只由于某种原因而被牵涉其中的鹅。因此，为了描述主人公罪恶的一面，乔伊斯把老爹和靓妹的故事当作当时的一部美国电影来讲。

……找出那个女人！女人女人！女人女人！

赶快，长着巨大的大疙瘩头的普通人，还有那个完全厚背无耻、面部可笑的单身汉麦肯斯基、杜兹纳斯库或其他人。你那屠夫的羊肉腿扯得太厉害变得肌肉粗硬。当榛树是只母鸡的时候，挪亚·比利重一千零一石。如今她的脂肪迅速减少。因此，聊天袋，你的为什么不能？有二十九条甜美的理由说明了为什么开花季节是最好的。如果长辈们是吃捣碎的石根姜长大的，他们会为青杏倾倒，即便这种感情在他们心里冬眠，就好像围绕他们的腰带秋收一样。如果你头发上别根针，你就不会看起来这么纵欲性秃头了。你头上的瘤就会长出淡褐色的头发。现在听着，秋波先生！把那个什么也没有的假笑收起来！接受一个召唤他的女人的老头。注意他那光滑整齐的头发，多么优雅，动人的场面。他发誓她将成为他自己的甜心羊羔，赌誓他们会成为爸爸伙伴，绰号，在必然幸福的爱巢里一同度过夕阳西下的美好时光，当五月之月她熠熠闪烁，他们逗弄闪耀整整一夜，将彗星的尾巴梳得

---

① 1926 年，16 岁的美国女演员桃子（Peaches Heenan）嫁给了 51 岁的老爹勃朗宁（Edward "Daddy" Browning），他们结婚几个月后，桃子试图起诉离婚，指控其丈夫在他们的卧室里养了一只鹅，但法院判决后者胜诉。——译者注

笔直，用玩具枪射击群星。奶油泡芙从始至终！非常好，麦肯齐斯小姐！因为亲爱的老祖父，通过注视、狂视、闪视这些星星，他热衷于狂欢纵乐。明白了！她希望通过现金回报来从上面听到她的衣柜，这样她就能买她的彼得·罗宾森嫁妆，然后与阿蒂、伯特或者可能是查理·强斯（谁知道呢？）招摇过市，所以再见吧汉特先生，对我来说你太像爸爸没法跳舞（于是她离开了！）城里一半的凝胶就是这样得到了她们的嫁衣，祖父他则在努力把他的吊带系到他的裤子上。但是闷老爹还没有因为甜心你和我之间的秘密彻底昏了头（绝不是你的生活，孩子！不是穿着那些裤子！一点点也不！）因为在某处秘密地，那里他不与谣言相伴，闷老爹有了他的二号凝胶（好哇，我们的闷老爹！）而且他也愿意爱抚她的某些当代部位，因为虽然他绝对喜欢他的一号，但是哦，他彻底沉迷于二号靓妹，因此如果他能只爱抚这两个，追来追去，三个人都会感到由衷的快乐，这像A、B、C一样简单，这两个交际花，我们是说，带着她们皲裂的樱桃屁股（因为他只是假装昏了头）。如果他们全都在梦生活之船上漂浮，在他的你好哇中两两拥抱，对你而言花花公子花花公子，对我而言花花姑娘花花姑娘，对神父而言你怎么到了这个地步，在他那歪歪斜斜、上下颠倒昏头昏脑、头重脚轻歪歪斜斜的爱抚中，你能吗？芬妮。

在 HCE 的故事以各种形式出现之后，我们进入了兄弟之战的主题，也就是两个相互竞争的儿子的问题。在第四章中，乔伊斯对他们之间关系的神秘本质做出了如下极为重要的陈述：

珀格的终结所带来的愉快叫喊与湿品特家的悲伤语调契合地相互交叉，仿佛他们是正相对立的此与彼，由大自然或精神中的一种单一力量，此彼，演化而成，作为它那此处和彼处显现的唯一环境和手段，截然对立是为了在对反感的同情下重新结合。

275

他们之间互不相容的本性让他们始终处于争斗之中。在此之后，等故事已经充分展开，出现了这样一个情节，原子发生了爆炸，而他们也遭到了湮灭。然而，这本小说的出版与创作时间要比真实的原子弹爆炸早得多[①]。

> 围栏浅滩的先主的奠基人的碾磨者的雷暴的大笑通过解析铀而引爆爆炸，带着甚至更雷声可怕隆隆的爆炸巨响，造成原子湮灭，在普通极度的混乱中，可以看到电子带着分子逃跑，考文垂土包子在皮卡迪利大街的伦敦高雅中完全窒息了他们自己……[②]

然而，在湮灭之后，这两个互不相容的存在又马上出现了，而且他们还在继续争斗，但是那个原本有着棕色眼睛的人现在眼睛变成了蓝色，原本有着蓝色眼睛的则变成了棕色。他们在一些小的细节上发生了改变，但实则是同一件旧事永远继续下去。这两个争斗的男人是同一存在的两面，就像男性与女性一样。

这种双重关系以各种各样的形式出现在整本书中，就像我们已经谈到过的那样，这种双重关系的原型是 HCE 和 ALP，父亲和母亲，海洋父亲和他的河流女神，毗湿奴和他包纳一切的配偶，做梦者和他的梦境。在这里，我们再度想到罗摩克里希那曾经说过的那句话："梵天是处于静止状态的婆罗门（brahman，这里指无限），而摩耶则是运动中的婆罗门。"他是那静止的状态，而她则是摩耶，这是一种积极的运动，将我们所有人带入这个世界的幻境之中，他们二者是同一存在的不同方面。

书中前四章所聚焦的一直是 HCE，也就是那位作为父亲形象的男主人公。接下来的四章则介绍了身为母亲角色的女主人公 ALP，还有他们相互竞争的儿子和小女儿，以及这个幻梦戏剧中的其他角色。

---

① 1945 年 7 月 16 日凌晨，第一颗原子弹在美国新墨西哥州阿拉默多尔空军基地的沙漠地区爆炸成功；1945 年 8 月 6 日，美国在日本广岛投掷原子弹。《芬尼根的守灵夜》一书则出版于 1939 年。——译者注

② 此处引文参考戴从容翻译的《芬尼根的守灵夜》尚未出版的部分。——译者注

第五章以一篇祷文开篇，祈祷的对象是那个用她的魅力让我们留在这个世界的人，是她将我们留在那幻觉的面纱，也就是摩耶之中。

> 以无上仁慈的安拉、永生者、赋予可能之人之名，愿她的前夜灵
> 光环绕，愿她的王国众人传唱，愿她的小河流水潺潺，像天堂一样畅
> 通无阻！

> 在颠倒混乱的时代，她为纪念至高无上者而写的无标题声明
> （mamafesta）曾有过很多名字。

接下来是一份长达三页的名单，上面列出了 ALP 的声明里的各种名字，还有一封她写来追忆一位老人的信，那位老人在一个垃圾堆里被一只名叫贝琳达的可爱小母鸡抓伤了。第五章的剩余部分是一篇冗长的注释，作者是一位学究式的学术教授，他带着我们对这份从粪堆中挖出来的残破文献进行了详尽的解释。这封信看起来能帮我们理解发生了什么，然而在每一个我们似乎将要找到一些重要答案的地方，总会出现一处茶渍或一个母鸡啄出来的洞，或者是其他什么东西。这就像你在做一些文献学工作时的感受。你拿到一份手稿，然后便开始提出问题：这是从哪儿来的？这究竟是谁写的？而正当文本要告诉你它的作者是谁时，那里就出现了一个空缺。但正如我之前提到的：

> 对这份手稿的细致研究将使我们得以重建这样一幅图景，它描绘
> 出了宏大的原始戏剧的背景和演员阵容。但这绝不是一个简单的三维
> 任务。原始的信件扩展成了大量的脚注、学术评论、某一假定的原作
> 者的解释、心理分析、马克思主义的评论以及重写本的研究，直到最
> 后，我们眼前所看到的不再是一封信的碎片，而是关于人物、地点和
> 思想的一场壮观的骚动，乔伊斯称之为"提比里亚双重性（Tiberiast
> duplex）"。[16]

我们将要尝试阅读的这封信当然就是《芬尼根的守灵夜》。对于如何阅读

这困难的文本，乔伊斯在这里给我们提供了一些建议：

> 现在，耐心些：记住耐心是非常伟大的，而且比其他所有事情都重要的是我们必须避免失去或者快要失去耐心。忧心忡忡的商人可能没有许多动力去掌握孔子的中庸学说或者伯鱼的礼仪规则，他们采用的好办法是只要想想所有那些由布鲁斯兄弟以他们共同的名义掌握的偿还耐心基金，与他们共为一体的还有他们的苏格兰蜘蛛和艾伯费尔德的算术马。也许经过了黑沟里年复一年的挖掘之后，一位情绪激昂的演讲者而非其他什么人，基纳汉或基汉纳、莱农或手指信使，怀着与该死的所有人同样的目的起来了，用所有马厩的语言向我们保证，我们伟大的祖先可能讲着比他自己的姓更短的三个音节（是，是，更短！）芬·壹耳微蝌的耳朵从前是播音员的商标，而柳条是表示王牌特权的当地暗语（听！喊！到处都是！）因此对于这封在收音机中振荡的书信，无论是棉花、丝绸，还是锦绣、化妆墨、五倍子或砖灰，我们都必须不断回到它，正是现在在暹罗、地狱或炼狱的某处，在那在我们智慧的阿拉丁山洞里跟我们玩绕圈转游戏的圆太阳下，是不是那个灿烂得如此这般将把真相透露给了我们？

> 我们知道唱反调的人……

试图弄清这个伟大而黑暗的秘密的读者都知道，总有些消极的人会说："哦，不过如此，不过如此。"而我们现在要跳过所有这些反对者，真正发现这一文本中的奥秘。

> 想从已经没有政治仇恨和索要金钱这一积极一面得出完全否定的结论，认为纸上所写的不可能出自那个时代某个男人或女人之手，或者那些部分不过又是一个仓促得出、未经斟酌的结论，这相当于从随便哪页中未出现的引号（有时被称为引语）来推测该作者天生始终不知道如何盗用其他人说的话。

这位学者试图解读的这封信是你童年时写给自己的，也就是如今精神科医生要用心理疗法从你的内心找出来的东西。

幸运的是这个问题还有另外一个角度。是否有哪个家伙，随处可见的那种，也许是为了什么好处某个沉闷的夜晚才被平静地提起——有着普通家伙的所有常见特征，四十岁左右胸部扁平，有些虚张声势，惯于在阐述复杂事物时用中间省略法推理，是他伟大的凤阳朝代的后裔，只不过是另一个之子，事实上，曾盯着一封极其普通、写有地址、贴着邮票的信封看了相当长一段时间？应该承认，这只是外表：它的脸是它的财富，呈现出它相貌中所有不完美的完美；它仅仅展示了市民或军人的外衣，遮盖着随便哪种缺少激情的裸露，或者伤痕青紫的赤裸可能碰巧把自己藏到信封下面。然而如果仅仅把注意力集中在任何文件的字面意义甚至心理学内容上，以致令人痛心地忽视为它提供详情的封装着它的事实本身，这种做法对健全理智（并且再加上最真实的品位）的伤害，正如同某个家伙在可能通过另一个家伙被介绍给，比如说，后者熟识的一位女士时，后者结果变成了需要他来介绍的朋友，而该女士正忙于展示祖先精心制定的上楼礼仪，径直跑开了，突然清楚地看到她完全赤身裸体，宁愿在伦理礼仪的事实面前闭上他那视力不佳的眼睛，即她毕竟，就眼下的空间来说，穿着某种无疑成套的进化服装，不谐调的产物，吹毛求疵的批评者可能把它们描绘成，或者不是完全必要，或者这里那里有点儿让人生气，但是尽管如此，无疑充满地方色彩和个人香气，而且，也暗示着大量更多的东西，可以被拉长、扩大，如果需要或愿意，可以把它们那些奇怪得似乎巧合的部分分开，他们现在不正是这样，好让行家的巧手更好地检查，你们不知道吗？谁打心眼里怀疑女人气的裁缝一直在那儿，或者比现实更奇怪，怀疑女性化的小说与此同时也在那那儿，只不过有点儿朝后？或者那个可以与这个分开？或者两者那时可以被同时审视？或者每一个都可以离开其他的依次被拿起来考虑？

这位学者围绕着他在这封信里的发现阐述了许多详尽的事实，认为这只母鸡可能就是那个将要带领我们解读这个从地底挖出的谜团的"她"。

> 带路，好母鸡！她们总会：询问年龄。鸟儿昨天做的，男人第二年就可能做，即便它飞翔，即便它换毛，即便它孵蛋，即便它是巢中协议。因为她的社会科学感觉稳健如钟，先生，她的禽类自动变异完全正常；她知道，她只是觉得她多少生来就要生蛋和爱蛋的（要相信她会让物种繁衍，哄着她的毛球们安全度过喧闹和危险！）；最后的但也是主要的，在她的生殖世界里全是游戏，没有胡说八道；在每件事上她都如同淑女，每次都扮演着绅士。让我们来占卜一下！是的，在所有这个来得及结束之前，黄金时代必须与它的复仇一起回来。男人将变得可以驾驭，疟疾将卷土重来，女人将带着她那荒谬的白人之累一步就完成崇高的孵化，这只无鬃毛的人类母狮带着她那追随其后的去角公羊，将公开躺在一起，狮腰压着羊毛。不，当然，他们这样并不正当，那些宣泄阴郁情绪的人写出那些发牢骚的信，自从寒冷一月里那个古怪的工作日之后（但那是荒漠绿洲里多么繁盛的时光！）再也不会完全是他们过去的自我了，那时让双方都大吃一惊的是，母鸡多兰读着文学。

这封信可以有许多种解读方式，正如你对《芬尼根的守灵夜》的阅读可以在很多不同的层面上进行一样。下面这段关于公园中发生之事的内容，是从心理角度出发来解读的。

> 而且，谈起太巴列和嗜老癖中的其他乱伦之淫，这是警告那被暗示的罪恶欲望。那些不执拗的细读者可能也许从性感的角度把它视为常见的坠入爱河的方式，妙龄婊子带着小小的粉红故意从她的自行车上翻下来，在助理牧师的黑色长袍的主要开口处，人们会看到与她一

起，哪儿！有人小小心心地拾起她，就像抬香膏的人那样小心，因此感到处女受到很大伤害，善意地问道：你怎么被打得这么优雅，你在哪里被人追逐我的孩子？是谁，有可能更进一步？那么更宽，但是我们可怕的老萨科斯，他曾对爱丽丝们做了我们分内严肃的事，那时她们年轻、容易受惊，在卖淫房间的半阴影里，我们对她们运用了怎样神谕般的压力啊！能否（我们是否关心在照相机里推销我们花钱买来的沉默）告诉我们鼻孔湿润的那个人，处在这样千变万化的背景中的父亲并不总是那个情绪内敛的亲戚（常常遇到我们不听法院命令）他为我们乱七八糟的账单买单，哪个头脑简单莫名其妙的副词，比如米歇尔似的，看起来可能在女阴方面引起联想，最后，一个什么样的神经衰弱症狂热者，松果腺－内分泌那类的，有着颠倒的亲子关系，过去出现过事先存在的梦，并且在同宗纽带在她那溜滑的成熟分裂中最终被察觉之前，有着希望与父系亲属交配的强烈阴茎欲望，那时她带着喜爱提到她的幻想所面对的某个试探者。而且，嗯。我们能。但是需要说什么？这是一个小故事，充满了笔下所能写的人性……

那么这就是心理学上的解释——我们"曾年轻且容易受惊"，当然，还有政治学的角度：

> 因为我们也知道，我们从《我曾是将军》中仔细读出来的东西，知道肖腾布姆所写的《布尔什维克主义的涌现》，知道大约在白色恐怖的红色时期米歇尔神父等于旧政权，玛格丽特则是社会革命，而蛋糕意味着政党资金，亲爱的谢谢你表示国家的感激。

就这样，随着情节不断展开，在本章中，我们知道了解读 ALP 的信及《芬尼根的守灵夜》一书的许多维度。

在第六章中，教授在他的课堂上探讨了提比里亚双重性的问题。这一章为《芬尼根的守灵夜》中的主要人物和主题列出了一份便利清单。[17]此前，自大的琼斯教授，一个肖恩类型的人物，被问到了这样一个问题：如果一个双眼疼痛的烂醉流浪汉，凄惨可怜地乞求教授为拯救他的灵魂提供必要资金，那么这位可敬的绅士如今会愿意这样做吗？这个流浪汉实际上就是乔伊斯本人，作为闪的形象出现在书中。

答案很简单："不！"然而，这位教授觉得有必要为他的拒绝提供详尽的理由。这个问题的结果变成了一场非常学术的探讨，但论证却被他附注式的说明所掩盖。作为一个把所有的学问都当作自己专长的人，他抓住这个机会，向学生们展示自己的学识，让他们大惑不解。结果他的听众一个个都听得要睡着了，而他则被迫经常责骂和侮辱他们，使他们至少在表面上表现出积极的兴趣[18]：

> 由于我这里的解释可能超出了你们的理解，小顽童们，尽管像凯德文、凯德沃伦和凯德沃伦纳一样一个比一个无法比较，我应该回到一种更填空式的方法，当我不得不与糊涂愚笨的学生谈话时我常用这种方法。为了我的目的想象你们是一班淘气鬼，流着鼻涕、呆鹅脖子、草包脑袋、学业乱搅、屁股长刺，等等，等等。还有你，布鲁诺·诺兰，把舌头从墨水瓶里拿出来！既然你们中没有一个会爪哇语，我来把老寓言家的寓言全都放松自由地翻译出来。小阿勒波，把头从你的书包里拿出来！听着，朱·庇特！听清楚事实！

这个他将要由爪哇语原文自由翻译过来的寓言是：

> 狐狸与葡萄。

> 女士们和先生们、句号们和分号们、出身高贵的和出身卑贱的！

这部分内容，是《芬尼根的守灵夜》较早出版的一章，是这本书的瑰宝之一。两个男孩，狐狸与葡萄，也就是肖恩和闪，他们正在玩耍。

> 从前在一个空间，一个非常广阔的空间，那里曾经住着一只狐

狸。这个孤独的家伙实在太寂寞了，像坐着的统治者，太他妈的可怕了，一只狐狸他要去散步（我的帽子！安东尼·罗密欧喊），于是一个大夏天的晚上，在一个伟大的早晨，好好地吃了腌猪腿和菠菜晚餐，扇过眼睛，修完鼻毛，挖了耳朵，披上围脖后，他穿上那透不过的，抓起那可责难的，竖起王冠，步出他那不可移动的白色乡村（之所以这样叫是因为它满是高级石膏，并有许多布置华丽的花园，点缀着瀑布、美术馆、引水渠和地下墓穴）从勒德城出发散步去看看所有可能道路中最离奇的道路到底怎么坏。

他拿着父亲的宝剑出发了，他的破矛，他佩戴着，在他的双腿和沥青脚跟之间，我们唯一的布雷克斯比尔，从他的牛脚趾到三重顶，在我看来，发出叮叮当当的声音，不死之身的每一寸……

在这个寓言中，狐狸是英雄形象；此外还指教皇阿德里安四世及亨利二世的混合，前者是唯一英国出身的教皇，后者在阿德里安的建议下前往爱尔兰并整顿那里的一切。

他还没有从他的避难所走上五对秒距，就在圣约翰拉特兰教堂的转角处，靠近城墙外的圣保罗教堂，遇（依照第一百一十一条预言，《永恒的阿姆尼斯·利米娅》）到了他曾目不转睛地盯着的在无意识中看起来最沼泽繁多的溪流。它从山中发端，给自己起名拿农。它看上去很小，闻起来褐色，在狭窄处思考，一说话就暴露浅薄。它流动起来像所有可爱纯洁随和的小家伙一样滴滴落下：我的，我的，我的！我和我！棕色小溪我怎么不爱你！

还有，我宣布，在那条会变成河流的小溪的对岸，在榆树干上口干舌燥，直直垂下的，除了葡萄还会是什么？无疑他该被烤干，谁让他没有他时代的果汁？

　　他的籽儿几乎全都讨厌他；他的果肉每隔一分钟就改变颜色；他很快就忘记了服装师对他枝叶的飞叶的蔑视；他静静地原谅了法警对他那大屁股的体积的轻蔑。在他所有华而不实的天堂里，就像至善至伟者相信的，狐狸从未见到他的都柏林内兄如此像腌菜。

　　阿德里安（这是狐狸现在的化名）在走向奥瑞纳文化时与葡萄面对面一动不动地站着。但是所有狐狸都挪动得像所有道路，无论向东还是向西，都漫步穿过罗马。他看到一块石头，就那个，在这块石头上沙德坐在这个座位上，它相当别扭地塞在里面并通过喝彩达到它最完满的正义故事，在这之后，带着他全可涂油的上方那万无一失的环绕，西方的日间主教，以及他常结伴而行的佩紫水晶的直足者，教宗德吾一世，紧挨着他的渔人诡计，胜利之兽，他的每条道路都加入了华莱士藏馆，因为他活得越长对它的思考就越广，圣父、圣子和圣灵，他审视了第一和最后一位先知般的凡夫俗子夸图斯五世、昆图斯六世和赛图斯七世，彻夜不眠地想着里奥四十九世。

　　——祝你好胃口我们，狐狸先生！你好吗？葡萄用一种极富辉格党色彩的感伤声音吱吱叫着，蠢驴们全都高声大笑，对他的打算发出驴鸣，因为他们现在了解了他们那狡猾的托德·劳里狐。见到你我不胜荣幸，我亲爱的大师。如果可以能否告诉我一切，教皇陛下？关于桤木和石头的一切，还有谷芒和莉齐大体上的事情？不？

　　想想看！哦，最倒霉的撒旦！一粒葡萄！

　　——瞎说！狐狸最有成效地大叫道，说教的、合为一体的、能够存活的在他们的长袍之屋里胆战心惊地听着他那完全慢吞吞的声音，因为你无法从嘶哑的桨声中唤醒轻柔的绞索。去死吧你，还有你那来自亡灵的诅咒！不，为了乡下牲口绞死你！我庄严地做着我的教皇！下来，选美皇后！到我后面来，总督们！废话！

——不胜感激，葡萄鞠了个躬，他的哀诉涌上了他那紫色的脑袋。我依然常常全身仆地进行祈祷。根据表，请问现在几点？

想想看！这个消瘦的气包！这样对狐狸！

他们将要进入一场极其错综复杂、疑云密布的神学争论。[19]狐狸本质上指的是罗马天主教会，充满权威和教条，而葡萄则比较像一位诺斯替教徒，对他的界定很模糊。这场争论逐渐升级为如下内容：

——几千年后，唉，葡萄仔细研究了我的绵羊皮，你会对这个世界视而不见，虔诚者狐狸说。

——几千年后，群居者葡萄答，即使成了穆罕默德的山羊，你的依然可能，唉，狐狸，更聋。

——我们应该被瓦尔哈拉宫的女选官作为最后中的第一个选中，狐狸高贵地评价道，好与以利亚的独角媲美，我们一人在我们的旅店里，而这正是鲁比和罗比心爱的，上帝赐福他。

这个避孕药，这个鼻洗剂（亚德雷牌），这个军队男人裂口，英国化得就像在邦德街，直率得就像当那个足弓骨折的新西兰旅客……

——我们，葡萄四肢无力地坦白道，当蒙面的恐惧造访我们的时候，我们希望甚至不会成为第一中的最后一个。而且，他补充道，看看伊丽莎白的第四十三条法令，我完全仅仅依赖呼吸的重量。呼呼！

隐匿不见的伏兵，社会和商业成功的冷酷敌人！（天女的呼吸）原本可能是一个愉快的夜晚，可是……

他们相互谩骂，狗和蛇，用塔里斯提努斯抽打皮萨斯法提乌姆以来所用过的最粗野的话。

——独角！

——蹄子！

——蛋！

——威士忌！

　　然后蠢牛回答了排球……

他们的小妹妹 Nuvoletta，小云女孩，一直在旁观他们的争斗。

　　小云身着她的明裳，经过十六个夏日纺织而成，俯瞰着他们，趴在栏杆上，孩子气地听着能听到的一切。当肩膀充满信心地把拐杖举得跟天空一样高的时候，她多么胆战心惊啊，当膝盖疑虑重重地把自己弄得像个大傻瓜的时候，她多么愁云密布啊！她独自一人。她的所有云伴都与松鼠一起熟睡了。她们的妈妈，月亮夫人，已经离开，正在第一宿舍里刷洗着二十八号的后楼梯。父亲，那个太阳，已经上了楼，在诺伍德苏打间吃着维京美味之海。虽然这个天国之人带着他的星群和散射物站在中间，小云一边照着自己一边听着……

像所有的小妹妹一样，她也想加入哥哥们的游戏。你大概是明白这种事的。

　　而且她尝试了能做的一切来让狐狸抬头看她（但他过于万无一失地看着远处），来让葡萄听到她能多么羞涩（虽然他过于有条不紊地听着他的存在），但各处都是温润的水汽。甚至她那淡淡的投影，小云，也不能让他们注意，因为他们的思绪，带着无畏的命运和无尽的好奇，与埃拉伽巴路斯、康茂德、艾诺巴勒斯钉在了一起，还有红衣主教魔鬼他们按照他们的纸莎草浓烟和字母所言而做的不管什么事。仿佛那就是他们的志向！仿佛他们的能复制她那女王的尊严！仿佛她会成为这个或那个程序中的第三方！她尝试了她的四种轻风教给她的所有迷人的赢人的办法……

现在她试图吸引他们的注意，让他们看到她是一个多么可爱的小东西。

　　她像小布列塔尼的公主一样甩着她那朦胧星光的头发，她像康沃利斯－魏斯特夫人一样弯着她那娇小美丽的胳膊，她像爱尔兰国王的王后的女儿那美丽的造型一样朝着自己微笑，她自艾自叹，好像她生来就应该嫁给悲伤更悲伤最悲伤。但是，小圣母，她完全不妨把她那雏菊之美带到佛罗里达。因为狐狸，疯狗般的侍祭，并不觉得有趣，而葡萄，靠不住的天主教徒，健忘得让人不快……

兄弟俩在争论中太投入了，以至于他们完全没能注意到她。

　　——我明白了，她叹息道。那儿是男人。

"他们太蠢了。"她叹息道。他们代表了历史上所有的冲突，而她是天空中的一朵云，俯瞰着这一切。但是她自身的悲伤引发了之后所有的事情：她降下雨来，并开启了整个河水奔流的过程。

　　啊，什么样的黄昏啊！从玛拉雅山谷到神恩平原，主与你同在！啊，露水！啊，露水！天色如此昏暗，连夜晚的泪水也开始落下，最初一滴两滴，然后三滴四滴，最后五滴六滴又七滴，因为疲惫的人们在苏醒，而我们如今与他们一起哭泣。O！O！O！下雨了！

　　……于是现在那里只剩下一株榆树和一块石头。用石头投票，石头但是柳树。啊！对了！还有小云，一个小女孩。

　　然后小云在她那小而漫长的一生中最后一次反思，并且将她所有难以计数的飘动的思绪聚为一点。她取消了所有婚约。她爬过栏杆；她发出孩子气的阴云密布的哭喊：不！不！明裳飞扬。她走了。飞入原为小溪的河流（因为千滴泪水落到她身上，到她这里，她强壮了，突然想跳舞，她那沾上泥的名字叫利菲夫人）那里落下一滴眼泪，一滴孤独的眼泪，所有眼泪中最可爱的（我指的是那些爱哭的寓言迷，他们"热衷"于美而又美的陈腐平庸之物，你可以在希望商厦哈罗德商厦找到），因为这是一滴激增之泪。但是河水渐渐漫过了她，舔着就好像她的心已经碎了：为什么，为什么，为什么！我好苦啊！我流来流去真是太傻了，可是我停不下来！

别鼓掌，求求你！够了！罗马税摇铃人到时候会绕着你的圈子走。

阿勒波学长，我以后会在另一个地方考虑你的回应，诺兰·布朗尼，你现在可以离开教室了。朱·庇特，狐狸。

在第七章中，肖恩继续对他的兄弟闪进行暴力攻击。乔伊斯在这里讽刺了他自己作为作家之子的身份，就像他始终没有放弃轻轻讽刺一下斯蒂芬·代达勒斯一样。在这一章中，乔伊斯在描述闪的同时，也在描述他自己。

看起来，闪的躯体已经起来了，包括一只扁斧脑壳，八分之一云雀眼，一个洞的鼻子，袖子里一只麻木的胳膊，王冠中垂下的四十二根头发，十八根指向他虚假的嘴唇，三缕鱼须从他巨大的下巴挂下（某人的儿子），错误的肩膀比正确的高，全是耳朵，一只人造舌头带着自然的卷曲，没有用来站立的脚，一把大拇指，一只失明的胃，一颗失聪的心，一只松散的肝，二瓣屁股的五分之二，一常衡给他的慢性尿道结石，一只万恶之源的男根，一张鲑鱼母鲑的薄皮，他那冰凉脚趾里的鳗鱼血，一只膨胀的膀胱，数目巨大，使得年轻的闪吾大师在他第一次出行的时候，在史前时期的曙光中，如此这般地看着自己，当时他正在他们的苗圃（孤儿院）里玩着金翅雀，该苗圃位于旧爱尔兰都柏林市肥猪街一百一十一号，（我们现在要不要为了英镑、先令和便士回那儿去？我们现在要不要为了安那币和安那币？我们要不要为了全部二十八加一里拉？为了十二组一先令？为了四泰斯特一格罗特？一第纳尔也不行！一便士也不行！）宇宙第一谜题向他的所有小弟弟和甜妹妹们提出：问，什么时候人不是人？告诉他们别着急，孩子们，等潮水停下来（因为从他的第一天起是两星期）并且拿出又苦又甜的螃蟹作为奖品，一份来自过去的小礼物给胜利者，因为他们的铜器时代还没有铸造出来。

这是乔伊斯对自己的描述：每当出现争斗的叫嚷，他就会躲进自己那个被叫作"闹鬼的墨水瓶"的书房，锁上门，从钥匙孔往外看。有一次，在从钥匙孔向外看发生了什么时，他遭遇了直直望进一把左轮手枪枪管的惊人经历，乔伊斯描述说："每次手枪响起，他的脸和裤子都会变色。"与此同时，他的弟弟，那位年轻的英雄，在外面赢得了所有的大奖。而作家在这墨水瓶房子里做着什么呢？他在寻找那些智慧的话语，并且找到了它们，他在"这张唯一大页书写纸的每一平方，他自己的身体"之上书写着。他处于一种沸腾发酵式的写作状态，把自己的身体当作纸，把他的排泄物当墨水，这是现代艺术的创作方式，也是乔伊斯目前正在写就的书。

肖恩的讲座引出了第八章，也就是安娜·利维娅·普鲁拉贝尔一章，这是第一卷的最后一部分。乔伊斯为这一章的结尾部分做过录音。两位洗衣的老妇人，分别位于小溪的两边，一边洗衣服一边闲聊。以下是这一"河流章节"的开头。

O

告诉我所有

安娜·利维娅的事！我想知道所有

安娜·利维娅的事。好吧，你知道安娜·利维娅？是的，当然，我们都知道安娜·利维娅。全都告诉我。现在就告诉我。你会听死的。嗯，你知道，当老家伙完了蛋，做了你知道的。是的，我知道，继续。快点儿洗，别玩儿水。卷起你的袖子，打开你的话匣子。你弯腰的时候——停下！——别撞我。或者不管是什么，他们三个一起来弄明白他在凤凰公园企图对两个人做什么。他是个恶心的老流氓。看看他的衬衫！看看有多脏！他弄得我的水都把我自己弄黑了。自从上星期这个时候起就把它浸泡热敷。不知道我洗它已经洗了多少次了？我记得他喜欢去那些施肥的地方，没用的脏鬼！烧焦我的手，饿死我一家，就为了把他的脏事儿公之于众。用你的木槌好好锤它，把它洗干净。我的手腕正锈钝地搓着霉斑。里面湿得有多深，罪恶有多重！他到底到底对圣灵做了什么？他被关了多久？他做的事儿上了报，刺激和刺探，国王对汉弗利，伴之以非法蒸馏、功绩，还有其他一切。但是时间会证明一切。我太了解他了。岁月不饶人。只要你跳跃，你就会掀起小潮。

在她们继续交谈时，河水变得越来越宽阔。它不停地向前奔流着，而这两个福特公司的洗衣工变成了女妖，她们洗着衣服，同时预言着一次死亡，一场灾难。这一切不断进行着，直到最后，天渐渐黑了下来，她们彼此之间也失去了联系。

嗯，你知道，或者难道你不知道，或者难道我没告诉过你所有叙述都有结尾？这就是这个他和这个她的事情了。看，看，暮色越来越重了！我那高耸的树枝正在扎根。我冰凉的椅子变成灰地。几点了？小偷！是在哪个年代？很快就要天黑了。自从眼睛或任何人最后一次看了水房的钟，现在已经无休无止了。他们把它分成小块，我听到他们说。他们什么时候把它重装起来？噢，我的背，我的背，我的背！我真想去艾克斯莱班。叮当！那是送冬节的钟声！想让我们祈祷！当！把衣服拧出水！把露水拧进去！上帝避开，避开阵雨！

赐予我们你的恩慈！阿门。我们现在要把它们铺在这里吗？啊，好的。抛！在你的岸上铺开，我会把我的铺在我的岸上。开！我正在做！铺！天变凉了。起风了。我会在旅舍床单上放几块石头。一个男人和他的新娘在它们中间拥抱。否则我会洒点水，只把它们折起来。我会把我的屠夫围裙系在这儿。不过都是油。散步的人会从旁边经过。六件衬衣、十条方巾，九条用来保持火苗，这条用来抗寒，修女巾，十二条，一条宝宝的围巾。好妈妈约瑟知道，她说。谁的头？妈妈打呼噜？女神请安静！她的孩子现在都在哪儿，喂？在失去的王国，或者将临的权力，或者荣耀归于父？全是淤泥，全是淤泥！这儿有一些，越来越多，又有更多的流失到国外。我曾听人说香农的同一枚胸针嫁入了西班牙的一个家庭。布伦丹鲱鱼池那边的马克地葡萄园里的所有邓恩的笨伯都在美国佬的帽子里选九号的。比蒂的一只珠子跳上跳下，直到她用金盏花和修鞋匠的蜡烛，在离开光棍小路的匆忙男人那主渠的旁支中，聚拢起遗失的历史。但是在前置的或之间的年轮里留给最后一位米格尔的一切东西，只是一只膝部搭扣和前边的两只钩子。你现在要告诉我这个吗？就是。为地球和魂灵祈祷！很好，太棒了，我们都是影子！确实，你听过的次数不是有如洪水吗，反反复复，对河岸做出回应？你听过，你听过！我要，我要！就是那个耳塞我曾塞进我的耳朵。它几乎完全让最小的声音沉寂下来。啊呀！你遇到什么麻烦？那里是不是伟大的芬首领本人，穿着他的和服在他的塑像上骑着高头大马在对面？水獭之父啊，就是他！你在那儿！是吗？在普通的马上溜达？你想的是阿斯特利的圆形剧场，那里条子不让你把含着棒棒糖的嘴撅向佩珀尔家的幽灵白马。把蜘蛛网从你的眼前拿开，女人，把你洗的东西铺开！还好我知道你是怎么偷懒的。上下抖！爱尔兰的清醒是爱尔兰的刚强。上帝保佑你，马利亚，满是油污，重负伴随着我！你的祷告。我想是的。安古特夫人！你过去一直酗酒吗，告诉我们，脸蛋锃亮，在康威的卡利戈库拉餐厅？我什么，跛子？拍！你那风湿病的后门控制着你屁股的不满。我不是清晨还潮湿的时候就起来吗，玛加利大·玛丽·玛加利大，带着科里根氏脉和静脉曲张，我的巡视车的轴撞碎了，衰弱中爱丽丝·简，我那独眼的杂种狗两次撞倒，浸透漂白锅炉抹布，流着冷汗，一个像我这样的寡妇，好去打扮我那成了网球冠军的儿子，洗衣工与洗衣妇法兰绒？当领口和袖口继承了城市，当你的毁谤玷污了卡罗的名声，你从强壮的轻骑兵那里赢得你干净的跛足。神圣的斯卡曼德，我又看到它了！在金色瀑布的附近。可怜我们吧！光的圣人！看那儿！压低你的声音，你这个下流胚！那不过是黑莓类植物，或者他们四位老怪人的灰驴子。你是说泰培、里昂和格雷格里？我是说现在，谢天谢地，他们四个，他们的吼声，在雾中驱车和走失，老约翰·麦克杜格与他们在一起。那边是不是普贝闪光灯，很远很远，要么是一艘救火船靠近黑天航行，要么我看到的是篱笆里的光亮，要么我的加里从印度群岛回来了？一直等到月亮如蜜，爱！死吧夏娃，小夏娃，死吧！我们看到了你眼睛里的奇迹。我们还会相逢，我们会再次分离。如果你找到时刻，我就会寻找地点。在蓝色牛奶打翻的地方，我的航海图高高闪耀。原谅我很快，我要走了！再见！还有你，摘掉你的表，勿忘我。你的夜晚北极星。那么一路平安！我的视线被此地的阴影弄得在我眼前游动得更浑浊。我现在慢慢回家沿着自己的路，完全是我的路。我也走了，多少是我的路。

啊，但不管怎样她是个奇怪的老亲亲，安娜·利维娅，装饰性脚趾！当然他也是古怪的老家伙，亲爱肮脏的呆蛋，芬格尔们和女儿女孩们的养父。老太老头我们都是他们的崽子。他不是有七只母兽做他的妻子吗？而且每只母兽有七个胯。每个胯有七种色调。每个色调有相异的喊叫。肥皂泡给我，晚餐给你，医生的账单给乔·约翰。是对头！两个小偷！他娶了他的集市，因发臭而便宜，我知道，就像所有伊特鲁里亚天主教异教徒，穿着他们粉红柠檬奶油色的呢斗篷和他们的绿松石靛蓝淡紫色。但是在米迦勒节上谁是配偶？那么所有是的都是爱人。这是仙境！充足的时间和快乐的回返。又和原先一样了。维柯规律或者我记得你们。曾是安娜，正是利维娅，将是普鲁拉贝尔。北方人的东西成了南方佬的地方，但是多少更多亲自构成每人？把这给我变成拉丁文，我的三一学者，从你们的梵文变成我们的印欧语系！都柏林的山羊市民！他让公山羊喝他的奶头，柔软奶头给孤儿。嚯，主啊！他的一对儿乳房。主啊救我们！嚯！喂？所有男人的东西。热？他的傻笑女儿们自。什么？

听不见，因为水自。唧唧啾啾的水自。飞来飞去的蝙蝠、田鼠回嘴。嚯！你不回家吗？什么托马斯·马龙？听不见，因为蝙蝠的叫声，他们所有利菲化的河水自。嚯，谈话救我们！我的脚动不了了。我觉得像那边的榆树一样老。故事讲着肖恩或闪？利维娅的全部女儿儿子们。黑色的老鹰听着我们。黑夜！黑夜！我的陈头落下。我觉得像那边的石头一样重。给我讲讲约翰或肖恩？谁曾是闪和肖恩活着的儿子或女儿们自？现在天黑了！告诉我，告诉我，告诉我，树我！黑夜，黑夜！告我树干或石头的事。在河水化的水边自，这儿和那儿里去的水自。黑夜！

带我们回到过去的第一卷到此结束。在第一卷里，我们是在地底挖掘的考古学家，寻找着远古时代的痕迹。而继续走入第二卷，我们将置身于此时此地，也就是置身于 HCE 的酒馆中。

第二卷

在第二卷的开头，三个孩子正在花园里玩耍，且第二卷有一整章的内容都是关于儿童之间的游戏的。这里有一个善良的小男孩叫查夫，他是一个真正的天使般的孩子；还有另一个小坏蛋叫格拉格，在他的心中隐藏着邪恶的一面：

> 那时查夫是一个天使，他的宝剑像闪电般闪耀着光芒。笨蛋在上！唱，歌，温顺地散漫，保佑心灵不会四处徘徊。让十字架闪闪发光。阿门。

> 但是魔鬼本人在格拉格的体内，那个吃一堑长一智的。句号。因生者的短暂时日和生活的其他欺骗，他又是呼气又是吐痰，拼命地咳嗽，擦着他的眼痛；咬着他的牙齿。①

这个幸运的男孩赢得了所有女孩的吻：

> 这些尚在弱龄、讨人喜欢的玩闹少女们现在在秀短裤，如果除了一个，或者，如果结成花朵联盟，在她们的公共花园的后部景观处有意把短裤拉上去。

另一个男孩则出了局，他遭到了女孩们的嘲笑和拒绝，度过了一段糟糕的时光：

> 她的男孩魔鬼或她们的男孩魔鬼，如果她们确实是复数的话，以一位行吟诗人的身份走上前来，想着他得怎么通过凝视，亲自找出她们的颜色是什么……在他那可啊怜的早熟旁边，她们的是小小的促膝

---

① 第二卷和第三卷的引文参考戴从容翻译的、尚未出版的《芬尼根的守灵夜》后几卷中的内容，除特殊情况外不再另行标注。——译者注

谈心的欢闹（我灵魂的女郎！我灵魂的女郎，看吧！）这一谨言慎语在她们的整体效果下铃声般说着，虽然并不打算显得聪明，而只是拱拱她们屁股做一下尝试，并用所有那个讲给深蓝色的故事来跟他自己胡闹。否则，让她们不要喧闹，她们暗示安静私密，要不，他在布道中调解一下，打一下尊重牌。

狼人！全是为了！胜利！

然后那位母亲呼唤着，走过去接回了他们。她现在被描述为夏娃，你知道的，她是由亚当的肋骨诞生的，因此她被称为"馅饼大的配偶"。就像乔伊斯常常对他笔下的人物所做的那样，他给出了她所有的身体比例，然后你会发现她是一个甜美丰满的小人儿。

因为造物主（施洗者约翰·维卡先生）让一次深处胆汁病突然降临到懒汉之父身上，在旁枝部位，立即富豪般地当场拿出这个馅饼大的配偶，四十先令寄养裁缝和船员的商店野丫头的被弃小母马，重十吨十，长五英尺五，这些好伴侣的一圈长三十七小英寸，这些可人的腰肢一圈二十九小曲，诸事答案的一圈也三十七，每个分开的人一圈也同样是二十三，幸福的开始一圈十四，她的为苗条穿鞋一圈是美丽的九。

在街上玩耍的这些孩子被他们的母亲叫到一起并带回了家里，他们在家里做完作业，然后去睡觉。但是，他们一直在成长并获得了一些危险的知识，主要是一些关于成人和成人性行为的知识。孩子们中最早涉及这一危险的是闪。

性格内向的闪，这个被拒绝的男性，是禁忌的探索者和发现者。他是一种危险的沉思与一种向内转化的能量的化身。闪是秘密之泉的发现者，并因此拥有可怕的闪电般的力量。他写的书是如此令人羞愧，以至于体面的人们会本能地拒绝它们。它们威胁并消解了善恶之间的界限。当这个必须先被刺激才会行动的人被刺激得行动时，他不会被正常的人类法则所约束，因为在他内心深处，这些法则已经被一种达到本质深度的极为强大的万能力量瓦解了。一方面，他可能会释放出一种灼热的酸液；但另一方面，他也可能会释放出一种神奇的宽恕香膏，使那些对立战线自动融化在一种普遍的爱的狂欢中。对于高效运作的社会来说，这种绝对的爱和绝对的仇恨一样危险。因此，掌握秘密的人不得不按兵不动。没有人真的想听他要说什么：一些人民的领导者在他们的布道坛上声讨他，或者对他的教诲大加歪曲和淡化以使其变得无害。因此，闪是一个典型的远离社会的人，他是那遭到蔑视并被剥夺了继承权的人，是波希米亚人，或者说是犯了罪的被驱逐者，他被庸俗的繁荣所排斥。在"笔者闪"的称呼下，他是预言家，是诗人，是乔伊斯笔下被误解、被排斥的艺术家，也是乔伊斯自己。他的典型行为是躲在自己的房间里，在那里，以自己的身体为纸，用肖恩无法理解的腐蚀性语言写了一本闪着磷光的书。

在第二卷的第三章中，作为一群渴望复仇的暴徒，孩子们来到 HCE 的酒吧，杀死了他们的父亲，也就是冬之国王。这群已经成年的孩子冲着 HCE 大喊："你以为我们永远都长不大吗！"HCE 惊恐地蜷缩着，驼背的他看上去就像是有罪的理查三世：

> 他应该对自己感到羞耻，将那种身材藏在他的外套里。为了与那么厚颜无耻的麦克雷迪王子理查三世相像。嗨嗬，嗨嗬，我们的国度源于一个斯堪的纳维亚人！布利安·奥林的多毛部位上的布利安·奥林织物。他强壮的躯体会是一种对那藏酒于猪槽之事的侮辱。停下他的外行感，给他涂上墨！……正好把这个坏疽压在你的眉毛上片刻。小心地！就是这样。……给他粘上粘胶，肉汁！底锚，东北！为了杰克造的房子，踢，踢，踢啊踢！……一个欺凌弱小的儿子泄露秘密，他的双胞兄弟被纳粹刺探者宣布开除。你想着他们会怎样永不醒过来，是吗，蛐蛐？

然后，年轻的男女结合在一起，就像恋人特里斯坦和伊索尔德，在他们被废黜的父亲身上，用狂喜的、激烈的性爱来庆祝他们身体的成熟。

第三卷

在第三卷中，随着曙光的降临，梦境逐渐淡去，我们看到了那位父亲对儿子们的期冀，以及他所预见的他们的未来。

在这一卷中，我们读到肖恩逐渐成熟的故事。成熟的肖恩包含着一个隐藏的闪，他接过了罪之重责，以及创造新的代达罗斯的能力，也就是创造新的父亲的能力。最终，随着几代人的更迭，他让人看到他已经成了他的父亲。

肖恩（凯文）这一人物，兄弟二人中的人民领袖，一位谨慎而又慷慨的政治演说家，经济上成功的人民宠儿，小心地保护着他们既不致道德败坏，又不受到道德败坏之事的影响。他是这个星球的警卫，叛军的征服者，白人重负的支撑者，他的形象被乔伊斯多方位地详尽塑造出来。他是闪的对位对手：这两兄弟是人类天平维持平衡的两端。如果闪是典型的被鞭打者和被掠夺者，那么肖恩就是典型的挥鞭者和掠夺者。当肖恩从创造帝国和维护世界和平转向创作畅销书时，这个受宠的儿子自身也不会堕落进那些危险、淫秽和禁忌的深渊。而另一个儿子正是从这深渊中创造出他那疯狂的作品，他的作品从不会面临审查与遭到拒绝的危险，它们本身便是那审查者和拒绝者。

事实上，除非能够利用它们，否则肖恩并不关心精神或审美方面的问题，因为肉体和感官的生活对他来说已经足够好了。在第三卷，有一段引人入胜的文字，肖恩对圣布里吉德学院的小女孩们发表了讲话，用一些有益的忠告和非常实用的建议来敲打她们稚嫩的耳朵。"与人碰撞，与钱勾结"是典型的肖恩式格言。总而言之，肖恩是一个天真而精明的外向者，而他的兄弟闪则被追溯本源的"良心谴责"（agenbite）所感动。肖恩以一种坦率但也不是完全无所畏惧的鄙视态度咒骂闪，中伤他，说这位实干家仅仅是个思想者。在"邮差肖恩"的头衔下，他向人类传送了那些实际上是由闪发现并写下的伟大信息。总是以事物的外表来做出判断的肖恩实际上把那些信息传递错了，然而，他却享受到了传递好消息的人所能获得的一切回报。

闪的任务不是要去创造一种更高级的生活，而仅仅是去寻找并说出那个"词"。另一方面，肖恩的任务是要让这个词变得鲜活，他误读了它，从根本上拒绝了它，并且把他自己局限在了一种愚蠢的具象论中。同时，尽管他在所有的小型冲突中获胜，但却输掉了那永恒之城。

在这部作品的结尾，特别是在第三卷的第三部分，那个儿子们的世界消解了，而 HCE 永恒的原型则复苏了。作为万物之父的他与他的妻子在他们的钻石婚纪念日重逢，似乎是为了证明，在他们的孩子复杂的生活背后，他们仍然是那给予动力的人。他们共同构成了原始的、雌雄同体的既是男性也是女性的天使，那就是人，是上帝的化身。

第四卷

在第四卷中，黑夜结束，升起的太阳，象征那个最终又被拼合起来的憨蛋呆蛋，照耀着旧时的景观，一切新的东西从黑夜中升起。本卷有着《芬尼根的守灵夜》中最滑稽优美的文字，并且在我看来，本卷中最成功的短场景之一，写得像是 7～9 世纪的一位圣人的生活：那时的爱尔兰是圣洁的爱尔兰，被称作"神圣之岛"（the Isle of Saints），那时的人们，包括圣凯文（St. Kevin）和圣帕特里克在内，都过着好日子，人们还建起了小型蜂房和圆塔。

这是全书的最后一章。黎明已经到来，小教堂里的彩绘玻璃窗被初升的太阳照得透亮，展现着美丽的圣徒生活场景。其中一扇南边的窗户上描绘了圣凯文的故事，以及他所居住的都柏林南部的格兰达洛（Glendalough）的景象。圣凯文为人高尚，以至于当一个女孩来诱惑他时，他把她从岩石上推落水中，使她溺水而死。但他始终为此感到良心难安。他有一个澡盆，可以当作船用，也可以当作圣水池或洗礼盘。为了履行圣职，他划着澡盆船去往一座湖心小岛，在这座湖心岛的中心还有一片湖。事实上，他最终沉入湖底，泛出七圈涟漪：

　　白天。在爱尔兰最后的岛上不断创造，在爱尔兰群岛的教皇通谕中，他们那预先被造的神圣白衣天使们的盛宴到来了在这些天使中间，他的施洗者，自愿穷苦的凯文，被授予了教士的特权，拥有事后被造的便携式带浴室祭坛，此时献身那一只真十字架，被发明出来并提到神圣的高度，在禁欲的婚姻中，在晨祷钟声中起身，从西方出发，在天使长的领导下，穿着金色的圣职衣来到我们自己正中央的绿地格兰达劳，那里，在她河与他河交汇处的中间，在其中随便哪个的这个可通航的孤独的湖上，凯文虔诚地吟赞着三位一体的三圣天神歌，在他那便于圣坛超级浴的船里，乘着小艇向湖心而行，爱尔兰圣职中的助祭的仆人，穿越主湖的湖面，去其至高无上的核心湖伊茜，它那里的湖泊是远离中心的封邑，在那上面在晨祷之前，带着强大的知识，凯文来到其中心位于激流和清流的循环水道之中的地方，一个成为岛屿的小湖正让一个湖泊小岛成为岛屿，在湖上用拉上岸的小艇在圣坛旁完成副执事沐浴，用油涂了一遍又一遍，伴之以祈祷，神圣的凯文等候着，直至第三个早晨时段，只是要修建一座红色的忏悔用蜜蜂巢小屋，好在它的围墙里坚韧地活下去，有基本美德的初学者，那里有沙质的地板，最神圣的凯文，深挖至一整英寻的七分之一处深，他挖着，值得尊敬的凯文，隐士，征求意见，朝着小岛海滨的湖畔行进，在那里七个数次，他向东跪拜，五体投地，在中午午时经时七倍地收集格里高利水，心中满怀神食圣餐之乐，多次后退，拿着那个享有恩典的圣坛随时共同沐浴，各自七次进入挖出的洞穴，一个水位读经师，最受尊敬的凯文，然后由此流出让那里有水，那里因此是早地，就这样由他共同创造，他现在，证明了是一位坚强完美的基督徒，受神佑的凯文，驱走他神圣姐妹水，永远纯洁，所以，充分理解，她应该填满他的浴盆圣坛的一半高，那是手浴盆，最受神佑的凯文，第九位登基者，在迁移之水的同心圆正中，在那里四周，当紫色的薄暮降临，圣凯文，亲水者，将他的黑色教士大氅围到高及他的智天使腰部，在庄严的晚祷中坐在他的智慧之座上，那个手用浴盆，随后无论何处，再次创造出普世教会岛国博士，冥思之门的守护者，记忆当场提议，智力正式考虑，隐士，他不断怀着炽天使的热情考虑着最初的洗礼圣礼，或者通过洗水礼让所有人重生。哎呀。

本卷的最后几页完全是 ALP 的杰作。情况是这样的：那场丑闻使得 HCE 声誉扫地，而他贤惠的妻子则站出来支持他，向全世界宣扬他的美德，还写信谴责那些散布丑闻的卑鄙小人。然而她意识到，这些指控不无道理：

> 所有男人都做了些什么。时间到了他们就会来到众生之路。

现在她垂垂老矣。夜晚接近尾声，梦也将要结束，而她即将醒来并离开梦境。她是古老的河流中一掬古老的水，正归入大海，回到她父亲身边。在由文字所记载的故事中，她和丈夫躺在宇宙之床上，床上的四根柱子可以被看作指南针上的四个方位点、四位福音使徒（马太、马可、路加和约翰）、四位智者、四阵风，以及跟四有关的一切事物。她醒来时沉思道：

> 但是你在变化，我的心肝，你正从我这里变掉，我能感到。或者是我在？我给闹糊涂了。亮起来，硬下去。是的，你在变，儿子丈夫，你在转身，我能感到你，再次为了一个女儿妻子离开群山。喜马拉雅山。她正走来。在我的最后面游泳。魔鬼抓住我的尾巴。只不过是那里某处一个东西的一拂，轻快、狡猾、活泼、斑点，巴掌、冲刺，闲庭信步。灰姑娘注定成为她自己。我可怜你的旧我，那是我习惯了的。现在一个更年轻的在那儿。尽量不要分开！开心些，亲爱

的！但愿我错了！因为对你来说，她将像我从我妈妈那里出来时一样甜美。我巨大的蓝色卧室，空气如此安静，几乎没有一丝云彩。在平静和安宁中。那里我只能永远彻夜不眠。这是让我们失望的事。首先我们感觉。然后我们跌落。如果她想，现在就让她统治吧。柔和还是强硬如她所愿。不管怎样让她统治，因为我的时刻到了。我被允许的时候我已经尽力了。总会想如果我走了，全都会走。一百倍的关心，十分之一的苦恼，有没有一个理解我的人？一千年的夜晚里的一个？我一生都跟他们生活在一起，现在他们不再受我影响。我正失去他们小小的温馨把戏。失去他们浅薄的亲密举动。种种贪婪从他们的小小灵魂里喷涌而出。种种懒惰在他们傲慢的躯体上渗漏而下。一切都多么小啊！我永远向我自己揭开秘密。一直欢快地跳跃。我以为你是那与最高贵的马车一起闪闪发光的一切。你只是一个乡巴佬。我以为你在所有事情上都是伟大的，无论在罪恶还是荣耀中。你不过是一个小东西。回家！我的人民不是他们那种，只要我能够就在遥远的彼处。因为所有那些鲁莽、贱氓、视物如盲，他们遭到指责，海巫婆们。不！也不要为了所有他们的野蛮喧嚣中的所有我们的野蛮舞蹈。我能在他们中间看到我自己，安娜·利维娅·普鲁拉贝尔。等她抓住我的另一只乳房的时候，她曾多么英俊啊，野性的亚马逊女战士！她可真奇怪啊，高傲的尼罗河，她将抢走我正直的子嗣！这是因为他们是狂暴的人。河黄！黄河！还有我们喊声的激荡，直到我们跃入自由。安娜·利维娅，他们说，从未听过你的名字！但是我正失去在此处的他们，我失去了一切。在我的孤独中倍感孤独。尽管他们有种种错误。我正失去知觉。啊，痛苦的结局！我将在他们起来前悄悄溜走。他们永远不会看见。不会知道。不会想念我。是老了，老了是悲伤的，老了既悲伤又厌倦，我回到你身边，我冰冷的父亲，我冰冷疯狂的父亲，我冰冷疯狂睡眼惺忪的父亲，直到在近处只能看到他的体型，它的数里又数里，呻吟吟吟着，弄得我晕船晕泥晕盐，我冲进，我的唯一，你的双臂。我看着它们举起！救我脱离那些可怕的剧痛！再多两次。一次两次更多的时间。因此。再见。我的叶子从我身上漂走。所有叶子。但是仍有一片挂着。我要随身带着它。来提醒我。利菲！今天早晨那么温柔。几小时。是的。带着我一起，爸爸，就像你在玩具集市从头到尾做的！如果我看到他现在在张开的白色翅膀下冲向我，好像他从天使长那里过来，我觉得我会躺在他的脚上，谦卑地默默地，只想敬拜。是的，爸爸。就是在那里。第一次。我们穿过灌木后面的草地去。嘘！一只海鸥。海鸥。远远地叫。来了，爸爸！到此结束。那么结束。芬，尼根的！守灵夜。你的吻，记住我！直至千年。唇。钥匙打开。天堂！一条道路一种孤独一次最后一份所爱一场漫长的这条

河水已经流归大海，回到圣父的身边。白日将至，梦已消失，我们准备迎接下一个夜晚。

走出守灵夜

《芬尼根的守灵夜》是一个环状结构。你应该记得，这部书以一个小写字母开头，从一句话的中间开始写起："河水奔流，流过夏娃与亚当之家……"这句话的前半部分位于整部书的结尾："一条道路一种孤独一次最后一份所爱一场漫长的这条"。我们可以回到这里，就像我们之前读《芬尼根的守灵夜》时那样，一遍遍地轮回和重生。如果你读到的某些东西引起了你的兴趣，你就会回到这儿，再次跟随《芬尼根的守灵夜》的轮回。但是，你也可以一直读到这部书的最后，和全书的最后一个词"这条"一起，与海洋父亲一同留在海中，不再回到开头。那么你便身处于天堂，离开了循环，在漆黑的沉寂中获得解脱，而这本应是乔伊斯未书写的第四部作品的主题，也就是他的天堂之书。

在一些佛陀说法的画像中，佛陀传授着重生轮回的知识，他的手指向结

束。你可以从这里走出去，但大多数人不会如此，他们还会再回来，经历一遍又一遍地轮回。这是一个永无止境的主题，而你也会一遍一遍地轮回。《芬尼根的守灵夜》是现代人的《往世书》①。在古印度的世界里，人们有着《往世书》和《摩诃婆罗多》②。在印度有这样一种说法："如果《摩诃婆罗多》里找不到它，那么它就不存在于这个世界上。"《往世书》和《摩诃婆罗多》的时代以来，发生了很多事情，而对于我们的世界来说，我们拥有《芬尼根的守灵夜》。

对我而言，最不可思议的地方是好像任何人都可能写出《芬尼根的守灵夜》。特别是那些语言呀！在我完成解读《芬尼根的守灵夜》一书大约两年后，我收到了从非洲寄来的一个德国读者的信，他问我是否想要一份《芬尼根的守灵夜》中斯瓦希里语词汇的清单。我回信说我当然想要，他寄给了我大约十页纸的回信。他在信中说，乔伊斯使用的斯瓦希里语词汇不是能从字典中找到的，它们是在街头使用的那些词语。在《芬尼根的守灵夜》中，斯瓦希里语词汇往往出现在一些特定的地方，每当黑母亲的母题出现，非洲元素和斯瓦希里语就会开始出现在隐藏的双关语之中，这一母题中的那位母亲是那条肥沃河流的泥土。《芬尼根的守灵夜》中也有梵文。我碰巧知道一点梵文，《芬尼根的守灵夜》中的这些梵文与化身的主题一同出现，书中的最后一章充满了梵文材料。爱尔兰盖尔语则贯穿在整本《芬尼根的守灵节》之中。书中还有大量的来自斯堪的纳维亚的材料，因为都柏林的入侵者就是从斯堪的纳维亚而来的。都柏林伟大的维京王国是书中的主题之一，布利安·布鲁，书中的另一个小主人公，在 1014 年把他们从都柏林赶了出去③。所以说《芬尼根的守灵夜》是一部囊括了一切的史诗。

---

① 《往世书》(Purāna) 是古印度教圣典的总称，成书于公元前 10 世纪至 1 世纪，流传至今。《往世书》也译"富兰那"，可分为"大富兰那"和"续富兰那"两大类，又各分为十八部。——译者注

② 《摩诃婆罗多》(Mahābhārata) 是一部享誉世界的印度史诗著作，被称为百科全书式的史诗，该书规模宏大、内容庞杂，与《罗摩衍那》并列为印度的两大史诗。——译者注

③ 来自斯堪的纳维亚半岛的维京人自 795 年入侵爱尔兰，除了袭击爱尔兰沿海之外，他们还在当地建立据点。852 年，维京人在都柏林湾建立了一座堡垒，这是都柏林城的起源。10 世纪末，布利安·布鲁 (Brian Boru) 基本统一了爱尔兰的抵抗力量，并在 1014 年的战争中获得大胜，斯堪的纳维亚人在爱尔兰的势力自此逐渐衰弱下去。——译者注

　　最后,《芬尼根的守灵夜》这本书究竟是关于什么的呢? 抛开它的一些次要方面来看, 这本书可以说是由相互补充的对立关系所组成的: 男性与女性、年长与年幼、生与死、爱与恨, 它们通过相互吸引、冲突和排斥, 提供了使宇宙旋转的两极能量。无论乔伊斯把目光投向历史还是人类生活, 他都从中发现了这些基本的极性的运作。在看起来多元的表面角度之下, 在个体、家庭、国家、原子或是宇宙之中, 这些常量都是保持不变的。因为这些表现都是既隐晦又模糊的, 所以在琐事和骚动之中, 乔伊斯恰到好处地通过奇妙的象征和神秘的符号, 隐晦而模糊地呈现、发展、放大并重新浓缩了在出生、冲突、死亡和复活中所隐含的永恒动力。

　　在《芬尼根的守灵夜》中, 所有的一切都被聚集进了乔伊斯所说的"声音组合"中, 形成了一个伟大的奇迹母版, HCE 和 ALP 的光芒永远在其中闪耀, 这对创造了这个世界的神圣夫妇, 是隐于黑暗的父亲和他的动力本源萨克蒂, 他们凭借着左手路径的黑魔法再次复活。他们便是那实体, 是斯蒂芬在海边散步时所寻求的同体性。我们跳入了大海之中。我们找到了那位海中的老人, 那里孤独而孤寂, 这位"在我的孤独中倍感孤独"的父亲和母亲同体者正是乔伊斯想要带给我们的。

　　于是我们看到了乔伊斯伟大的代达罗斯飞行。在乔伊斯的三部最主要的小说中, 主人公在都柏林迷宫般的环境中游荡, 从自我中挣脱出来, 以一种同情的态度向姿态万千的世界屈服, 最终将自己与伟大的共同点联系在一起, 透过我们所有的生活形式闪耀出光芒。乔伊斯在他的作品中书写着我们的生活。

　　举一个我个人的例子来说: 我在差不多四年的时间里争分夺秒地创作《解读〈芬尼根的守灵夜〉》, 而当我完成这部作品后, 我发现我读到的所有东西, 不管是报纸、广告、伟大的文学作品, 还是别的什么, 也不管它们是在什么时候写的, 都不过是《芬尼根的守灵夜》中的一段内容罢了。这是最有趣的一件事情, 我随处都能碰到乔伊斯。我曾经在报纸上读到过一篇报道, 它读起来就像《芬尼根的守灵夜》中的一个喜剧章节。于是我发誓再也不读乔伊斯的书了，毕竟，我想要拥有自己的生活。可在我研究《芬尼根的守灵夜》的那些年里，我温柔的妻子把我对这本书的热情深深记在她的脑海中，几年之后，她在全国巡演舞蹈时，带了一本《芬尼根的守灵夜》。结果她爱上了这本书，并决定以女主角安娜·利维娅·普鲁拉贝尔为原型创作一种舞蹈剧。于是我发现自己又回到了《芬尼根的守灵夜》之中。但这两个时期之间有足够长的一段时间跨度，使我愿意和解，回到乔伊斯，尤其是我美丽的妻子出演安娜·利维娅这件事，使得这一切重新回到了我的脑海，不过这一次是关于我们自己的生活。这便是詹姆斯·乔伊斯做的一件神奇的事，我希望通过这些讲述，你能够多一些体会。

芬尼根的守灵夜

一

> 河水奔流，流过亚当和夏娃之家，从起伏的海岸，到凹进的港湾，又沿着宽阔回环的维柯路，将我们带回到霍斯堡和郊外。

《芬尼根的守灵夜》像一本打开的旅行指南，这本大部头的指南指向一处怪异多变、奇怪得使人昏昏欲睡的景观，即一个做梦者的内心世界。在这本书的开头，詹姆斯·乔伊斯扮演一位博学而热心的教授兼导游，热切地向我们展现他所介绍的景观细节中蕴含的每一个传说。或许这位沉睡者自己也想不到，我们在他的内心漫游时，他梦境中的虚构之物有着多么浩瀚的内涵。这位饶舌的导游有着渊博的学识，向我们这些游客呈现了宏观世界的整体历史与形态，它们与微观世界的历史与结构之间的关联，以及圣子、圣父和圣灵之间所有内在的永恒性。载着我们的游览车不需要齿轮和引擎，在夜间闪闪发光，而当这场富有教益的环游即将结束时，我们不禁赞叹道："这一切都令人愉快。"

在我们的挂名教堂里全都那么令人愉快，在不像任何地任何时的乌有地里巡行……就像这么多追求着不可能之物的不大可能之人。

事实确实如此。下次当我们细看这部"最撩人的……无比之长的黑暗之书"时，也会是这样。

就像书中的其他东西一样，这本指南也经历了一系列的蜕变：游客如今也相应地变成了一班聚精会神的顽童，"流着鼻涕、呆鹅脖子、草包脑袋、学业乱搅、屁股长刺，等等，等等"，变成了看不见的广播听众，又或者变成了乡村侦探的愚钝助手，变成了畏缩的土著搬运工，替漫步的蒙戈·帕克①之类的白人背着担子，或变成目光锐利的哈克贝利·费恩，观察着别人卧室百叶窗上的影子。古生物学、考古学、古文字学和园林学是这位教授兼导游最喜欢谈论的主题，他"对那时年轻的、容易受惊的爱丽丝们"操纵精神分析的"阴部窥镜"，并由此得知"父亲……并不总是那个情绪内敛的亲戚，为我们乱七八糟的账单买单"。他在民间传说、神话、寓言、神学和形而上学方面的学识是如此丰富，以至于能将每一丁点现象性经验回溯到它在上帝心中的本体，无论它是客观还是主观的。

在这种五花八门、有时令人恼火的伪装背后，就是作者乔伊斯本人，他不时把手中的牵线木偶放在一旁，亲自与读者谈笑风生。人们很难猜出他什么时候是在开玩笑，什么时候是认真严肃的，到最后人们逐渐明白，这种无序的滑稽表演恰恰体现出乔伊斯最深刻的严肃性。这一令人震惊的发现揭开了他那梦幻般的虚构技艺的秘密[20]，它本质上是反悲剧的，是一种模棱两可、自相矛盾的艺术，上一个实践这门艺术的举足轻重的西方人，或许还是弗朗索瓦·拉伯雷②。

---

① 蒙戈·帕克（Mungo Park），著名英国探险家，被认为是第一个考察尼日尔河的西方人。——译者注
② 弗朗索瓦·拉伯雷（Francois Rabelais），文艺复兴时期法国人文主义作家之一，代表作为长篇小说《巨人传》。——译者注

　　詹姆斯·乔伊斯曾经对他的朋友弗兰克·巴德根（Frank Budgen）说："我写的东西读起来有困难，可能是由于我用的材料。对我而言思想总是简单的。"[21] 他所说的这种"思想"就是神话和形而上学的象征原型，千百年来全世界的人都熟悉它。神话是形而上学的传统图像语言，它相当理智且不容幻想，是对宇宙形式原则的表意呈现。尽管它风格各异，或诙谐怪诞，或滑稽浮夸，或阴森可怖，但它自始至终都是静止状态。乔伊斯的《芬尼根的守灵夜》也同样如此。有着一种对罪恶和美德都漠不关心的、极度隐去个体的感受，以及一种允许文明、宇宙和其中的星系在时间的轮回中诞生和毁灭的意愿，标志着超人本主义的、生物和天文学的启示。"昔日的橡树如今躺在泥炭沼中，但是榉树躺卧的地方榆树拔地而起。""充足的时间和快乐的回返。又和原先一样了。""一切都在沉寂后被设为重新开始。""我们又来了之欢乐。"原子被"引爆爆炸"，没过几分钟，甚至没过几秒钟，被消灭的双方又将再次握手。"无非是男人的哑剧；上帝开的玩笑。旧的秩序改变了，并且像第一个一样延续。""男人坠落时你不该哭泣，但是那个神圣的阴谋永远让人崇拜。""我们可以发现我们自己预见着……在那个镜子众多的永恒大厅……无始无终的世界。"

　　印度人知道毗湿奴的神话，毗湿奴的梦是世界的历史。他浮于永恒之海，躺在宇宙之蛇阿南塔（意为"无极限"）的身上。他的肚脐上长出一株巨大的莲花，有着金色的花冠，这就是世界之花。花的中央是被称作众神之山的须弥山（Mount Sumeru），花瓣是呈放射状的大陆。人类、众神和住在花瓣底下的恶魔出现了，彼此相爱或打斗，经历了历史的沧桑，在莲花完成自然季节的循环后，随即又消失不见。巨人幸福地沉睡着，宇宙中的一切都被分解成巨人的有机体。此后的夜晚，只有神灵还栖息在无边无际的永恒之海上。莲花重新出现，金色的花蕾绽放着，女神帕德玛（Padmā）绽放到黎明，宇宙的历史重新开启："他的金白色统治棒，雨伞－阳伞，高高举起"，它在文中被称作"雨伞史"（Umbrella history）。

　　新的一天，缓慢的一天，从精致到神圣，白昼。莲花，更明亮更甜美，这朵钟鸣之花，我们起床的时间到了。挠挠，挠挠。莲花舒展。直到下一个。今天。[22]

作为梦的宇宙是形而上学和神话的首要主题。现象世界的形态被认为是具备原始意识的实体的虚无变形，这种实体永不灭亡，从未出生，无所不在，是万物的生命之种。[23] 卡尔德隆所说的"人生如梦"，正如莎士比亚笔下的人物普洛斯帕罗（Prospero）的台词[24]："我们都是梦中的人物。"包括我们自己在内的幻象显现又消失，但它们本身什么都不是。歌德说："一切无常者，只是一虚影。"彻底醒悟的智者不会依赖任何事物。

二

这个梦到全宇宙的人似乎处于睡眠状态，而睡梦中的人眼前掠过的幻象与造物主眼中的世界有点相似。从许多文学和宗教文献中，我们了解到作为神谕的深度梦境的概念，这一概念也是但丁（他是乔伊斯心中的楷模）作品的基本内容。"我发现我已经迷失了正路，走进了一座幽暗的森林……我说不清我是怎样走进了这座森林的，因为我在离弃真理之路的时刻，充满了强烈的睡意"①。先知的异想是中世纪爱尔兰作家最喜欢的主题。[25] 乔叟遵循中世纪的写作传统，把一种名为"幻梦"（Sweven）的梦尊为某种微小的启示。

愿上帝赐我们每做一场梦都会转好运！
有十字架为鉴，我的脑力太微弱，不懂得为什么人们要做梦，
有时白天、有时黑夜；
为什么有的梦会灵验，
有的梦却十分渺茫；
为什么某一场梦全属幻境，
而另一场梦却揭开着一段默示；

① 译文摘自但丁：《神曲·地狱篇》，田德望译，人民文学出版社，1997，第1页。——译者注

308

> 为什么这场梦是这样，而那场梦又是那样，
>
> 而且每人的梦各有不同；
>
> 为什么一些成为浮影，另一些却是神示，
>
> 我真不懂；谁若更善于
>
> 了解这类奇迹，
>
> 就请他去揣测吧……（《声誉之堂》）①

显然人们普遍相信，在睡梦中，当我们的注意力从对身体器官和知觉的投入中脱离出来，转向关注日常生活的需求和不连贯的印象时，它们会沉入一种超自然的静止状态，使个人和作为其本质存在的原始生命相结合。帕坦伽利（Patanjali）曾说"那时先知安居在自己的状态中"，庄子也曾说"圣人之心静乎！天地之鉴也，万物之镜也"。

> 于是此"意天"在梦中享其尊大。凡所尝见者，则又见之，凡所尝闻之事，则又闻之，凡所经历于他方他处者，则又一一经历之，凡所见者与所未见者，所闻者与所未闻者，所经历者与所未经历者，有者与非有者，彼全见之。彼为全者而皆见之。（《六问奥义书》第四问其五）②26

这是《芬尼根的守灵夜》的主人公，酒馆老板汉弗利·钱普顿·壹耳微蚵，又称HCE，"所有人都来了"先生③睡眠的意义。虽然在白天，他被笼罩在"无知的睡眠中，大多数人都在这种睡眠中度过他们有意识的一生"27，然而，在梦的深处，他的精神具备了我们所有人的所有智慧。当他醒来时，他会再次忘记；但在他做梦时，呈现在他内心中的幻象，无论从质量还是细节上，都与预言家们得到的象征性幻影相符。28正如心理分析师能沿着病人梦中的线索深入

---

① 译文摘自乔叟：《乔叟文集》，方重译，上海译文出版社，1979，第30页。——译者注
② 译文摘自佚名：《五十奥义书（修订本）》，徐梵澄译，中国社会科学出版社，1984，第722页。——译者注
③ 汉弗利·钱普顿·壹耳微蚵（Humphrey Chimpden Earwicker）的姓名首字母为HCE，因此有时简称他为HCE，下文中的"所有人都来了"（Here Comes Everybody）"子孙遍地"（Haveth Childers Everywhere）的首字母都是HCE，因此它们都是壹耳微蚵的别称。——译者注

其潜意识，尽管他尚不知晓潜意识是如何作用的，我们也同样沿着 HCE 梦魇中的"河水奔流""这个无日之日记，这个通宵的新闻片"，清醒地进入他思维中与睡眠相关的指示区。我们就像那个神奇的老修行者摩根德耶①，他在世界毁灭中幸存下来，在宇宙之花度过了它的一天并被重新吸收时，他完整地进入了宇宙巨人的体内。[29] 我们警觉地徘徊在令人昏昏欲睡的奇怪景象中，记忆在瓦解，理想在重组，有着不祥的预感，而欲望也惊人地得到餍足。那里有欢乐女神、恐惧精灵，以及在炼狱里做事的"最令人迷惑"之人。现在看来，我们的向导是维吉尔，他让我们明白了这些令人难以置信又印象深刻的折磨、辛劳和欢乐的轮回之意义。[30]

三

但丁的创作历程，对应着古时的埃及木乃伊灵魂在阿门地所经受的严酷考验，后者在孤独而危险的旅程中前往奥西里斯的正殿。② 就像诗人兼幻想家在试练中受到启蒙者维吉尔的指导一样，人们会在匣盖合上之前，将一本埃及《亡灵书》（Book of the Dead）放进木乃伊匣里，以便已故的"奥西里斯·N."[31] 遵从《亡灵书》的指引。詹姆斯·乔伊斯曾经建议他的朋友弗兰克·巴德根写一篇关于《芬尼根的守灵夜》的文章，并将其命名为《詹姆斯·乔伊斯的〈亡灵书〉》（James Joyce's Book of the Dead）。[32] 乔伊斯这位神秘向导的没完没了的说教中，经常隐约回响着"献给太阳神拉的赞美诗""赐予奥西里斯·N.亡灵之口""在冥界与日同行""反面忏悔"等发霉的章节的内容。③ 事实上，我们的向导瞬间将自己变成了又干又脆的莎草纸，而"在我们看来（真正的我们），我们似乎正在读着第六封印章黑夜出行中我们的阿门地"：

> 你关掉了你孩子们的住所的大门，你由此设置好了防护，即便警

---

① 摩根德耶（Markandeya）在多次宇宙轮回中幸存，却被毗湿奴吞入腹中，进入其体内的广袤宇宙。等他地回到现实世界后，感觉精神与肉体都重获新生。——译者注
② 阿门地（Amenti），埃及宗教中死者所处之地；奥西里斯（Osiris），古埃及神话里的冥界之神。——译者注
③ 这些章节都来自《亡灵书》。——译者注

卫狄狄摩和警卫多多马，这样你的孩子们可以对着灯光阅读打开头脑之书，不会在黑暗中犯错，这是你事后想起来的，尽管是被那些警卫的监护。

赫塞克说啊说的一家人住宅里的梦之门的七扇大门的钥匙的保管者。

啊，酒桶之主，从安奴前来（我没有把菜橱钥匙放错地方），啊，阿娜，光明的女子，从海姆安奴前来（我没有把诱惑留在门槛清洁工的路上），啊！

我实际上为了法律之王而执行法律，愿有线索，我向在安娜之城中抓住我心的人伸出我的手，我的青春肋骨之城。愿汝等彼时在城市守卫面前成为我进入美索不达米亚的保护人。

因为（和平，和平，和美的和平！）我在爱尔兰的水里洗了澡，我把我的公开声明放在都柏林市政大厅里查看颂词的登记员的面前。

你是纯洁的。你在纯净之中。你还未把那些发臭的家伙带进情侣们的屋子。纤纤玉手，小巧莲足，我们用它们来命名荣誉之殿。你的头被阿蒙－拉大神碰触，你的脸因角质层女神而生辉。

……正是在让大海的检查者的灵魂脊柱站起来的那夜的事物之夜，他来自强大的深处，并且在让何露斯战胜他的敌人的那夜……

……忘记在夜壶前，在上床前，用图坦卡蒙的本月歌剧的章节诗篇做饭前祷告了……

阿门：正道！

起来，奥西里斯！愿汝之嘴被赋予汝！因为为何你缺少一线运气来平衡完美之桥，和平？装饰图案上是彩虹。大海的上空之主的房子的上空先知，天空—人，得意扬扬地，说：飞如苍鹰，泣如秧鸡，后门的安妮·林奇乃汝之名；大声说！

在那承载着挪亚的话语的夜晚之后，在让山姆依偎在婴儿床里的夜晚之后，向在泰夫姆特宿舍中寒冷衰老的灵魂，永播光之种子者，日出，都柏林地下世界的造反之主，得意扬的布塔，说。

上百高街和下百高街的驼背，壹耳微蚵，愿他万寿无疆！ [33]

四

地狱、炼狱和天堂都在其中：但丁在宏观领域内的深入探索直接地证明了他在微观存在领域的深刻认知。他对于高高在上的"父"的认识，与他对于内心深处的"子"的认识相呼应，因为这两者是一体的。

在埃及，这一问题中的两个概念显然是相同的。莎草纸带领旅行者穿越危险的洞穴（参见《亡灵书》中的"击退鳄鱼""击退毒蛇""击退两个梅尔提女神""阻止冥界的屠戮""勿使人的灵魂被从冥界带走"章节），并把他安全地带到了神的正殿。然后，那个临终前被命名为"奥西里斯·N."的人看到了真正的奥西里斯，并理解了自己和神、认识者和被认识者、生物和造物者、子与父，都是一体的。"他就是我，我就是他。"

父与子的同体性问题从一开始就困扰着詹姆斯·乔伊斯 [34]，它也是《芬尼根的守灵夜》的一个主要议题。在全世界数量惊人的神话、神圣著作和世俗文学作品的插图中，这一问题被展开、折叠、颠倒、模仿，并极大程度地得到传播与发展。作者似乎想要表明，它不仅存在于圣贤与智者的崇高程式里，也存在于大众生活的趣味想象中，因此他把那不拘一格的"整块巨石"上的所有珍珠，简单粗糙地穿缀在一首滑稽的在美国流行的爱尔兰民歌上。

泥瓦匠蒂姆·芬尼根是个十足的酒鬼。一天早上，他站在梯子的顶端，"喝得酩酊大醉。他的头昏昏，他的桶晃晃。（当然还有一堵高高伫立的墙）嗬！他从梯子上弹了起来。嘭！他死翘翘了。咚！巨棍空墓……"。在芬尼根的守灵仪式上，"全国的小混混……所有人都带着最吵闹的吵嚷加入了进来。有歌格、有玛各，还有他们周围的格洛格酒……准备所有的液体，接以醉醺醺的胡扯，哦！"有人不慎把一些威士忌（"威士忌亚当！"）泼洒在了尸体上：

"噢！他复活了！看他是如何站起来的！"

蒂姆从床上跳起来，

边哭喊着，边激动地拼命打转，

"无赖的灵魂！你们以为我死了吗？"

捶打着，欢呼着，找个舞伴来跳上一跳呀，

抖起你的膀子把地板儿蹬呀；

我说的话儿没有个错呀；

芬尼根的守灵夜闹得欢呀。[35]

这一生动神秘的场景，与神灵死而复生的农神节（正如弗雷泽在《金枝》里所描述的）之间的关系是显而易见的。守灵的教堂里回荡着世上垂死神灵的回响：巴库斯（Bacchus）、约翰·巴雷库恩（John Barleycorn）、奥西里斯，以及圣斯蒂芬节的小鹪鹩（《芬尼根的守灵夜》中多次出现，如"全能的鹪鹩鹰""鹪鹩，鹪鹩，百鸟之王"等）。正如神的死亡让自己的生命变成了圣餐，蒂姆的死也是如此。"生命……是一次苏醒，接受它或者踢开它，在我们养家糊口的床上躺着我们种子父亲的尸体。"倒下，"死了"，芬尼根代表着我们所维持的世界的景观。"从切坡里若德到贝里灯塔，或者从灰镇到霍斯顶端，或者从切坡里若德银行到地角四周，或者从都柏林城脚到爱尔兰之眼岛，他安然地伸开躺着";特别是都柏林城下向西延伸的景观,从霍斯山一直延伸到凤凰公园的草丘。"头上是头盖骨,他的理性发射器,盯着最遥远之处的远方。霍斯?他的泥足,长满绿草的草地,在他最后跌倒的地方有力地竖起,在军火墙的土墩边……"芬尼根已经成为过去,而那些曾经存在、被隐约记得和被遗忘的事物,如今正建立在他的基础之上,并为他提供源源不断的滋养。新石器时代遗存的巨石堆,包括巨石柱、环状列石、史前墓石牌坊、"巨石床"和"巨石墓穴",均出自他的手笔。他是那些传奇英雄,如爱尔兰的芬·麦克尔(Finn McCool)中神圣的一员,他们沉睡于有生命的山脉中间,等待有朝一日站起来解放人民,让人民重获自由。

> 活得可怜?酗点儿酒!他的大脑凉的粥、他的毛皮湿漉漉、他的心脏嗡嗡嗡、他的血流慢慢爬、他的呼吸只呲呲,他的四肢尤如此……词语对他来说比落到拉斯法含姆的雨滴还轻。我们都喜欢这个。雨。当我们睡下。滴。但要等我们睡了。排水沟。停了。

在乔伊斯版的"芬尼根的守灵夜"中,当泼洒的威士忌使得尸体翻腾起来时,同伴们又合力把这位老先生按了回去。"现在放松,好先生芬尼莫,先生。像领养老金的神一样享受闲暇,不要去国外。"象征着"当下"(NOW)的短暂时刻已经越过他,并以另一种化身出现了:"一个大个子的无赖公羊小伙儿……有一个备用的麻子老婆……两只双胞胎臭虫、一个侏儒少女。"[36]芬尼根属于祖辈:"前进。操蛋!给屁蛋让个地方!根据命令,尼古拉斯·布劳德。"如今的全部秩序都建立在芬尼根已死这一前提之上。

五

"我是昨天、今天和明天。"木乃伊的灵魂在奥西里斯的正殿中醒来时,意识到了这一点。[37]时间和空间的帷幕都消失了,但生活中的凡人却仍牵涉在多元的奇观中。这就是"堕落"(Fall)这一神话意象的含义:"一"被其宇宙表现的对立面("此地与彼地""彼时与此时""因与果""手段与目的""善与恶"等）所分散和遮蔽，而"堕落"恰与世界之莲的绽放相对应。过去的永恒之物，如今只能依照过去、现在和未来的过程依次被认知。

芬尼根是过去，壹耳微蚵是现在，壹耳微蚵的孩子们是未来，不同的人生而后死。然而，当我们用透视与睡眠的眼光（即乔叟所谓的"幻梦"）审视生命短暂的个体时，会认为鲜活的当下就是曾经的一切。（"哦，我那闪烁的群星和躯体！"）这就好像在一面不断变化的墙上凿开一个洞，正是这堵墙将我们的心灵与上帝所居住的、被遗忘的天堂相隔。[38]

在我们这位无所不知的向导的引领下，我们重新发现"那个在我们所有人心中唱歌的人"[39]，那个与世界的行列相脱节与游离的自我。千年的时光如同串珠一样，连缀在壹耳微蚵这条生命之线上，通过沉睡着的壹耳微蚵的内核，我们得以回看和展望整个时代，所有这些都是在那光明的一瞬发生的。我们在某个"稳定的人"身上看到了昔日的英雄，他们也曾是现代人如今的模样，尽管他们早已在历史上溘然长逝，却也曾与此人别无二致。

这就是 HCE 和芬尼根既相同又不同的地方和原因。HCE 作为切坡里若德的酒馆老板，他并非建造过去的巨人，而是一枚单细胞生物（"所有人都来了""子孙遍地"），他就是芬尼根。通过探寻《芬尼根的守灵夜》中的意象，我们不只探知到壹耳微蚵梦中的幻象，还有潜藏在他细胞基因中的力量和存在。[40]

我们可以通过这些意象，探索人类历史的深渊，追溯至亚当离开上帝指端的那一刻。HCE 就是那第一个凡人。他也是大洪水（the Deluge）的幸存者、文化英雄、城市的创建者、人类始祖和国王，他既是掠夺者也是被征服者。他还是流浪汉、酒色之徒和圣人。透过时间和空间的棱镜，HCE 已经出现，正在出现，并将继续出现，仿佛他能以多种形式存在。[41]

六

　　然而，支撑并潜藏于梦中那流畅的自我繁殖之下的，是芬尼根的无梦状态，滑稽的民歌中早已预言了他的复活。他是死亡，是过去，是无梦的睡眠，是生命之梦的黑暗而神秘的根基。我们只能看到他的木乃伊，但在奥西里斯的正殿内，他与神同体。在他的内心深处，死亡与生命、过去与现在的对立面交汇在一起。当人们发现这一点时，明天、今天和昨天将会再次合而为一，芬尼根将会苏醒，守灵夜也就结束了。

　　　所有的某某，包括被认为因各自的有名无实者忽视了去制造他们
　　自己而被漏掉的那些部分，将终止于后续表演"华丽转角戏"，上演
　　"夜与晨的白金婚""和平、纯洁、完美、永恒的黎明，唤醒疲倦的
　　世界"。

　　"生命……是一次苏醒"，但当要被唤醒的人醒来时，一直醒着的壹耳微蚵又将何去何从？

MYTHIC WORLDS, MODERN WORDS

第二部分

怀尔德事件

MYTHIC
WORLDS,
MODERN
WORDS

05

九死谁生？[1]

　　1942 年 11 月 18 日，桑顿·怀尔德（Thornton Wilder）创作的戏剧《九死一生》（*The Skin of Our Teeth*）在纽约的普利茅斯剧院上演。它很快成了一部热门大戏。在大约一个月后，1942 年 12 月 19 日，约瑟夫·坎贝尔和亨利·莫顿·罗宾逊（Henry Morton Robinson）在《周六文学评论》（*The Saturday Review of Literature*）上发表了下面这篇文章，声称该剧是"对《芬尼根的守灵夜》的一次美国化再创作"。另一篇文章随后在 1943 年 2 月 13 日发表。

第一篇：
怀尔德先生的新作与《芬尼根的守灵夜》，怪哉！

尽管好评如潮，但还没有人指出，桑顿·怀尔德令人兴奋的戏剧《九死一生》并不完全是原创，而是对詹姆斯·乔伊斯的《芬尼根的守灵夜》稍加掩饰的美国化再创作。怀尔德自己也不遗余力地引用乔伊斯这部杰作中一些主要人物的话语，甚至直接以他们的名字命名自己戏剧中的人物，以此来向一两位了解那部作品的观众做出暗示。书中重要的情节元素、人物、表现手法，还有中心主题和大量的台词，都是直截了当的模仿，只是用浮夸的外表给原著加上了一抹美国色彩。

《九死一生》采用了《芬尼根的守灵夜》的环状形式，它的闭合和打开都伴随着主要女性角色循环更新、奔流不息的意识流。戏剧的主要部分被周期性的灾难，比如冰河时代、洪水和战争所终结，这些内容借用了《芬尼根的守灵夜》中宇宙解体的设计。此外，桑顿·怀尔德笔下的男主人公安特罗伯斯先生（Mr. Antrobus），让人奇怪地联想到乔伊斯作品中的主人公 HCE，"那个纯粹的人"，尽管有时会被洪水、战争和其他灾难所压倒，但却经历了这世界上的每一个时代的生活。这两个人物的行动、天赋和困境有着明显的相似之处。在这两部作品中，他们都是亚当，是世间万物之父。他们是不知疲倦的发明家和土地征服者；他们都不断地把公报送回家；他们都参加了竞选，向全世界广播，并在电视上露面。此外，他们的人格也都遭到了质疑。在这两部作品中，主人公都否认了对自己的指控，但他们试图隐藏的秘密罪行却都总是被口误所泄露。如果要在这一长串的相似之处中再加上一点，那就是他们都在情有可原的情况下被一些女子色诱，并总是把这些萨宾女子"掳夺回家"①。

　　萨宾（Sabine）将这两位作家都引向了萨宾娜（Sabina），这是怀尔德作品中管家的名字，她在一次战争远征中被安特罗伯斯"掳夺"回家。她的原型是《芬尼根的守灵夜》中那个喋喋不休的管家。"当他在家强奸了她，"乔伊斯说，"萨宾宝贝儿，在长尾鹦鹉的笼子里，在背信弃义的土地和绕来绕去的三角洲旁。"² 怀尔德先生的强奸主题，以及对安特罗伯斯女管家的命名显然蒙恩于乔伊斯。

　　在第一幕中，安特罗伯斯夫人和萨宾娜之间的对话带有安娜·利维娅·普鲁拉贝尔那一章节的轻快语调，并重演了其中的一些主题，尤其是安特罗伯斯夫人在她的丈夫遭到年轻女性的婚外情引诱时所展现出的妻子的耐心；以及又一次的，当他陷入忧郁的沉思时，她所倾注到他身上的小妇人的柔情。

　　安特罗伯斯先生的妻子在第二幕结束时扔进海里的那封美妙的信，将会告诉他这位女性内心的所有秘密，并向他揭示宇宙为何在运动中存在的奥秘。这正是《芬尼根的守灵夜》中令人费解的那封信，它被扔进大海、埋进土里，它一直等待着，一直有局部被找到，一直在被重新解释、被误读、遭到各种各样过度或不足的阐释，它不断地闪烁着，带着它的生命谜题，贯穿了乔伊斯作品的每一页。

────────────

①　在罗马初建的时候，男性人数远高于女性，而且周围部落的女性都不愿嫁给罗马男性。古罗马领袖罗慕路斯听闻邻邦萨宾出美女，想要与其联姻但惨遭拒绝。为了繁衍后代，他设下鸿门宴抢夺萨宾妇女为妻，成为古罗马"强掳萨宾妇女"的重大历史事件。——译者注

在怀尔德的戏剧中，妻子的名字是《芬尼根的守灵夜》玛琪，这是妻子身份在《芬尼根的守灵夜》中的众多名字之一。她生了无数的孩子，这同样可以在《芬尼根的守灵夜》中看到。她的女儿喜欢搽脂粉，喜欢穿丝绸衣服。两个儿子，该隐（Cain）和亚伯（Abel），分别是被憎恶的和被珍爱的儿子，提供了一个兄弟相残的战争主题，这一主题贯穿了整部戏剧，就像《芬尼根的守灵夜》那样。在这两部作品中，被憎恶的儿子都是一个偷窥狂，把那些被禁止的秘密公之于众。在怀尔德的戏剧中，该隐窥探并公开了海滩小屋之中的情事。在乔伊斯的作品中，他讲述了他父母爱情生活的所有细节。

在第一幕落幕前那个巧妙且极富趣味的场景，也就是塔卢拉赫·班克黑德（Tallulah Bankhead）转向观众并寻求椅子、旧破烂或其他任何木制品来烧火，以求在即将到来的冰河时代中保全人类的场景，是对《芬尼根的守灵夜》中一段内容的巧妙再现。在乔伊斯的作品中，当自然灾害几乎将人类完全毁灭时，女主人公开始走来走去，把各种各样的零碎东西装进背包，希望它们能被生命之火复苏。正如乔伊斯所写：

> ……她将借一只灶台（也就是借火），租一些泥煤，在岸边寻找乌蛤热了吃，她将尽一个泥炭妇的所能来把事情吹燃。

怀尔德在这里追随了乔伊斯的引导，甚至也让他的女演员借来灶火，点燃保温炉。

事实上，小心翼翼而未被公开承认的抄袭行为层出不穷。以在安特罗伯斯先生家门口的那一场景为例，他那可怕的敲门声对应了乔伊斯笔下的男主人公绝妙地捶击自家的大门，后因扰乱了整个社区的安宁而被捕。安特罗伯斯进场时拿掉了大量的围巾和包裹，这与乔伊斯笔下特征鲜明地穿着一层又一层数不清戏服的主人公的风格如出一辙。在下面这个著名的段落中，可以看到HCE穿着层层叠叠的衣服：

戴着橡胶帽，扎着大腰带，背着麻袋里的皮革，穿着蓝狐粗棉布，脚穿铁里长筒靴，扎着袋子宽的绑腿，披着涂了橡胶的护肩斗篷。

也许，在脱下衣装之后，千变万化的 HCE 与死板固化的安特罗伯斯先生之间的主要区别就显露出来了，剩下的只是对乔伊斯笔下那个怪诞的民间英雄的一点微弱的暗示。

在整部作品中有着数不尽的细微相似之处。安特罗伯斯先生在同道大会上所遭受的嘲弄，重现了 HCE 在第二卷第三章的困境。《芬尼根的守灵夜》的"皇室离婚"主题再次出现在安特罗伯斯先生与妻子离婚的愿望中。两位主人公都没有达到自己的目的，那愿望本身被灾难消灭了。第二幕中的占卜师扮演了乔伊斯小说中女主人公 ALP 的角色，她给化装舞会上所有的人指定了命运的象征。接着，怀尔德剧中的吉卜赛人指导了那个诱惑安特罗伯斯先生的女子，就像在《芬尼根的守灵夜》中，伊莎贝尔（Isabelle）从"祖母的教诲"中学习如何向年轻男子"拒绝与结合"一样。在细微方面，commodius①这个关键词出现在《芬尼根的守灵夜》的第二行，也出现在怀尔德这部剧的前两分钟。最后，在怀尔德先生的戏剧即将落幕时，时光们吟诵着崇高的指令穿过舞台。这是《尤利西斯》和《芬尼根的守灵夜》都具备的一种引人注目的写作方式。此外还有许多相似之处尚待探讨。

怀尔德先生创作的这场表演是非常奇异的。他是在愚弄我们吗？一方面，他并不说明他的灵感来源，而是用奥尔森和约翰逊的技巧来对其加以掩饰。另一方面，他又丝毫没有试图掩藏他的这些借鉴，而是对它们大加强调，有时甚至强调那些他明明发挥极少的聪明才智便可以加以隐藏或修改的细节。但是，如果我们因此感到困惑，那么当我们想到相关的评论时，这种困惑还会进一步

---

① commodius 一词可解作 commodious，也就是"宽阔的"，也可以解作 Commodus，是 180～192 年在位的罗马暴君。参见《芬尼根的守灵夜》，戴从容译，上海人民出版社，2012，第 3 页。——译者注

增长，那些在四年前将《芬尼根的守灵夜》贬斥为不值得现代读者花时间阅读的劣等文学的文学评论家们，如今却为这部剧作在百老汇激起的反响而雀跃。他们拒绝了盛宴，却把从桌子上掉下来的炼狱沸腾式的碎片搂进怀抱。亚历山大·伍尔科特（Alexander Woollcott）写道："桑顿·怀尔德这部无畏而振奋人心的喜剧远远超越了以往任何一部为我们的舞台所创作的作品。"这是必然的，因为无论是它的开端还是细节，这部作品的创作都源于那位"无畏而振奋人心"的天才，詹姆斯·乔伊斯！

第二篇：怪象背后的意图

　　　　发起某些指控不应该，我想还可以补充一句，应该不被允许说出来。(《九死一生》)

　　　　肯定某些说法不应该，衷心希望能再加一句，应该不被允许说出来。(《芬尼根的守灵夜》)

　　几周前我们发起了控告。我们指出了桑顿·怀尔德最近的百老汇戏剧《九死一生》和那本黑皮巨作《芬尼根的守灵夜》之间的关系。我们的第一篇文章主要针对剧中的一个夜晚，仅仅讨论了怀尔德所受詹姆斯·乔伊斯的恩惠之大。但是现在，这部以书本形式[3]呈现的戏剧作品提供了大量的证据，证明了怀尔德先生不仅努力根据百老汇的口味改编了《芬尼根的守灵夜》，而且也有意使自己在某天、某时，被某人发现这样的行为。

　　这位作者有着充分的理由相信这在短时间内不会发生。他充分意识到，《芬尼根的守灵夜》还没有被更广泛的公众所了解，所以在演出期间出现公开抗议的可能性很小。因为在乔伊斯的作品中，主题往往是多维度的，它们会奇异地交织在一起,并在晦涩的文本中一点一滴地发展。即使是最热心的读者也会被它们的错综复杂难倒。而怀尔德先生,他已经掌握了这张复杂的网络,从中挑出了几条结构线,将它们的尺寸与重量都进行了缩减,然后按照票房观众的口味整齐地编织它们,并对其加以呈现。乔伊斯与怀尔德之间的许多往来书信都非常微妙与冗长,若想展览它们的话需要一堵巨大的墙。不过,在一篇简短文章的篇幅内,便可以呈现出一系列连最迟钝的观察者也会倍感大开眼界的内容。

那些相似之处远不止是对于一些人类永恒而伟大的主题的共享。一个人物接着一个人物,一个行为接着一个行为,二者之间大量的重合非常清晰明确。这两部作品都以还未完全脱离古老过去的现代城郊之家为背景。两个家庭的父亲都在四十五岁左右;他们两人都刚刚熬过竞选大战,在此期间,他们的人格都遭到了某些指控,尽管这些指控遭到了他们愤怒的否认,但它们并非毫无根据的。在黑暗的走廊里遇到女仆时,安特罗伯斯先生会占她们的便宜,HCE同样有对女仆动手动脚的毛病,而且他们都沉迷于婚外性冒险。

有人可能会反对说,这种风流韵事是文学作品中常见的元素。但是在《芬尼根的守灵夜》和《九死一生》中,主人公周围围绕着可怖者、典型者和特殊者。请注意在这两位丈夫误入歧途时发生的事情:他们听到了一声雷鸣。安特罗伯斯和诱人的狐狸精刚进入小屋,HCE刚刚进入灌木丛,便有雷鸣回响,飓风的信号显现。在这两部作品中,这个预兆都宣告着上帝对于犯错者的审判,很快便会有大洪水随之而来。在自我辩护的广播中,这两个主人公向全世界描述了他们如同政治家一般对人类做出的贡献,这广播与他们所赞美的那个世界一起,溶进了吞噬一切的灾难中。

仅仅把这些复杂的主题,这种对于亚当和诺亚的有趣结合解释为"出自《创世记》的一些东西"是不够的。有趣的是,始祖们的这一融合在《圣经》中并没有出现。然而,在《芬尼根的守灵夜》,以及现在的《九死一生》中,这种情况都确实发生了。此外，《创世记》第四章提到亚当的第一个儿子是该隐，第二个儿子是亚伯，但乔伊斯在《芬尼根的守灵夜》中颠倒了这个顺序。奇怪的是，怀尔德也是这么做的。那么我们的这位百老汇剧作家的各种主题究竟是源自希伯来还是爱尔兰呢？

怀尔德笔下极富魅力的女仆萨宾娜在一些时刻具备了《芬尼根的守灵夜》中所有诱人女性的特征。她是一个女仆，喜爱电影，还是拿破仑军中女郎，疲惫不堪的轻浮女，极受欢迎的美人，是从她萨宾山的老家被强掳来的俘虏。在乔伊斯那里，她是"彩虹女孩"：萨宾娜在第一幕中的服装令人想到彩虹的颜色。同样，在《芬尼根的守灵夜》中，所有这些诱惑者的特征都跟一个八卦女仆的基本性格交织在一起。

女仆的角色被妻子的角色所抵消，她的职责是重燃和保存生命之火，这火传到萨宾娜时熄灭了。在这部剧中，就像在书中那样，妻子点燃了壁炉以借光；进一步来说，在乔伊斯的作品中，她从一个被叫作邮差的人物那里借光，而在怀尔德的作品中则是电报男孩。在她的演讲中，她回忆起婚礼出现之前的那些时光。她在《芬尼根的守灵夜》中的形象之一是一只母鸡，正如乔伊斯所说："她只是觉得她多少生来就要生蛋和爱蛋的。"安特罗伯斯先生则称呼他的妻子为一只"坏掉的老风信母鸡"。在怀尔德剧作的第二幕中，这位妻子拿着的那把伞就是《芬尼根的守灵夜》中那把著名的伞。安特罗伯斯夫人再次重复了壹耳微蚵夫人对候选人，以及其他在选举中反对她丈夫的诽谤者的谴责。

她扔进海里的那封重要的信，正是《芬尼根的守灵夜》中在完全相同的情况下被扔掉的那封信。怀尔德先生对这封信的描述是迄今为止对乔伊斯这一伟大主题最具悟性、最为完整、最令人信服的解释。[4] 威胁到安特罗伯斯家族的那场离婚正是《芬尼根的守灵夜》中的皇室离婚。推迟并将永远推迟这场离婚的情境，正是《芬尼根的守灵夜》中的情境。此外，就像在《芬尼根的守灵夜》中一样，母亲对那个邪恶的、被驱逐的该隐的爱，调和了家庭中男性的对立。

既然已经有了这么多相似，而且还有更多，那么安特罗伯斯夫人的名字是"玛吉"（Maggie），而在《芬尼根的守灵夜》中写作"玛琪"（Maggy）也就不足为奇了。

对于人物之间的比较就讲到这里，接下来我们来谈一下时间顺序。怀尔德巧妙且对应地根据三幕剧的需要对《芬尼根的守灵夜》的四卷本做了改编。这两部作品都有着圆环式的结构。《芬尼根的守灵夜》的第一卷及这部戏剧的第一幕都唤起了最深远的过去，包括冰河时代、恐龙，还有猛犸象，这些内容都是乔伊斯提到过的，此外还有人类较早的一些发明，包括字母表、机械工具，以及酒的酿造。书的第二卷和剧作的第二幕则都发生在当下。确切地说，怀尔德的第二幕是根据《芬尼根的守灵夜》第二卷第三章改编的，怀尔德只是把乔伊斯的爱尔兰酒馆狂欢简单地移植进了一座大西洋城的风俗中。《芬尼根的守灵夜》的最后一卷与这部戏剧的最后一幕都讲述了世界在几乎彻底毁灭的大灾难之后的勇敢重启，它们都没有终结，而是又循环回到了一切的起点。

《芬尼根的守灵夜》的第三卷最初看起来像是被省略了，但实际上并没有。我们发现，这些材料被缩编到了安特罗伯斯先生在第三幕的朗诵中，那时他复现了他在混乱的战争岁月里沉思和珍视的美好理想。这些沉思及回到和平年代的现实生活，呼应着 HCE 对美好未来的梦想，这个梦想最终散落进日常现实。对于怀尔德先生在这里所取得的再创造性诠释的成就，我们再怎么称赞都不过分。从他剧本中的这些段落中，我们可以看到《芬尼根的守灵夜》中伟大而又晦涩的部分。

如果说这些主要的联系是不可避免的，那么次要的相似之处更是数不清。打开这部作品的任意一页，回音便会从四面八方传来。其中一些非常深奥，倘若认为怀尔德是在以此向任何有机会进入剧院的芬尼根粉丝暗暗传递同仁之情也并非不可能。例如，该剧以太阳在早上 6 点 32 分升起的声明开始。为什么恰恰是 32 呢？在所有可能的数字中，这个数字是《芬尼根的守灵夜》中无处不在的谜题之一：它在这部作品中以不同的组合出现了大约四十次。就在日出之后，我们看到了三个在 X 剧院找到了亚当和夏娃结婚戒指的洗衣女工。这里无疑散发着芬尼根的味道。十二个以上的隐喻立即浮现在脑海之中：女洗衣妇的主题，间奏 – 拾荒者主题，"寻觅篇章"的主题，环形主题，婚礼主题，凤凰剧院主题，"X"的主题集合（圣诞节，十字交叉，苦难 – 复活，交叉骨头，交叉钥匙，XXX 亲吻，前妻，等等），亚当与夏娃的主题，等等。

一份早期的舞台指南中，要求萨宾娜打扫安特罗伯斯先生的椅子时要"包括椅子下面"。在壹耳微蚵先生的酒馆里，负责打理各色事务的那位男士"大声拍打座位椅背的灰尘"。① 戏剧的第一幕，在安特罗伯斯先生和鱼的对话中，他俯身在碗上方说："最近怎么样，嗯？呱啊呱啊呱啊（Keck–keck–keck）。"当我们试图回忆以前在哪里听到过"呱啊（keck）"的声音时，我们便会想起《芬尼根的守灵夜》的大洪水章节中阿里斯托芬的青蛙合唱中的"咯咯呱啊，呱啊呱啊（Brekkek Kekkek）"。在《九死一生》中，"呱啊"成了对乔伊斯文本的进一步发展，在被大会代表称为"聒噪夫人（Mrs. Croaker）"的占卜者埃斯梅拉达（Esmeralda）的演讲中出现了五次。

但安特罗伯斯先生为什么要特别关注一条鱼呢？唔，鱼是 HCE 的动物图腾，也是巨人芬恩的智慧鲑鱼（Salmon of Knowledge）②。

怀尔德的小女儿，和乔伊斯的一样，都是爸爸的心肝宝贝，是他的"小星星"。听到她在学校里背诵了华兹华斯的《星》，安特罗伯斯先生便从极度绝望的忧郁情绪中恢复了过来。在《芬尼根的守灵夜》中，女儿的主要代表之一是斯特拉（Stella，意为"星辰"），她让这位忧郁的老人重新燃起了对生活的

---

① 这两处内容的英文原文分别为 including the under side 和 dusts the both sides of the seats of the bigslaps，可以看出存在着一定的相似性。——译者注
② 智慧鲑鱼（Salmon of Knowledge）是凯尔特神话中的神奇生物，吃了它就能获得无上的智慧，并能够预见未来。凯尔特神话中的传奇英雄芬恩·麦克尔的导师德鲁伊法师范格斯成功捕捉到一条，芬恩在为他烤炙这条鱼时用手指戳了鱼身一下，烫伤了手指，随即将手指衔入口中吮吸止痛，瞬间就获得了它的所有智慧。后来，范格斯索性直接将智慧鲑鱼送给芬恩吃掉。——译者注

热忱。在安特罗伯斯先生问起时,她答出了海洋的确切面积,这种过早掌握的知识令人联想到她来自《芬尼根的守灵夜》的"海洋起源"。

让我们来罗列一下相似之处:怀尔德的电报男孩采用了一种极其迂回的方式传递信息,这暗示着那封著名的芬尼根信件的游历。安特罗伯斯先生称这些孩子为"小嗅嗅们"(little smellers),在《芬尼根的守灵夜》中则用到了"可爱的小嗅嗅"(the nice little smellar)这一短语。在第一幕落幕前的避难者中,医生、教授、摩西和荷马这四位老人占据了主导地位,他们无疑正是壹耳微蚵酒馆中的常客四老人。安特罗伯斯发明的啤酒酿造、字母表和机械工具,也正是《芬尼根的守灵夜》中主人公的发明。

怀尔德先生曾经进入一个无人问迹的藏宝洞穴,出来时手中拿着一个装满钻石样品的袋子。只有曾亲自进到过这个神奇宝库秘密一观的宝石鉴赏家,才会对怀尔德的再创作中地道的乔伊斯风格的光芒感到惊讶。

到目前为止,怀尔德先生还没有屈尊发表公开说明。但在这部剧中,他隐晦地对自己的作品做出了前所未有的严厉评价。这一声明出现在《九死一生》的第一幕,当安特罗伯斯先生带着他划时代的发明,也就是车轮回家,他的儿子高兴地抓住了它。他一边玩着车轮,一边说道:"爸爸,你可以在这上面放一把椅子。"他的父亲沉思着回答说:"是的……是的,现在任何笨蛋都能摆弄它了,但我是最先想到的那个。"

这个"车轮"便是詹姆斯·乔伊斯的那部车轮般循环历史的循环之书,也就是"两端连接之书"(the Book of Doublends Jined),怀尔德先生聪明地在它上面固定了一把椅子,供大众乘坐。

两种叙述：编者后记

怀尔德一直否认那些说他造成不当影响的指控。坎贝尔和罗宾逊的文章发表后，《周六文学评论》要求怀尔德做出回应。他动笔撰写回复，但最终还是将它存档不表。吉尔伯特·哈里森（Gilbert Harrison）在他为怀尔德所作的传记中这样描述这篇声明：

> 在那篇未发表的声明中，他解释说，在解读乔伊斯的小说时，他突然想到，这部作品有些方面或许可以用戏剧来表达：通过同时叠加不同时代的方式来表现人类漫长的旅程。他甚至用乔伊斯的人物和场景画了草图，但很快便放弃了这个想法。在乔伊斯小说中的噩梦与多语种语言的扭曲中，情节的小元素是如此的微不足道，以至于任何戏剧化的可能性都是"根本不可能的"。然而，《九死一生》中关于人类的概念，以及通过几个同时进行的时间层来观察安特罗伯斯家族的方式，确实是对于乔伊斯的延续，而且围绕着它增添了他自己的许多发明。从乔伊斯那里，他"接受了这样一种观念，也就是将旧日的人作为现代人永恒存在的替身来呈现。作为《芬尼根的守灵夜》基础的四

相位既不是我创作的目的，也没有出现在我的剧本中。乔伊斯的小说主要是研究原罪，以及它在有良知的生活中所扮演的角色。其中反复出现的座右铭是圣奥古斯丁 (St. Augustine) 的'哦，幸运的过错（O felix culpa）'。我也不能使用它的次要主题，即维柯关于人类文化周期季节性重复的理论。我同样找不到地方来安置它的主要文学意图，也就是乔伊斯所找到的展现人类睡眠时所思所想的非凡手段，那著名的'梦语'（night language）[①]。我也不能采用他的次要文学意图，也就是他通过双关和错写，能够表现出同时发生的、往往相互矛盾的多层次心理活动的技术绝活。在这本书的基础四相位之中蕴藏着伟大的奥义，如果我能把它们中的任何几个或仅仅一个搬上舞台，我就会这样做，而且会很高兴地把所受到的每一点滴恩惠都公之于众。"[5]

1948 年，怀尔德在一份笔记中描述了这部戏剧的起源，这篇笔记是为这部由劳伦斯·奥利维尔（Laurence Olivier）主演的英国戏剧的制作准备的。[6]在这篇笔记中，他强调说《九死一生》的主题在日常普通人的心中普遍存在：

很难想象一个人不会有时把自己既想象为所有人，同时又是第一人。这两种想象是通过神话告诉我们的：在他结婚时，他可能会想到亚当；当他在房子里走来走去，关上窗户以防暴风雨时，他是诺亚；当他去打猎时，他叫自己宁录。这部剧作试图将这种想法以戏剧形式表现出来，由于它同时处理作为个体的人和作为类型的人，而且处理的是处于困扰之中的他们，那么它是不是就应该不去在意那些相对微小之事的可信度，因为它们充满着时代错误，而且应该微缩所有的时间和时期，并且还应该充满中断和意外，而既然人类是勇敢的、长存的，那么也应该时不时是快乐的，不是吗？[7]

---

① 乔伊斯称《尤利西斯》为"白天的书"，《芬尼根的守灵夜》则是"夜晚的书"，《芬尼根的守灵夜》中，词汇被任意打乱、击碎、重组，语言是脱缰、失控的，被称为乔伊斯的"梦语"（dream language）。——译者注

在 1948 年的一次采访中，当采访者问到那些关于不良影响的指控时，怀尔德做出了进一步的说明：

> 我在文本中嵌入了《芬尼根的守灵夜》中的一句话作为一次致敬和一种鞠躬致意……

> 萨宾娜嘲讽地为她的雇主，也就是同时是亚当和普通人的安特罗伯斯先生辩护，她说："发起某些指控不应该，我想还可以补充一句，应该不被允许说出来。"这句话，包括它那无力的抑扬顿挫和没把握的愤愤不平，是乔伊斯式的神奇耳朵的绝佳例子。

> "除此之外没有其他来自乔伊斯的台词了吗？"

> "没有了。"怀尔德先生回答。[8]

1955 年，在《九死一生》重新上演时，怀尔德进一步描述了这部作品的诞生。当被问到"你是在什么情况下构思了《九死一生》中双重时间的状态"时，怀尔德回答说：

> 对几个同时进行的时间层次的处理借鉴了乔伊斯的《芬尼根的守灵夜》和亨利·詹姆斯的《过去的韶光》(A Sense of the Past)，甚至还参考了马克·吐温的《康州美国佬在亚瑟王朝》(A Connecticut Yankee in King Arthur's Court)。[9]

最后，在 1957 年，怀尔德重新出版了《九死一生》，并在其中插入了这样一段说明：

> 这部戏剧要深深感谢詹姆斯·乔伊斯的《芬尼根的守灵夜》。如果将来会有某位作者对于我的任何作品产生类似的感恩之情，那么我会非常高兴。文学往往更像一场火炬接力赛，而不是一场关于继承者的激烈争论。[10]

MYTHIC WORLDS, MODERN WORDS

第三部分

对话

MYTHIC
WORLDS,
MODERN
WORDS

06

对　话¹

提问者：乔伊斯是否试图在其作品中阐明一种辩证的模式？

约瑟夫·坎贝尔（以下简称坎贝尔）：是的。这里存在双重辩证关系：一个是男性和女性在生物层面的辩证统一；另一个是历史层面的辩证，即任何历史情境下都不可避免地存在对立双方。对立双方是平等的，每一方都暗示着另一方，选边站会让你陷入片面的观点中。乔伊斯曾在《尤利西斯》的《库克罗普斯》一章中暗示，政客是独眼人，只能看到并支持其中一方，有着两只眼睛的诗人却可以同时看到双方。但如果有人不选边站的话，游戏就没法进行了。事实上，就诗人和实干家之间的对立而言，单眼的视角和双眼的视角构成二元对立，越来越多的人偏向选择双眼的视角。

人生是一场游戏，乔伊斯在作品中所展露出的人生态度并非畏葸不前，而是积极进取的。然而在态度积极的同时，既然你已经选边站了，就不能把自己与上帝划归一体，却把另一边与魔鬼划归一体，这两者是二元对立的。如果你的确认为己方属于上帝，而彼方认同魔鬼的话，那么就要认识到，上帝和魔鬼本来就是二元对立的两端，而在上帝和魔鬼的二元性之上还有更高的原则，这就是乔伊斯的神学：上帝和魔鬼正是行动的两极，事实上，整个世界就是在这两极之间旋转的。

提问者： 如果辩证法存在，那为什么还会有循环？

坎贝尔： 你可能想到了黑格尔主义中的"正反合"（thesis–antithesis–synthesis）[1] 历史辩证法，其中的"合题"即表现为一种历史形式。与之相反，乔伊斯的辩证法则包含连续性的历史冲突，以及"正题"和"反题"的交替，而"合题"则始终作为这两种表现形式的形而上学基础而存在。芬尼根是整部城市戏剧的基石。如果他坐起来，也就是说，如果他在历史上曾出现于人世，那么这场戏就瓦解了。由此类比，阴和阳的相互作用，也正显示了始终存在的"道"。

提问者： 你曾提到同情与炼狱之间存在某种关系，我对此有点困惑。

坎贝尔： 炼狱是一种自我净化，而同情同样是对自我的净化。激情意味着表达自我，同时也会束缚自我；而同情则是开放的。同情意味着爱，而自我与爱恰恰相反。

提问者： 我还以为炼狱跟地狱有关。

坎贝尔： 不是的。地狱是地狱，炼狱是炼狱。地狱是个自我束缚的地方，地狱中的灵魂拒斥恩典、上帝的爱和超个人状态，受到七宗罪的束缚；炼狱则是逐渐解开这种束缚的地方，当傲慢、贪婪、色欲、暴怒、嫉妒、暴食和怠惰这七宗罪一个接一个地被打破时，人就开启了自我超越之门。傲慢是首先必须克服的，只有不再傲慢，人才会逐渐往高处走。圣奥古斯丁曾说"主啊，你叫

---

① "正反合"（thesis-antithesis-synthesis）是黑格尔的辩证法理论，包含"正题""反题"和二者的统一，即"合题"。——译者注

我们走向你""倾向于你"，这就是所谓的超个人奥秘，它影响着万物。自我会使人远离这种神秘体验，因此自我代表着来自我们本性的束缚，也就是走向超验的束缚。

但丁将炼狱表现为一座山，因为在他的时代，人们所抵达的地球最南端就是非洲大陆西部伸向大西洋的隆起部分，所有已知的大陆都在北半球，地球的下半端被看作一片汪洋。此外人们坚信，当撒旦被从天堂扔下来时，巨大的撞击力使他直接坠落到地球的中心，他的生殖器正好就在球心位置，而他的坠落引起了地球的首次转动。撒旦下坠的每个阶段都被标记成圆圈，即地狱之圈，他的撞击使得部分土地移动到地球的另一端，变成在南半球的汪洋中高高升起的炼狱之山。炼狱之山的顶峰是人间天堂（Earthly Paradise），即精神世界和物质世界相结合的地方，但丁在那里又见到了比阿特丽斯，然后她带领他越过地球顶端，来到天堂。

乔伊斯的作品中缺少走向天堂的部分，他本打算写这样一部作品，但还未动笔就去世了。当濒死的他意识到自己无法完成这部他倾其一生的作品时，想必极为沮丧。我曾在某处读到过，当时他只说了一句话："这是上帝的旨意。"他真的是一个圣人。我将在后文中告诉你，在我看来他这部最后的作品本该是什么样的。

提问者：那种内在之光是否包含自我？内在之光和自我之间是什么关系？

坎贝尔：自我是你个人意识的中心。而作为你生命之源的那种能量，也就是你所说的内在之光，处于你的精神意识层面之下。比如说，我们很快就要吃午饭，然后这顿饭就会被我们消化，但我想大家都不知道这顿午饭到底是如何被消化的，尽管我们的身体都会这么做。你的精神意识所不知道的能量还有很多。这些能量影响我们的身体，推动我们的生活，赋予我们爱、恨、绝望等情绪，而将精神意识和这些能量相联结的则是神话中的词汇。

如今，人的身体往往被自我保护着，但也可能不再如此。这里的关键是叔本华的"同情"思想，他曾说过："自我保护是自我本性的首要法则，但它有时却会失效，一个人会自发地去救另一个人，为什么会这样？"叔本华认为，这是对形而上学认识的一种突破，即你和他人是一体的。分离的概念只是我们的感官在时空中体验自我的一种功能，由于空间的缘故，房间中的我们得以互相区分；由于时间的缘故，我们得以与昨晚在这个房间中的那群人相区分。时间和空间都是分离的因素，尼采称之为个体化原理，即个体化的因素。叔本华认为，这些因素都是次要的，你和他者的概念也是次要的，而且时不时地会有另一种认识出现，这就是同情将你从自我定向中释放出来的过程。对同一性的真正领悟只发生在极为罕见的珍贵时刻。当这种同一性没有真正实现时，那么这个人就会以利他主义或者其他类似的情绪为基础来行事。不过这只是一种设想，真正的同情是一种体验。

提问者：在乔伊斯的作品中，他让斯蒂芬投身去铸造还没有被创造出来的民族良心。那么当西方人及其自我意识到自己的力量时，他们还在用乔伊斯的方式发声吗？我无法想象东方的艺术家会如何以这样的方式走向世界。

坎贝尔：我不觉得一个东方艺术家会有那么大的飞跃。至少目前为止，东方的艺术家们都还是在按照既定路线循规蹈矩。回顾中国历史上的创作高产期，也许也曾有过乔伊斯这样志存高远的艺术家，但那都是过去的事了，目前的东方艺术还没给我留下过这种印象。但是乔伊斯依然能做到，而且他走得很远。

当斯蒂芬决心"铸造……我的民族的还没有被创造出来的良心"时，出现一个问题：他认为自己的民族是什么？我想有两个答案：他既属于爱尔兰民族，也属于全人类。乔伊斯当然知道，早在 12 世纪，爱尔兰人就被英国人击败了，在这场浩劫中，英国人剥夺了爱尔兰人自己的生活体系，还强迫他们说英语。但除此之外我认为，乔伊斯觉得爱尔兰本应获得更多超个人和超验的启示，但目前还远远不够，所以他要去做这件事。这就是为什么他的审美严肃且持久专注于对受难者与全人类的同情。"我的民族的还没有被创造出来的良心"不仅是爱尔兰的经验，也是爱尔兰带给人类的启示，但乔伊斯认为这一启示的拐点还尚未到来。然而，他看到了潜力，并决心要让这些潜力充分发挥。

提问者： 我不太理解斯蒂芬·代达勒斯对悲剧性恐惧的定义：

> 恐惧是使人的头脑停留于任何一种人所遭受的严肃而经常的痛苦之中，而使它和某种难于理解的原因相联系的感情。

我不明白的是，如果一个人觉得自己与某种隐秘神秘之物相结合，他为什么会感到恐惧，而非好奇或欣慰呢？

坎贝尔： 悲剧性的情感并非恐惧。像我们知道的"可怖而迷人的神秘"（mysterium tremendum et fascinans），这是敬畏生命的体验，是对生命中存在的死亡这一事实的体验；而恐惧是一种突破的感觉，好比神灵破门而入时对于知识的恐惧，这种恐惧将推翻整个自我体系。

提问者： 从悲剧中我了解到，神是不存在的。

坎贝尔： 噢，我只是以一种熟悉的方式来使用"神"这个词，神本身是不存在的，神只是一种符号。一旦你把神的存在当成事实，就不对劲了。这正是我们的问题之一。正如我曾说过的，神话体系中的神灵是能量的人格化身，但在我们的体系里，神被赋予了能量来源的身份，比如神会说"我在这里"。当然，将神人格化有一定局限性。但在我使用"神"这个词的时候，可以把它简单理解成"梵天"，一个将其自身的过去指代为生命总能量之奥秘的中性名词。而你又是谁？作为历史中的一个小人物，当这种能量爆发时，你又在哪里？这就是恐惧，而意识到这种能量萦绕在你身体内外，就是乔伊斯所说的恐惧。

亚里士多德曾说，怜悯和恐惧的体验产生了"卡塔西斯"[①]，这个词在希腊语境中是仪式用语，意为自我和理性取向的净化。[2] 卡塔西斯是对恐惧或怜悯的突破，通过卡塔西斯，你与全人类联合在一起，不仅摆脱了历史条件的制约，还抛却了自我个性。此时你与世界的动力源泉息息相关。我的理解就是这样。

提问者： 我想我从没有过这样的经历。

坎贝尔： 好吧，如果你没有过这样的经历，可以期待一下。我只能说这么多了。卡塔西斯应该是悲剧经验的产物。我曾经看过一场令人难忘的希腊版《俄狄浦斯》(Oedipus)，剧中的俄狄浦斯像这样伸出双手，瞪大眼睛，血流如注。你知道的，希腊人喜欢血流成河。而合唱团背对着观众，正面对着俄狄浦斯。当这一切结束后，你将体验到一种突破性的狂喜。

对美的体验和对崇高的体验完全是不同的。崇高的体验是一种自我毁灭式的体验，自我被完全削弱和泯灭了，这种崇高通过对庞大空间或惊人力量的体验所呈现。我所听闻的最伟大的崇高体验，来自一位曾参与舱外活动的宇航员，他在舱外活动时，仅仅依靠一根脐带缆来连接航天服和太空舱，当时舱内出现状况，他必须放下手头的舱外工作等待着，因此无所事事地在太空中待了五分钟。这群宇航员通常要做很多事，不单是因为要完成的任务多，也是为了保持连接，但他却独自一人，以每小时两万九千千米的速度漂浮着，既没有

[①] 卡塔西斯（catharsis），意为净化、精神宣泄，在亚里士多德的悲剧理论中，卡塔西斯是平衡协调怜悯和恐惧的基本尺度。——译者注

风，也没有声音，一边是地球，另一边是月球。他后来说："我扪心自问，自己何德何能，值得拥有这样的经历。"这就是崇高。

要从自我责任（ego-commitment）中得到解放，可以有多种维度的体验，悲剧就是体验它的方式之一，此外也有其他方式，尽管如此，当航天员漂浮在太空中，他所认同的一切都被抹去时，没有什么比这一体验更震撼。我所能想到的最崇高的体验莫过于此了。

提问者：是否有消极意义上的体验？一些越战老兵……

坎贝尔：这一点毋庸置疑。生命的根源在于极乐（bliss），我们会在世俗生活中经历痛苦和快乐，但极乐是二者的基础。痛苦有时会让你直达极乐。

提问者：西尔维亚·毕奇是个母亲式的人吗？

坎贝尔：我在巴黎待过十五个月，去过她的书店两三次，但要说了解她和别人的关系，我们还没熟到那个地步。我也没能和巴黎的其他人建立人际关系。对我来说，那是一段非常孤独的时光，我曾为此努力想过办法。西尔维亚·毕奇是个非常慷慨健谈的人，坦诚直率且乐于助人，但她从不声张。我从她那里买了一本《尤利西斯》。

当时我不得不把这本书偷运回美国。[①]1928 年我在巴黎读书时，美国还没人听说过乔伊斯，但在巴黎可以听到这样的对话："《尤利西斯》？""对！"这就是我买到的这本。1922 年 2 月 20 日，《尤利西斯》由巴黎莎士比亚书店首次出版，首印编号发行一千册，装帧精美。1922 年 10 月，该书由伦敦自我主

---

① 　《尤利西斯》于 1918 年开始在一家美国杂志上连载，1920 年被美国有关部门指控为淫秽，1921 年《尤利西斯》在美国和英国遭禁。——译者注

义者出版社第二次印刷，编号发行两千册，其中的五百册被纽约邮政当局焚毁。1923 年 1 月，自我主义者出版社增印五百册，其中四百九十九册被邮局的海关当局没收。这到底是什么事？你想做点什么的时候，他们就是这么回报你的。然后是第四次印刷，紧接着第五次、第六次、第七次、第八次。1947 年，该书迎来第九次重印。

提问者：至于荣格对《尤利西斯》恍然大悟般的解读，您怎么评论？

坎贝尔：这是荣格做过的最糟糕的工作之一，我觉得他从来就没弄明白《尤利西斯》的内容，他大发雷霆并写了解读，因为他根本不懂。事实上，精神病学家和任何艺术都没法融洽相处，因为他们总把它看作一种症状，就像荣格对待《尤利西斯》一样。

乔伊斯和荣格都曾在苏黎世待过，他们彼此认识。但我不知道荣格是否把评论《尤利西斯》当回事，也不知道他在上面花了多少时间。乔伊斯的小女儿有一次被带到荣格那里，之后乔伊斯的一位女资助人想让他接受荣格的精神分析治疗。何其荒谬！你能想象一个艺术家为了改善自我去看精神医生吗？荣格对乔伊斯女儿的评价是，她正淹没在乔伊斯所游的水域之中。在这个水域中需要做好心理和精神力量的双重准备，需要有足够的能力以承受它，而她不能。既然乔伊斯一直在这所房子里，可以说是他把她拉下水的。[3]

提问者：这就是代达罗斯的神话，他的儿子伊卡洛斯没能逃脱。

坎贝尔：没错，伊卡洛斯落入水中。

提问者：我有个疑问，乔伊斯认为道德说教艺术是不恰当的艺术。但在我看来，伟大的艺术确实能教会人一些东西。他的意思是艺术中不该含有教育的意图吗？

坎贝尔：说教主义并不一定是教育，而是提出方案。这类小说大多写于 20 世纪 20 年代，往往与社会改良相关。例如，所有这些批判资本主义，促进新社会发展的左派作品，都属于说教性的作品。

我不知道伟大的艺术是否都应具备教诲意义。毕加索的画给人教诲吗？它是否在说，我来教教你，让我告诉你它们到底是如何被构建起来的，里面有什么，以及诸如此类的东西？然而当你读乔伊斯的作品时，你会感受到愉悦，变得和谐，这就是它的意义所在。这并非在给你教训，而是在哺育你，让你精神平衡、内心和谐。

我们在学校中接受的教育大多倾向于社会学和理性哲学等，以至于我们以为那就是艺术的意义所在。其实不然，"审美"（esthetic）这个词与感官有关。艺术作品所做的是向你展示一个平衡的组织，当你在审美陶醉中端详它时，有那么一瞬间，你将在平衡中突破至超越的状态。那不是教导，而是一种启示。乔伊斯年轻时，在《都柏林人》的故事中提到了"顿悟"（epiphanies）。艺术作品应该生产出一种顿悟和启示，而这不是说教主义。你能明白这其中的区别吗？我认为对于年轻的艺术家而言，这其中的重要区别应该被理解，因为正如我所说过的，我们接受了太多社会学的教育，以至于想要改造世界，而不是去肯定它。这就是我们的神话的问题所在。所有的早期神话，以及后来那些相对先进的神话，都不是为了改善世界，而是让你与世界和谐相处。

说教式神话的首个例子就是琐罗亚斯德教①。你本拥有一个美好的世界，然而一个邪恶的力量摧毁了它，整个世界轰然倒塌。我们生活的世界是善与恶的结合——这是一种古老的摩尼教（Manichean）思想：光明已经被黑暗吞噬了，而我们必须从黑暗中释放出光明。我们的整个传统都在说："不。不。不。

---

① 琐罗亚斯德教（Zoroastrianism）是流行于古代波斯（今伊朗）及中亚等地的宗教，是摩尼教之源，又称"拜火教"。——译者注

不，你不能向自然屈服。自然是堕落的。自然是腐败的。你要纠正自然。"而乔伊斯和艺术家们则有一套完全不同的神话，他们对此表示肯定："是的。是的。是的。是的。"最后评论家说："噢，那是消极的。你不该对这样的事情说'是的'。"

提问者：关于《一个青年艺术家的画像》中所提到的"恰当和不恰当的艺术"，是不是乔伊斯在暗示，在动态叙事中开拓超验是不可能的？如果真是这样，那么包括《尤利西斯》在内的大多数神话，不都是极具动态的吗？那些有着象征符号和客体的人物形象，难道不会吸引你，或让你感到排斥吗？

坎贝尔：欲望的动态意味着对客体的欲望，想要对某物做某事的欲望会让你行动起来。如果作品中只有一个流动性的动作，那不是我们所说的动态。如果在阅读一部小说时，你只是跟着情节走，感受循环的节奏，体会紧张和缓和并存的循环起伏，那也不是乔伊斯所说的动态。当乔伊斯谈到动态艺术时，他要么是在说，这部小说告诉你"社会腐朽不堪，亟待修复，所以动身去修复它吧"；要么是在说另一种动态艺术，它将你想吃的苹果展示给你。谁会想吃塞尚的苹果呢？如果你对所表示的对象充满欲望，那么你们的关系将是动态的、充满色欲的。

我明白问题所在，因为我过了好一阵子才弄懂乔伊斯在说什么。"动态"这个词的意思就是运动。我们喜欢被感动，而小说中也有不断在行进的动作。然而，乔伊斯在描述动态时，说的并不是这些。他说的是充满占有和使用客体的欲望，即色情。艺术品的所指很容易被理解错，甚至一幅画像也置身于这种危险处境中。对于画像的标准定义是"一幅嘴巴有些问题的肖像"，画上的人看起来不像苏西①，所以没人想要它。如今没人愿意长得像毕加索那些肖像画

---

① 此处的苏西指的是苏西·索里朵（Suzy Solidor），法国艺术家，毕加索曾给她画过像。——译者注

里的人了，尤其是他后来画的那些。但它们是艺术，其中的客体既自在又自为。正如乔伊斯所说："它就是它被视作的那个东西，而不是任何别的东西。"

对于恰当的艺术和不恰当的艺术的区别，乔伊斯给出了非常清晰明确的定义。为广告或社会学服务的是不恰当的艺术，恰当的艺术具备"完整、和谐和光彩"。此外，叙事艺术中包含喜剧和悲剧。如今的印度教徒能分辨出喜悦和悲痛以外的情绪，他们有各种"拉莎"①，或者说风味，而艺术品的全部功用就是呈现出一种特殊的"拉莎"，也就是那种风味和特色。但这与动态是不一样的。

提问者：实际上，这种困惑源于你意识到自己被吸引，这是一种不同的吸引。故事中的象征符号显然别有他指，但这并不意味着你可能会参与到运动中。它不是静态的。

坎贝尔：是的，这一点也不像审美陶醉。时间和空间都消逝了，你却沉浸在狂喜中。我听说，死亡也可以是一种狂喜。

提问者：你曾谈到，预言的天赋意味着熟悉那种伟大的生理过程，它能赋予生命以活力，也能让其终止。如果这就是我们所说的预言，那你认为乔伊斯是个先知吗？如果是的话，你能说说你所理解的他预言的本质吗？

坎贝尔：我不认为乔伊斯是个先知。"先知"（prophet）这个词通常指对未来做出预言，但我在乔伊斯的身上没看到任何具体的预言。我认为他就像他自己所说的那样，他是一个揭示生命本质的、具有启示性的人。当然，在这一点

---

① 拉莎（rasa），印度古典舞蹈中通过肢体或表情表达不同情绪的方式。——译者注

上，确实存在一个无可避免的预言性时刻。也就是说，如果生命中有死亡的话，那么死亡终会到来。差不多就是这样。

提问者： 那么他对维柯思想的应用呢？

坎贝尔： 噢，他确实用了维柯的思想，但那不是他的预言，而是维柯的预言。乔伊斯在维柯身上看到的就是这个循环，你也可以看到这一循环。叶芝有本很有意思的杰作名叫《幻象》（*A Vision*），在这本书中，他提出了一种文化历史的循环。埃兹拉·庞德（Ezra Pound）曾向叶芝指出，后者对文化循环（culture cycle）下的定义，以及对其中不同阶段所处年代的看法，几乎完全符合斯宾格勒的理论[1]，尽管叶芝和斯宾格勒在这个问题上持有完全不同的立场。

要建立对文化循环的认知，就要意识到一种文化的历史有开端、中段和结尾之分。一种文化始于年轻的冲动，达到一个成熟的时刻，然后问题就来了，它开始逐渐衰退、瓦解。这是所有有机形态的模式。认识文化循环，意味着将文化视为一个有机体，将文化史视为有机的历史。

我们正在经历这个循环，并且不得不对它点头称是。这是很难抗拒的。我想成立一个"阻止大陆漂移俱乐部"，现在明白我的意思了吧。

提问者： 艺术家在寻找事物的过程中，总是完全略去社会所谓的现实，即那些被广泛接受的事物，而从不全盘接受它们。艺术家的这种自学的表现不就是乔伊斯所说的艺术吗？

坎贝尔： 那意味着进入未知的禁区，然后带着自己的发现走出来。当然，

---

[1] 奥斯瓦尔德·斯宾格勒（Oswald Spengler, 1880—1936），历史形态学的开创者。斯宾格勒认为历史只是若干独立的文化形态循环交替的过程，任何一种文化形态，像生物有机体一样，都要经过青年期、壮年期，以至衰老灭亡。——译者注

那些本来就从事艺术的人，必须从另一位艺术家那里习得技艺。然后就会出现这样的危机：在反复练习后，他们开始感受到自己的心魔逐渐显现。我就认识几个做老师的艺术家，他们不乐意看到这种情况发生，因此对学生过于严厉。这会导致形势恶化，学生面对老师的态度变得消极。我认为最糟糕的事情，莫过于与赋予你天赋的人作对，因为你本该把天赋用在自己的发现上，你必须超越老师。

提问者：我曾经与一位名叫汉斯·霍夫曼（Hans Hoffman）的老师共事，他从来没这么做过，而是让学生释放天性。你将首先发现自己的内在，确保你不会被影响，也不会有人教你怎么画画。

坎贝尔：噢，汉斯·霍夫曼做得对！但也有不这么做的画家，我就至少认识两个。他们只会紧抓不放。

提问者：我有点困惑。阅读《尤利西斯》的时候，我本来一直期待斯蒂芬和布卢姆的故事，结果故事到莫莉那里就结束了。斯蒂芬去了布卢姆家，之后发生了什么呢？

坎贝尔：乔伊斯安排斯蒂芬走进夜色，这就是斯蒂芬在书中的结局。不过其实斯蒂芬在《喀耳刻》一章中已经有所转变了。出于对布卢姆的同情，斯蒂芬在夜市区说了一些丑闻，来转移人们对于布卢姆的嘲笑，你知道的，然后他的母亲就来找他了。乔伊斯意图借这件事来象征他自己身上发生的一些重要的事，某种东西正在改变这位富有同情心的创作者。

与刚动笔写《尤利西斯》时的乔伊斯相比，写完《尤利西斯》后的乔伊斯完全判若两人。当他在写《芬尼根的守灵夜》时，他又变成另外一个人。《尤利西斯》是厚重的大地，书中的所有细节自始至终将你抓住不放。莫莉很沉重，《尤利西斯》也很沉重。我很爱这本书，但是天哪，我已经对它感到厌烦了。你知道的，乔伊斯把它强加在你身上，他确实这么做了，而这正是他的目的。《芬尼根的守灵夜》则是流动的，它像涟漪一样荡漾开来。莫莉变成了安娜·利维娅·普鲁拉贝尔，这是书中的一股奇妙的、令人着迷的、鲜活的女性力量。

提问者：你刚提到，就像斯蒂芬一样，乔伊斯本人也在这本书中改变了。在《喀耳刻》一章中，有很多有趣的东西，除了富有洞察力的瞎子特伊西亚斯，以及有着贵金属般的脸、精通五门语言的孩子以外，还有其他东西。贝拉变成贝洛①。都很有趣。

坎贝尔：女性变成男性，这只是他当时的想法。雄性是进攻者，雌性则是顺从的一方。布卢姆变成了一头顺从的猪崽，他有一种受虐狂的态度："我渴求你的控制。"（《尤利西斯》）我们很难知道这其中有多少是乔伊斯的亲身经历，他是怎么写出莫莉·布卢姆躺在那里的经历的呢？我明白他这么做的原因，这将有效地勾勒出女性真实的心灵图景。当然，他有个妻子，名叫诺拉·巴纳克尔，这可怜的女人堪称勇敢的巾帼英雄。他们所经受的一切，只是因为他不愿写那种人人会买的畅销书。

提问者：你曾提到流浪的犹太人，这是否和你所认为的"人只有在流浪时才能发现自我"有关？

---

① 贝拉（Bella）和贝洛（Bello）都是《喀耳刻》一章中出现的角色名字，贝拉为女性，贝洛为男性，"贝拉变成贝洛"对应下文的"女性变成男性"。——译者注

坎贝尔：不，我不这么认为。流浪的犹太人的故事是一个中世纪传说，当基督背负着十字架时，一个站在队伍里的人盯着他说"走快点"，基督看着这人说："我会的，等我回来。我回来的时候你还会在这里。"这人注定要永远留在世上，永远扎根此地。因此，流浪的犹太人代表着世俗美德，而同情心则是最高尚的一种美德。

布卢姆并不试图追求精神上的升华，他活在尘世间。他待人接物态度极好，有着斯蒂芬所不具备的同情和怜悯心。你可能会说，斯蒂芬位于通向外太空的轨道上。而布卢姆则被地球吸引力所牵引，像月球一样，他与死亡和复活的世界紧密相连，对它有所了解并保持关注。布卢姆对生活中的物质细节的兴趣，也是"流浪的犹太人"这个主题的一部分。

提问者：介入世界与融入世界有什么区别？

坎贝尔："融入"一词最强的语义是："你就是这个，这就是你拥有的一切。"几周前我有了一个有趣的想法并开始探讨，但还没得出结论。它关乎堕落。人类业已堕落。我们身处一个流亡和堕落的世界。但我们经由佛教、琐罗亚斯德教、希腊的神秘宗教和基督教思想所看到的救世主形象，是一个自愿进入尘世的形象。救世主是自愿而来的。他即使死在十字架上，也并未堕落。这是一种自愿的肯定，它并非堕落，而是一种自愿的行为。如果你深入这种思想，并且以那样一种方式感受它，那么你将迎来非常重要的意识转变，你得救了。你不再被放逐，不再浮沉于堕落的世界里。更确切地说，你在说"是的"。这是尼采的"爱命运"（amor fati），对你命运的爱，你对它说"是的"。这就是乔伊斯在《芬尼根的守灵夜》中所做的。

提问者：你认为艺术家乔伊斯在接近他的心魔时，是不是这样做的：他自愿下山查看恶魔，但要抓住一些东西，然后经由山巅回来，而不是从山的另一边爬上去?

坎贝尔:很对。这就是斯蒂芬走进妓院、吟诵着复活节专用的祭文时所看到的。他知道自己将要(并且他也打算)在一次扩展意识的经历中迷失自我。他这么做明显是有意的。然后,当布卢姆进来的时候,斯蒂芬正在钢琴上弹空五度和音,就是这样。

提问者:乔伊斯是打算迷失自我,还是有意识地坚持下去?

坎贝尔:他正在迷失自我,那个曾经的自我。当意识发生转变时,之前的那个自我也就不复存在了。就是这样极端。正如我们所看到的,从《尤利西斯》到《芬尼根的守灵夜》,好像是另一个人在写,前后完全不是同一个人。

提问者:说到乔伊斯的遗留影响,我想问:你觉得他对塞缪尔·贝克特(Samuel Beckett)的作品有什么贡献吗?特别是《等待戈多》和乔伊斯的作品之间有什么联系吗?

坎贝尔:噢,我记得我看过一次很棒的《等待戈多》的演出,应该是剧作上演的首版,主演是伯特·拉尔(Bert Lahr)。当我看到波卓和幸运儿时 [1],心想:"这是就詹姆斯·乔伊斯。"乔伊斯的影响是显而易见的,但贝克特把它同化成自己的东西了。我觉得你不会在整部剧里都看到詹姆斯·乔伊斯,但乔伊斯就存在于贝克特那大胆的意象中。我不知道我是否有权这么说,但在我看来,贝克特比乔伊斯要忧郁阴沉得多。在贝克特对我们如今所处的终局时代的

---

① 波卓(Pozzo)和幸运儿(Lucky)是《等待戈多》中的两个人物,在剧中,波卓手拿鞭子,驱赶着被绳子拴住脖子的幸运儿。——译者注

描绘中，有一种忧郁凄凉的气质。当然你知道的，波卓就是教会，而我们就是幸运儿，我们非常幸运地成为波卓的奴隶。这当然是乔伊斯看待教会的那套方式，他将其称之为"病态单身汉的阴谋"。

提问者：在《等待戈多》中，有一片闪闪发光的叶子，并未被人注意到。人们在等待戈多，而戈多来了又走。也许可以这样说，乔伊斯本人创作了大量熠熠生辉的作品，但如果不是因为那几个学者的话，这些作品可能根本不会引起人们的关注。

坎贝尔：好吧，可能确实是这样。至于那片叶子，我想到了安娜·利维娅留下的最后一句话，河流从都柏林蜿蜒而过，流归大海；黎明将至；梦在消退。在安娜·利维娅即将失去知觉之际，她说："我的叶子从我身上飞落，所有叶子，但仍有一片挂着，我要随身带着它，来提醒我。利菲！"这就是《等待戈多》中提到的那片树上的叶子。

提问者：这或许显而易见，但我要说，乔伊斯处理文字，就像毕加索处理他艺术作品形态的手法一样，只是把它们拆开，再以新的方式组合在一起。

坎贝尔：的确如此。这正是我所希望的，粉碎、重构、拼合在一起。在乔伊斯的作品中，文字与梦境相关；在毕加索的作品中，艺术形态与视觉效果相关。此外，我想指出的是，二者沿这条路径发展的各个时间点恰都吻合，说明这是发生在整个领域的事件。

提问者：你的言论中贯穿着一条线索，表明在毕加索和乔伊斯的作品中，存在着更宏大的、统一的主题，应该是动乱或战争，或者别的什么。你不断提到艺术家发展过程中相同的年份，就好像他们是平行前进的。对此你能解释一下吗？

坎贝尔： 也许这就是时代精神，即一个时代的精神信念。斯宾格勒和叶芝也是如此，这些人的思想把握住了文明条件的启示，他们真正感知到了正在发生的事情。他们的艺术创造经历了发展的过程，从 19 世纪的机械主义思维方式，发展到"神秘主义"的立场。

我想说的是，如今科学也正在朝着这一方向发展。在意识研究领域，以及物理和天文学领域，我们正在突破那种以因果论和机械主义来解释事物的方式。在生物科学领域有一种"活力论"（vitalism），它进一步地假设了一种共同的普遍意识，而我们的大脑仅仅是其中的一个器官。人的意识并不来自大脑，大脑只是意识的一个器官，大脑让意识聚焦，把它拉入，引导意识穿过时间和空间的场域。但这一普遍意识论的前提是，我们也只是普遍意识中的一部分。

我认为，理解这些艺术家的关键是哲学家叔本华。托马斯·曼的作品中浸透着叔本华的思想，尼采身上也全是叔本华的影子。乔伊斯在《尤利西斯》的《普洛透斯》一章中提到的"可见现象的无可避免的形态"，正是改编自叔本华的思想。叔本华曾写过一篇有关"对个人命运中明显的意向性的超验推测"①的精彩论文，目前还没有被翻译过来，至少我没找到。[4] 他说，在你的一生中，这个人物出现了，那个人物出现了，这一切在发生时似乎都是偶然的。而当你活到六七十岁时，回顾过往会发现，你的生活看起来就像一部精心策划的小说，有一个连贯的主题。你意识到，事情都是以一种恰如其分的方式发生的，那些看似纯属巧合的偶然事件，成了这部小说结构的主要元素。叔本华说："谁写了这部小说？你自己。"

这里的一个新思路是，正如人们影响了你，并在你的生活中发挥了重要作用一样，你也在影响别人，并在他们的生活中发挥重要作用。这其中存在着相

---

① 原文为德文，Transzcendente Spekulation über die anscheinende Absichtlichkeit im Schicksale des Einzelnen。——译者注

互影响，构成一个环环相扣的小说网络。这些都是谁写的？叔本华说："整个世界都好比一个做梦者所做的梦，而梦中的所有人物都梦到了你。"这就是解读《芬尼根的守灵夜》的线索。这是个世界之梦。而这个梦到世界的人，他是谁？我们叫他芬尼根。我们都是他梦中的微尘。《芬尼根的守灵夜》好像一张全息图，这张全息图正是科学家们目前所遭遇的难题的一种隐喻。[5]

提问者： 你能进一步谈谈科学和心理意识吗？

坎贝尔： 我对聊这些实在不太在行。如你所见，我在这些领域完全是个业余爱好者。但我有些在这些领域工作的朋友，他们告诉我，举例来说，亚原子粒子的问题在于没人知道它们到底是什么，它们可以被视作波动，也可以被视作粒子。没人见过它们。我们只能在屏幕上看到它们的轨迹。斯坦福大学有一个四千米长的实验室，他们就是在那里拍摄这些轨迹的，但没有人知道它们究竟是什么。

人们讨论亚原子实体的时候有两种可能的方式，一种是把它当作波动，另一种是把它当作粒子来讨论，我们在描述自己的心理状态时也会遇到同样的问题。一个叫大卫·比特拉姆（David Birtram）的人曾说，人的头脑中并没有专管记忆的特定部位，记忆似乎以波动的形式遍布各处，直到某种特定的聚焦方式使其得以显现。还有伦敦的大卫·博姆（David Bohm），他也以同样的方式看待整个宇宙。所以科学家们在谈到宇宙和人的头脑时，把它们都比作全息图。

康德意识到头脑的奇妙之处，他问道："为什么我们可以在头脑中对空间进行计算，并且确信这些算法也适用于那些人类从未去过的空间呢？"在阿姆斯特朗登陆月球的那次太空飞行中，当太空舱正在返回的途中，休斯敦地面控制中心有人问道："现在是谁在导航？"回答："牛顿。"正是牛顿头脑中的空间定律计算出了月球的位置。从来没人到过月球，但通过遵循这些定律，通过把火箭喷射器转向一定的方向，并发射出一定数量的能量，那个像枚小豆荚一样的航空舱，被带回到距离太平洋某艘船一英里的范围之内。然而，当阿姆斯特朗的鞋子踏上月球时，没人知道它会陷入多深的月球尘埃里，因为那是"后验"（posteriori）知识，是在"事后"才学到的知识。相比之下，对空间的认识则是一种"先验"（priori）知识，是我们在"事前"就拥有的知识。

所以说，外太空和这里的空间是一样的，二者同样神秘。你可以在脑子里把它算出来。你能在脑子里算出的东西有多少？很多。谁知道呢？我们是空间中的微粒。正是宇宙大爆炸中产生的氢造就了星座，然后是行星，而我们则是其中一个行星的产物。我们开始发展出一种精神神话，我们所说的"精神"可能是物质的一个方面，我想这也是乔伊斯的书里写的。华兹华斯在他的《廷腾寺》（*Tintern Abbey*）中也提到这一点：

……因为我已能

以新的方式观察自然，已不同于

往日天真的青年；我常常听见

人生低沉而哀伤的音乐，

尽管它具有使人压抑的威力，

却并不显得粗粝嘈杂。[1]6

这就是当芬尼根隐没于乡村时，乔伊斯所做的。我们来到芬尼根的乡村时，正经历着一场让我们更加了解自己的旅行。你或许还记得，斯蒂芬在《尤利西斯》中说过："走遍天涯，并非通过自我……正是本来已经准备好条件，无可避免必然要形成的自我。"我们看到这种关于一套指导所有生命和存在的原则的想法。我们是我们自己，但我们与世界完美和谐地共存。

举例来说，现在我脑海中有一个形象，一个刚出生的小婴儿，被放到母亲的身上，并立即接受哺乳。婴儿有一股冲动，还有一个宇宙，那时这个宇宙就是妈妈。母亲准备就绪，并做出回应。等婴儿已经准备好接受自然的馈

---

[1]　译文引自《英国湖畔三诗人选集》，顾子欣译，湖南人民出版社，1986，第14页。——译者注

赠和回应时，大自然也已经为婴儿做好准备了。同样，从更大的意义上说，整个大自然母亲都已经为我们做好准备了，而我们就是为它而生的，这就是共鸣。

这就是叔本华在说到"整个世界都好比一个做梦者所做的梦"时所表达的意思。这是一个隐喻，用来描述某种神秘的东西，某种极其深奥的神秘之物。接下来一章，叔本华提到了死亡和我们存在的不灭性。死去的是我们真实存在的表象，这一表象与和它对立的存在是一体的。[7]这听起来很神秘，因为我们习惯用 19 世纪的机械主义术语来思考问题，但事实就是如此。我想这就是乔伊斯要表达的意思。我认为《芬尼根的守灵夜》是一部现代版的《往世书》，是对基本神话类型的现代翻译，使其融入当代语境。展现在你身边的是当代世界，而非《创世记》里公元前 2000 年的那个古老世界。乔伊斯是个现代人，他什么都知道，并将这一启示带到我们面前。

提问者：你谈到了基本观念以及对它们的民族化表达，但好像没说过基本观念是什么。

坎贝尔：说到基本观念，"男与女"就是其中之一。在不同文化中，男女关系有着不同的呈现方式。以婚姻的概念为例，想想不同文化中存在着的类型各异的婚姻。《芬尼根的守灵夜》中也有一些基本观念：两个男性之间的冲突，一个总是输，另一个总是赢，成功者浑身闪烁着胜利的光环，失败者则弥漫着落败的味道，这些都是自然界中最基本的事物。然后是男性与女性、女性与男性之间的不同关系模式。往往有三种模式：一种是诱惑者；一种是妻子，她把破碎的丈夫重新拼合起来；第三种是年轻女孩或者女儿，在某种程度上等同于诱惑者。这是乔伊斯从《奥德赛》中得到的一个想法。而我刚提到的正是喀耳刻、卡吕普索和瑙西卡。①

这些都是贯穿《芬尼根的守灵夜》的基本观念。关于人类生活，还有一些基本观念，比如牺牲的观念，以及有关神的观念。但是神的概念往往受到文化制约，因此任何特定的神都是一种民俗观念。原则上讲，神指的是超越自身的东西，如果你拘泥于民俗观念，说明你还没有完全接受你自己的人性。这就是地方宗教信仰的全部问题所在。只有你接受了民俗观念，一种对基本观念的限制，你才会有这种信仰。但如果你拘泥于外表，那么你将无法掌握客体信息，并拘泥于象征。万物皆是一种象征。歌德说："一切无常者，只是一虚影。"② 意思是说"一切现象的东西都只是一种隐喻"。[8] 从这个角度来看，你就是一个诗人了。

提问者： 你认为乔伊斯的第四本书，他的"天堂篇"，会是什么样的？

坎贝尔： 我们对这本新书的形式的了解，仅限于乔伊斯透露过的几句话。它将是一本短小精悍的书，非常简单，并与海洋相关。[9]

你还记得吧，在《芬尼根的守灵夜》的结尾，书中最主要的女性形象利菲河流归大海，回到海洋之父中去，趋于静止。你可能会说，历史也已经走到了尽头。我们业已超越了历史。如果你不想再绕来绕去，那你就待在海里吧。所以海洋将是乔伊斯下一本书的背景。

乔伊斯曾说，第四本书将简练精悍，并且关于海洋。所有的线索都在这句话里了。当乔伊斯说第四本书将关于海洋，并提到"莲花舒展"（让我们祈祷）将是这本书的内容时，我们就知道这本书将关于什么了。乔伊斯把《芬尼根的

---

① 喀耳刻、卡吕普索和瑙西卡都是希腊神话中的人物。喀耳刻曾试图引诱奥德修斯，卡吕普索曾试图做奥德修斯的妻子。在《尤利西斯》中布卢姆对应着奥德修斯，妻子莫莉则对应卡吕普索。瑙西卡是希腊神话中法埃亚科安国王的女儿，曾营救奥德修斯并向他提亲，但遭到婉拒。这三个女性形象正好指向上文中所提到的诱惑者、妻子和女儿（年轻女孩）。——译者注
② 原文为德文，Alles vergängliche ist nur ein Gleichnis。——译者注

守灵夜》称作"雨伞史"，重生的开端就是如此。所以，那本未完成的书一定和毗湿奴的梦有关。

　　我非常确定，这幅图景是毗湿奴睡在宇宙之蟒上，躺在宇宙之水上，梦着寰宇之梦，且那梦以莲花的形式从他的肚脐中缓缓升起，因为乔伊斯曾在《芬尼根的守灵夜》中运用过这幅图景。莲花中央坐着梵天，所谓的创造神，用意识淹没了这个从毗湿奴的肚脐中生出的世界之梦。这个宇宙，这朵莲花，都是梦到世界的人所做的那场世界之梦。它是他的新娘，是女神帕德玛。她是运动之物。你看，她就是安娜·利维娅。

　　如此一来，毗湿奴的梦涉及两个方面。首先，从历史的角度看，此梦经历了世界历史的循环：莲花从他的肚脐里萌发，生长，并终将离开。但从另一个方面看，莲花又回到了他的心里，在世界与世界之间的间隔中，它以简单的形式潜藏在神自身之中。然后它再次出现，存在于时间的历程中。我认为在他的"天堂篇"中，乔伊斯将会带给我们梦的第二个方面，告诉我们潜在可能性是什么，而非历史的复杂性。他将会写到一些所谓的原型形式。

　　有一部名叫《摩根德耶往世书》的印度往世书，讲述了摩根德耶的故事。摩根德耶是一位圣人，他在世界毁灭时并未死去，而是带着梦进入了毗湿奴的肚子，在毗湿奴的肚子里四处徘徊，观察这个梦。在某一时刻，摩根德耶从毗湿奴的嘴里滑了出来，掉入黑色的宇宙海，那里空无一物。毗湿奴只是伸出手，将摩根德耶送回嘴里。我想这就是乔伊斯的下一本书要讲的内容，他要进入神的内部，不再展示已经发生过的历史，而是以潜在的形式展示历史的所有潜在可能性。我觉得乔伊斯将被送入毗湿奴的嘴里，并以某种方式，带着我们一同去。

编者前言

1   [1982年12月18日至19日在纽约市开放眼界剧场（Theater of the Open Eye）举行了题为"詹姆斯·乔伊斯和巴勃罗·毕加索：20世纪文学艺术中的神话"（James Joyce and Pablo Picasso: Mythology in 20th Century Literature and Art）的研讨会，此部分内容是来源于这场研讨会在12月18日下午早些时候的问答环节。此演讲在约瑟夫·坎贝尔基金会的坎贝尔演讲数据库中被标记为L820。]

2   [来自1982年12月18日上午的一场讨论会，也是"詹姆斯·乔伊斯和巴勃罗·毕加索"研讨会的内容。]

3   [摘自1982年12月13日至14日，坎贝尔于加州历史学会为旧金山的荣格学会所举办的一系列题为"詹姆斯·乔伊斯的神话与艺术"（The Mythology and Art of James Joyce）的演讲（L986–989）；该演讲随后被编辑并发行了《艺术之翼》（Wings of Art）系列录像带（Oakland, CA: Brightline, 1990）。]

詹姆斯·乔伊斯（1882—1941）：一则讣闻

1   [摘自莎拉·劳伦斯学院校报《校园》（The Campus, Wednesday, January 22, 1941, p. 2.）]

2   [这句话是FW 129.7–8的一个版本。]

01　导读

1　　["詹姆斯·乔伊斯的小说"这一部分汇集了坎贝尔所发表的各种演讲，包括："詹姆斯·乔伊斯和巴勃罗·毕加索"（L820）；1968年4月25日在印第安纳大学发表的题为"詹姆斯·乔伊斯的神话与艺术"（The Mythology and Art of James Joyce）的演讲（195ff）；1968年11月在伊沙兰学院发表的题为"詹姆斯·乔伊斯小说中的视觉意象"（Imagery of Vision in the Novels of James Joyce）的演讲（L210–213）。这里还交织着如下论文："Contransmagnificandjewbangtantiality," from *Studies in the Literary Imagination*, Volume III, No. 2 (October, 1970);Campbell and Henry Morton Robinson, "Unlocking the Door to Joyce: Two Experts Present a Skeleton Key to *Finnegans* Wake," in *The Saturday Review of Literature*, Vol. 26 (June 19, 1943)中的部分内容；以及从坎贝尔未发表的论文中挑选出来的几篇文章，包括约瑟夫·坎贝尔基金会档案中出现的文章笔记与片段，如《对立面的巧合》（Coincidence of Opposites）（MC17）、《乔伊斯碎片》（Joyce Fragments）（MC18）、《乔伊斯/狗神》（Joyce/Dog–God）（MC25）和《但丁、加福瑞斯、斯蒂芬和利奥波尔德》（Dante/Gafurius/Stephen/Leopold）(MC26)。]

2　　[关于英雄旅程中这十个主题的详细研究，参见坎贝尔的《千面英雄》（*The Hero with a Thousand Faces*, Bollingen Series XVII, Princeton, NJ: Princeton University Press, 1949）。]

3　　[这是剧作家詹姆斯·马修·巴利（J. M. Barrie）创作的《彼得·潘》(*Peter Pan*)中温蒂的呼喊，这部舞台剧首演于1904年秋，所以这里的提法有点不合时宜。当然，温蒂说出这句话时，心里并没有关于产科的细节。]

4　　[在德语中，Alp的意思是恶魔或小妖精，而"噩梦"在德语中对应的词是Alpdruck或Alptraum。]

5　　[在维柯身上也发现了从轮回中解脱出来的迹象。维多利亚式的循环完全是异教徒的循环。参见Faj Attila, "Vico's Basic Law of History in *Finnegans Wake*," in Donald Phillip Verene, *Vico and Joyce* (Albany: State University of New York, 1987), p. 22:

　　　　……维柯坚持认为，在过去，以及在将来，总有离去，从永远的回归和复归中挣脱，即使在所有这些情况下，对异教民族有效的一般

法律的暂时复发已经发生或可能发生。古代被选中的人避免了反复
出现的历史周期，如果新被选中的人遵循它的主人的戒律，同样的
情况也会发生。在犹太人的领导者面前，"约旦河被赶回"（《诗篇》
114.3）；同样的河流回流发生在弥赛亚面前，正如在代表基督受洗的
旧图标上所看到的那样。类似的现象将在未来发生：绝望而悲惨地反
复回归和复归将被基督的真正追随者终止，他们永远不会再让他们的
群落或国家重新陷入野蛮状态。

上文提到的来自维柯的主要段落参见Vico, *La Scienza Nuova*, in the edition
translated as *The New Science* by M. H. Fisch and T. G. Bergin (Ithaca: Cornell University
Press, 1970)。]

02　一个青年艺术家的画像

1　Guiraut de Borneilh, *Tam cum los oills el* cor... , in John Rutherford, *The Troubadors*
(London: Smith, Elder and Company, 1861), p. 34.

2　[Ellsworth Mason and Richard Ellmann, editors, *The Critical Writings of James Joyce* (New
York: Viking Press, 1959), p. 143: from the Paris notebooks (1903).]

3　[原文为 "Those things are beautiful the apprehension of which pleases."，摘自*The
Critical Writings*, op. cit. p. 147; translating Aquinas, *Summa Theologica* I, q. 5, art. 4:
"*Pulchra enim dicuntur ea quae visa placent.*"

——他在这里用了 visa 这个词，斯蒂芬说，意思是要包括各种各
样的感受，不管是通过视觉或者听觉或者通过任何其他的通路感知到
的东西都包括在内。(《一个青年艺术家的画像》)

神父威廉·努恩（Father William Noon）在他最终的著作《乔伊斯和阿奎那》
(*Joyce and Aquinas*, New Haven: Yale University Press, 1957, p. 26n) 中，同意乔伊斯
对这一术语的应用："对阿奎那而言，'视觉'一词指的是通过智力获得的所有
知识。"]

4　[在1903年的《巴黎笔记》（参见*The Critical Writings*, p. 144）中，乔伊斯写道：

现在是喜剧。一门不恰当的艺术旨在以喜剧的方式刺激欲望的感觉，但对于喜剧艺术来说，真正的感觉是快乐的感觉。正如我所说，欲望是一种促使我们去做某事的感觉，而快乐是一种拥有一些好的东西使我们兴奋的感觉……因为欲望促使我们停止休息，我们可以拥有一些东西，但只要我们拥有一些东西，欢乐就会让我们安息……由此可以看出，悲剧是艺术中不完美的方式，喜剧是完美的方式。

5　[参阅Heinrich Zimmer, *Myths and Symbols in Indian Art and Civilization*, edited by Joseph Campbell, Bollingen Series VI (Princeton: Princeton University Press, 1972), pp. 147—149.]

6　[有关这些段落的详细分析，参阅E. L. Epstein, *The Ordeal of Stephen Dedalus: The Conflict of the Generations in James Joyce's "A Portrait of the Artist as a Young Man"* (Carbondale, IL: Southern Illinois University Press, 1971), pp. 26—35.]

7　[它有时被描述为一种"无骨"的舞蹈。诺拉·乔伊斯将其描述为"把腿伸到脖子上，把家具踢得粉碎"。参阅Ole Vinding, "James Joyce in Copenhagen," in *Portraits of the Artist in Exile: Recollections of James Joyce by Europeans,* edited by Willard Potts (Seattle: University of Washington Press, 1979), p. 150.]

8　[短语"他打破了他的眼镜"在语言上有微妙之处，在句法上模棱两可，可理解为"他故意打破眼镜"和"他的眼镜被意外打碎"。阿诺尔神父没有纠正学监对这一短语的理解，所以斯蒂芬受到了惩罚。参阅Edmund L. Epstein, "James Joyce and Language," in *Joyce Centenary Essays,* edited by Richard F. Peterson, Alan M. Cohn, and Edmund L. Epstein (Carbondale and Edwardsville, Illinois: Southern Illinois University Press, 1983), pp. 62—63.]

9　[除去一些事项外，沙皇还倡导世界和平，并主张设置一个国际仲裁法庭来裁决国家之间的冲突。如今一些历史学家认为，沙皇只是想争取时间让俄国建立自己的军队。]

03 尤利西斯

1　[《尤利西斯》的修订版将此处的读法恢复为了"毋病危速归父（Nother dying come home father）"。"毋"（Nother）显然被《尤利西斯》的各类印刷商矫枉过正地改为了"母"（Mother），直到修订版出现将之恢复。]

2　摘自约瑟夫·坎贝尔尚未发表的论文《乔伊斯碎片》（mc18）。

3　《芬尼根的守灵夜》以雷声开场："嘭啪嘭啪嘭啪哒啦雷轰隆倾盆汹涌喀啦啦雷霆喀哈轰轰隆嗒咔啊啊霹雳轰隆隆咪呐雷隆隆雷轰隆隆倾泄嘣隆隆打雷嗵啊啊傻瓜雷隆隆嗵霆隆隆嗵雷轰隆隆嗵雷咯啊啊雷轰轰哪哇呱啦纳雷噼啪响嗡嗵轰轰隆勋章噔噔嗵嗯嗯轰嗵喀啦"这段模拟雷声的内容出现在第一页，并在整本书中反复出现。

4　有关这一主题的详细分析，参阅Joseph Campbell，《众神的面具4：创造性神话的繁荣》(*The Masks of God: Creative Mythology*, New York: Viking Penguin, 1968), pp. 283—285.

5　《荷马史诗》实际并未确切地提到强奸：奥德修斯报告说，他们杀死了伊斯玛洛斯的男性，并"掳走了他们的妻子……把她们分给我们"。(Book IX, ll. 40—42)

6　[《荷马史诗》中并没有提到沼泽，尽管喀耳刻的岛屿被描述为"低洼"（lying low），喀耳刻的宫殿则位于"视野开阔之地"（place of wide outlook），参见Book X, ll. 196, 211。]

7　[托马斯·哈代（Thomas Hardy）在1909年发表的长诗《潘台拉》（*Panthera*）中注解道：

　　　　这一传说首次出现在2世纪，关于这个传说的其他形式，可参阅奥利金的《驳塞尔修斯》（*Origen contra Celsum*）、《塔木德》（*the Talmud*）、《耶稣家谱之书》（*Sepher Toldoth Jeschu*）和从亡佚的伪福音书中引用的片段，以及列奥·施特劳斯（Leo Strauss）和恩斯特·海克尔（E. Haeckel）的著作等。

　　事实上，这一控告并非起源于犹太人，而是源自那些异教徒。关于这一问题的最早记载，出现于2世纪的一份反基督教小册子，异教徒塞尔修斯伪装成犹太人，声称一个叫潘台尔或潘台拉的罗马百夫长才是耶稣真正的父亲。塞尔修斯攻击基督教的原话现在已经不可寻，但它主要基于诺斯替教（Gnosticism），可以说跟坎贝尔的思想近似。

3世纪时，奥利金对塞尔修斯做出回应，轻蔑地揭穿了塞尔修斯的犹太人伪装，关于"潘台拉"的全部材料都从这次回应中传播而来。参阅《驳塞尔修斯》（*Origenis contra Celsum*），I, 28, 32, in J–P. *Migne, Patrologiae Cursus Completus*, Series Graeca, Vol.II (Turnhout, Belgium–Brepols), pp. 719—722；另请参阅N. R. M. De Lange, *Origen and the Jews: Studies in Jewish–Christian Relations in Third–Century Palestine* (Cambridge/London: Cambridge University Press, 1976), pp. 66, 69。

因此，坎贝尔认为这一指控"出现在《塔木德》或《米德拉什》"的意见不甚准确。尽管在公元初年的《塔木德》中也提及一些和耶稣相接近的人，但皆含糊其词，且未经证实。耶稣只有在这两三处地方被称为"潘台瑞之子"（Jeshu ben Pantiri）或"潘台拉之子"（Jeshua ben Pandira），并显然对这个称呼没有任何解释。"对于本·潘台瑞（Ben Pandira）这个名字，没有给出任何令人满意的解释。"（见 "Jesus in Rabbinical Literature," in *The Universal Jewish Encyclopedia*, Vol. 6, p. 88）显而易见，这一指控要么完全是异教的说法，要么来源于"敌视耶稣的异教徒，比如拜蛇教（Ophites）和该隐派（Cainites）……"（见 "Jesus," in *The Jewish Encyclopedia*, Vol. 7, p. 170）。另请参阅*Encyclopedia Judaica*, "Jesus," Vol. 10, pp. 13—17。

直到后来，在"《塔木德》或《米德拉什》"的时代之后，在哈代所提到的中世纪犹太文献《利多的耶稣之书》（*Sefer Toledoth Jeshu*）中，潘台拉的故事才被复述和扩充至哈代和乔伊斯所熟悉的那个版本。]

8　[坎贝尔把Deasy念成daisy（意为"雏菊"），就像一些爱尔兰人那样，但Deasy也经常被人念成deezy。]

9　[溺亡者的主题在《荒原》（*The Waste Land*）中表现得非常突出，里面有一个淹死的腓尼基水手形象，但这并非海底首次作为一种窒息的半存在的象征出现。艾略特自己在《普鲁弗洛克》（*Prufrock*）中也提到了这一象征。溺亡者的生命这一主题似乎起源自象征主义者。在《死寂之城布鲁日》（*Bruges la Morte*）中，比利时象征主义作家乔治·罗登巴赫（Georges Rodenbach）以淹没布鲁日小镇的方式呈现了他家乡的"奥菲利娅化"（Ophelianization），以此来代表他在《封闭的生活》（*Vies Encloses*）中重复过的、自动化生活的半存在性；参阅A. G. Lehmann, *The Symbolist Aesthetic in France* (Oxford: Blackwell's, 1968), p. 288。这一主题在马拉美（Mallarmé）的《骰子一掷》（*Un Coup de Dés*）中也有着突出作用。而在我们这个时代，劳伦斯·达雷尔（Lawrence Durrell）在他的小说《克丽》（*Clea*）中描绘了一个女子潜入一艘沉船，却被自己的鱼叉枪牢牢钉住：这枪正是已逝的前半生的危险的象征。阿德里安娜·里奇（Adrienne Rich）在《潜入沉船》（*Diving into the Wreck*）中重复运用了这一象征。]

10　[《论道德的基础》（*Preisschrift über die Grundlage der Moral*, "On the Foundation of Morality"），见于Arthur Schopenhauer, *Sämtliche Werke*, Dritter Band (Munich: R. Piper Verlag, 1912), pp. 699—700.

　　这部作品后半部分的一段与乔伊斯的作品有关。叔本华给出了一个以同情（Mitleid）预防犯罪的例子。有两个名叫凯厄斯（Caius）和泰特斯（Titus）的年轻男子，他们分别爱上一个女孩，但他们都遇上了争夺爱情的情敌。每人都面临这样一个困境：我该如何应对这个局面？起先他们都想通过走谋杀的捷径来摆脱困境。然而，凯厄斯请教了费希特（Fichte）、沃拉斯顿（Wollaston）、哈奇森（Hutcheson）、亚当·斯密（Adam Smith）、克里斯蒂安·沃尔夫（Christian Wolff）等一些当代哲学道德家的建议，甚至借用了《圣经》和斯宾诺莎的作品，但都无济于事。而泰特斯却简单地说："在做安排的时候，我必须先考虑情敌而非我自己的感情，我第一次清楚地看到他身上会发生什么事。于是我被同情和怜悯所左右，我为他感到难过，不忍心这么做，也做不到。[*Ich konnte es nicht übers Herz bringen: ich habe es nicht thun können*]"见于E. F. J. Payne, trans., *On the Basis of Morality* (Indianapolis: Bobbs-Merrill, 1965), p. 169。

　　在《芬尼根的守灵夜》中，两个年轻人同样面临着一个道德困境：他们的父亲现在伪装成俄国将军，他们是否应该枪杀他？那个名叫巴特（Butt）的儿子负责刺杀，但他看到将军正在大便，处于弱势地位，就向另一个名叫拓夫（Taff）的儿子解释说"我没胆子做"，他不忍心向一个处于可怜境地的人类开枪：

　　　　但是……当我仰视全俄罗斯人的沙皇从他胃部的旅行中，带着他屁股的重量跌到他身上，认出了酒鬼的脸，我为了他感到害怕努阿德的儿子们，对我来说他太重了，于是那样我把我的亚美尼亚万福马利亚与他的上帝保佑相混，直到，我的挚友，我没胆子做。

11　[斯蒂芬关于知觉（perception）的沉思，一般更多归功于贝克莱和亚里士多德，而非洛克。]

12　[亚里士多德通常被认为是一个秃顶而富有的人。]

13　[对于斯蒂芬有关时间和空间的理论背后这些术语的来源，仍有争论的余地。乔伊斯的"彼此相续"（nacheinander）（时间）和"彼此并列"（nebeneinander）（空间）的来源可能是莱辛于1766年出版的《拉奥孔》（*Laocoön*），书中把不同艺术的区别解释为时间问题（如音乐和诗歌）和空间问题（如绘画和雕塑）。参见《评注〈尤利西斯〉：詹姆斯·乔伊斯的〈尤利西斯〉注释》（*Ulysses Annotated: Notes for James Joyce's Ulysses*，以下简称"《评注》"）, Don Gifford, Robert J. Seidman, editors, revised and expanded edition (Berkeley and Los Angeles: University of California Press, 1988), p. 45。在《尤利西斯》中，斯蒂芬确认莱辛是他的思想来源。然而莱辛使用的是aufeinander一词，而非nacheinander。（另请参阅《评注》第214页）]

14　[袜子和粗革皮鞋是马利根的，裤子不是；马利根想知道是不是有哪个患了梅毒的酒疯子在斯蒂芬之前穿过它们。"我的两只脚穿着他的靴子，与他的小腿相接"（My two feet in his boots are at the end of his legs），因此这似乎没有意义；"他的"（his）一词含义模糊。也许这句话应该读成"我的两只脚穿着他的靴子，与我的小腿相接"（My two feet in his boots are at the end of my legs）。]

15　[目前还不能完全确定这些妇女是不是助产妇。也许斯蒂芬在这里发挥了他的创造力，试图为《都柏林人》打一份草稿。随后我们看到"助产妇的包"里装着一些贝壳。即使是在1904年的都柏林，助产士会将一个堕下的胎儿带到海湾的沙滩上埋起来，再用脏袋子收集贝壳吗？]

16　这里还有一种不祥的罪恶感：希腊人把位于德尔斐（Delphi）的中央祭坛称作"世界的肚脐"（omphalos），正是在这个祭坛上，罪孽深重的俄瑞斯忒斯被杀害母亲的罪恶感所逼疯，前来寻求庇护。]

17　[这个短语出自托马斯·特拉赫恩（Thomas Traherne）的《千百年之默想》

（*Centuries of Meditations*），该书原写于17世纪，在1896年或1897年重见天日，但在1908年才首度出版，因此乔伊斯在此处使用这一短语可能犯了年代错误。参阅《评注》第47页。]

18　[《评注》第47页提到了《尼西亚信经》（*Nicene Creed*）中"是制成而不是生成的"（made not begotten）这一短语的来源，其中耶稣是唯一一个由圣父所"生"（begotten）出来的，而非像其他所有人一样是被"制成"（made）的。斯蒂芬在这里接受了自己仅仅是人类的身份。]

19　Shakespeare, *The Tempest*, I. ii., lines 394—401.

20　在乔伊斯看来，海是生命之父，是形态之形态，人们可以在存在之海的波涛内外找寻与发现它。人在睡眠中进入最根本的心灵深处的"自然"（Nature），即人的本性自然，根据这种哲学观，人之存在的内在神性、世界之存在、形式之形式是结合在一起的。但这种形态既是男性也是女性。此外它是破碎的，分散在整个地球上，形成无数的奇点，它们之间彼此独立，甚至相互造成威胁。它与自身相对立，不仅作为男性与女性而对立，而是在男性那面，男性与男性对抗；在女性那面，女性与女性对抗。更深入地说，就像青春对衰老，炎热对寒冷，光明对黑暗，外在自然对内在精神，甘霖对干旱，生命对死亡，如此等等。

　　乔尔丹诺·布鲁诺（Giordano Bruno）认为，所有这些对立面之间的关系，不仅是一种超越性的内在力量的平衡表现，而且在它们的相互作用下，成为世界进程中的能量来源。布鲁诺写道：

　　　　我们所看到的一切开端、中间和结尾，出生、成长和完善，都来自对立面，经由对立面，进入对立面，抵达对立面。哪里有矛盾，哪里就有作用力和反作用力，有运动，有多样性，有数字，有秩序度量，有交替变迁。[乔尔丹诺·布鲁诺，《被驱逐的胜利之兽》，Arthur D. Imerti, editor, *The Expulsion of the Triumphant Beast* (New Brunswick, N.J.: Rutgers University Press, 1964), pp. 90 - 91.]

　　乔伊斯不仅赞同这一观点，还将其确立并发展为《尤利西斯》和《芬尼根的守灵夜》的首要基本原则。

　　在《芬尼根的守灵夜》中，从"一"到"多"的下落和分散过程被寓言化为

"憨蛋呆蛋"（World Egg, Humpty Dumpty）从时空之墙摩耶上，从比"一"下落之处还要高的地方，跌下来摔得粉碎。

在《芬尼根的守灵夜》中，乔伊斯对这些现实的理论进行了神话般的演绎，在千变万化的梦境图景中打造了一个集各种变幻莫测的神灵于一身的多彩复合体。在这本书第一个完整段落的第一句话中，她以"特里斯特拉姆爵士，爱的提琴手，越过爱尔兰海"（Sir Tristram, violer d'amores, fr'over the short sea）之名首次出现。[在这一语境中，"短海"（The short sea）指的是爱尔兰海，在《芬尼根的守灵夜》的末尾，安娜·利维娅·普鲁拉贝尔看到她的海神曼纳南从这里升起，"呻吟着"（moananoaning）。]海神曼纳南，还有沃坦（Wotan）、赫尔墨斯（Hermes）、湿婆（Siva）及更多神明，都内内外外地展现了这种不是形式的水银般的形式，在作品的最后十一个音节中走向虚空："一条道路一种孤独一个最后一份所爱一次漫长的这条。"

21　[要了解布卢姆的犹太身份问题，可参阅Bernard Benstock, editor, *The Seventh of Joyce* (Bloomington, Indiana: Indiana University Press/Sussex, England: The Harvester Press, 1982), pp. 221—237.]

22　[乔伊斯在这里将布卢姆与斯蒂芬紧密结合在一起，就在这段话的前一页，斯蒂芬还宣称："我活着，呼吸的是死的气体，踩的是死的尘埃，吞食的是从一切死物取来的带尿味的下水。""下水"指的是牲畜和家禽的内脏，斯蒂芬所谓"带尿味的下水"正是布卢姆喜欢吃的东西。]

23　[《评注》第76页指出，扎克·伯恩（Zack Bowen）发现了这首歌的歌词文本，这首歌当然不是布莱泽斯·鲍伊岚写的，而是哈里·诺里斯（Harry Norris）在1899年所写。不过乔伊斯从来没明确说过这首歌是鲍伊岚所写，或许是因为鲍伊岚经常唱这首歌，所以米莉才会误以为这是鲍伊岚写的歌。]

24　[玛莎所说的这一问题显示了相当大的战略意义：如果布卢姆那边有什么进展，她不希望布卢姆带着陌生的气味回到他妻子身边！]

25　[乔伊斯的观点是，莎士比亚在写《哈姆雷特》之前就失去了真正的父亲，并且他成功完成了只有成熟的创作者和一个代达罗斯式的"父亲"才能完成的创造行为，由此获得了父权的"神秘等级"。因为父权是一种永恒的状态，就像圣父的父权一样，莎士比亚也进入了一种永恒的父权状态：他现实中的生身父亲已经死了，所以他不再处于儿子的地位。此外，一次成功的艺术创作使他成为艺术品之"父"。

> 当拉特兰培根索桑普顿莎士比亚……写作《哈姆雷特》之时，他不仅是他本人儿子的父亲，而且因为他已经不是儿子，他实际上是并且也自我感觉是整个民族的父亲，也是他本人的祖父的父亲，也是他的尚未出生的孙辈的父亲……]

26　[此外，弗吉尼亚·伍尔夫的《达洛维夫人》（*Mrs. Dalloway*）基本以《尤利西斯》中的《游动山崖》一章为原型。也可参阅Hugh Kenner, "Notes Toward an Anatomy of 'Modernism'" in E. L. Epstein, editor, *A Starchamber Quiry* (New York and London: Methuen, 1982), pp. 4—42.]

27　[然而，这只名叫加里欧文（Garryowen）的狗并不属于"公民"。格蒂·麦克道尔（Gerty MacDowell）提到"外公吉尔特拉普那条可爱的狗名叫加里欧文，几乎像人一样会说话"。]

28　["Deshil一词源自爱尔兰语的deasil一词，意为向右转，顺时针转，向太阳转，是一种祈求好运的常见手势，重复三次该手势是一种神圣之举。"（参阅《评注》第408页）此外，这个词的另一个意思是"南"，它指的是古人在冬至时举行的一种古老的篝火仪式，当时人们担心太阳持续向南移动会趋于消亡，于是顺时针绕着仪式上的火堆跳舞，从南到北，以诱使太阳跟着他们向北走。当然，乖张邪恶的女巫们也会生火，但她们会"逆时针"（widdershins一词源自德语的wieder der Sonne，意为"与太阳运行方向相反"）绕着火堆跳舞，以使太阳进一步向南消亡。这一仪式与太阳的密切联系，使得它得以成为《太阳神牛》一章中生育的象征。]

29　[在这些选文中，对头韵的高度运用是不合理的。乔伊斯在《太阳神牛》一章中写的是散文，而古英语散文没有明显的头韵。乔伊斯的拙劣模仿更近似古英语诗歌而非散文，但实际上乔伊斯的散文甚至比古英语诗歌更押头韵。在真正的古英语诗歌里，押头韵的小品词在任何一行中都不会超过三个，通常也不会超过两个。此外，由于所有元音都与其他元音押头韵，所以头韵有时候看起来不那么明显。乔伊斯在这里的散文风格更接近14世纪头韵复兴时期的诗歌，如"珍珠诗人"

（Pearl Poet）的作品。]

30　[斯蒂芬认为上帝在威胁他。"阴沉沉之器物破碎声响彻街头"使人联想起他在《涅斯托耳》一章中给上帝下的定义："街上的叫喊声。"]

31　[这篇布道与布道者约翰·亚历山大·窦伊（John Alexander Dowie，1847—1907）不同，但它实际上基本借鉴自闻名世界的美国布道家、前棒球运动员比利·桑戴（Billy Sunday）的一次布道，甚至连他独特的呼喊"来吧！"（Come on）都保留下来。比利·桑戴的事业全盛期正好也是《尤利西斯》的创作和出版的时期。]

32　[此处引用自《尤利西斯》金隄译本：

　　现在他自己（布卢姆）已是家长，周围的人可能是他的儿子们。谁说得上？有智慧的父亲能认出自己的孩子。他想到哈奇街上一个细雨霏霏的夜晚，在离保税仓库不远处，第一回。他们俩（她是一个可怜的流浪女，耻辱的孩儿，你的、我的、所有人的，仅仅为了一个小小先令加她的一便士吉利钱），他们俩一起听着巡夜人的沉重的脚步声，看着两个披雨披的身影走向皇家大学。布莱棣！布莱棣·凯利！他忘不了这个名字，永远记得这一夜：第一夜，新妇夜。他们俩在底层的黑暗处互相搂抱，有意志的一方和顺从意志的一方，一瞬之间（fiat！）光即将普照大地。是心心相印吗？不是，亲爱的读者。转眼就完了，但是——打住！回来！这样不行！可怜的姑娘惊恐而奔，在幽暗中逃遁了。她是黑暗的新娘，黑夜的女儿。她不敢生育太阳一般金光闪闪的白昼婴儿。不，利奥波尔德。名字和记忆不能使你获得安慰。你那年轻力壮的幻象已被夺走——而且是徒劳无功。你没有留下你生的儿子。鲁道夫下面有利奥波尔德，而利奥波尔德下面是空白。

　　从这一段来看，布莱棣·凯利很明显是妓女，而非利奥波尔德的女朋友。我们并不清楚他们是否完成了性行为；"转眼就完了"说明它已经完成了，但"打住！回来！这样不行"或许暗示着性交的中止，"可怜的姑娘惊恐而奔，在幽暗中逃遁了"这句也是如此。然而，布卢姆在与布莱棣·凯利的艳遇中并没得到儿子（或任何性别的"小孩"）。]

33　[《曼都卡奥义书》（*Māndūkya Upanisad*）2.2.3–4; 引自Swami Prabhavananda and Frederick Manchester, *The Upanishads* (New York: Mentor Books/New American Library, 1957), p. 46.]

34　[这句话是英国罪犯常用的恶语，相当于美国人说："你他妈以为你在看谁？"这句话意味着看的人会向警察打小报告，汇报被看的人的所作所为。]

35　[在这里，佐伊的身体，连同黑丝绒带子和用铜搭扣住的宝石蓝衬裙，已经变成了耶路撒冷，对布卢姆来说，这是他是欲望的投射对象；每当他想到女人的身体，东方就会浮现在他的脑海里。发展了一整天的复杂象征在这里变成了一个巨大的隐喻，以佐伊的身体为基调，以耶路撒冷为载体。]

36　[乔伊斯在希伯来语中犯了一个错误：schorach应为shekhor，意为"黑的，暗的，（被太阳）灼伤的"。整句引文应该读成shekhor ani ve novach，这句话出自《旧约·雅歌》（*The Song of Songs*）1:5。]

37　[抛开坎贝尔在"我多么想当母亲呀"这句话中所发现的哲学与宗教寓意不谈，这句话的主要功能（就像我在"导读"一章的注释3中说过的那样）是戏谑与讽刺；乔伊斯在这里引入了《彼得·潘》中温蒂的呼声，她同样也渴望成为一名母亲。]

38　引用自伪亚里士多德（Pseudo-Aristotle）的作品，但无法追溯，见 "Tractatis Aristotelis alchymistae ad Alexandrum Magnum de lapide philosphico," *Theatrum Chemicum, praecipuos selectorum tractatus...continens*, Vol. V, pp. 880ff. (Argentorati [Strasbourg], 1622)。参阅C. G. Jung, *Psychology and Alchemy*, (second edition, completely revised), Vol. 12 in The Collected Works of C. G. Jung, Bollingen Series XX (Princeton, N.J.: Princeton University Press, 1953), p. 128。

39　[参阅*Psychology and Alchemy*，特别是pp. 317—344 (Part III, "Religious Ideas in Alchemy," Chapter 4, "The Prima Materia")。]

40　[关于炼金石（"青金石"，the "lapis"）和弥赛亚之间关系的详细讨论，参阅*Psychology and Alchemy*, pp. 345—431 (Part III, Chapter 5, "The Lapis–Christ Parallel")。]

41　["空五度"（open fifths）不是指由相隔五度的音符组成的旋律，所有的旋律五度都是"空五度"，它们更有可能是泛音五度，简单来说就是两个音相隔五度的双音和弦，如C-G, D-A, E-B等。斯蒂芬正在尝试演奏威尼斯作曲家贝内代托·马尔切洛（Benedetto Marcello, 1686—1739）的第十九首赞美诗的乐曲，马尔切洛的曲子中包含了他从威尼斯的犹太教堂学会的希伯来语唱诗的旋律，以及一些来自文艺复兴时期的音乐学家温琴佐·伽利略（Vincenzo Galilei）的研究，后者认为这些旋律是古代的《荷马德墨忒尔颂歌》（*Hymn to Demeter*）中的唱段。这解释了斯蒂芬在《尤利西斯》中的那些杂乱评论。参见E. L. Epstein, "King David and Benedetto Marcello in the Works of James Joyce," *James Joyce Quarterly*, VI (Fall, 1968), pp. 83—86。此外，斯蒂芬（和坎贝尔）对音乐隐喻的评论可以从旋律或者和声的角度理解。

42　[*The Gospel According to Thomas*, Coptic text, established and translated by A. Guillaumont, H.–Ch. Puech, G. Quispel, W. Till, and Yassah'Abd al Masih (Leiden: E. J. Brill; New York: Harper, 1969), pp. 55, 57.]

43　[乔伊斯并不满足于诺斯替教，他经常把它与他年轻时在都柏林的知识分子中遇到的那种模模糊糊的柏拉图主义联系在一起，并在《尤利西斯》中描写图书馆的场景中用讽刺的语气描述了这一点。事实上，斯蒂芬在《尤利西斯》中不无讽刺地吟诵着诺斯替教版本的信条：

> 无形的精神。父、道、圣息。众人之父、天人。HiesosKristos，美的法师，每时每刻在我们身上受难的逻各斯。这实在就是它。我是祭坛上的火。我是献祭用的黄油。

坎贝尔最喜欢的这段出自《唱赞奥义书》（*Chāndogya Upanisad*）的引文的出现绝非偶然；诺斯替教和东方宗教之间的联系十分密切。在《尤利西斯》中，斯蒂芬予以回击：

> 上帝：街上的嘈杂声：走动很勤。空间：你反正不能不看到的存在。他们跟在布莱克的屁股后面匍匐而行，钻过比人的红血球还小的空间通向永恒，而这一植物世界仅是它的一个影子。要把握住此时此地，未来一切都是由此投入过去的。

当然，也可以说斯蒂芬因为被都柏林的知识分子们扔在一旁而感到恼怒，因此并未公平地对待他们，而且乔伊斯本人确实比斯蒂芬更尊重广义上的诺斯替教和柏拉图主义。然而，在《芬尼根的守灵夜》中，乔伊斯似乎用他自己的声音评论了诺斯替教。在"笔者闪"（*Shem the Penman*）一章（I, vii）中，乔伊斯回答了"什么时候人不是人？"这个问题，答案是"当他是诺斯替教徒并决心如此的时候"；也就是说，当一个人同时是诺斯替教徒和诺斯替教决定论的信徒时，他就不再是人了。

在《芬尼根的守灵夜》中最重要的章节，即第四卷的《日出》（*sunrise*）中，乔伊斯描写了圣帕特里克与一位诺斯替教的东方圣人就人类对现实认识的本质问题辩论并获胜。圣人为内在知识（也就是内在精神的创造）辩护，认为它优于感官的证明；但圣帕特里克认为，对堕落的人来说，呈现在感官面前、并由真实的太阳所照亮的现实世界代表了现实的真实写照。事实上，圣帕特里克在辩论中表现得如此强大，以至于那位圣人大喊大叫，汗流浃背，砰然倒地，四脚朝天。这一片段并未显示出乔伊斯对诺斯替教神秘主义的全然尊重。]

44 [对《尤利西斯》这一部分的分析，参阅 E. L. Epstein, *The Ordeal of Stephen Dedalus* (Carbondale: Southern Illinois University Press, 1971), pp. 156—173。]

45 有关这次冒险的完整描述，参阅 Heinrich Zimmer, *The King and the Corpse*, edited by Joseph Campbell, Bollingen Series XI (New York: Pantheon Books, 1948), pp. 239—316, 这部分改编并诠释自《嘉利迦往世书》（*Kālikā Purāna*）的故事。

46 [海里的溺亡者和海神都可以说成是"潜于水者"（*drowned men*），当我们进入自己的内心深处时也是如此。在这一节中，乔伊斯把精神深处的潜居者与布卢姆联系在一起。]

47 参阅 Gershom G. Scholem, *On the Kabbalah and Its Symbolism* (New York: Schocken Books, 1965), pp. 104ff。

48 [斯蒂芬正是在这里背诵了《涅斯托耳》一章中的谜语：

狐狸打鸣儿，公鸡飞天儿，

天上有钟儿

敲响了十一点儿。

她那可怜的灵魂儿

该出天堂了。

　　然而在文中，斯蒂芬还对最后两行原话（可怜的灵魂儿，该归天儿了）进行改动，含蓄地邀请他母亲的灵魂起来同他对峙，这一幕在后文中发生了。]

49　[在修正版中，"星期四蒙嫩"（Thursdaymornun）的读法显然是错误的。面部瘫痪的莎士比亚想说的是"我的奥赛罗（老头子）是如何掐死苔丝狄蒙娜（星期四蒙嫩）的"。斯蒂芬在这里暗示，或许他的父亲西蒙，在爱尔兰俚语里是他的"老伙计"（old fellow），可能对斯蒂芬母亲的死负有责任。]

50　["义人的角必被高举。"选自《圣经·诗篇》第75篇（拉丁文第74篇）。（参阅《评注》第513页。）"角"在《圣经》的隐喻中象征着强大力量，斯蒂芬在这里似乎在为布卢姆辩护，甚至默认布卢姆被戴了绿帽子。]

51　[《尤利西斯》中的这一部分源于乔伊斯家庭中的场景，但乔伊斯为了戏剧性效果做了改编。艾尔曼（Ellmann）明确表示，让乔伊斯在母亲临终前跪下祈祷的并非他的母亲，而是他的舅舅约翰·穆雷（John Murray）。（参阅Ellsworth Mason and Richard Ellmann, editors, *The Critical Writings of James Joyce* (New York: Viking Press, 1959), p. 136.）]

52　["*Transzcendente Spekulation über die anscheinende Absichtlichkeit im Schicksale des Einzelnen*," in *Parerga und Paralipomena: Kleine philosophische Schriften*, Erster Band (1851), in Arthur Schopenhauer's *Sämtliche Werke*, Vierter Band, (Munich: R. Piper Verlag, 1913), pp. 223—250: especially pp. 242—248.]

53　[关于撒尿与狗的主题之间的联系，可以在《普洛透斯》一章中找到：

　　　　（狗）向前小跑一段，又对另一块石头跷起一条后腿，没有闻，就迅速、短促地滋了一泡。穷人的简单乐趣。]

54　[事实上，唯一没有被动过的家具是床；对应着《奥德赛》中奥德修斯的床也是不能移动的。（*Odyssey*, Book XXIII, ll. 173—204）]

04　芬尼根的守灵夜

1　[*The Tempest*, IV.1., lines 156—157.]

2　[302.31—32.]

3　["在科姆·奥罗兰（Colm O'Lochlain）的《爱尔兰街头歌谣》（*Irish Street Ballads*）中，奥罗兰的起源是模糊的，暗示它可能产生于19世纪英国、爱尔兰或美国的音乐厅。"（参见Adaline Glasheen, *Third Census of Finnegans* Wake (Berkeley: University of California Press, 1977), p. 93。）对蒂姆·芬尼根的民谣来源感兴趣的读者，还可参考Glasheen的文章 "Notes Towards a Supreme Understanding of the Use of 'Finnegan's Wake' in *Finnegans Wake*," in *A Wake Newslitter*, Volume 1.]

4　[对于"宽阔"（commodius）一词，坎贝尔与罗宾逊合著的《解读〈芬尼根的守灵夜〉》（*A Skeleton Key to Finnegans Wake*. New York: Harcourt, Brace & Co., 1944, 以下简称*A Skeleton Key*）在第26页评论道：

　　　　Commodius 一词将我们的思绪拉回古罗马，在康茂德皇帝（emperor Commodus）统治时期，罗马首次出现严重的衰败迹象。这个词同样还暗示了通往毁灭现有文明的道路也将是宽阔平坦的。

　　1981年1月23日，资深乔伊斯研究者内森·哈尔珀（Nathan Halper）写信给坎贝尔。哈尔珀曾在世纪俱乐部（Century Club）的一次会面时向坎贝尔承诺，他会"就《解读〈芬尼根的守灵夜〉》中可能出现的错误向您提出建议"。在这封信中，哈尔珀对commodius一词的注释做出评论：

　　　　……最严重的错误（对此我很他妈确定）就是"宽阔的维柯路"（commodius Vicus）。你说这个词跟康茂德有关，此后诸多作者都重复了你这一说法。这不怪你，他们自己本该想到这一点的。尽管如此，康茂德跟这个词毫无关系。生活、梦想、书籍、河流以及它所代表的一切，都是在"宽阔的维柯路"上行进的，但这与可怜的小康茂德有什么关系？（当然，除了声音上有些相似。）"维柯路－维柯"（Vicus–Vico）是一种控制原则。康茂德做了什么，能让他被当作一种修饰成分？他 29 岁就去世了。因此显而易见，他肯定不是一种 HCE。你在说"在康茂德皇帝统治时期，罗马首次出现严重的衰败迹象"时，是不是忘记了苏埃托尼乌斯所钟爱的后来的提比略、卡利古拉、克劳多斯和尼禄的统治时期？

有人可能会说，乔伊斯就是以罗马众皇帝的名义进行创作的，所以他这么做。但是，当他这样做时，他没有对名字进行任何扭曲。更重要的是，如果这是他的目的的话，他在 157.26 才以正确的形式使用了"康茂德"这个名字。

那么为什么要使用 commodius 这个词呢？和维柯（Vico）一起出现的是什么？另一条控制原则是什么？是乔尔丹诺（乔丹）·布鲁诺。参见 287.24 和其他一切它们一起出现的地方。尿壶（jordan）也就是便桶（commode）。河流以布鲁诺和维柯所描述的方式奔流。另外，便桶一般在晚上使用，这也正是做梦的时间。便桶是用来盛排泄物的，而排泄物正是《芬尼根的守灵夜》中的意象也是事实……

哈尔珀建议将 commodius 解读为"乔丹"（乔尔丹诺·布鲁诺），因此"宽阔的维柯路"（commodius Vicus）就等同于"布鲁诺－维柯"（Bruno-Vico）。他的建议极具独创性，也符合坎贝尔的观点，即利菲河在流经都柏林湾的消亡之旅中，承载着都柏林的污秽，"种种贪婪从他们的小小灵魂里喷涌而出。种种懒惰在他们傲慢的躯体上渗漏而下"。]

5　[法语单词 violer 也有"强奸"的意思。乔伊斯又发现了一个暗示两种对立思想的词：一面是浪漫之爱，另一面是攻击性的侵犯。]

6　[*A skeleton key*（p.26, n.3）评论道：

注意 rearrived 一词的奇特含义。乔伊斯想借此指出，在维柯循环（Viconian）的过程中，所有的事情都曾发生过，而且即将再次发生。]

7　[爱尔兰议会党在威斯敏斯特的最初领导人以撒·巴特被帕内尔取代，后者希望爱尔兰人群体在维护爱尔兰地方自治方面发挥更加积极的作用。]

8　[萨克雷的《名利场》中的两个女性，好女孩爱米丽亚和坏女孩蓓基，对应着《芬尼根的守灵夜》中女儿伊西的两面。]

9　[苏珊娜被贪恋她的两长老诬陷（就像贪恋伊西的四长老一样）；以斯贴比瓦实提更受亚哈随鲁王的喜爱，所以这里可能指向好女人和坏女人的主题；路得被比她年长的波阿斯所恋，但这似乎对《芬尼根的守灵夜》没有太大的参考价值。]

10 [只有他的儿子含看到他赤身露体，另外两个儿子连看都没看就帮他遮起来了。]

11 [托马斯·帕尔，绰号"老帕尔"，据说他生活在大约1483～1635年，他去世时约152岁。]

12 [它以这种形式出现在古英语战争诗《布鲁南堡之役》（*The Battle of Brunanburh*）中。]

13 [这里还提到了很多穆斯林的情况。]

14 [*A Skeleton Key* (p. 39, n. 3)评论道："《芬尼根的守灵夜》的关键主题，即在一场圣餐盛宴中，万物之父的实体被万物之母用来献给宇宙的宾客们。"}

15 [*A Skeleton Key*, p. 40.]

16 [*A Skeleton Key*, p. 97, n. 5.]

17 [*A Skeleton Key*, p. 107.]

18 [这两段基于*A Skeleton Key*, pp. 110—111。]

19 [*A Skeleton Key* (p. 115, n. 12)评论道：

狐狸与葡萄之间的这段对话模糊地阐释了罗马教会（狐狸）和爱尔兰教会（葡萄）之间的神学差异。爱尔兰教会的性质是前哥特式的，有着神秘主义精神，和希腊东正教相似。]

20 [最初发表于Chimera: *A Literary Quarterly*, Vol. IV, No. 3 (Spring, 1946), pp. 68—80.]

21 西格蒙德·弗洛伊德在《梦的解析》（*The Interpretation of Dreams, Modern Library edition of The Basic Writings of Sigmund Freud*）中说："一个梦往往在它看似最荒谬的地方具有最深刻的意义。"

22 Frank Budgen, *James Joyce and the Making of Ulysses* (London: Grayson, 1935), p. 291.

23 Divases，源自梵语词根div，意为"发光，高兴"。名词div（divas）的意思是"天"；"-vases"使人联想到盛着花蕾的圣杯。Divases应理解为动词的现在时态（第三人称单数），它的主语是"天"。梵文单词padmā意为"莲花"。梵文单词ādya意为"今天"。Umbrilla意味着"脐"。Parasoul（来自梵文单词para，意为"至高无上的"）的意思是"超灵"。引自爱默生（Emerson）。

乔伊斯将莲花和雨伞联系在一起是有先例的。源自毗湿奴肚脐的莲花与世界中央山顶的生命之树（即在印度教图像中，生长在须弥山上的阎浮树）是同源的；反过来说，传统佛龛顶部的具有象征性的伞就复制模仿自这棵树。在基督教中对应着耶西之树（Tree of Jesse）：在基督教艺术中，耶西之树是基督后裔的系谱树，它植根于大卫王的父亲耶西。（例如，沙特尔大教堂的"耶西之树"玻璃窗画）。耶稣是耶西之树上最顶端的那朵花，这与坐在莲花之上的佛陀相呼应。

山、肚脐、树和莲花都是神话中"世界之轴"（axis mundi）的不同表现形式，在"世界之轴"，永恒源源不断地流入，变成源源不断的时间。个体刺入思维活动的中心，在那里，作为对立面的现实经验被超越，永恒被理解为一个发光的瞬间（即年轻的詹姆斯·乔伊斯所谓的"美的喜悦所达到的明晰而安谧的静态平衡"），由此"世界之轴"被重新发现。佛陀在"明点"（"世界之轴"，世界的中心）的菩提树下获得光明；耶稣在（各各他、加略）山上赢得了圣十字架的胜利，此地在中世纪圣像图中也被画成世界的中心。

乔伊斯对这些意象的运用始终与其传统内涵相一致。他通过发现的惊人关联（莲花与伞，伞与肚脐，睡眠者与圣物冢）达到了良好的效果。汉弗利·钱普顿·壹耳微蚵，乔伊斯的"宇宙人"（HCE=Here Comes Everybody，所有人都来了）兴奋得像个——

小公狒狒，让枯树枝下落到（一根松了的！）背风处，但是在有风处（为了炫耀！）举起一码长的弯树枝（常青藤！），啤酒厂的烟囱那样高，下面像菲尼斯·巴努姆那样宽。

在后文中，HCE被描述为宇宙之树—人—天使（"外表是男性，性别是女性"）。他名字的首字母从书中的第一句话"霍斯堡和郊外"（Howth Castle and Environs）中就可以看出：他就是霍斯山（Hill of Howth）。

总之，应该注意的是，伞最初是被作为礼仪用品和象征物使用的，而非实用品；伞像一棵具有象征意义的树那样被举在国王头顶上。作为"上帝的受膏者"（世人盼望的救世主），国王是"树的英雄"，他所站立的地方，就是世界之轴。乔纳斯·汉威（Jonas Hanway, 1712—1786）作为伦敦第一个打伞的人，走在街上被人用石头砸了。我们可在449.14—15读到"圣乔纳斯·汉威，撑着大伞的仆人，被砸石头的"的语句。

24 "刀不能砍死，火不能烧毁，水不能淋湿，风不能吹干。它是永恒、遍在、不变、不动和不朽的。"（《薄伽梵歌》）"灵魂是流动的，时而到东，时而到西，它遇到躯体——不论是什么东西的躯体——只要它高兴，就进去寄居。它可以从牲畜的躯体，移到人的躯体里去，又从我们人的躯体移进牲畜的躯体，但是永不寂灭。"（奥维德《变形记》）"当我们都歌唱的时候，有一个人在我们心中歌唱。"（圣奥古斯丁, In. Ps. 122）"他是E，没有他的对立面，他将最终对伊甸自治市里爆发的骚嚷负责。"（《芬尼根的守灵夜》）

25 [*The Tempest*, IV.1., lines 156—157.]

26 参阅C. S. Boswell, *An Irish Precursor of Dante: A Study of the Vision of Heaven and Hell Ascribed to the Eighth-century Irish Saint Adamnan* (London, 1908)。

27 引用自Ananda K. Coomaraswamy, "Recollections, Indian and Platonic," in *Journal of the American Oriental Society*, Supplement 3 (April—June 1944), pp. 3—4。

　　　这一段的另一种译法：

　　　在梦中，心灵感受到自身的广袤。曾被看见的再次看见，曾被听见的再次听见。曾在不同地方或遥远的地区所感受到的，再次回到脑海之中。看见的和看不见的，听见的和听不见的，感受到的和未感受到的，心灵看到了这一切，因为心灵就是一切。——Juan Mascaro. *The Upanishads* (Baltimore, Maryland: Penguin Books, 1965), p.72.)]

28 引自神秘主义诗人鲁米（Rumi）的《玛斯纳维》（*Mathnawi*）4.3067。

29 "当众生处于黑夜时，自我控制的瑜伽士保持着清醒。"（《薄伽梵歌》）指的是HCE所穿的"袋子宽的绑腿"（Bhagafat gaiters）。

30 参阅Zimmer, *Myths and Symbols in Indian Art and Civilization*, pp. 38—50。

31 《芬尼根的守灵夜》相当于但丁的《炼狱》（*Purgatorio*），正如《尤利西斯》之于《地狱》（*Inferno*）。（参阅Thomas McGreevy, "The Catholic Element in Work in Progress," in *Our Exagmination Round His Factification for Incamination of Work in Progress* [Paris: Shakespeare & Company, 1929], pp. 119—127:

　　　乔伊斯先生从未忘记过这一事实，即地狱公国和炼狱之邦存在于生活中，且二者在人们心中的分量本来就不比天堂之国少。[p. 125]）

　　基督教的炼狱意象和东方的轮回（Metempsyschosis）是同源的。它们象征着灵魂发展之奥秘的两种形式，即从意识中逐渐净化虚幻的恐惧和欲望，这些恐惧和欲望让自我附着在蜉蝣般短暂的现象存在上，并妨碍了灵魂获得应有的存在的幸福体验。"只有灵魂了解了所有需要了解的东西时，她才能走向未知的善"（埃克哈特大师，Meister Eckhart）。基督教神话提出了炼狱，东方神话提出了一系列附加的生命形式，以缓和生活中的欲望，并为心灵达到完美的中心做准备。在《芬尼根的守灵夜》中，炼狱之山（Mount-of-Purgatory）与世界之山（World Mountain）的主题结合在一起，这种结合直接等同于重生之轮（Wheel of Rebirth），而重生之轮与时间循环相一致："生物的生命的实体是一个变成梦的物质"。轮子的中心（世界之轴）对应着山的顶峰（人间天堂）。在《芬尼根的守灵夜》中，那种光明的宁静状态永远也无法达到。危机即将来临，但又被化解了：

　　走过。一个。我们正走过。两个。我们正从睡眠而来走过。三个。我们正从睡眠而来走过进入这个完全清醒的世界。四个。过来，时间，是我们的！

　　但还是。啊上帝，啊上帝！停下。

　　在书的倒数第二页我们读到："这是让我们失望的事。首先我们感觉。然后我们跌落。"

　　如果这一转变得以实现，那么这种炼狱般的经历会变得仿佛天堂。但是乔伊斯却把天堂的祝福留到最后一卷里去写，这一卷中提到了永恒的，无边无际的大海：上帝，宇宙的巨人，安眠在那不朽的宇宙之水上，做着他的世界之梦。

32　死去的男人和女人被称为奥西里斯（Osiris），这里的"N"代表死者的个人姓名，被添加到超自然的名称中（如Osiris Anfankh、Osiris An等）。在《芬尼根的守灵夜》中，"所有人都来了"（Here Comes Everybody）、"子孙遍地"（Haveth Childers Everywhere）等都是一个人的超自然"死亡头衔"，此人在日常生活中被称作汉弗利·钱普顿·壹耳微蚵先生。

33　Frank Budgen, "Joyce's Chapters of Going Forth by Day," in *Horizon* (September, 1941).

34　乔伊斯笔下男主人公的奇怪名字"壹耳微蚵"（Earwicker，上面拼成"Ciwareke"）

在埃及语境中突然变得有意义了。在《芬尼根的守灵夜》中，这个名字被幽默地解释为"耳虫"（earwig, earbeetle）的衍生词：人们普遍认为，耳虫会钻进睡着的人的耳朵里，进入他的大脑。这种"危险"的昆虫是乔伊斯在爱尔兰的对应物，也是对圣甲虫（地中海的"屎壳郎"）的拙劣模仿。在埃及的图像学中，它代表太阳神凯佩拉（Khepera），是复活和不朽的主要象征。（圣甲虫在身前滚一个大粪球，它的幼虫从粪球中孵化而来；日轮被比作在神面前滚动的一个孕育生命的粪球。）人们会用彩陶、象牙或石头制作小小的甲虫模型，在平坦的底部刻上铭文，在木乃伊匣合上之前，把甲虫模型放在木乃伊的心脏位置并祈祷。这象征着重要的太阳原则的存在，凭借此物，奥西里斯·N.（Osiris N.）将被唤醒并永生。虽然以甲虫为象征，但神实际上蕴含其中，并作为永恒的驱动者，被遗忘在生命之梦中。祈祷和象征物都是用来唤起回忆的。同样，壹耳微蚵（"唤醒者"）是沉睡者（即读者）耳里的耳虫，而《芬尼根的守灵夜》本身就是一张附带的莎草纸，一本死亡之书。

35 在《尤利西斯》中，斯蒂芬一直纠结于父与子的同体性问题：

> 他的法则是永恒的。那么，这就是圣父圣子一体性所在的神圣实体了？

> 一个人之成为父亲，如果说是有意识地从事生育的话，那是人类所不知道的现象。世代相传的神权，从独一无二的生身之父到独一无二的子嗣，这根本就是一种玄妙的事态。教会的基础就是建立在这一个神秘事态上，而不是建立在狡猾的意大利人设计出来蒙骗欧洲群众的圣母身上。这个基础是不可移动的，因为它正像世界的基础一样，宏观世界也好，微观世界也好，完全是一个真空。它立足于虚无缥缈，立足于荒诞无稽。

> 我们通过自身往前走，一路遇到强盗、鬼魂、巨人、老人、年轻人、媳妇、寡妇、慈爱兄弟，但永远都会遇到的是我们自己。

这种认知危机在妓院的底层社会场景中爆发，斯蒂芬（"圣子"）在立式钢琴前沉思，转身看到利奥波尔德·布卢姆（"圣父"）：

斯蒂芬

（突兀地）走遍天涯，并非通过自我，天主、太阳、莎士比亚、旅行推销员，实际上走完之后是自我变成了自我。等一下。等一秒钟。街上那人的喊叫声真讨厌。自我，正是本来已经准备好条件，无可避免必然要形成的自我。Ecco!

…………

（斯蒂芬回头，看见布卢姆。）

在布卢姆家厨房的那顿共享的晚餐意味着"圣子"和"圣父"的神圣结合，二者是一双对立面或"分开的两极"。紧接着，斯蒂芬消失在夜色里，而布卢姆进入了睡眠的子宫。莫莉在她熟睡的头脑中，将这二者融为一体，整本书就此结束。

然而，在《芬尼根的守灵夜》的奔流中，在安娜·利维娅·普鲁拉贝尔"为纪念至高无上者而写的无标题声明"中，儿子与父亲重现、重生，但如今合二为一，不可分离。日常世界中差异化的自我（《尤利西斯》里满是"自我"）"依靠他们的对立面偶然重新合并"：

他准备咖喱肉汤，为全爱尔兰的灶台和电力过滤。这个谐音压缩器引擎。

……在监督者的密切注视下，那些特征显示出明暗交织性，它们的矛盾性消除了，在一个稳定的某人身上……

[有关《一个青年艺术家的画像》《尤利西斯》和《芬尼根的守灵夜》中对父与子主题进一步讨论，参阅E. L. Epstein, *The Ordeal of Stephen Dedalus*。]

36 歌曲《芬尼根的守灵夜》的最后一节和副歌。

威士忌有两种作用：它一方面促成堕落（"苦杯"），另一方面带来新生（"活水"）。为此应该注意到，芬尼根的灰浆桶可以被比作一只巨大的杯子，他把它奉给上帝时，里面装满了"物质"（砖块）；把它丢给人类时，里面装满了"精神"（空气，灵魂）。可以把赫耳墨斯·特里斯墨吉斯忒斯的文字拿来做一下比较：

> 他用它（用思想）装满了一只巨大的杯子，并把它送到一个传令官手中，命令传令官向人们的心灵宣告："用这只杯子来给你自己施洗……有信仰者，就能升至那赐下圣杯的主身边。"（赫耳墨斯《圣杯或者单体》，第四部分）

现在来看马克罗比乌斯的文字：

> ……灵魂又被拉回肉身，在新的醉意中匆匆前行，渴望一尝过剩的堕落（"物质"的溢出）的新鲜滋味，它因此变得沉重并被拉回人间。利伯神父之杯（酒神狄俄尼索斯，巴克斯）就是这种奥秘的象征；这就是古人所说的遗忘之河（the River of Lethe）。（*Comment, in Somn. Scip*. XI. ii. 66）

遗忘之河就是乔伊斯笔下的利菲河（奔流），它被拟人化为安娜·利维娅·普鲁拉贝尔（ALP），生命之母："我们的召回母亲……在她的牛奶酒罐上面。""是老夫人把它们擦干的……快乐的茶区，淘气快乐的主妇"。安娜·利维娅那杯永恒的茶，"坩埚"，与造物主那只用宇宙各种元素组合而成的杯子相对应(Plato, Timaeus, 41 D)。"时间父亲和空间母亲用他们的拐杖煮他们的水壶"。因此它是宇宙的缩影，启示的源泉。对比《创世记》44:5："我主人（约瑟）饮酒和占卜用的杯子……""拉结·利亚·瓦利安小姐，她给单身汉算命，在用纸牌、手掌、茶叶罐、德·尔塔夫人的面纱后面……"

"两个杯子"的主题出现在《芬尼根的守灵夜》的如下场景：（1）使人入睡的晚间酒（芬尼根倒下；壹耳微蚵倒下）；（2）把人唤醒的早餐茶或咖啡（"当杯子、盘子和罐子变得滚烫时"）。

这两者代表了造物范围内的两种对立面的对抗（死亡和新生，精神和物质，堕落和救赎，邪恶和善良等）。茶是"苦杯"（基督在十字架上尝到的苦滋味）的说法是在短语"首都的茶解决口渴！"中提出的。致死的茶已扮演着十字架的角色："一旦我在第一个入口卖了你，我就等着我们。"作品中还能看到作为"活水"的茶："茶乃至高无上者！为了美好的昔日！"最后，由于ALP在特定场合携带的瓶子里的液体不是啤酒而是尿液，这个发现暗示了这组对立面中哪个是哪个的某种疑点。

37　那就是HCE先生（切坡里若德的新酒馆老板），他的妻子安娜或安妮，他的儿子闪和肖恩，女儿伊莎贝尔。参阅 *A Skeleton Key*, pp. 3—23。

　　埃德蒙·威尔逊（Edmund Wilson）刊登于《新共和》（*New Republic*）的早期文章《H. C. 壹耳微呵和家庭》（*H. C. Earwicker and Family*）和《H. C. 壹耳微呵之梦》（*The Dream of H. C. Earwicker*）（分别刊登于1939年6月28日和6月12日，后来一并收录进《伤与弓》，*The Wound and the Bow*），如今仍然是对壹耳微呵的家庭环境的最佳讨论。然而威尔逊先生犯了个错误，他给壹耳微呵的妻子安娜取名玛吉（Maggie），但乔伊斯用这个名字来称呼她的竞争对手（在第7和第142页等地方出现的"玛吉"，指的都是公园里引诱人的侍女）。这个错误被后来的几位美国评论家所继承[如哈利·列文的 *James Joyce* (New Directions Books, 1941), pp. 150, 200, [参阅《伤与弓》1947年的最新修订本（奇美拉编辑评论）]。威尔逊先生还犯了一个错误，他将百科全书式的文本描述为仅受过中等教育的壹耳微呵先生的意识流或潜意识（梦）。然而，这段阐释性的文字从第一句开始，就像是一个普遍知情且警觉的观察与诠释者所说的话，而非一个做梦者的语言。继威尔逊之后，人们发觉很难解释一个不学无术的酒馆老板的种种幻想，这已经成为对乔伊斯的评论中的一种惯用做法（即列文的 *James Joyce* [New Directions Books, 1941], pp. 175）。

　　但事实上，詹姆斯·乔伊斯很少将我们限制在壹耳微呵先生的潜意识流中，因此在最后的独白部分，我们得以进入安娜的内心世界。在第二卷第四章的卧室场景中，我们从外部研究丈夫和妻子。（"男人戴着睡帽，在床上，在前。女人，拿着卷针，在后。被露出。"）我们看到所谓的做梦者走上一段楼梯；他和妻子一起走下楼梯。我们还潜入他的一个儿子的内心世界。《芬尼根的守灵夜》绝不是用文字再现了这个平庸小市民的夜间思想流（整部作品中几乎没有一句话符合这种解释），而是通过一个睡着的未卜先知者的视角，而非我们在现代小说中通常见到的白天的视角，展示他微观和宏观意义上的整个世界。

38 The Book of the Dead, Chapter of the Coming Forth by Day in the underworld.

39 "现在凭着激起的记忆,把车轮再转向整面墙。"对比库萨的尼古拉斯(Nicholas of Cusa)的*De vis. Dei* 9, 11,以及库马拉斯瓦米(Coomaraswamy)的著作[参见"芬尼根的守灵夜"一章注释28],第2、25页。

40 St. Augustine, In. Ps. 122; compare Bhag awad Gītā 2.18.22.

41 "崛起的萌芽":HCE作为"俄国将军",其充满活力的存在萦绕在《芬尼根的守灵夜》的整个夜晚世界中。

　　乔伊斯笔下这个无处不在的俄国人,其主要历史原型是克里米亚战争中著名的塞瓦斯托波尔保卫者——佛兰兹·爱德华多·伊万诺维奇·托德尔本将军(1818—1884)。

　　敌人环绕。克里米亚风。带着他的所有炮弹武器。穿着他的插肩大衣、他的乱发型高毛帽、他那消失了的长筒靴、他的卡迪根宽上衣夹克、他的猩红色的硬袖口、他的树色连裤紧身内衣以及他悬挂的盖尔风暴雨衣。……死生! 一些衣着光鲜的家伙!

　　请注意这位将军的英国战敌的名字——拉格伦勋爵(Lord Raglan)和卡迪根伯爵(the Earl of Cardigan,轻骑旅的首领),以及他无能的上级缅什科夫王子(Prince Menshikov)和马拉科夫碉堡(Malakoff fortification)的名字。Perikopendolous指克里米亚,就像它的名字所显示的那样,从皮里柯普(Perikop)垂下(pendolous),皮里柯普是第聂伯河和德涅斯特河河口之间土地的中世纪名称。每个研究《芬尼根的守灵夜》中众多战斗场面的学者,都会认同A. W. 金雷克(A. W. Kinglake)对托德尔本将军指挥部队的形象描述:"他保卫塞瓦斯托波尔时,既不在谈判桌上,也不在办公桌前,而是骑在他那匹人们过去常常戴着眼镜看的黑色战马上。"(A. W. Kinglake, *The Invasion of the Crimea*, VIII, 218)托德尔本在逆境中捍卫己方阵地的惊人表现(如一夜之间建起防御土垒等),使其成为乔伊斯笔下为生存而顽强奋斗的象征,而托德尔本(德语Todleben,意为"死生"这个名字本身)则暗示着卡玛-玛拉神,它象征着"死亡和欲望",是印度教中世界幻象的神圣编织者,而世界本身就是死亡与生命的漩涡。

　　就在胜利似乎已成定局的时候,托德尔本被一颗子弹射伤右小腿,被迫离开战场（Kinglake, p. 217），于是围攻者得到了胜利果实。这件事给了乔伊斯一个终其一生持续探索的问题："到底是谁击中了俄国将军？"这是"堕落"的主题和问题的一个变体。乔伊斯描述说，伟人是在上茅厕或野外解手时被射中的，这让人联想到壹耳微蚵在灌木丛中胡言乱语，在公园遭遇无赖，以及被捕的经历。

乔伊斯将这一枪归功于一位颇受欢迎的英籍爱尔兰英雄巴克利，这一人物显然以年轻的英国海军中尉塞西尔·巴克利（Cecil Buckley）为原型，金雷克认为他曾领导一系列针对俄国人的危险秘密登陆任务(pp. 67, 71, 74)；但由于巴克利代表着与将军同样的生命力，（"崛起的萌芽！"）因此在《芬尼根的守灵夜》中，他与被他射杀的人混淆了。(viz., 101)

事实上，考虑到托德尔本所代表的存在于万物中的生命力，他的死应当被看作借助他人手段的自杀；因为"就像人们扔掉旧衣服之后会换上新衣服一样，个体灵魂或生命体在抛弃旧身体以后会获得另外的新身体。"（《薄伽梵歌》2.22）历史上的战斗场面可以被看作更衣室里发生的事，即一个坚不可摧的英雄永远在换衣服：乔伊斯所谓的"所有人都来了"（"某个穿衣服的家伙！"）穿着开襟羊毛衫，包肩袖外套，佩着缅什科夫式的红袖口。他作为生命也存活于癞蛤蟆身上——Toad-lebens（癞蛤蟆–生存）一切生物既隐藏着他，又将他展现出来。

42　对比C. G. 荣格《寻求灵魂的现代人》（*Modern Man in Search of a Soul*, New York, 1936）第215页：

假如我们把无意识加以拟人化，其实可称之为一个集两性特征于一身，超越青年与老年、生与死，甚至握有人类一两百万年经验的、不朽的集合人。倘若有像这样的一个人存在的话，他一定是超脱了变化的人；当前时代对他而言，根本和耶稣诞生前一百世纪中任何一年没什么差别；他是会做古老梦的人，而且由于他的丰富经验，一定会成为天下无双的预言家。他的生命将会超越个人、家族、部族与人类的寿命，而且他一定会对生长、开花与凋零有生动的感受。

05 九死谁生?

1 [Joseph Campbell and Henry Morton Robinson in *The Saturday Review of Literature*; Part I: Vol. 25 (December 19, 1942), pp. 3—4; Part II: Vol. 26 (February 13, 1943), pp. 16—19.]

2 [《芬尼根的守灵夜》中提到的"萨宾宝贝"（Sabrine asthore）不是指壹耳微蚵家的女管家凯特，而是指这家里的妻子和母亲，安娜·利维娅。]

3 桑顿·怀尔德《九死一生：三幕戏》(*The Skin of Our Teeth: A Play in Three Acts*, New York: Harper and Brothers, 1942), 142 pp。

4 [安特罗伯斯夫人：（她把一个我们看不见的东西，从观众头顶上远远扔到观众席的后面。）那是一个瓶子。瓶子里有一封信，信上写着一个女人所知道的一切。它不曾被任何男人知晓，也不曾被任何女人知晓，如果它找到了它的目的地，新的时刻就将到来。我们不像书本和戏剧里说的那样，我们不在任何电影或广播里。我们不是你说的那样，也不是你们认为的那样。我们是我们自己。如果有人能找到我们中的任何一个，他就会明白为什么整个宇宙是如此运行的。如果有人伤害了我们中的任何一个，他的灵魂——他唯一的灵魂，最好还是沉入海底，那将是唯一的结果……（《九死一生》，第二幕）]

5 [Gilbert A. Harrison, *The Enthusiast: A Life of Thornton Wilder* (New Haven/New York: Ticknor & Fields, 1983), pp. 231—232.]

6 [有关伦敦演出的日期，参阅Harrison著作的第256—257页。]

7 [写于伦敦切尔西，克赖斯特彻奇街4号的达拉谟小屋，邮编为London SW3。写作时间或为1948年1月。来源自耶鲁大学拜内克图书馆的桑顿·怀尔德收藏集的内部研究资料，编号Beinecke Uncat ZA Wilder Box 25。]

8 [Robert Van Gelder, "Interview with a Best-Selling Author: Thornton Wilder," *Cosmopolitan*, CXXIV (April, 1948), p. 120；引用自Donald Haberman, *The Plays of Thornton Wilder: A Critical Study* (Middletown, Connecticut: Wesleyan University Press, 1967), p. 118。]

9 Harrison, p. 233.

10 [Thornton Wilder, *Three Plays* (New York: Harper, 1957)；引用自Malcolm Goldstein, *The Art of Thornton Wilder* (Lincoln, Nebraska: University of Nebraska Press, 1965), p. 129。]

06　对话

1　[这部分对话源自1956年在纽约希伯来青年协会（YMHA）演讲厅举行的名为
　　"《芬尼根的守灵夜》中的象征主义"（Symbolism in *Finnegans Wake*, L26）的乔
　　伊斯作品朗诵会上，坎贝尔与观众的部分讨论，以及名为"詹姆斯·乔伊斯和巴
　　勃罗·毕加索：20世纪文学艺术中的神话"的坎贝尔研讨会的问答环节。]

2　[另一方面，亚里士多德的父亲是一名医生，所以这个词可能首先具有医学意义。]

3　[参阅Ellmann, *James Joyce*, pp. 422, 466, 467, 628—629, 659, 676—681。]

4　[坎贝尔的这番评论发表于1968年。叔本华的这篇论文后来被翻译了，参阅Arthur
　　Schopenhauer, *Parerga and Paralipomena*: Short Philosophical Essays, 由E. F. J. Payne译
　　自德文版(Oxford: Clarendon Press, 1974), Vol. 1, pp. 199—223。]

5　[In "*Parerga und Paralipomena: Kleine philosophische Schriften,*" Erster Band, in Arthur
　　Schopenhauer's *Sämtliche Werke*, Vierter Band (Munich: R. Piper Verlag, 1913), pp.
　　223—250, especially pp. 242—248.]

6　[William Wordsworth, "Lines Composed a Few Miles above Tintern Abbey, on Revisiting
　　the Banks of Wye during a Tour. July 13, 1789," lines 88—93.]

7　[*Versuch über das Geistersehn und was damit Zusammenhängt*, "Inquiry into Phantom
　　Sightings and What Follows from Them," in *Parerga und Paralipomena*, op. cit., pp. 251—
　　344.]

8　[或"一切短暂的事物都只是一种隐喻。"]

9　[《芬尼根的守灵夜》出版后，乔伊斯感到厌倦，人们对此书的反响有时让他很恼
　　火。他一度宣称目前自己只想休息：

　　　　当他的朋友雅克·梅坎顿暗示在遥远的未来可能会有其他计划时，
　　他回答说："目前我正在休息。现在是时候让其他人做点工作了。"——
　　参阅"The Living Joyce," in Willard Potts, editor, *Portraits of the Artist in Exile:
　　Recollections of James Joyce by Europeans* (Seattle: University of Washington
　　Press, 1979), p. 249.)。

　　　　所谓的"其他人"是指其他作家，还是正在解读《芬尼根的守灵夜》的评论

家，目前还不清楚。

然而，有证据表明，乔伊斯最起码在考虑另一部作品。所有迹象都表明，这部作品将简练精悍，并且与觉醒和海洋有关。"当他的弟弟斯坦尼斯劳斯指责他写了一本晦涩难懂的'夜之书'时，乔伊斯回答说他还会写一部有关觉醒的续集。"（参阅Ellmann, *James Joyce*, p. 603）据他的朋友路易·吉列特说，1939年9月，乔伊斯正在布列塔尼陪女儿露西娅到拉波勒的一家诊所就诊：

那天（他看完露西娅后），余下的时间都在海滩上散步。它们让他想起在爱尔兰海岸的防御塔上，他曾与朋友海因斯和马利根讨论天堂与人间的问题，以及那儿的海浪给他带来的璐西卡的微笑。他还记得的里雅斯特的码头和尤利西斯之海上的风帆。如今他完成工作去度假了，而海浪一如既往地咆哮着；另一场战争业已开始，海浪持续拍打着海岸，摩擦着海岸的边缘。创世的故事依然在延续。他的脑海中浮现出一个想法，那就是写一首以大海的低语为基本主题的新诗。（参阅 Potts, p. 203.)

关于乔伊斯着迷于流水的其他描述，参阅Potts, 279—280和n., 289—290。关于乔伊斯在《芬尼根的守灵夜》后的那本书的其他评论，参阅Ellmann, *James Joyce*, pp. 731, 740；也可参阅E. L. Epstein, "James Augustine Aloysius Joyce," in Zack Bowen and James F. Carens, editors, *A Companion to Joyce Studies* (Westport, Connecticut/ London: Greenwood Press, 1984), pp.34—36。]

我想把这本书献给我的妻子特格雯，是她敦促我在二十多年前完成关于乔伊斯的第一本书。

我要感谢《约瑟夫·坎贝尔文集》的执行编辑罗伯特·沃尔特在此书的编辑与出版过程中持续给予的大力支持，还要感谢坎贝尔的妻子珍·厄尔德曼（Jean Erdman）与我们进行了一场愉快的会面。此外，感谢已故的弗朗西斯·斯特洛夫（Frances Steloff）在三十年间为我提供咨询；感谢我在哥伦比亚大学攻读博士期间的主任威廉·约克·廷德尔（William York Tindall）。还要特别感谢老朋友洛伊斯·华莱士（Lois Wallace），是她将我引荐给罗伯特·沃尔特，还提供了许多的其他帮助。最后，感谢为这本书做出过贡献的所有人，无论他们是否健在。

埃德蒙·L. 爱泼斯坦博士（Edmund L. Epstein, Ph.D.）

　　《解读乔伊斯的艺术》译自 1993 年哈珀·柯林斯出版的 *Mythic Worlds, Modern Words: On the Art of James Joyce*，收录了坎贝尔对乔伊斯作品的分析评论和讲座：以乔伊斯的讣闻开头，以桑顿·怀尔德的戏剧《九死一生》的有争议的描述结尾。在两者之间，坎贝尔提供了他对《一个青年艺术家的画像》（以下简称《画像》）、《尤利西斯》和《芬尼根的守灵夜》（以下简称《守灵夜》）这三部乔伊斯作品的阐释，附有《对话》章节补充坎贝尔在乔伊斯研讨会上的讨论。它们共同构成一幅融合神话世界和现代文字的画卷。

　　在这幅画卷的远方，我们看到约瑟夫·坎贝尔站在乔伊斯的身后聆听这位伟大作家的低语。坎贝尔曾与罗宾逊合著《解读〈芬尼根的守灵夜〉》，他是穿梭于乔伊斯创作迷宫的学者，自述乔伊斯是他解读神话材料的向导。一方面，坎贝尔引入了"情感形象"的概念，认为乔伊斯的作品将个人的情感体验与情感形象的共同遗产结合在一起。另一方面，坎贝尔认为乔伊斯的艺术就像代达罗斯的飞行，《画像》开篇的箴言预示乔伊斯决心像代达罗斯一样制造"艺术之翼"，从自然主义小说飞行到神话的原型。在翻译过程中，译文还原了坎贝尔活泼且极富冲击力的表达，保留其热情的口述风格特征，对原文夹杂的多个拉丁语句子和单词进行适当的文化调适，既使译文更符合目标读者的接受程度，又努力让这种探索迷宫之趣味呈现出来。

　　在这幅画卷的一侧，我们看到了一位跨界的研究者。坎贝尔联系起乔伊斯的想象与佩里博士精神分裂症现象学分析中发现的十个主题；讨论了弗洛伊德和荣格对潜意识意象的不同视角，以及乔伊斯的小说如何探索相似的主题；敏锐察觉到乔伊斯在《尤利西斯》和《守灵夜》中都将"道成肉身"的意象翻译成了《多马福音》中那些非正统的术语等，他为研究乔伊斯的作品提供了大量心理学、宗教学跨学科的视角。《新闻周刊》（Newsweek）盛赞"坎贝尔已经成为美国生活中最罕见的知识分子之一，一个被流行文化所拥抱的严肃思想家。"坎贝尔的研究跨越不同的文化和传统，他的著作中经常引用其他文化和传统的概念和故事，译文中加入了丰富的注解，以帮助读者更好地理解原文中的难以理解或具有特殊文化背景的内容。

　　在画卷的诸多细节之中，我们看到了一部光辉之作《千面英雄》。坎贝尔在《千面英雄》中对英雄神话普遍结构的探讨与本书相辉映，他提出了英雄之旅的概念，探讨了不同文化中英雄神话的普遍结构。而在本书中，坎贝尔通过对乔伊斯作品中的神话元素进行深入剖析，揭示了乔伊斯如何运用神话学原理来探讨现代生活中的普遍主题。他强调人类对神话的固有需求，同时指出文学作品在满足这种需求方面的重要作用。他认为，文学作品能够揭示人类内心深处的普遍性和共同点，使人们更好地理解自己和世界。他的观点有助于读者更好地理解乔伊斯的创作意图和艺术成就，进一步展示了神话学在现代文学创作中的应用和价值。这两部作品相互补充，反映了坎贝尔在神话学领域的重要贡献。如果你曾经阅读乔伊斯，这本书是一本理想的姊妹篇；如果你从未读过乔伊斯，也不打算读，它仍然是被评论家视为 20 世纪最重要的作家的作品的出色研究，同时为坎贝尔的神话视角提供了英雄之旅的理论实践。

　　在画卷的中央，我们看到了一颗璀璨的明珠——神话形象的普遍性，这是坎贝尔毕生都在以极大的活力宣扬的主题。坎贝尔作为著名的神话学家，他关注乔伊斯如何通过对传统神话形象的重新诠释来表达人类的普遍心灵困境和渴望。他从日本奈良的两个身材魁梧、外表凶猛的守门神像照片，联想到亚当和夏娃在吞了伊甸园里树的果实后，被圣父驱逐出伊甸园，两个基路伯天使驻守在门口，阻止他们回到伊甸园。坎贝尔认为，如果将这些天使解释为人的情感的简单方面，如欲望和厌恶，那么人就会意识到自己是被自己的情感挡在了伊甸园之外。用心理学的术语来解释这个故事，而不是一个教育学的故事，可以加深对神话的理解。坎贝尔在多个章节讨论了乔伊斯的符号学方法，认为所有值得考虑的符号系统都存在于乔伊斯的作品中。通过对乔伊斯作品中的神话元素进行分析，坎贝尔总结《守灵夜》是一部现代版的往世书，是对基本神话类型的现代翻译，使其融入当代语境。坎贝尔将《守灵夜》视为一部现代版的往世书，它对基本神话类型的现代诠释，使这些故事得以融入当代的语境。作为翻译者，我们的任务便是在传递坎贝尔解读乔伊斯的理念时，充分展现这一现代神话在中文语境中的魅力，使读者能够更好地领略文学巨匠与神话大师的智慧结晶。

在对比分析乔伊斯和托马斯·曼、毕加索等艺术家的作品后，坎贝尔提出"时代精神"的观点，即一个时代的精神信念存在于这些艺术家们的作品中。"这些人的思想把握住了文明条件的启示，他们真正感知到了正在发生的事情。他们的艺术创造经历了发展的过程，从 19 世纪的机械主义思维方式，发展到'神秘主义'的立场。"坎贝尔相信在意识研究、物理和天文学领域的科学正朝着这一方向发展，突破那种以因果论和机械主义来解释事物的方式。因此，翻译这部作品的意义也在于传递一种文化观念的演变，让读者思考如何从更宽广的角度去理解艺术、科学，以及人类生活的本质。

最后，让我们回到这幅画卷的起点，感谢为勾勒画卷而付出辛勤努力的人。崔瑞琪翻译了前言致谢和章注、第四章第四卷和最后一小节及第六章。周欣宁翻译了第三章《尤利西斯》引言、部分《奥德赛》章节以及作者简介。窦文欣翻译了第四章、第五章，以及关于坎贝尔基金会的部分。我翻译了第一章、第二章、第三章《忒勒玛科斯》、部分《奥德赛》章节、《忒勒玛科斯、奥德修斯和珀涅罗珀》章节。感谢吴正明、於亦非、周刚、窦岩、耿传云。

特别感谢戴从容教授对本书翻译工作的悉心指导和无私支持。作为乔伊斯《守灵夜》中文版首译者和乔学专家，"不是注满一桶水，而是点燃一把火"，她的独到见解对我们翻译这部作品起到了关键性的指导作用，而她的深厚学识点燃了我们翻译征程中的曲径通幽。坎贝尔所追求的恰恰也是以内在动力灼热人类的智慧文明，将艺术与生活、个体与宇宙相互交融。

现在，这幅画卷得以在异国他乡绽放光彩，让更多的中国读者能够领略坎贝尔笔下乔伊斯的艺术魅力。愿这幅画卷成为一道桥梁，连接起不同文化、不同时代的人们，共同探索神话与现代生活的奥秘。

杨娅雯

2023 年 4 月

约瑟夫·坎贝尔书目

以下是由约瑟夫·坎贝尔撰写和编辑的主要书籍。每个条目都给出了首次出版的相关数据。有关所有其他版本的信息，请参阅约瑟夫·坎贝尔基金会网站（www.jcf.org）上的图表。

撰写

Where the Two Came to Their Father: A Navaho War Ceremonial Given by Jeff King. Bollingen Series 1. With Maud Oakes and Jeff King. Richmond, Va.: Old Dominion Foundation, 1943.

《解读〈芬尼根的守灵夜〉》With Henry Morton Robinson. New York: Harcourt, Brace & Co., 1944.

《千面英雄》Bollingen Series xvii. New York: Pantheon Books, 1969.

The Flight of the Wild Gander: Explorations in the Mythological Dimension. New York: Viking Press, 1969.*

《众神的面具》（共 4 卷）New York: Viking Press, 1959-1968.《众神的面具 1：原始神话的诞生》，1959;《众神的面具 2：东方神话的启示》，1962;《众神的面具 3：西方神话的创变》，1964;《众神的面具 4：创造性神话的繁荣》，1968。

《指引生命的神话》New York: Viking Press, 1972.

《梦境的象征》Bollingen Series c. Princeton: Princeton University Press, 1974.

《心灵的宇宙》New York: Alfred van der Marck Editions, 1986.*

The Historical Atlas of World Mythology:

Vol. 1, The Way of the Animal Powers. New York: Alfred van der Marck Editions, 1983. Reprint in 2 pts. Part 1, *Mythologies of the Primitive Hunters and Gatherers*. New York: Alfred van der Marck Editions, 1988. Part 2, *Mythologies of the Great Hunt*. New York: Alfred van der Marck Editions, 1988.

Vol. 2, *The Way of the Seeded Earth*, 3 pts. Part 1, *The Sacrifice*. New York : Alf red van der Marck Editions, 1988. Part 2, *Mythologies of the Primitive Planters: The Northern Americas*. New York: Harper & Row Perennial Library, 1989. Part 3, *Mythologies of the Primitive Planters: The Middle and Southern Americas*. New York: Harper & Row Perennial Library, 1989.

《神话的力量》With Bill Moyers. Ed. Betty Sue Flowers. New York: Doubleday, 1988.

Transformations of Myth through Time. New York: Harper & Row, 1990.

《英雄之旅》Ed. Phil Cousineau. New York: Harper & Row, 1990.*

《坎贝尔生活美学》Ed. Diane K. Osbon. New York: HarperCollins, 1991.

《解读乔伊斯的艺术》Ed. Edmund L. Epstein. New York: HarperCollins, 1993.

Baksheesh & Brahman: Indian Journal 1954-1955. Eds. Robin and Stephen Larsen and Antony Van Couvering. New York: HarperCollins, 1995.*

The Mythic Dimension: Selected Essays 1959-1987. Ed. Antony Van Couvering. New York: HarperCollins, 1997.

Thou Art That. Ed. Eugene Kennedy. Novato, Calif.: New World Library, 2001.*

Sake & Satori: Asian Journals—Japan. Ed. David Kudler. Novato, Calif. : New World Library, 2002.*

《光之世界》Ed. David Kudler. Novato, Calif. : New World Library, 2003.*

* Published by New World Library as part of the Collected Works of Joseph Campbell.

编辑

Books Edited and Completed from the Posthuma of Heinrich Zimmer:

Myths and Symbols in Indian Art and Civilization. Bollingen Series vi. New York: Pantheon, 1946.

The King and the Corpse. Bollingen Series xi. New York: Pantheon, 1948.

Philosophies of India. Bollingen Series xxvi. New York: Pantheon, 1951.

The Art of Indian Asia. Bollingen Series xxxix, 2 vols. New York: Pantheon, 1955.

The Portable Arabian Nights. New York: Viking Press, 1951.

Papers from the Eranos Yearbooks. Bollingen Series xxx, 6 vols. Edited with R. F. C. Hull and Olga Froebe-Kapteyn, translated by Ralph Manheim. Princeton: Princeton University Press, 1954-1969.

Myth, Dreams and Religion: Eleven Visions of Connection. New York: E. P. Dutton, 1970.

The Portable Jung. By C. G. Jung. Translated by R. F. C. Hull. New York: Viking Press, 1971.

My Life and Lives. By Rato Khyongla Nawang Losang. New York: E. P. Dutton, 1977.

of art (flight and bird imagery), 9, 194; Molly Bloom's soliloquy and, 283; mother's death, 304n. 71; motto, 36; mythological craft of, 244, 307n. 95; mythological dimension in the world and, 15; Nora Barnacle and, 59, 64, 80, 283; Oriental theology, knowledge of, 153–54; piano-playing by, 29; recording of *Finnegans Wake* (river chapter), 229–33; Sandymount Strand and, 59, 64; sea symbolism, xvi; as Shem, in *Finnegans Wake*, 223, 228–29, 235; as singer, 29; texts and editions, xviii–xix; theological theme in writing of, 73, 271–72; theory of art, three categories, 16; Thursday, June 16, 1904, 64, 80; time systems, use of inner and outer, 160; tragic comedy in work of, 25; transformation of, after writing *Ulysses*, 282, 284; transition from the provincial to the archetype in, 28; unwritten fourth book

(*Paradiso*), xvi, xxii, 10, 15, 17, 203, 241, 273, 290–91, 309n. 105, 316n. 135; view of history and human life, 241–42; virtuosity of style, 95–100, 109, 116, 117, 118, 121, 122–23, 128–29, 175, 301n. 49; virtuosity with words, 100; works of, and speaking for our lives, 242

Jung, Carl, 12; "amplification through comparative mythological studies," 13; archetypes in Joyce, 9; autonomous complexes, 132; collective unconscious, 13; dream, personal and collective level, 197–98; imagery as corrective, 13–14; introvert and extrovert personalities (Stephen-Bloom), 189; Joyce's daughter (Lucia) and, 278; personal unconscious, 13, 136; on philosopher's stone, 146, 302n. 58, 302n. 59; synchronicity, 69; on *Ulysses*, 277–78; unconscious, 12–14, 314n. 116

Joyce and Aquinas (Noon), 295n. 14

and, 55, 83–87; Molly as eternal feminine or archetypal woman, no man up to her, 189–90; Odysseus and, 55, 56; as One with the masculine, 25, 80; Śakti and, 153–54, 196; Stephen Dedalus and, 8, 55, 80; three aspects of, 289; two aspects of, 203. See also Bloom, Molly; Circe

Woolf, Virginia, 300n. 46

Woollcott, Alexander, 260

Wordsworth, William, 288

Wound and the Bow, The (Wilson), 312n. 111

Y

Yates, Frances, 153

Yang and Yin, 272

Yeats, W. B., 281, 286

Z

Zarathustra (Nietzsche), 199

Zeus, 54–55

Zola, Emile, 21

Zoroastrianism, 279, 284

约瑟夫·坎贝尔基金会简介

约瑟夫·坎贝尔基金会是一个延续约瑟夫·坎贝尔作品的非营利性组织，探索神话学和比较宗教学领域。基金会的三个主要目标是：

第一，基金会保存、保护坎贝尔开创性的作品。这包括为他的作品创建目录，进行存档，基于他的作品开发新的出版物，管理他已出版作品的销售和发行，保护他的著作权，在基金会的网站上提供坎贝尔作品的数字形式，以扩大人们对他作品的了解。

第二，基金会促进神话学和比较宗教学的研究，支持那些旨在提高公众对这些领域认识的教育项目和活动，并将基金会的网站作为论坛进行跨文化相关交流。

第三，约瑟夫·坎贝尔基金会通过各种项目和活动丰富人们的生活，包括基于网络的全球性准会员项目，地区性的神话学圆桌讨论国际网络，以及定期举办的与约瑟夫·坎贝尔有关的各项活动。

若想了解更多关于约瑟夫·坎贝尔和

约瑟夫·坎贝尔基金会的信息请联系：

Joseph Campbell Foundation

C/O Citrin Cooperman & Company, LLP

8033 Sunset Bwd. #114 Los Angeles, CA. 90046—2401

www.jcf.org

未来，属于终身学习者

我们正在亲历前所未有的变革——互联网改变了信息传递的方式，指数级技术快速发展并颠覆商业世界，人工智能正在侵占越来越多的人类领地。

面对这些变化，我们需要问自己：未来需要什么样的人才？

答案是，成为终身学习者。终身学习意味着具备全面的知识结构、强大的逻辑思考能力和敏锐的感知力。这是一套能够在不断变化中随时重建、更新认知体系的能力。阅读，无疑是帮助我们整合这些能力的最佳途径。

在充满不确定性的时代，答案并不总是简单地出现在书本之中。"读万卷书"不仅要亲自阅读、广泛阅读，也需要我们深入探索好书的内部世界，让知识不再局限于书本之中。

湛庐阅读 App: 与最聪明的人共同进化

我们现在推出全新的湛庐阅读 App，它将成为您在书本之外，践行终身学习的场所。

- 不用考虑"读什么"。这里汇集了湛庐所有纸质书、电子书、有声书和各种阅读服务。
- 可以学习"怎么读"。我们提供包括课程、精读班和讲书在内的全方位阅读解决方案。
- 谁来领读？您能最先了解到作者、译者、专家等大咖的前沿洞见，他们是高质量思想的源泉。
- 与谁共读？您将加入优秀的读者和终身学习者的行列，他们对阅读和学习具有持久的热情和源源不断的动力。

在湛庐阅读 App 首页，编辑为您精选了经典书目和优质音视频内容，每天早、中、晚更新，满足您不间断的阅读需求。

【特别专题】【主题书单】【人物特写】等原创专栏，提供专业、深度的解读和选书参考，回应社会议题，是您了解湛庐近千位重要作者思想的独家渠道。

在每本图书的详情页，您将通过深度导读栏目【专家视点】【深度访谈】和【书评】读懂、读透一本好书。

通过这个不设限的学习平台，您在任何时间、任何地点都能获得有价值的思想，并通过阅读实现终身学习。我们邀您共建一个与最聪明的人共同进化的社区，使其成为先进思想交汇的聚集地，这正是我们的使命和价值所在。

CHEERS

湛庐阅读 App
使用指南

读什么
- 纸质书
- 电子书
- 有声书

怎么读
- 课程
- 精读班
- 讲书
- 测一测
- 参考文献
- 图片资料

与谁共读
- 主题书单
- 特别专题
- 人物特写
- 日更专栏
- 编辑推荐

谁来领读
- 专家视点
- 深度访谈
- 书评
- 精彩视频

HERE COMES EVERYBODY

下载湛庐阅读 App
一站获取阅读服务

Mythic Worlds, Modern Words: Joseph Campbell on the Art of James Joyce by Joseph Campbell

Collected Works of Joseph Campbell / Robert Walter, Executive Editor/David Kudler, Managing Editor

本书中文简体字版经授权在中华人民共和国境内独家出版发行。未经出版者书面许可，不得以任何方式抄袭、复制或节录本书中的任何部分。

著作权合同登记号：图字：01-2023-1267 号

版权所有，侵权必究
本书法律顾问　北京市盈科律师事务所　崔爽律师

图书在版编目（CIP）数据

解读乔伊斯的艺术 /（美）约瑟夫·坎贝尔著；杨娅雯等译 . -- 北京：华龄出版社，2023.9

　　书名原文：Mythic Worlds, Modern Words: Joseph Campbell on the Art of James Joyce

　　ISBN 978-7-5169-2606-2

　　Ⅰ．①解… Ⅱ．①约… ②杨… Ⅲ．①乔埃斯（Joyce, James 1882-1941)—文学研究 Ⅳ．① I562.065

中国国家版本馆 CIP 数据核字（2023）第 179665 号

出 版 人	周 宏		责任印制	李未圻
责任编辑	李 健 陈 馨		装帧设计	湛庐文化

书　名	解读乔伊斯的艺术		作　者	[美]约瑟夫·坎贝尔
出　版 发　行	华龄出版社 HUALING PRESS			
社　址	北京市东城区安定门外大街甲 57 号		邮　编	100011
发　行	（010）58122255		传　真	（010）84049572
承　印	唐山富达印务有限公司			
版　次	2023 年 10 月第 1 版		印　次	2023 年 10 月第 1 次印刷
规　格	710mm×965mm		开　本	1/16
印　张	30.25		字　数	445 千字
书　号	ISBN 978-7-5169-2606-2			
定　价	139.90 元			

本书如有破损、缺页、装订错误，请与本社联系调换